산수간에
집을 짓고

산수간에 집을 짓고

임원경제지에 담긴 옛사람의 집짓는 법

서유구 지음 | 안대회 엮어옮김

2005년 7월 25일 초판 1쇄 발행
2023년 4월 10일 초판 7쇄 발행

펴낸이 한철희 | 펴낸곳 돌베개 | 등록 1979년 8월 25일 제406-2003-000018호
주소 (10881) 경기도 파주시 회동길 77-20 (문발동)
전화 (031) 955-5020 | 팩스 (031) 955-5050
홈페이지 www.dolbegae.co.kr | 전자우편 book@dolbegae.co.kr

편집장 김혜형
책임편집 이경아 | 편집 김희동·박숙희·윤미향·김희진·서민경
본문디자인 김상보·이은정·박정영 | 인쇄·제본 상지사

ISBN 89-7199-217-4 (04810)

이 도서의 국립중앙노서관 출판시도서목록(CIP)은 e-CIP 홈페이지
(http://www.nl.go.kr/cip.php)에서 이용하실 수 있습니다.(CIP제어번호: CIP2005001414)

_ 본문의 1900년대 사진은 가톨릭출판사의 동의하에 『사진으로 본 백년 전의 한국』에서 뽑아 수록한 것임.

임원경제지에 담긴 옛사람의 집짓는 법

산수간에 집을짓고

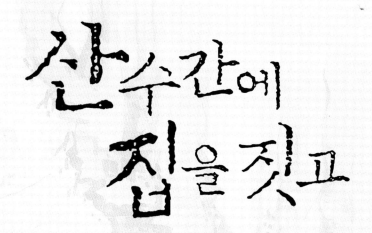

| 서유구 지음 · 안대회 엮어옮김 |

돌베개

수려한 산과 물을 배경으로 멋진 집을 짓고 사는 꿈을 가끔 꾸어본다. 그 집에서 잡무에 치이는 일 없이 한가로이 여유를 누릴 수 있다면 금상첨화가 아닐 수 없다. 그러나 이 복잡한 세상에서 그 같은 청복淸福은 조물주조차도 시샘하여 함부로 인간에게 허락하지 않는다.

신선도 부러워하는 집을 마련하여 품위있는 생활을 영위하는 꿈을 꾸는 자유가 우리 현대인에게만 국한되지는 않는다. 1, 2백 년 전 조선시대 사람들은 오히려 집자리를 찾아서 집을 짓고 꾸미는 구상을 자주 하였다. 그런 많은 사람의 구상을 엮어 글로 남긴 사람이 서유구요, 『임원경제지』에 그 글이 실려 있다. 그 책에는 어떤 곳에 어떤 건축재를 장만하여, 어떻게 지어서 어떤 생활을 하는 것이 좋을지를 친절하게 밝혀놓았다. 우리가 보유한 옛 문헌 가운데 건축과 조경에 관한 내용을 이렇게 전면적으로 풍부하게, 문학적으로 아름답게 설명해놓은 저술은 『임원경제지』가 유일하고도 독보적이다.

『임원경제지』는 명성이 자자한 조선시대의 위대한 실학서實學書다. 하지만 실제로 이 책을 읽은 사람은 별로 없다. 너무 방대한 내용과 난해한 원문 때문이다. 하지만 이 명저는 당시의 현실생활에서 실제로 일어나고, 절실하게 필요한 것들에 대해 고민하고 조사하고 연구하여 기록하였다. 서유구는 30여 년의 세월 동안 풍요한 삶에 필요한 모든 것을 114권의 방대한 서책에 담았다. 생활인으로서의 한국인의 삶을 열정적으로 분석한 고전 중의 고전이라고 감히 말할 수 있다. 집을 다룬 내용은 그 많은 내용의 중요한 일부다.

『산수간에 집을 짓고』라는 일부를 통해서 19세기의 위대한 학자 서유구가 치밀하게 구상한, 의식주가 넉넉하고, 건강과 안녕, 예술과 질서가 조화를 이루며 영위하는, 멋진 사회와 삶을 이해하는 데 도움이 되기를 바란다.

2005년 7월 14일 남가좌동 연구실에서

안대회 씀

차 례

집짓는 법과 재료 — '섬용지' 贍用志 192

일러두기

1. 이 책은 『임원경제지』의 '이운지', '상택지', '섬용지' 3부에서 건축과 조경, 실내도구를 비롯하여 집과 관련한 내용을 우리말로 옮겨 『산수간에 집을 짓고』라는 제목으로 간행하였다.

2. '이운지', '상택지', '섬용지' 3부의 제목은 원 제목을 손상시키지 않는 선에서 내용과 부합하는 제목을 붙였다. 각 부의 크고 작은 제목은 원 제목을 우리말로 옮겨 붙였다. 십여 개의 조항이 평면적으로 나열된 경우, 내용을 요약하는 중간 제목을 새로이 붙여서 이해를 도우려 하였다.

3. 번역은 저자 원고본인 일본 오사카人阪 시립市立 나카노시마中之島 도서관에 소장된 자연경실장自然經室藏본 『임원십육지』를 대본으로 하였다. 여기에 누락된 '섬용지' 1, 2권은 미국 버클리대에 소장되어 있는 자연경실장본을 대본으로 하였다. 이외에 서울대와 고려대에 소장된 필사본을 영인한 보경문화사 영인본 5책(1983)을 참고하였다.

4. 번역은 원본을 충실하게 평이한 우리말로 옮겼다. 원문에는 원주原注와 서유구의 개인적 견해를 담은 안설按說이 본문 사이에 1행 두 줄로 달려 있는데, 원주는 '원주', 안설은 '나의 생각'이라고 구별하여 본문보다 2포인트 작은 글씨로 하였다.

5. 이해하기 어려운 어휘나 내용에 대해서는 주석을 붙이되 각 부의 끝에 일괄하여 수록하였다.

6. 『임원경제지』는 각 문헌을 발췌하여 수록하는 형식을 취하였고, 본문 끝에 그 문헌을 반드시 밝혔다. 번역에서도 그 형식을 따랐고, 각 문헌에 대한 설명을 책의 뒤에 일괄하여 수록하였다.

7. 원문에 실린 도판은 원문 도판임을 밝혔다. 기타 다수의 참고도판을 수록하여 독자의 이해를 도우려 하였다.

산수간에
집을 짓고

1 은자가 사는 집

'이운지'怡雲志 · 형비포치衡泌鋪置

　　1부에서 다루는 『임원경제지』 '이운지'는 사대부가 문화 생활을 영위하기 위해 꼭 필요한 주거 공간, 여가 생활의 도구, 인테리어 소도구, 문방도구, 각종 예술품, 서적의 구입과 보관, 여행 방법과 도구, 손님 초대와 명절 나기 등의 내용을 8권의 분량에 체계를 갖춰 다루었다. 여기에는 멋스럽고 품격 높은 생활의 방법과 그에 필요한 갖가지 도구들이 다방면에 걸쳐 소개되고 있는데, 특히 비중이 높은 주거 공간이 제1장 형비포치에서 다루어졌다.

　　　　형비포치란 은자隱者가 생활하는 주거 공간의 배치를 의미한다. 형비衡泌는 은자가 살아가는 집을 가리키고, 포치鋪置는 배치, 포국布局의 뜻이다. 형비는 『시경』 「형문衡門」에 나오는 "누추한 집일망정 즐겁게 살 수 있고, 콸콸 흐르는 샘물은 허기를 채울 수 있네"衡門之下, 可以棲遲, 泌之洋洋, 可以樂飢라는 구절에서 뜻을 취해왔다. 이 시는 세상의 소란함을 피해 자연과 더불어 사는 은자의 삶을 읊은 것이다. 형비포치에서는 은자가 사는 집의 종류에는 어떠한 것이 있고, 그 집들을 어떻게 배치할 것이며, 그 집에 놓아야 할 집기와 내부를 장식할 도구에는 어떠한 것이 있는지를 폭넓게 다룬다. 「총론」(은자가 사는 곳), 「원림간소」園林澗沼(은자가 즐기는 곳), 「재료정사」齋寮亭榭(은자의 문화 공간), 「궤탑문구」几榻文具(은자의 가구 배치)로 구성되어 있다.

이운지에 대하여 怡雲志引

세상에 떠도는 속된 이야기 가운데에는 그럴듯한 이치가 담긴 것이 없지 않다. 다음 이야기도 그중의 하나다.

옛날에 몇 사람이 상제上帝에게 하소연하여 편안히 살기를 꾀하려고 하였다. 그중 한 사람이 "저는 벼슬을 호사스럽게 하여 정승 판서의 귀한 자리를 얻고 싶습니다"라고 하니 상제가 "좋다. 그렇게 해주마"라고 허락하였다. 두번째 사람이 "부자가 되어 수만 금金의 재산을 소유하고 싶습니다"라고 하니 상제가 "좋다. 네게도 그렇게 해주마"라고 대답하였다. 세번째 사람은 "문장과 아름다운 시로 한 세상을 빛내고 싶습니다"라고 하자 상제는 한참 있다가 "조금 어렵지만 그래도 그렇게 해주마"라고 답을 하였다. 드디어 마지막으로 한 사람이 나와 이렇게 말했다. "글은 이름 석 자 쓸 줄 알고, 재산은 의식衣食을 갖추고 살 만합니다. 다른 소원은 없고 오로지 임원林園에서 교양을 갖추며 달리 세상에 구하는 것 없이 한 평생을 마치고 싶을 뿐입니다." 그러자 상제는 이맛살을 찌푸리면서 이렇게 답했다. "이 혼탁한 세상에서 청복淸福을 누리는 것은 가당치도 않다. 너는 함부로 그런 것을 달라고 하지 말라. 그 다음 소원을 말하면 들어주겠다."

이 이야기는 임원에서 우아하게 살아가는 것이 얼마나 어려운가를 말한다. 이 이야기에서 말하듯이 청복의 생활을 누리기란 참으로 어렵다. 인류가 생긴 이래 현재까지 수천 년의 세월이 흘렀지만 과연 이러한 생활을 향유한 자가 몇이나 되겠는가? 참으로 어려운 일이다.

옛날에 이른바 은자隱者라고 하는 사람들은 변란을 당하였기에 부득이하여 그렇게 살 수밖에 없었다. 하지만 아무 이유도 없이 인륜人倫을 멀리하고

몰래 은둔하는 타고난 은자들이 있는데 그들에 대해서는 나는 인정할 수 없다. 기산箕山에서 표주박으로 냉수 마시던 소부巢父와 허유許由[1]나 한음漢陰에서 오이 밭에 물을 주던 노인[2]은 신념에 따라 그리 산 것일까? 사실 여부를 나는 모르겠다. 마음을 즐겁게 먹고 인생을 향유한 중장통仲長統[3] 정도는 되어야만 내 뜻에 거의 부합한다고 말할 수 있다. 나는 일찍이 그런 삶에 대해 대략 말한 적이 있다.

왕유王維는 망천별장輞川別莊에서 시를 읊조리며 자족한 생활을 한 사람이지만 나중에는 거의 사형에 처해질 운명에 처했다.[4] 반면, 예원진倪元鎭은 운림산장雲林山莊에서 무엇에도 얽매임이 없이 물욕에 초탈하여 고상하게 살았기 때문에 결국에는 액운을 면할 수 있었다.[5] 또 고중영顧仲瑛은 옥산초당玉山草堂이란 원림을 차지했는데 그로 인하여 고상한 뜻을 품은 사람이라는 칭송을 누렸다.[6] 이 세 사람은 처한 경우가 각기 다르나 마음을 맑게 가지고 고아한 뜻을 기르면서 소요하고 여유자적하는 생활을 한 점은 한결같다.

지금 '이운지' 가운데 안배해놓은 내용은 대략 이 세 사람의 기풍과 서로 같다. 그리고 그 이름을 '이운지'라고 한 것은 도은거陶隱居[7]의 뜻을 취하였다. 그렇다면 이 네 사람이 내가 살고 싶어 한 삶을 산 사람에 해당한다고 할 수 있다. 이들을 제외하곤 견주어볼 만한 사람이 더 이상 없다. 그러고 보니 그렇게 사는 것이 어렵기는 어렵다.

은자가 사는 곳

산에 사는 좋은 조건 일곱 가지

　　이고李翱(당나라의 문장가이자 철학가)는 산거山居를 논한 글에서 "산에 사는 일곱 가지 뛰어난 조건은 괴기한 암석, 기묘한 산봉우리, 흘러내리는 샘물, 깊은 연못, 오래된 나무, 아름다운 풀과 신선한 꽃, 그리고 전망이 훤하게 트인 것이다"라고 말한 바 있다. —『피서록화』避暑錄話

산에 사는 법 네 가지

　　산에서 살아가는 법은 네 가지가 있다. 나무는 일정한 순서대로 심지 않고, 암석은 규칙적으로 배열하지 않으며, 가옥은 지나치게 크고 넓게 짓지 않으며, 마음은 세상사에 욕심을 내지 않는 것이다. —『암서유사』巖棲幽事

여생을 즐기며 보낼 집의 장만

명산名山에 거처를 마련하는 것이 불가능하다면, 그 대신에 산봉우리가 돌아서고 산언덕이 굽이치는 곳이나 숲이 아늑하고 개울물이 여유 있게 흘러가는 곳을 고른다. 그곳에 땅 몇 마지기를 개간하고 집 몇 칸을 지은 다음 무궁화를 심어 울타리로 삼고 이엉을 엮어 정자를 만든다. 그런 뒤에는 땅 한 마지기에는 과실수를 심고, 남은 한 마지기에는 오이와 채소를 심는다. 실내는 사면에 아무 물건도 놓지 않고 빈 채로 둔다. 산일을 할 동자 하나를 데리고 살면서 동산에 물을 주거나 풀을 뜯는 일을 시킨다. 의자 두세 개를 정자 아래에 바짝 붙여 놓아둔다. 거기에 앉아 서책과 벼루를 곁에 끼고 고적함을 달래기도 하고, 거문고나 바둑을 곁에 놓아두어 정다운 벗이 오기를 기다린다. 새벽을 뚫고 지팡이를 벗 삼아 길을 나섰다가 저물 무렵이 되어서야 집으로 걸음을 돌린다. 이런 것이 늘그막에 여생을 즐기는 한 가지 방법이다. ─『암서유사』

매화를 심고 학을 기르는 일

물을 접하고 있는 고향의 산을 택하여 울타리를 둘러치고 그 주위에 가시나무를 심고서 사이에 대나무를 심는다. 대나무로부터 한 길 남짓 들어간 곳부터는 부용芙蓉꽃을 360포기 심는다. 부용꽃으로부터 두 길 정도 간격을 두고 매화나무를 에둘러 심는다. 매화나무로부터 세 길 정도 떨어진 곳에 다시 울타리를 만들고, 울타리 밖에는 토란과 밤을 비롯한 과실수를 심은 다음 그 안에는 다시 매화나무를 심는다.

그 다음에 집을 엮되 앞에는 초가집, 뒤에는 기와집을 짓는다. 집 안

김홍도, 〈삼공불환도〉三公不換圖 일부분

재야에서 여유롭게 사는 즐거움을 삼정승의 높은 벼슬과도 바꾸지 않겠다는 뜻을 담은 그림이다. 인생의 진정한 즐거움은 출세에 있지 않고 취미와 여유를 구가하는 데 있다는 소망을 담았다. 그 소망을 구현하는 데 절실하게 필요한 것이 바로 집과 정원이다. 고대광실 기와집에는 집과 누각이 연달아 있고, 마당과 정원, 숲으로 구성되어 있다. 누각에는 손님과 담소를 즐기고 그네 뛰는 소녀와 일하는 여성, 뜰에는 사슴과 학 등이 배치되어 풍족함과 화려함을 보여주고 있다. 1801년 작, 서울 개인 소장.

에는 각閣을 세우고 이름을 존경각尊經閣이라 붙여서 고금의 서적을 보관한다. 존경각 왼쪽에는 의숙義塾을 세워 자녀를 가르치고, 오른쪽에는 도원道院을 세워 손님을 맞이하는 용도로 쓴다.

앞쪽에 있는 사랑(進舍)은 세 가지 용도로 사용하는데, 잠을 자는 것이 하나요, 독서하는 것이 하나요, 약을 만드는 것이 나머지 하나다. 뒤쪽에 있는 집(後舍)은 두 가지 용도로 사용하는데, 하나는 술과 곡식을 저장하고 농기구와 산행하는 기구를 보관하는 용도요, 하나는 집안일을 하는 노복이 쉬는 용도다. 부엌과 욕실은 이 집에 어울리게 지어서 동자 하나, 계집종 하나, 원정園丁 두 명을 둔다.

앞쪽에는 학鶴 우리를 만들어 학 몇 마리를 기르고, 뒤쪽에는 개 세 마리, 소 두 마리, 나귀 한 마리를 기른다. 손님이 찾아오면 나물 반찬으로 식사를 대접하고, 술과 과일을 내온다. 한가할 적에는 독서를 하거나 농사일을 하되, 괴롭게 시를 읊는 일일랑 하지 않고 하늘이 내린 목숨이 다할 때까지 편안하게 지낸다. ─『산가청사』山家清事

소봉래小蓬萊[8]

봉래산蓬萊山은 신선들이 도읍으로 정하여 사는 곳이다. 이 산에 약수弱水(몹시 가벼운 새털도 가라앉으므로 건너갈 수 없다는 강)로 경계를 만들어놓은 까닭은 세상으로부터 멀리 격리시켜서 시끄럽고 더러운 진토塵土의 기풍을 가로막기 위해서다. 그러나 마음이 진세간塵世間으로부터 멀리 떨어져 있고 사는 곳이 외지기만 하다면, 진토라 할지라도 저절로 세상으로부터 까마득하게 떨어진 느낌이 생기게 마련이다. 그러니 백운향白雲鄉(선경仙境)이라고 허풍을 떨 이유는 전혀 없다.

문 안에는 작은 길을 만드는데 길은 구불구불할수록 좋고, 길이 휘돌아간 곳에 바람막이(屛: 조벽照壁)를 만드는데 바람막이는 작을수록 좋고, 바람막이에서 앞으로 나아가 계단을 만드는데 계단은 평탄할수록 좋고, 계단 주변에는 꽃을 심는데 꽃은 고울수록 좋고, 꽃밭 밖에는 담을 만드는데 담은 낮을수록 좋고, 담 안에는 소나무를 심는데 소나무는 고고할수록 좋고, 소나무 아래에는 바위를 놓아두는데 바위는 기괴할수록 좋고, 바위 위에는 정자를 세우는데 정자는 소박할수록 좋고, 정자 뒤쪽에는 대나무를 심는데 대나무는 듬성듬성 있을수록 좋고, 대나무 밭이 끝나는 곳에는 거실을 만드는데 거실은 호젓할수록 좋고, 거실 곁으로는 길을 내는데 길은 여러 갈래로 나뉠수록 좋고, 길이 만나는 곳에는 다리를 놓는데 다리는 위태로울수록 좋고, 다리 가장자리에는 나무를 심는데 나무는 키가 클수록 좋고, 나무 그늘에는 풀을 심는데 풀은 푸를수록 좋고, 풀밭 위에는 도랑을 뚫는데 도랑은 가늘수록 좋고, 도랑이 연결된 곳에는 호수를 만드는데 호수는 폭포를 이룰수록 좋고, 호수가 끝나는 곳에 산이 위치하도록 하는데 산은 깊을수록 좋고, 산 아래에는 집을 짓는데 집은 방형方形일수록 좋고, 집 모서리에는 남새밭을 만드는데 남새밭은 훤히 트일수록 좋고, 남새밭 가운데에는 학을 기르는데 학은 춤을 출수록 좋다. 학이 울 때면 손님이 오는데 손님은 속되지 않을수록 좋고, 손님이 이르면 술을 내오는데 술은 거절하지 않을수록 좋고, 술잔을 주고받으면 취하는데 취한 뒤에는 돌아가지 않을수록 좋다. —『청한공』清閑供

위치의 고아함과 속됨

집과 방의 위치를 배열하는 법은 번쇄함과 간소함에 따라 서로 같지 않고, 추위와 더위에 따라 각각 다르다. 따라서 높은 당堂, 넓은 사榭(높게 쌓은 대 위에 지은 목조 건물)와 굽이진 방房, 구석진 내실은 제각기 적절한 위치가 따

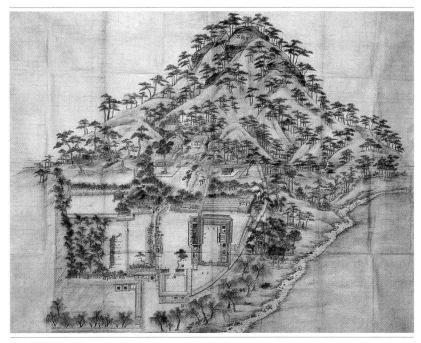

작자 미상, 〈옥호정도〉玉壺亭圖
서울 삼청동에 있던 김조순金祖淳(1765~1832)의 별서를 그린 그림으로 이병도李丙燾 박사 구장본이다. 김조순은 순조 왕비의 아버지로 정권을 잡아 세도정치를 하였다. 당시 상류층이 가옥을 어떻게 배치하고 꾸미는지를 잘 보여준다. 북악의 아름다운 산자락에 뒤로는 석벽과 송림을 등지고, 앞으로는 맑은 계곡물이 흐르는 공간에 터를 잡았다. 기와집과 초가집, 연못, 정자, 담장, 화분, 약포藥圃, 괴석, 포도밭, 돌샘, 화단 등이 곳곳에 배치되어 있다. 아름답게 조경을 꾸민 사대부 가옥의 품격을 엿볼 수 있다. 개인 소장.

로 있다. 예컨대, 도서圖書와 정이鼎彛(청동기로 만든 솥. 골동품) 따위도 진열하는 장소와 배치하는 법이 제 격에 맞아야 비로소 그림과 같은 느낌을 주는 것과 같다. 운림당雲林堂과 청비각清秘閣〔나의 의견: 원元나라 예찬倪瓚은 운림당과 청비각을 소유했는데, 운림당이 특히 빼어났다. 멋진 손님이 아니면 이곳을 출입하지 못했다〕에서 키 큰 오동나무와 고풍스러운 바위 가운데 궤안几案 하나, 침상 하나를 놓게 되면 사람으로 하여금 주인의 풍치를 상상하게 하여 참으로 정신과 뼛속이 다 같이 상쾌함을 느끼게 만든다. 그러므로 운치를 지닌 선비가 거처하는 곳은 문에 들어서기만 해도 일종의 고아함과 속됨을 벗어난 아취雅趣를 바로 느끼게 되는 것이다.

앞마당에는 닭을 기르고 돼지를 치며, 뒤뜰에는 꽃에 물을 주고 바위를 닦아낸다고 야단법석을 떠는 짓거리는, 책상에 먼지가 가득하고 아무 물건도 없이 사방의 벽이 썰렁하게 서 있어 오히려 소탈하고 적적한 기분이 도는 멋에는 도무지 미치지 못한다. ─『청재위치』淸齋位置

은자가 즐기는 곳

1. 정원

장취원將就園[9]

이 동산은 특정한 장소를 고집하지 말고 천하의 산수 가운데서 풍경이 가장 뛰어난 곳을 택하여 조성하면 그만이다. 동산을 만들 땅은 주위의 높은 산, 험준한 고개가 모두 연화성蓮花城(연꽃 모양의 성)처럼 동산을 껴안고 빙 둘러 에워싼 곳이다. 연화성을 둘러싸고 있는 산은 우뚝 솟은 모양, 험하게 솟은 모양, 큰 산이 작은 산을 둘러싸고 있는 모양, 작은 산이 큰 산과 나란히 서 있는 모양을 비롯하여 온갖 형상이 벌려 있어 봉우리가 몇 개나 될지 알 수 없다.

이 산들은 모두 이름이 알려져 있지 않다. 이름이 알려진 산은 오직 좌우에 있는 두 산밖에 없는데, 왼편에 위치한 산이 장산將山, 오른편에 위치

홍현주, 〈월야청흥도〉月夜淸興圖

해거도위海居都尉 홍현주洪顯周가 그린 〈월야청흥도〉로 「장취원기」의 의경을 묘사한 세 폭의 그림 가운데 하나
이다. 그 화제畫題에는 "오른쪽 그림은 「장취원기」의 유의遺意를 본떴다. 묵화墨畫 세 폭은 해거도위의 작품인데
본래 상자에 보관하려 했으나 초당艸堂 정미원鄭美元이 욕심을 내어 할 수 없이 증정했다. 을축년 계동季冬" 이라
하였다. 황주성의 「장취원기」는 18, 19세기의 지성인들에게 널리 읽혔다. 멋진 산수와 조화를 이룬, 규모가 큰 원
림園林을 설계하고 조성하려는 욕구를 촉진시켰다. 간송미술관 소장.

한 산이 취산就山이다. 산의 높이가 각각 수천 길로 장산이 취산보다 높다. 취
산의 높이를 장산의 높이에 비교해보면, 대략 3분의 1 정도 덜면 된다.

산의 형상은 내부는 움푹 파이고, 외부는 우뚝 솟아 있어서 시끄러운
세상과는 완전히 단절되어 있다. 이곳과 통하는 길이 없다. 다만 취산이 서남

쪽 산허리에 겨우 사람의 몸뚱어리가 드나들 수 있는 굴이 한 개 뚫려 있을 뿐이다. 이 굴은 위에서 밑으로 뚫려 있어 기어서 오르고 내려와야 하는데, 어둠 속을 수백 보를 기어야만 동구洞口에 도달할 수 있다.

동구의 바깥에는 시내가 흐르는데 이 시내가 인간 세상의 계곡과 통한다. 그러나 시내 위에 걸린 하늘의 넓이가 겨우 우물 크기에 불과하고, 또 산 꼭대기의 샘물이 곧장 아래로 쏟아져 흔들흔들 폭포수를 이루어 동구 바로 앞에 떨어진다. 이 폭포는 사시사철 마르지 않을 뿐만 아니라 마치 발을 걸어놓은 듯한 형상이라, 폭포수를 뚫고 출입하지 않는 한 그곳에 동구가 있음을 결코 눈치채지 못한다. 이 때문에 예로부터 이곳으로 통하는 길을 찾은 사람이 없다. 여기가 바로 이 산의 한계선이다.

산의 내부는 넓고 평탄하며, 토질은 비옥하다. 내부의 가로 세로 길이가 백 리쯤 된다. 여기에 논밭과 촌락, 사원과 탑이 그림병풍과 같이 또렷하게 배치되어 있다. 우주 간에 있는 모든 물품이 다 갖추어져 있고, 온갖 물건을 만드는 직업이 다 구비되어 있다. 사는 사람들은 순박하고 겸손하여 탐욕스러움과 간사함이 없다. 오랜 세대 동안 논쟁하고 쟁탈하는 일이 무엇인지조차 모르고 산다. 땅의 기운은 온화하고 적당하여 가시나무가 자라지 않고, 범이나 이리, 뱀, 쥐, 모기, 지네, 좀과 같은 해충도 물론 없다. 이것이 이 산의 풍토다.

산의 한 모퉁이에 허공을 가르고 흐르는 샘이 있다. 그 물이 아래로 흘러내려 폭포를 이루고, 다시 그 물이 모여서 못을 이루며, 그 못물이 흘러서 시내를 이룬다. 가는 곳마다 작은 배를 띄우고 다닐 수 있다.

장산과 취산 아래에는 각각 시냇물이 10여 리에 걸쳐 산을 에두르고 흐른다. 그 가운데로 평야가 펼쳐져 있다. 들에는 또다시 산봉우리와 고개, 호수와 방죽, 수풀과 들판, 진펄 등이 기복을 이룬 채 변화를 보이며 펼쳐진다. 이곳이 바로 내 동산이다.

　　동산은 동과 서 두 지역으로 나뉜다. 동쪽에 위치하여 장산에 접근한 동산을 장원將園이라 하고, 서쪽에 위치하여 취산에 접근한 동산을 취원就園이라 하는데, 두 곳의 동산을 통칭하여 장취원將就園이라 부른다. 두 곳의 동산 외곽에는 각각 시냇물이 주위를 에둘러 흐른다. 두 시냇물 가운데로 다시 실개천이 하나 구불구불 남북을 가로질러 흐르는데, 그 형상이 태극도太極圖(주돈이周敦頤가 우주 만물의 이치를 그림으로 그린 것)와 흡사하다. 가운데를 흐르는 이 실개천이 실은 두 동산의 경계선이다.

　　장원의 문은 동남향이고, 취원의 문은 남향이다. 문밖에는 각각 다리를 놓아서 시내를 건넌다. 문의 둘레에는 돌을 쌓아 담을 만든다. 두 동산의 중앙을 흐르는 실개천은 장원의 외부, 취원의 내부로 흐른다. 중앙을 흐르는 실개천의 동쪽에도 담을 쌓아서 두 동산이 서로 연속되지 않는다.

　　한편, 장원만은 실개천을 내려다볼 수 있는 곳에 수로와 육로로 통하는 문을 각각 하나씩 만든다. 시내 위에는 다리를 만들고, 다리 위에는 정자를 세워서 두 동산을 왕래하도록 하는데, 이 다리의 이름을 장취교將就橋라 한다. 이것이 바로 내 동산의 대체적인 경관이다. ─황주성黃周星10의 「장취원기」將就園記

　　장원의 앞문은 시내에 바짝 붙어서 물을 내려다보고 있는데, 시내의 물길이 이리저리 흩어져 동산 안을 흘러 지나가므로 바라다보이는 것이 물이 아닌 것이 없다. 그 문을 들어서서 대나무가 심긴 길을 1리 남짓 걸어 들어가 길 옆에 정자를 세 채 짓는다〔원주: 작은 규모의 정자는 한취정寒翠亭·벽선정碧鮮亭이라 이름을 붙이고, 큰 정자는 조영정造詠亭이라 이름을 붙인다. 이 정자들은 모두 빽빽하게 늘어선 대나무 숲 가운데 있으므로 눈을 들어서 주위를 바라다보면 긴 대나무가 구름을 스치는 것처럼 보인다).

대나무 길이 끝나고 작은 다리를 건너면 나부령羅浮嶺[11]이 있는데 언덕 주위에는 온통 매화를 심는다〔원주: 이 언덕은 대나무를 심은 길의 북쪽에 위치한다. 나부령 위아래와 주변 사방이 온통 고매古梅뿐이다〕. 돌계단으로 만든 길을 1리쯤 지나서 울월당鬱越堂을 만든다〔원주: 울단월주鬱單越洲[12]에서는 자연 그대로의 물건을 가져다 옷을 해 입고 음식을 지어 먹으며, 가옥은 자기 몸에 알맞게 짓고 산다. 울월당이라는 이름은 이러한 뜻을 취하여 지었다〕. 울월당 앞뒤에는 이름 있는 화초들을 이것저것 많이 심고, 그 사이사이에 오동나무와 대나무를 배치한다.

울월당을 따라서 서북쪽으로 수십 걸음 떨어진 곳에 지락호至樂湖를 만든다〔원주: 이 이름은 『장자』莊子 「지락」至樂 편에 나온다. 이 「지락」 편은 원래 「추수」秋水 편에 나오는 내용인 호수 위에서 장자와 혜자惠子가 나누는 대화에 이어져 있으므로 '지락'으로 이름을 지었다〕. 호수의 넓이는 20무畝[13] 정도이다. 호수에는 취홍醉虹이라는 이름의 긴 제방을 만드는데, 제방이 구불구불 이어져 북쪽 언덕까지 닿도록 한다. 이 제방은 모두 무늬가 있는 돌을 쌓아서 만든다.

호반 양쪽에는 돌난간을 만들고 난간 중앙에 음련교飮練橋라는 큰 다리를 세운다. 이 다리 위에는 침추정枕秋亭이라는 정자를 만든다〔원주: 제방이 호수 가운데 위치하고, 다리는 이 제방의 중앙에 알맞게 자리 잡도록 한다. 정자는 그 다리 위에 세운다. 정자에 앉아서 사방의 물빛을 바라보면 수정으로 만든 호리병, 유리로 만든 나라에 진신眞身이 있는 느낌을 받는다. 제방의 양쪽 연안을 따라서 벗나무·버드나무·부용꽃을 섞어서 심되 특히 수양버들을 많이 심는다. 수양버들을 많이 심으면 실낱같은 버들가지가 물결을 어루만지며, 푸른 안개가 비단 짜듯이 일어난다〕.

제방이 북쪽 호반과 맞닿은 곳에 산을 배경으로 누대를 세운다. 동서

에 두 채가 서로 마주 보도록 세워 동쪽에 있는 누대를 탄몽대呑夢臺〔원주: 사마
상여司馬相如의 「자허부」子虛賦[14]에 나오는 구절에서 이름을 취했다〕라 이름하고, 서쪽
에 있는 누대를 망천대忘天臺〔원주: 도연명陶淵明[15]의 "술잔 거듭 기울여 하늘조차 잊
네"(重觴忽忘天)라는 구절에서 이름을 취했다〕라고 이름 짓는다. 누대의 날아갈 것
같은 용마루와 웅장한 집채가 위로 치솟아 하늘에 닿는다. 왼편에 있는 누대
는 붉은색을 칠하고, 오른편에 있는 누대는 흰색을 칠함으로써 음양의 뜻을

장굉張宏, 〈지원도〉止園圖 2폭
중국 명나라의 화가인 장굉이 소주蘇州에 있던 지원止園이란 원림園林을 묘사한 열두 폭 그림의 일부. 지원은 화
가인 주천구周天球의 소유였다. 강물을 중심으로 조성된 아름다운 정원이 인상적이다. 명대에는 이러한 거창한
정원을 조성하고, 그 정원을 묘사하는 글과 그림의 창작이 유행했다. 「장취원기」나 〈지원도〉도 그러한 유행을 반
영한다. 베를린 Museum fur Ostasiatiche Kunst 소장.

형상화한다. 두 채의 누대는 대충 열 길쯤 떨어져 있다.

두 채의 누대 사이에는 지붕이 없는 노대露臺를 만들고 이름을 예고
대蜺高臺라 한다〔원주: 예고蜺高라는 이름은 용한겁龍漢劫(도가의 시간 단위로 5겁으로

나뉜 과거 시간 가운데 최초의 겁)보다 빠른 태초의 시간이라는 의미를 취하여 지었다. 또 다른 이름으로는 무운無雲이라 하기도 한다〕. 예고대의 하단에는 돌을 쌓아서 문을 만들되 성문城門의 형상과 같도록 한다. 이 문은 긴 제방을 똑바로 향하게 하여 남쪽의 햇볕을 받아들이게 만든다〔원주: 산을 의지하여 대를 만들고 대의 상부는 앉는 자리와 같이 평탄하고 널찍하게 만들어서 가로 세로 각각 열 길이 되도록 한다. 대의 남쪽에 성가퀴와 같은 나지막한 담을 쌓는다. 그 북쪽에는 세 칸 크기의 집을 짓는다. 집의 주변에는 큰 느티나무 두 그루를 심어서 좌우에서 그늘을 드리우게 하고, 두 나무 사이를 오래된 등나무가 휘돌아가며 감게 만든다. 대의 하단에는 돌을 쌓아 문을 만들되 성문과 같이 활짝 트이게 한다. 남북으로 수십 보가 되는 지름길은 긴 제방과 서로 마주보도록 한다. 한여름이 되어 타는 듯이 더울 때는 낮이면 그 문에서 바람을 쏘이고, 밤이면 대 위에 올라가서 달빛과 더불어 술잔을 기울인다. 그러면 삼복더위에도 찌는 듯한 더위가 있는지 없는지 모를 것이다〕.

호수를 둘러싸고 있는 사면에는 모두 회랑回廊을 만들고, 그 사이사이에 수함水檻(물가에 바짝 붙여서 지은 누각)을 세운다. 회랑과 수함의 바깥에는 모두 복숭아나무, 버드나무, 부용꽃을 심는다. 긴 제방의 양쪽 연안에도 마찬가지로 조성하되 제방의 연안에는 특히 수양버들을 많이 심는다.

호수의 형태는 본래 둥근 옥거울과 유사하다. 긴 제방을 경계로 하여 호수의 동서를 가르되, 서쪽 편이 넓고 동쪽 편이 그보다 다소 좁다. 동쪽 호수의 중앙에 거북처럼 생긴, 볼록 솟아오른 섬을 만들고, 그 등 위에 여덟모가 난 정자를 세우는데, 그 이름을 일점정一點亭이라 한다〔원주: 태허太虛의 일점一點과 유사하므로 이러한 이름을 붙인다〕. 서쪽 호수의 중앙에도 물고기 형상을 한 모래톱이 가로로 놓여 있는데 그 머리가 동쪽을 향하게 하고, 그 위에 집을 한 채 짓는다. 다락배(樓船: 누각이 있는 배)와 완연하게 흡사한 이것을 여반蠡盤이라 이름한다〔원주: 여라蠡는 라螺(고동)와 같다. 유몽득劉夢得(당나라 때 시인으로 이름은 유우석劉禹錫이고 몽득은 자字)의 군산君山을 읊은 시에 "흰 은쟁반 안에 한 마리 청라靑螺가 있네"라는 구절이 있다. 이 시구에서 뜻을 취했다〕.

두 정자의 난간 밖에는 각각 발을 드리우고, 모래톱의 가장자리에도 복숭아나무, 버드나무, 부용꽃을 심어서 긴 제방에 심은 것과 마주보게 한다. 그러나 파도 한가운데 둥둥 떠 있기에 배가 없으면 건너가지 못한다. 호수에 있는 마름, 연꽃, 물고기, 새와 같은 동식물은 인공을 가함이 없이 자연 그대로 번식하고 성장하도록 내버려둠으로써 굳이 주인이 번거롭게 그 배치에 관여하지 않는다.

누각 뒤의 빈터에는 이름난 꽃과 이채로운 화훼를 두루 심으니 이곳이 바로 백화촌百花村이다〔원주: 두 채의 누각 뒤쪽과 좌우 양쪽에는 만자천홍萬紫千紅의 꽃들이 사시사철 끊이지 않는다. 백화촌 안에도 여러 곳에 정자를 세워 각각 그 주변에 자라는 꽃의 이름을 따서 정자의 이름을 붙인다. 가장 두드러진 꽃은 해당화, 모란, 여지, 부상扶桑 등이다〕. 두 채의 누각에는 각각 미인을 한 명씩 두어 계집종을 각각 네 명씩 거느리고서 향을 피우고 차를 달이며 물을 긷고 낚시질하는 일을 돕도록 한다. 부엌과 욕실을 비롯한 여러 가옥은 모두 누각 뒤쪽에 설치한다. 욕실 옆에는 온천이 솟아 나온다.

원림 내부에는 서책을 수장하는 장서각藏書閣이 있고, 술을 담그는 부엌이 있고, 약초를 심은 약란藥欄이 있고, 채소를 심은 남새밭이 있고, 과실을 심은 숲이 있고, 물고기를 기르는 연못이 있고, 새를 길들이는 원유苑囿가 있으며, 가축을 방목하는 목장이 원림의 사방 모서리에 분포해 있다. 대체로 모두 산을 기대고 있거나 시내에 바짝 닿아 있다. 한편, 나부령 남쪽에 서재가 두 곳 있어 왼쪽에 있는 것을 일취재日就齋라 하고, 오른쪽에 있는 것을 월장

재月將齋라 하는데 자제들이 학문을 토론하고 독서하는 장소이다.

나부령 북쪽에는 꽃의 신을 제사하는 신각神閣이 있어서 온갖 꽃의 신에게 제사를 올린다. 신각에는 역대의 재자才子와 미인美人을 배향한다〔원주: 신각 안에는 나무로 만든 신주를 배설하여 온갖 꽃의 신에게 제사를 올리는데, 동황東皇(봄의 신)과 봉이封姨(꽃의 신) 같은 신들도 그 틈에 끼인다. 그 양 옆에는 사마상여司馬相如와 탁문군卓文君,16 진가秦嘉와 서숙徐淑17 같은 역대의 재자와 미인을 배향한다. 해마다 세시歲時와 화조花朝(음력 2월 15일)의 탄신일에 미인에게 명하여 과일과 술을 차리고 제사를 드리게 한다. 혹은 새로 지은 시를 노래에 맞춰 불러 흥을 돋우기도 한다〕.

손님들이 원림 안에서 왕래하고 노닐면서 연회를 즐길 때, 작은 배로 다니거나 나막신으로 다니거나 모든 곳을 통행할 수 있다. 하지만 호수 북쪽에 있는 두 채의 누각만은 제방과 다리로 경계선을 삼아 미인이 거처하는 곳이므로 다가가지 못하도록 한다. 그렇지만 호수 서쪽에 있는 여반의 경우에는, 미인이나 손님들이 번갈아가며 이용할 수 있다. 무더운 여름날 더위를 식히려 할 때는, 미인들이 평화롭게 잠을 자는 시간을 주로 택한다.

호수를 따라서 서쪽으로 십여 구비 회랑을 지나면 수로와 육로로 두 개의 문이 나타난다. 그 문을 열고 다리를 건너면 거기가 바로 취원이다. ─「장취원기」

취원의 앞문 역시 시내를 내려다보고 있고, 시내의 물줄기 역시 이리저리 흩어져서 취원 안으로 흘러 들어간다. 하지만 취원 안은 물보다는 산이 많다. 취원의 잡다한 화초도 장원과 방불하기는 하지만 소나무, 잣나무, 오동나무, 대나무 같은 수종이 한결 많다. 취원의 문에 들어서면 돌길이 나타나고 돌계단이 그 반인데, 위 아래로 오르락내리락 하는 계단의 수가 거의 100여

전기, 〈매화초옥도〉梅花草屋圖
아담한 산 아래 온통 매화가 피어 있고, 매화 세상에는 쓸쓸한 집이 놓여 있으며, 그 집 안의 서재에는 서안을 곁에 두고 선비가 앉아 있다. 한 친구가 그 선비를 찾아간다. 세속적인 것으로부터 멀리 떨어진 선비들의 정신 경계를 표현한다. 국립중앙박물관 소장.

층이다. 돌계단이 끝나면 만송곡萬松谷이다〔원주: 계곡은 지름이 2리쯤 된다. 늙은 소나무가 하늘을 찌를 듯이 솟아 있는데, 하나같이 늙은 용, 성난 이무기의 비늘과 발톱 형상을 갖추었다. 계곡 안에는 불봉정不封亭, 백안암白眼巖, 한지도원寒知道院이 들어서 있다〕.

계곡의 소나무 사이를 1리쯤 걸어 들어가서 시내 위에 놓인 다리를 건너서면 화서당華胥堂[18]이다〔원주: 황제黃帝 헌원씨軒轅氏가 화서씨華胥氏 나라를 꿈 꾼 지 28년 만에 천하가 아주 잘 다스려졌다고 한다. 이는 다만 꿈에 불과한 이야기지만 지 금 그와 같은 일이 현실 속에도 있다. 여기 바람벽에 연구聯句 하나를 붙여놓는다. "오랜 세 월 광승廣乘(동해에 있다고 전해지는 산의 이름)의 선경을 벗어났으나 / 무회씨無懷氏 갈천 씨葛天氏(교화를 베풀지 않아도 천하가 저절로 잘 다스려졌다는 전설적인 고대의 제왕) 백 성도 부럽지 않네."〕.

화서당 앞에는 큰 연못이 있다. 연못가에도 이름난 화초를 이것저것 심되, 그 사이사이에 오동나무와 대나무를 심어서 장원과 제법 유사하게 보 인다.

화서당 북쪽으로는 모두 산이다. 멧부리와 고개가 첩첩하게 쌓이고, 험준한 벼랑이 깎은 듯이 서 있어 마치 100겹의 담으로 둘러싸인 성과도 같 다. 물이 그 아래로 흘러서 깊은 계곡을 이루어 큰 구비 작은 구비가 각각 아 홉 개씩 만들어진다. 각각의 구비가 꺾여 그윽하고 아름다운 곳마다 정자와 객사를 하나씩 짓는다. 그러니 정자가 무릇 여섯 채, 집이 네 채가 된다〔원주: 정자와 객사에 특별한 이름을 붙이려 하지 않는 까닭은 오묘한 이름을 이 구비의 아름다운 경관에 덧붙여서는 안 되기 때문이다. 따라서 각 구비의 차례로 이름을 부른다〕.

18번째 구비에 이르러 산세山勢가 끝나려 하는 곳에서 갑자기 산세가 불쑥 솟구쳐 봉우리 두 개가 만들어진다. 그 높이가 각각 1천 심尋(길이를 나타 내는 단위로, 여덟 자)으로 동쪽에 있는 봉우리는 취일봉就日峰이라 하고, 서쪽에 있는 봉우리는 운장봉雲將峰이라 한다. 두 봉우리 남쪽 양지에 각각 사당 한 채를 세우고 사당 뒤편에는 신각을 짓는다. 동쪽 사당과 신각에는 의롭고 용 맹한 관우關羽를 제사하고, 절의를 지킨 역대의 인물 여럿을 함께 배향하되〔원 주: 장순張巡, 허원許遠, 문천상文天祥, 사방득謝枋得과 같은 분이다〕, 고승을 시켜 그 일을 관장하게 한다.

서쪽 사당과 신각에는 순양純陽[19] 여조겸呂祖謙을 제사하고, 역대의 고사高士와 일민逸民을 함께 배향하되〔원주: 장량張良, 도연명, 이백李白, 장원長源과 같은 분이다〕, 도사를 시켜 그 일을 관장하게 한다.

두 봉우리는 서로 여러 길 떨어져 있고 아래로는 깎아지른 골짜기를 내려다보고 있는데, 그 깊이가 몇 천 길이 될지 알 수 없다. 서쪽 봉우리의 측면에는 오래된 등나무가 있는데 그 나무가 겪어온 세월을 짐작하지 못한다. 등나무 두 줄기가 공중에 가로로 뻗어서 동쪽 봉우리에 붙어 있는데, 굵기가 궁전의 기둥과 같다. 두 줄기의 중앙 부분을 가로막대를 대어 받쳐놓고, 그 곁에 난간을 설치하여 왕래할 수 있게끔 한다. 이것이야말로 하늘이 만들어 준 교량이다.

두 봉우리의 정상에는 평탄한 대臺가 있어 협선대挾仙臺라는 이름을 붙인다〔원주: 또 하나의 이름은 압선대押仙臺이다〕. 대 위에는 "揮手謝時人"휘수사시인(손사래를 쳐 세상 사람을 사절하노라)이라는 다섯 글자를 새긴 빗돌을 세워놓는다.

동쪽 봉우리의 허리께에 골짜기가 있는데, 골짜기 좌우에 단실丹室(단약丹藥을 제조하는 곳, 또는 도인이 거처하는 방) 몇 칸을 바위에 기대어 짓는다. 이곳은 푸른 산기운이 짙고 삼엄하여 인적이 거의 이르지 않는다. 여기에는 '洞雲深鎖碧窓寒'동운심쇄벽창한(골짜기는 구름이 꼭꼭 숨겨놓고 푸른 창은 서늘하다)이라는 일곱 글자를 쓴 방문을 붙여놓는다.

봉우리 북쪽 바로 아래에는 도화담桃花潭이라는 커다란 연못이 자리를 틀고 있다. 못의 넓이는 2무쯤으로 물은 맑고 푸르며, 양쪽 언덕에는 온통 복사꽃이다. 못가에는 사람 1천 명을 수용할 수 있는 넓고 평탄한 너럭바위가 있다. 너럭바위에 앉아서 서쪽 봉우리를 바라보면 연못 너머로 폭포수가 하늘을 날아 떨어져 못으로 쏟아져 들어가는 모습이 보이고, 귀에는 폭포소리가 우레 치듯이 들려온다.

너럭바위 옆에는 낚시터가 있고, 낚시터 서쪽에는 돌다리가 있어 깎아지른 듯한 절벽 위에 가로 누워 있다. 이 다리를 통해서도 서쪽 봉우리로 건너갈 수 있다. 돌다리 위에서 저 위에 놓인 등나무 다리를 치켜보면 거의 하늘과 땅이 떨어진 것처럼 까마득하게 보인다.

취원 안의 멧부리와 언덕 사이사이에는 계수나무 숲, 용수榕樹나무 숲, 단풍나무 숲, 아구나무 숲이 있어 만송곡을 마주보고 있다. 그 숲에는 각각 난야蘭若(사찰)와 정려精廬(도관道觀)가 있어서 방랑하는 스님이나 도사들이 쉬어가는 용도로 쓰는데, 그에 관해서는 일일이 설명하지 않는다.

서쪽 봉우리의 사당 주변에는 온천수가 있어 그곳에 욕실을 설치하여 목욕과 세탁에 편리하도록 한다. 또 욕실 주변에 단실丹室 몇 칸을 만들어 욱관燠館이라 부른다. 이 욱관의 증기는 따스하여 한기를 띠지 않으므로 추운 겨울에도 봄날과 같은 기분을 느끼게 한다. 온천수에서 솟아나는 증기 때문에 그러하다.

기타 약란藥欄과 남새밭을 비롯한 것들은 장원과 비슷하게 만든다.

손님들은 취원의 곳곳을 왕래하며 언덕에 올라 사방을 조망하거나 경치를 구경하는 등 어느 곳이든지 다 갈 수 있다. 그렇지만 연회는 대체로 화서당華胥堂에서 열고, 미인들도 불시에 그 자리에 참석한다.

화서당 동쪽으로 산을 따라서 구불구불 오솔길이 나 있는데, 길에는 석벽石壁에 붙여 회랑回廊을 만든다. 회랑을 따라서 수십 개의 구비를 지나면 장취교將就橋에 이른다. 장취교 동쪽은 담장을 둘러치는데, 담장 사이시이 육로와 수로에 두 종류의 문을 세운다. 문의 안쪽이 바로 장원이다. 그러나 문의 개폐를 정해진 시간에 맞추어 하기 때문에 장원으로는 나갈 수 있지만 취원으로는 들어올 수 없다. ―「장취원기」

장원은 물이 많은 편이고, 취원은 산이 많은 편이다. 장원에서 보이는 것이 모두 물이기는 하지만 나부령으로부터 두 채의 누각과 노대露臺에 이르는 공간에는 산 아닌 곳이 없다. 취원에서 보이는 것이 모두 산이기는 하지만 남쪽으로부터 흘러 들어오는 계곡물이 모여서 화서당의 연못을 이루고, 이 연못의 물이 북쪽으로 흘러 엷여덟 구비의 계곡물이 된다. 이 계곡이 끝난 곳에서 물이 다시 모여 도화담을 이루며, 도화담의 물이 다시 북쪽으로 흘러 시내가 되어 흐르기 때문에 결국 물이 없는 곳이 없는 셈이다.

그러한 까닭에 장원이 광활한 느낌을 준다면 취원은 그윽한 느낌을 주고, 장원이 성근 느낌을 준다면 취원은 빽빽한 느낌을 주며, 장원이 멋스럽고 풍취가 있다면 취원은 예스럽고 점잖은 느낌을 주며, 장원이 부귀의 멋을 풍긴다면 취원은 고상하고 한적한 멋을 풍긴다.

사계절 가운데 장원이 여름철에 알맞다면 취원은 겨울철에 알맞다. 그러나 장원은 매화나무가 여러 무畝에 심겨져 있고, 두 채의 누각이 남향하여 따뜻한 햇볕을 받기에 호수에 다가서서 눈을 구경할 수 있으므로 겨울철에도 알맞다고 할 수 있다. 취원은 바위가 많은 골짜기가 그윽하고 깊으며, 대나무와 다른 수목들이 울창하고 푸르러 6월에도 더위를 가시게 하므로 여름철에도 알맞다고 할 수 있다. 봄가을의 날씨 좋은 날이라면 어디 하나 알맞지 않은 장소가 없다.

장원의 동쪽에 있는 장산은 구슬 같은 물이 흘러내리는 샘물이 100개나 그 위에 있어 사시사철 나는 듯한 폭포가 떨어지고, 취원의 서쪽에 위치한 취산은 그 아래로 1만 이랑의 평야가 펼쳐져 있어 언제나 해가 길게 드리워져 있다. 이것이 장원과 취원의 서로 다른 경관이다.

두 동산을 서로 대비해보자. 기이함을 다투고 수려함을 자랑하여 서로 번갈아 자태를 뽐낸다. 장원의 누대에 올라서 서쪽을 향해 취원의 두 봉우리를 바라보면, 하늘에 찌를 듯이 솟구친 모습이 구름 속에 숨은 두 대궐과 다름이 없으며, 선뜻 소나무와 측백나무가 울창하게 눈앞에 펼쳐진 모습은 오릉五陵(한나라 고조 이하 다섯 황제의 능묘가 있는 지역으로 번화한 도시 지역을 의미)의 상서로운 기운을 느끼게 한다.

마찬가지로 취원의 봉우리에 올라서 동쪽을 향해 장원의 드높은 대와 웅장한 누각을 바라보면, 완연한 비렴蜚廉과 계관桂觀(한漢 무제武帝가 장안에 건립한 누관樓觀 이름으로 화려한 건물을 지칭)이다. 또 아스라한 호수의 물빛을 바라보노라면 사람으로 하여금 영주瀛洲와 방장方丈(동해바다 가운데 있다고 전해지는 전설상의 신비로운 삼신산)의 선경에 대한 그리움을 일으킨다. 두 가지 아름다움이 합해져야만 한결 광채를 더한다는 것이 어찌 이런 것이 아니겠는가! ─「장취원기」

용도서龍圖墅[20]

용도龍圖라 하는 것은 하도河圖[21]이다. 별장을 지으려고 할 때, 하도의 위치와 수를 본으로 삼아 세운다. 수평의 넓은 대지를 택하여 높이 세 자, 지름 다섯 보步가 되는 원형의 단을 쌓은 다음 그 단 위에 십자十字로 된 누각을 세운다. 이 누각은 다섯 칸으로 중앙에는 내실을 만들고, 네 모서리에는 누樓

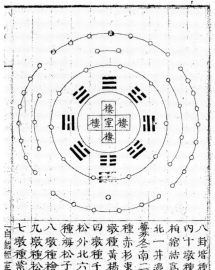

七九八種松四墩種蘗北柏內八
墩墩墩海外墩種赤冬一縮卜卦
種種種松北種黃杉南井結墩墖
室紫松檜子六千楊東二邊爲種
蘗檀南西東墩枝西三墩種屛側竹

"팔괘를 상징하는 섬돌에는 대나무를
심고 안쪽에 있는 열 개의 돈대에는
측백나무를 연이어 심어 병풍처럼 만
든다. 북쪽에 있는 한 우물가에는 문
동蘗冬(맥문동)을 심고, 남쪽 두 개의
돈대에는 적삼赤杉을 심으며, 동쪽 세
개의 돈대에는 황양목黃楊木을 심고,
서쪽 네 개의 돈대에는 천지송千枝松
을 심는다. 바깥 북쪽 여섯 개의 돈대
에는 해송자海松子를 심고, 동쪽 여덟
개의 돈대에는 회檜나무를 심으며, 서
쪽 아홉 개의 돈대에는 소나무를 심
고, 남쪽 일곱 개의 돈대에는 자단紫
檀나무를 심는다."

용도서龍圖墅와 그곳에 심을 나무
용도서의 설계도(왼쪽)와 용도서의 여러 장소에 심을 나무를 설명한 글(오른쪽). 용도서는 하도의 구조를 응용하
여 만든 별장으로 열십자의 중심 건물 가운데에 내실, 네 모서리에 누각을 만들고 그 외부에 계단과 돈대, 우물을
조성하여 하도를 형상화했다. 성리학의 이념을 생활 속에 받아들인 조선조 학자들은 주거 건축에도 그 이념을 형
상화하고자 노력하여 이러한 독특한 설계도를 만들었다. 오사카 시립도서관 소장본 『이운지』에 실린 원본 삽도임.

를 만든다. 이는 천오天五를 상징한다. 단의 외부는 여덟 개의 계단으로 둘러
쌓는데, 이는 선천先天 팔괘八卦를 상징한다. 여덟 개의 계단 바깥에는 열 개의
돈대를 죽 이어서 쌓는데 이는 지십地十을 상징한다. 열 개의 돈대 바깥 북쪽
에 우물 한 개를 뚫음으로써[원주: 작은 연못을 파도 좋다] 천일天一을 상징하고,
남쪽으로 두 개의 돈대를 쌓음으로써 지이地二를 상징하고, 동쪽으로 세 개의
돈대를 쌓음으로써 천삼天三을 상징하며, 서쪽으로 네 개의 돈대를 쌓음으로
써 지사地四를 상징한다.

또 그 외부를 둥그렇게 둘러서 돈대를 쌓는데 북쪽에는 여섯 개, 남쪽에는 일곱 개, 동쪽에는 여덟 개, 서쪽에는 아홉 개를 쌓아서 원형의 진陣과 같은 모양을 만든다. 이는 지육地六, 천칠天七, 지팔地八, 천구天九를 상징한다. 이렇게 하면 하도 55의 수가 모두 갖추어진다. 여기에 사시사철 푸른 열 종류의 꽃과 나무를 심는다. 이 가옥은 고금을 통하여 원림을 즐기는 일에 항상 뜻을 기울여온 사람들이 미처 생각해내지 못한 집이다. —『산림경제보』山林經濟補

구문원龜文園

구문龜文이라 하는 것은 낙서洛書(하나라 우禹 임금 때 거북이 등에 지고 나온 무늬를 보고서 문왕이 그린 도형)이다. 동산을 만들고자 할 때, 낙서의 위치와 수를 본으로 삼아 세운다. 수평의 넓은 대지를 택하여 중앙에 지름이 대략 다섯 보쯤 되는 원형의 섬을 만들고, 그 위에 태극정太極亭을 짓는다. 정자의 중앙에는 내실을 만들고, 네 모서리에는 헌軒을 만든다. 섬의 바깥 둘레에 네 개의 연못을 두르되 만彎의 형태로 섬을 둘러싼다.

네 개의 연못과 한 개의 섬이 합해져서 중오中五의 수를 형성하도록 한다. 연못의 팔면에는 각각 잔디로 만든 3층의 계단을 만들어서 후천後天 팔괘를 상징하게 한다. 계단의 바깥 북쪽에는 반달 모양의 돈대를 쌓고, 그 중간은 비워서 이일履一[22]을 상징하게 한다. 동쪽에는 세 개의 돈대를 쌓아서 좌삼左三을 상징하고, 서쪽에는 일곱 개의 돈대를 쌓아서 우칠右七을 상징하며, 남쪽에는 아홉 개의 돈대를 쌓아서 대구戴九를 상징하게 한다. 서남쪽 모서리에 두 개의 만彎을 서로 마주보게 하여 등성이를 채우고, 동남쪽의 모서리에 네 개의 만을 서로 마주보게 하여 등성이를 채운다. 이것은 2와 4가 어깨가 되는

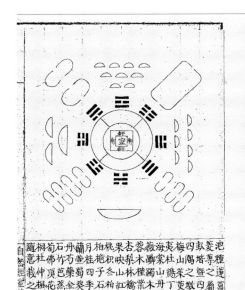

"연못에는 연꽃, 창포, 마름, 순채蓴菜 등의 화초를 심고, 팔괘를 상징하는 섬돌과 사방 정방正方 및 모서리의 돈대에는 복숭아, 매화, 산수유, 신이화辛夷花, 두견, 정향, 해당화, 산나리, 장미, 철쭉, 목부용, 무궁화, 백일홍, 살구나무, 배나무, 능금나무, 사과나무, 영산홍, 앵두나무, 탱자나무, 동백, 춘백, 치자나무, 석류, 월계수, 사계화四季花, 국화, 난초, 원추리, 접시꽃, 모란, 함박꽃, 금등金藤, 패랭이꽃, 파초, 포도, 불정화佛頂花, 오동나무, 두충, 단풍, 버드나무 등을 마음에 드는 대로 심는다."

구문원龜文園과 그곳에 심을 화목花木
구문원의 설계도(왼쪽)와 구문원의 여러 장소에 심을 화목을 설명한 글(오른쪽). 구문원은 용도서와 같은 방식으로 낙서의 구조를 응용하여 만든 별장으로 낙서의 위치와 수를 본으로 삼아 설계했다. 연못에 조성한 인공의 섬에 정자를 만들고, 그 외부에 섬과 돈대 등을 조성하여 낙서를 형상화했다. 성리학의 이념을 건축에 반영하여 설계하였다. 용도서와 구문원은 직접 건축으로 이어지지는 않았으나 실제로 지으려고 노력한 사례도 있다. 오사카 시립도서관 소장본 『이운지』에 실린 원본 삽도임.

것을 형상한다.

　　서북쪽 모서리에 있는 여섯 개의 만과 동북쪽의 모서리에 있는 여덟 개의 만은 6과 8이 되는 것을 형상한다〔나의 의견: 두 개의 만과 네 개의 만이라고 말한 것은 돈대의 형태가 길쭉하고 만처럼 굽어졌으며 두 개씩 서로 마주보고 있어서 그렇다〕. 이것이 바로 구문원이다.[23] ─『산림경제보』

울타리 만드는 법

전원에 살면서 정원이나 남새밭을 담장으로 에워싸고자 한다면, 그물력物力을 마련하기가 쉽지 않을 뿐더러, 장맛비를 한번 거치면 동쪽이 기울고 서쪽이 무너져, 기울고 무너진 곳을 보수해야 한다. 그런 일을 통해서 담장을 유지하는 일이 매우 어렵다는 사실을 뼈저리게 깨닫는다.

따라서 집의 북쪽에는 정원을 만들어서 과실수를 심고〔원주: 『사기』史記「화식열전」貨殖列傳에서 "연燕과 진秦 땅에 대추나무 1천 그루를 가지고 있는 사람과 안읍安邑 땅에 대추나무 1천 그루를 가지고 있는 사람, 회淮와 제濟 땅에 배나무 1천 그루를 가지고 있는 사람, 촉蜀과 한漢 땅에 귤나무 1천 그루를 가지고 있는 사람은 모두 1천 호戶의 식읍食邑을 소유한 제후와 대등하다"고 하였다. 『사기』에서는 대체로 해당 지방의 토질과 풍속에 적합한 나무만을 말했을 뿐이니, 다시금 각 지역의 풍기風氣와 토질을 잘 헤아려서 감, 복숭아, 능금, 사과 같은 과일도 첨가해야 한다〕, 집의 좌우에는 남새밭을 만들어 채소를 심는다〔원주: 남새밭은 모두 구역을 나누어 파종하는 방법(區種法)을 사용하는데, 특히 토란은 넓은 지역에 파종한다. 구역을 나누어 파종하면 가뭄에 해를 입지 않고, 토란은 흉년이 든 해에 곡식을 대체할 수 있다〕.

집의 남쪽 한 면을 빈 공간으로 남겨두고 위아래로 연못을 판다. 연못을 하나는 작게, 하나는 크게 만들어서 작은 연못에는 연蓮을 심고, 큰 연못에는 물고기를 기른다. 정원과 남새밭 바깥을 에워싸고 정방형으로 멧대추를 줄 지어 심고, 그 나무를 새끼로 엮어서 울바자를 삼는다. 그 방법은 『제민요술』齊民要術에 소개된 법과 똑같이 한다〔나의 의견: 방법은 『임원경제지』「만학지」晩學志에 상세하게 나온다〕.

또 담장 밖에는 버드나무를 줄 지어 심고, 버드나무 밖에는 느릅나무를 심는데, 하나같이 멧대추를 심는 방법과 동일하게 한다. 그렇게 하면 전원에 사는 그윽한 정취를 자아낼 뿐만 아니라, 과실을 따고 채소를 뜯어서 시장에 나가 양곡으로 바꿈으로써 농사짓는 일을 대체하기도 한다. 또 버드나무는 땔감으로 베어 쓸 수도 있다. 이야말로 도주공陶朱公[24]이 이른바 "버드나무 1천 그루를 심으면 땔감을 풍족하게 쓸 수 있다"는 것이다. 느릅나무로는 장을 만들어 먹을 수 있으니, 최식崔寔의 『월령』月令[25]에서 이른바 "3월에 느릅나무 씨를 따서 장을 만드는데 매우 향기롭고 맛이 좋다. 이를 장투醬酴라고도 한다"라고 한 것이 바로 이것이다. 그런데 반드시 대추나무를 안에 심고, 느릅나무를 밖에 심는 까닭은 무엇인가? 대추나무는 서리를 가장 잘 물리쳐 꽃이나 과실수가 대추나무 가운데 있으면 대단히 무성하게 자라므로 안에 심고, 느릅나무는 땅을 선동하는 성질이 있어서 오곡五穀을 그 아래에 심는 것은 옳지 못하므로 밖에 심는다. ─『고사십이집』攷事十二集

아홉 갈래 길에 나무를 심는 법

강매江梅, 해당화, 복숭아, 배나무, 귤, 살구나무, 홍매紅梅, 벽도碧桃, 부용의 아홉 가지 화목花木을 각각 하나의 길에 심고 이를 삼삼경三三徑이라 부른다. 이 길을 시로 읊었다.

> 삼경三徑을 처음 만든 이는 장옹蔣翁[26]이요,
> 두번째로 만든 분은 도연명이지.
> 성재誠齋[27]가 이제 홀연히 삼삼경을 차지하여,
> 꽃이 피는 길마다 그 길 따라 걸으리.
>
> ─양만리楊萬里의 「삼삼경시」三三徑詩

2. 연못

크고 작은 연못

연못은 세 가지 좋은 점이 있다. 물고기를 기를 수 있고, 밭에 물을 댈
수 있으며, 또 흉금을 상쾌하게 씻어줄 수 있다. 그러나 집에 바짝 근접한 곳
에 큰 연못을 만들어서는 안 된다. 물 기운으로 인해 습기가 차서 집을 적시면
집이 무너지기 쉽고, 사람을 젖게 만들면 사람이 병들기 쉽기 때문이다. 따라
서 모름지기 위아래에 두 개의 연못을 만들어야 한다. 위에 만든 연못은 사방
이 5, 6보쯤 되는 규모로 벽돌과 돌을 쌓아 만들고, 부용과 물풀을 심어서 지
팡이를 짚고 나막신을 신은 채 소요할 만한 장소로 만든다. 아래에 위치한 연
못은 땅의 형편에 따라서 넓이를 조절하는데, 크면 클수록 좋다. 이 연못은 도
주공陶朱公의 물고기 기르는 법(養魚法)[28]을 모방하여 만드는 것이 좋다. —『고사
십이집』

흙을 구워 연못을 만드는 법

수원水源이 없을 경우에는 땅을 파서 구덩이를 만들고, 돌을 사용하
여 견고하게 다진다. 그 다음 기와를 굽는 흙을 두껍게 바르고서 땔감을 쌓아
놓고 익을 때까지 구우면 물이 새지 않는다. —『사의』事宜

작은 연못을 만드는 법

물줄기가 없는 뜰 가장자리에 크기를 헤아려서 구덩이를 파고 사면의

벽과 밑바닥을 만들고 돌담을 쌓는다. 그 다음 구운 벽돌에서 나온 흙으로 아주 차진 진흙을 이겨서 사면의 벽과 밑바닥을 바른다. 다음에 땔나무를 쌓아놓고 익도록 구워대면 물이 새지 않는다. 비록 땔나무를 태워 굽지 않는다 해도, 벽돌과 같이 견고하게 쌓거나 또는 큰 항아리를 놓아두고 물을 저장하고서 항아리에 작은 구멍을 뚫고 대나무 홈통을 이용하여 연못에 물을 끌어 흐르게 하면 물이 마르지 않는다. 만약에 연蓮을 심고 싶으면 다른 진흙을 사용하며, 연못에는 물고기를 기를 수도 있다. —『증보산림경제』增補山林經濟

물줄기가 없는 곳에 연못을 만들고자 하면『태서수법』泰西水法의 '수고법'水庫法을 이용하는 것이 마땅하다. 이 '수고법' 외에 벽돌로 쌓거나 진흙을 굽거나 하는 방법은 결국 물이 새어 나가는 것을 모면하지 못한다. —『금화경독기』金華耕讀記

분지盆池를 만드는 법

수원水源이 없을 경우, 큰 항아리를 죽 이어서 땅에 묻고 항아리와 항아리 사이의 빈 공간에 갈대나 부들을 심는다. 언뜻 바라볼 때 그것이 항아리인 줄을 눈치 채지 못한다. —『사의』

큰 항아리 네 개를 만들고 네모반듯하게 땅을 판 다음 그 속에 항아리를 묻는데, 항아리 아가리를 지면과 가지런하게 한다. 움푹 들어간 곳은 흙으로 메워 평탄하게 하며, 항아리 아가리 주위에는 둥그렇게 잔디를 깐다. 항아리 안에는 기름진 흙을 약간 집어넣고, 물을 넘실넘실 넘치도록 채워 넣는

다. 그 다음 수면에 개구리밥 잎사귀를 던져 띄운다. 주변에 연과 갈대, 부들 같은 풀을 심고 안에서 물고기를 기른다. 항아리를 멀리서 바라보면 진짜 연못처럼 보인다. ―『증보산림경제』

연못물이 마르는 것을 막는 법

연못의 물이 쉽게 마를 때는 소뼈를 넣어두면 효험이 크다. ―『사의』

강세황, 〈지상편도〉池上篇圖
당나라의 시인 백거이白居易가 만년에 정원을
조성하여 즐긴 일을 소재로 「지상편」池上篇이
란 작품을 썼다. 이 그림은 그 시의 내용을 바탕
으로 그린 것이다. 대숲 속에 큰 기와집이 있고,
연못을 조성하고 괴석으로 꾸민, 우아하면서도
고상한 별장이다. 당시 사람의 멋진 주거에 대
한 염원을 엿볼 수 있다. 강세황은 처남이자 시
인인 유경종柳慶種을 위해 상상의 정원을 그린
의원도意園圖를 그려주기도 하였다. 개인 소장.

연못가에 석가산石假山을 만드는 법

물에 불린 조약돌을 쓰되, 이 돌을 얻을 수 없을 때는 연한 돌을 가져
다가 깨서 괴석怪石을 만든다. 괴석을 연못가에 첩첩이 쌓아서 산을 만들되
바위와 골짜기가 그윽하고 깊숙하게 만들고, 단풍나무·소나무·오죽烏竹·진
달래·철쭉·패랭이꽃·백합·범부채와 같은 꽃과 나무를 많이 심는다. 연못가
에는 또 여뀌꽃을 심는다. 석가산 뒤편에 큰 항아리를 놓아두고 물을 저장한
다음, 대나무를 구부려 산꼭대기로부터 굽이굽이 물을 끌어다가 못 가까이에
와서 폭포를 이루게 한다. 물이 내려오는 길은 기와를 굽는 흙으로 단단하게
발라두면 물이 새지 않을 것이다. 이 풍경을 아침저녁으로 마주 대하면 절로

북경 자금성 이화원의 석가산
중국 원림에는 석가산의 조성이 기본 요소의 하나이다. 이화원의 석가산은 괴석을 첩첩이 쌓아 만들어 신비로운 느낌을 자아낸다. 그에 비하면 조선의 전통적 정원에서는 보통 연못 주변에 괴석을 소규모로 배치하는 데 그쳤다. 그렇게 조성된 괴석은 소박한 정취를 지녔다. 계성計成이 지은, 정원 예술의 명저인 『원야』園冶에서는 "연못 위에 석가산을 조성하는 것이야말로 원림 중에서 제일 빼어난 경치를 이룬다"고 하였다. ⓒ 박정욱

기묘한 풍치가 많을 것이다. ―『증보산림경제』

섭소옹葉紹翁[29]의 『사조문견록』四朝聞見錄에는 오거吳琚[30]가 조성한 정원과 연못의 제도를 다음과 같이 기록하였다.

"성벽에 기대어 돌을 첩첩이 쌓고는 남쪽 산록(南麓)이라 하였다. 산록 뒤편은 높이가 몇 계단 높은데 물을 길어 올려 그곳의 독에 부었다. 그리고 홈통을 통해 물을 흘려 내려보냈다. 찰랑찰랑 패물을 차고 걷는 소리가 나면서 방형方形 연못으로 물이 떨어졌다. 연못은 사방이 네댓 자 크기였다. 산록의 뒤편을 통하여 성에 올라서면 소대嘯臺가 있고, 소대를 통하여 산골짜기 문에 들어갔다. 여기에는 둥그렇게 벽도碧桃가 심겨져 있고, 바위가 있어 바둑

을 두면서 앉아 쉴 수 있었다[나의 의견: 내 생각으로는 '앉아서 바둑을 둘 수 있다'로 고쳐야 할 것이다]. 구불구불 서쪽으로 걸어가서 길을 꺾으면 도미동茶蘪洞으로 들어간다. 도미동은 꼭대기가 띠로 덮여 있고, 내부는 둥그스름하다. 그 안의 땅은 겨우 여덟 자에서 한 길 정도의 넓이인데, 등나무와 넝쿨풀이 뒤엉켜 있고 꽃과 대나무가 뒤섞여 자라며, 새들은 지저귀고 두루미는 울며 날아서 산에 사는 듯한 적막감이 감돌았다."

성안에 살거나 끌어올 물줄기가 없는 사람들은 이러한 방법을 모방하여 설치하는 것이 좋을 것이다. 그렇지만 옹기를 안고서 연못에 물을 대는 짓을 하느라고 죽을 때까지 쓸모없이 애 쓰는 고생을 면하지 못하는 흠이 있다. ─『금화경독기』

샘물을 끌어오는 법

푸른 산은 약藥에 해당하고 흐르는 물은 비장을 튼튼하게 하는 것이라서 본래부터 산가山家에서는 두 가지 고귀한 물건이라 했다. 그러나 층층이 솟은 암벽과 험준한 산봉우리, 솟구친 산에 걸린 구름과 안개가 어우러진 산세, 빠르게 흐르는 여울과 급하게 떨어지는 폭포수, 맑고 아득하게 흘러가는 물의 풍광은 모두가 멀리에서 조망할 수 있는 아름다운 풍경이지, 책상을 앞에 두고 감상할 수 있는 풍경은 아니다. 그러므로 산속에 살거나 들녘에 살거나 따질 것 없이 잔잔하게 흐르는 작은 시내가 울안의 화단과 정원의 섬돌 사이를 휘돌아서 집을 감싸 안고 흘러가는 경관을 아침저녁 사랑스러운 마음으로 바라보도록 만드는 것이 필요하다. 그렇게 하면 비로소 흉금을 맑게 씻고, 정신을 유쾌하게 할 수 있을 것이다.

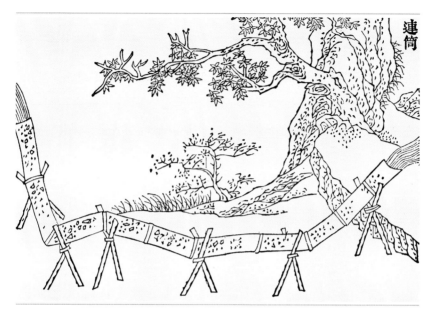

물을 끌어오는 장치 연통連筒

『농정전서』에 수록된 연통 그림. 큰 대나무를 쪼개고 안의 마디를 제거한 다음 홈통을 만들고 죽 이어댄다. 물을 멀리서 길어다 써야 하는 곳에서 물을 대는 기구로 널리 사용되었다. 강진의 만덕산 기슭에 조성된 다산초당에는 연지蓮池와 석가산이 있는데, 다산 선생이 탐진강 가에서 직접 돌을 주위 조성하였다. 연지는 이 연통을 이용하여 산에서 흐르는 물이 연못으로 떨어지게 해놓았다. 영남지방에서 널리 사용되었다고 전한다.

      이때 샘물 줄기가 가까이에 있다면 도랑을 내어 물을 끌어오는 것이 좋지만, 물줄기가 먼 곳에 있는 경우에는 임홍林洪의 『산가청사』山家淸事에 나오는 '대나무를 쪼개어서 샘물을 끌어오는 법'(割竹引泉法)을 이용한다〔원주: 『산가청사』에서 다음과 같이 말했다. "동짓달에 긴 대나무를 쪼개 죽 이은 다음 대나무못을 박아서 물맛이 좋은 샘물을 끌어들여 항아리에 저장한다. 두보杜甫가 '대나무를 쪼개 샘물을 흐르게 한다'고 쓴 시가 바로 이것이다." 또 왕정王禎의 『농서』農書에서도 "죽통竹筒을 죽 이어서 물을 끌어들인다"라고 하였다. 보통 거처하는 곳이 수원水源과 멀리 떨어져 있으면 물을 길어 쓰기가 불편하다. 그러므로 큰 대나무를 취하여 대마디 속을 뚫어서 위아래가 서로 끊어지지 않고 이어지도록 한다. 이것을 평지에 놓기도 하고, 혹은 계곡 위에 시렁을 얹어 걸치기도 하여 물을 끌어들여 연못이나 부엌, 욕실 등에 물을 댄다. 약초밭이나 남새밭 같은 데도 이 물을 이용할 수 있으니, 두보의 "대통을 연이어 작은 뜰에 물을 준다"라고 한 시가 바로 이것이다).

이렇게 끌어온 물이 뜰을 지나 담장을 뚫고서 흐르다가, 괴석을 만나서는 소리를 내며 부딪치고, 길게 파인 바위를 만나서는 작은 도랑을 만들며, 크고 작은 바위가 쌓인 곳을 만나서는 벼루를 씻는 곳이 되고, 물오리를 기르는 곳이 되며, 부용이나 물풀을 심는 곳이 된다.

이 물의 지류나 쓰고 남은 물은 또 꽃밭에 뿌리거나 남새밭에 대는 용도로 사용할 수 있다. 산에 사는 사람에게 이러한 설비가 없다면 비록 정원, 정자, 누각이 한 시대에 자랑할 온갖 아름다움을 다 구비했다손 치더라도, 혈맥이 마르고 막힌 사람처럼, 진액이 말라 시든 나무처럼, 원활하고 영롱한 생기가 사라질 것이다. —『금화경독기』

석가산에서 뱀을 물리치고 안개를 일으키는 법

변경汴京(남송南宋의 수도)의 간악艮嶽(변경에 있던 산으로 휘종 황제가 거대한 석가산을 조성한 곳)에는 원元나라 시절에 아라비아 사람이 상주하여 황실 안에서 석웅황石雄黃과 노감석爐甘石 수만 근을 가져다 석가산을 쌓았다. 그 이유는 석웅황을 바위산이나 길거리 등지에 쌓아놓으면 뱀과 독사를 물리칠 수 있기 때문이다.

노감석은 비가 내린 뒤 햇볕이 쪼일 때면, 습기가 위로 피어올라 이

내나 안개가 피어나는 분위기를 연출한다. 그러므로 간악에서는 두 가지 물
건으로 석가산을 조성하였다. —『농전여화』農田餘話

은자의 문화 공간

1. 내부 공간, 서재

서재

서재는 밝고 정결해야 하지만 지나치게 활짝 개방되어서는 안 된다. 서재가 밝고 정결하면 심신을 상쾌하게 만들지만, 서재가 너무 크거나 활짝 개방되어 있으면 시력을 상하게 한다. 서재의 창밖 사방의 벽은 온통 담쟁이 넝쿨로 뒤덮는다. 담장에는 소나무와 회나무를 죽 이어 심고, 분경盆景에는 난蘭을 하나나 두 뿌리 심어둔다. 계단 둘레에는 취운초翠雲艸를 심어서 사방이 무성하도록 하면 푸른빛이 넘칠 것이다. 서재 곁에 벼루를 씻는 못을 한 곳 마련하고, 창문 근처에 분지盆池(집안의 뜰에 만든 자그마한 연못)를 만들어 금붕어를 다섯 마리 내지 일곱 마리쯤 키워서 천기天機가 활발하게 살아 움직임을 관찰할 수 있도록 한다. —『준생팔전』遵生八牋

거실은 지기地氣로부터 멀리 떨어지는 것이 다른 무엇보다도 중요하다. 옛날부터 선인仙人은 누樓에 거처하기를 좋아한다고 말해왔는데, 바로 이러한 이유 때문이다. 우리나라 사람들은 불을 세게 땐 구들 위에 거처하는 데 익숙하기 때문에 겨울철에는 누에 거처하지 못한다.

서재를 만들 때는 먼저 기초基址를 다지는 일부터 시작한다. 기초는 지면으로부터 세 자에서 다섯 자 정도 띄운다. 사방 둘레에 벽돌과 돌을 쌓고, 그 위에 세 겹에서 다섯 겹으로 벽돌을 깐다. 이와 같이 한 다음에 비로소 주춧돌을 세우고 집을 짓는다. 구들을 만드는 법은 중국인의 구들 까는 법을 채택하여 벽돌만을 사용하고, 흙이나 돌을 사용함으로써 습기를 끌어들이지 않도록 한다. —『금화경독기』

환실圜室[31]

환실을 세우는 방법은 제작자에 따라 제각기 다르다. 내가 뜻을 둔 환실은 천지의 이치를 모범으로 삼아 응용한 것으로 상부는 원형圓形으로, 하부는 방형方形으로 만든다. 원형의 지름을 한 길 두 자로 하고, 중간을 막아서 앞 뒤 두 칸의 방을 만든다. 앞 칸에는 동서로 해와 달을 상징하는 둥근 구멍을 뚫어서 햇빛과 달빛을 받아들이고, 뒤 칸에는 꼭대기에 큰 창을 설치하고 들어 올려서 천문天門의 신령한 기운을 받아들인다. 동북쪽에는 지게문을 달아 공기를 차단함으로써 귀신들이 출입하지 못하도록 한다. —『구선신은서』臞仙神隱書

御製
題圖
昔年已見朱書裏
今玆命圖一片中
予意恒時此等處
依然若坐賢遊洞
曾於自省編已論沂水
舞雩之心今又命圖于
此盖其意則一也
柔兆攝提格仲秋

晦庵先生漳州罷官圖
先生於州治射圃之後
闢室爲圃予九區中民
不覺爲高二尺餘民區
爲畦有古爲高低參錯
處蒔花卉種種棘樹
植杉松爲竹屋爲小屋
萌芽小屋有區爲書
舍爲兩間凹凸有
李方同凹洋石凳之遊
閱洗頗竹思花遊其間
笑讀語生曰有无語
八卦九玄予乃有乙五八
之法

작자 미상, 〈장주묘암도〉漳州茆菴圖
1746년경 영조英祖의 명에 의해 그
린 그림. 송나라 주희朱熹가 장주漳
州의 지사를 지낼 때 『주역』의 원리
를 본떠 활터에 후원을 꾸민 일이 있
는데 영조가 주희의 글을 읽다가 감
동을 받아 그림으로 묘사하게 한 것
이다. 중앙에는 석축으로 단을 쌓고
그 뒤에는 초가집을 지어 세 개의 창
을 내었으며, 앞부분에는 작은 초가
정자를 지었다. 용도서나 구문원 같
은 설계도가 나오게 된 데에 주희의
시도가 끼친 영향이 감지된다. 개인
소장.

온각溫閣

남쪽 지방에서는 여름에 비가 올 때 약물藥物과 도서, 가죽과 털 등의 물건이 모두 곰팡이가 슬거나 얼룩이 져서 못 쓰게 된다. 이 때문에 온각을 만드는데, 지면으로부터 한 길 이상 거리를 띄우고, 온각의 내부에는 벽을 따라서 시렁을 두세 층 만들며, 벽과 벽 사이는 널판을 대고 그 앞뒤로 창문을 낸다. 들보 위에는 긴 물건 걸이를 만들어 물건을 그 위에 걸어두고, 그 나머지는 살강 위에 놓아둔다. 일기가 청명한 날에는 창호窓戶를 활짝 열어서 상쾌한 바람과 햇빛을 받아들이고, 날씨가 흐린 날에는 꼭 닫아서 비와 습기를 막는다. 온각 내부에는 작은 화로를 설치하여 언제나 불기운이 따뜻하게 감돌게 한다.

또 하나의 방법은 이렇다. 온각 내부에 두세 개의 상床을 설치하고, 상 아래에는 가마에서 금방 나온 숯을 거두어 그 안을 채운다. 그 다음 상 위에 그림 등속을 놓아두면 곰팡이가 슬거나 못 쓰는 일이 영구히 없다. 이때 불을 따로 피울 필요는 없다. 여기에 사용한 숯은 가을에 연료로 사용하면 되고, 다음 해에 새 숯으로 교환한다. 한편 결코 상 위에 누워서는 안 된다. 상 위에 눕는 사람은 벙어리가 될 수 있는데, 그러한 실례를 자주 찾아볼 수 있다. 그 이유는 불기운에 녹아서 벙어리가 되기 때문이다. ―『준생팔전』

다료茶寮

곁채(側室) 한 칸을 서재 옆에 마련한다. 다료 안에는 다조茶竈 하나, 찻잔 여섯 개, 차 주전자 두 개―그중 하나는 끓는 물을 붓는 데 사용한다―다구茶臼 하나, 먼지를 털고 닦는 데 쓰는 포布 각각 하나, 숯을 넣어두는 상자 하나, 불쏘시개 한 개, 부젓가락 한 개, 화선火扇 한 개, 화두火斗 한 개—이것으로는 향병香餅을 굽는다—다반茶盤 한 개, 다탁茶卓 두 개를 놓아둔다. 동자를 시켜 차 끓이는 일을 전담하도록 하여 긴 여름날 청담淸談을 나눌 때와 추운 밤 외로이 앉아 있을 때 시중들게 한다. ─『준생팔전』

약실藥室

닭 우는 소리나 개 짖는 소리가 들리지 않는 조용한 장소에 호젓한 방 한 칸을 마련한다. 방 안에는 제물을 늘어놓는 상을 하나 마련하여 옛 성인 (처음 약초를 구별한 신농씨神農氏, 헌원씨軒轅氏를 가리킴)과 약왕藥王(춘추전국시대의 명의名醫 편작扁鵲)에게 제사를 올린다. 이곳저곳에 큰 널판으로 만든 탁자 하나,—탁자는 면적이 넓고 두께가 두꺼워서 약을 조제할 수 있어야 한다—쇠로 만든 큰 맷돌 하나, 돌로 만든 맷돌 하나, 작은 맷돌 하나, 크고 작은 유발乳鉢 각각 하나, 독통墊筒 하나〔원주: 이것을 사용하면 약을 빻을 때 가루가 날리지 않는다〕, 약을 빻는 절구 하나, 구멍이 성글게 난 대·중·소의 체 각각 하나, 결이 촘촘한 비단으로 만든 크고 작은 체 각각 하나, 종려나무로 만든 빗자루 하나, 깨끗한 천 하나, 구리로 만든 가마솥 하나, 화선火扇 하나, 화검火鈐 하나, 크고 작은 천칭 각각 하나, 약궤藥櫃 하나, 약상자 하나, 호로병이나 약탕기〔원주: 이러한 것은 약사들이 수도 없이 쓰는 물건이므로 많이 갖추어놓아 필요에 대비한다〕 등을 비치해둔다.

약물에 사용하는 물건은 모두 약실에 준비해두고 평상시에는 문을 단단히 잠가두어 불의의 사고를 막는다〔나의 의견: 왕민王旻은 『산거록』山居錄에서 "약당藥堂은 약포藥圃 가운데 설치하는 것이 좋다"라고 했는데 이제 그 논의를 채택하여 설치한다. 약당 안에는 약을 만드는 데 필요한 여러 가지 기구들을 보관하고 자제와 문생門生 가운데 의술에 제법 통달한 사람을 시켜서 관리하도록 한다. 약포와 약당에 관한 사실은 『임원경제지』「관휴지」灌畦志에 자세하게 설명되어 있다). —『준생팔전』

약당의 제도를 살펴본다. 약당은 도리가 다섯, 기둥이 셋이다. 북쪽 바람벽을 따라서 『준생팔전』에 나오는 '온각'의 제도와 같이 3층 내지 5층의 살강을 얹는다. 살강 매 층마다 두 짝 내지 네 짝의 문을 달아서 여닫고, 여기에 각종 약 재료를 저장한다. 가운데 칸은 내실을 만들어서 그 남쪽 창문 위 벽에 〈채약월령도〉採藥月令圖(약을 캐는 시기를 월별로 기록한 그림)를 걸어둔다. 왼쪽 건물에는 누樓를 지어서 의방醫方과 본초本草에 관한 각종 서적을 비치하고, 오른쪽 건물에는 헌軒을 만들어서 각종 약을 만드는 도구를 비치한다.

사방으로 통하는 섬돌과 뜰에는 빠짐없이 벽돌을 깔아서 먼지와 습기를 멀리 차단시킨다. 남쪽으로 난 처마 밖 한 길 정도 떨어진 곳에는 오른쪽에 돌절구 하나〔원주: 돌절구의 제도는 허리 부분이 가늘고 위·아래는 넓으며 광이 나도록 정결하게 갈고 다듬는다〕를 설치하고, 왼편에는 돌솥 하나〔원주: 돌솥의 제도는 귀 두 개에 발 세 개이다. 역시 정결하게 갈고 다듬는다. 대체로 단단한 나무를 회전시켜 만든다〕를 설치한다. 중앙에는 자그마한 석지石池를 만들어서 샘물을 끌어와 물을 댄다. 세탁하고 약을 빻고 맷돌질하고 약을 삶고 제조하는 데 이 물을 이용한다.

뜰의 동쪽에는 사방이 확 트인 방을 세 칸 내지 다섯 칸 규모로 짓는다. 방의 내부는 모두 벽돌을 깔고, 사면의 바람벽은 정결하게 흙을 바른다. 방은 매 칸마다 들창을 달아서 바람을 통하게 하여, 약 재료를 저장하는 그늘지고 건조한 장소로 사용한다. 뜰의 동쪽에 나무 시렁을 길이가 네댓 길, 넓이가 두세 길쯤 되도록 설치하되 꽃이나 오이넝쿨을 얹는 시렁과 같은 방식을 취한다. 이 시렁은 신회蜃灰(대합조개 껍질을 태워 만든 재. 습기를 막음)를 발라서 비바람에 견디도록 한다. 시렁 위에는 물건을 햇볕에 말리는 소반을 많이 놓아두고 약재를 말리는 장소로 이용한다. 여기에는 순박하고 근면한 어린 종을 세 명 내지 다섯 명 두어서 오로지 약을 캐고 빻고 끓이고 제조하는 일 등을 담당하게 한다. ─『금화경독기』

금실琴室

초당草堂 가운데 볏짚을 엮어 만든 정자나 외진 곳에 위치한 구석방을 이용하여 금琴을 연주하는 금실을 만들기도 한다. 그 지하에 커다란 항아리 하나를 매장하고 항아리 안에 구리로 만든 종을 하나 걸어둔다. 다음에는 항아리 위를 바위로 덮어두거나 나무판자를 깔아 덮는다. 그 위에 금전琴傳이나 혹은 나무로 만든 안궤案几를 놓아둔다. 금을 연주하면 그 소리가 허공 중에 낭랑하게 들리고 맑고 서늘한 느낌을 자아내니, 세상 밖에 사는 기분이 절로 들게 만든다. ─『구선신은서』

뜰과 벽면 사이에 작은 연못을 만들어 금붕어를 기른다. 금을 탈 때마다 금붕어에게 먹이를 던져주면 금붕어는 앞을 다투어 받아먹는다. 여러 차례 그와 같이 하면, 그 뒤에는 먹이를 던져주지 않아도 슬기둥 당당 금을 타는 소리가 들리면 반드시 금붕어가 물 밖으로 튀어 나온다. 이러한 장면을 본 손님들은 금붕어들이 먹이에 욕심이 있어서 그런 줄은 모르고, 호파瓠巴(춘추시대 초나라의 금의 명인이다. 그가 금을 탈 때는 새들이 춤을 추고 물고기들이 튀어 올랐다 한다)가 다시 살아 나온 줄로 착각할 것이다. ─『문슬신화』捫蝨新話

장서각藏書閣

담 바깥이나 뜰 한가운데의 지대가 높고 건조하며 서늘한 장소를 택하되, 인적으로부터 멀리 떨어진 곳에 장서각을 지어 서적을 수장한다. 이때 장서각의 크기는 장서의 수량에 따라 결정한다.

장서각의 제도는 다음과 같다. 땅을 파서 대臺를 쌓는다. 내부는 모두 벽돌로 쌓고 외부는 돌을 사용하여 쌓는다. 이때 지하를 다섯 자 가량 들이고, 지상으로는 열 자 높이로 솟아오르게 다진다. 다음에는 대 위의 사면에 벽돌을 사용하여 바람벽을 쌓아 올린다. 바람벽의 두께는 세 자로서 한 치의 나무도 사용하지 않는다〔원주: 좌측과 우측, 그리고 뒤편의 삼면에는 벽돌을 지붕에 닿도록 쌓아 올린다. 벽 꼭대기가 서까래 끝을 파묻을 정도까지 쌓아 처마 끝이 밖으로 튀어나오지 않도록 한다. 남쪽을 향한 벽의 정중간에 출입문을 설치한다. 문은 대체로 문짝 네 개를 달되, 그 길이는 문지방이 닿을 정도로 한다. 좌우의 바람벽을 따라서 둥근 창을 달고, 창살을 성글게 짜서 햇빛을 환하게 받아들이도록 하며, 창문을 밀어 열어서 통풍을 시킨다. 창과 바람벽 사이의 들보머리에 닿은 곳에는 큰 벽돌을 겹쳐 쌓고 진흙을 바르고 잘 문질러댄다. 곧바로 들보머리까지 연결시킴으로써 기둥을 대신하도록 한다〕.

벽돌담 위에 기둥과 보, 네모 서까래와 둥근 서까래를 가로질러 얹는다. 서까래 위에는 나무판자를 깔고, 나무판자 위에는 사각 벽돌을 깐다. 그 벽돌 위에 기와를 덮는다. 오로지 암키와만을 사용하여 한 번은 자치고 한 번은 엎어서, 서로 암수가 되게끔 깐다. 다음에는 석회와 진흙으로 그 틈서리를 메운다. 그러면 기와와 기와 사이가 빈틈없이 단단하게 달라붙는다.

각閣 내부 사면의 바람벽과 방바닥은 반들반들하게 광을 내되, 결코 장판지를 깔거나 왕골자리 등을 깔지 않는다. 각 내부의 북쪽 바람벽을 따라 서가를 일렬로 줄지어 설치하고, 경사자집經史子集(서적을 분류하는 네 가지 큰 항

작자 미상, 〈책거리〉
선비들의 사랑방이나 서재를 장식했던 그림. 포갑包匣에 싸인 서책을 중심으로 각종 문방구 및 꽃병, 악기, 술병 등 선비들의 고아한 취향을 담은 물건들이 서가에 꽂혀 있다. 서재에 있어야 할 실물 대신에 병풍 그림으로 놓고 감상하였다. 개인 소장.

목으로 사부四部라고 함)의 책을 꽂는다〔원주: 칸이 비좁고 책이 많을 경우에는, 동쪽과 서쪽의 바람벽에도 서가를 설치할 수 있다〕.

비교적 남쪽에 가까운 곳의 정중앙에는 대나무로 만든 의자 하나와 다리가 높은 책상을 하나 설치한다. 책상 위에는 벼루 하나, 먹 상자 하나, 붓 상자 하나, 장서 목록 하나, 기름 먹인 간판簡版 하나를 준비한다. 책을 한 번 꺼내갈 때마다 간판에 도서명과 권수, 날짜를 빠짐없이 적는다. 서가에 다시 꽂으면 그 내용을 지워버린다. 이렇게 함으로써 내가고 들여오는 과정에서 책을 분실하는 일이 없도록 한다.

바람벽과 창 사이에는 자루가 긴 치미소雉尾掃(꿩꼬리로 만든 비)와 먼지떨이 등의 물건을 비치해두어, 바닥을 쓸거나 먼지를 터는 데 사용한다. 실내의 동서에는 각각 향궤香几를 하나씩 배치하여 그 위에 향정香鼎 하나, 향합香盒 하나, 향시저병香匙箸瓶 하나를 놓아둔다.

남쪽 창틀 아래에는 폭이 좁고 길이가 긴 책상 예닐곱 개를 연이어 죽 배치하여 곰팡이가 슬기에 앞서 책을 바람에 말리는 데 사용한다. 장서각 문틀 위의 바깥벽에 석각石刻 편액扁額을 새긴다. 각의 내부에도 석판石板 두 개를 새긴다. 석판 하나에는 장서각 기문記文을 새기고, 다른 석판에는 "이것은 아무개의 장서로서 자손들에게 명하노라. 장서를 남에게 팔거나 빌려주는 것 그것이 바로 불효이니라"(某氏藏書, 子孫是敎, 鬻及借人, 玆爲不孝)라는 열여섯 자를 새겨놓는다. 장서각은 열쇠 등으로 잘 잠가두어 뜻하지 않은 분실을 사전에 막는다. ─『금화경독기』

취진당聚珍堂

취진당은 활자를 보관하는 건물이다. 외지고 조용한 장소를 택하여 건물 두 채를 짓는다. 두 채 가운데 뒤쪽 건물의 북쪽 바람벽 하단에 나무로 만든 살강(木廚)을 일렬로 설치하여〔나의 의견: 이것은 활자를 보관하는 궤짝으로 그 제도는 '이운지' 「도서장방」圖書藏訪 편에 자세하게 설명되어 있다〕 활자를 보관한다. 남쪽 바람벽의 하단에 긴 탁자를 일렬로 설치하여 책을 늘어놓는 장소로 사용한다.

앞 건물의 정중앙에는 문을 설치하고, 그 왼쪽에는 책을 인쇄하는 장소를 마련한다. 이곳에 공투격空套格〔원주: 속칭은 인찰판印札板이다〕, 연쇄자烟刷子, 모추자毛椎子, 저연석지貯煙石池 등 책을 인쇄하는 데 사용하는 일체의 도구를 놓아둔다. 오른쪽에는 책을 제본하는 장소를 마련하여 제본하는 책상(釘

書案), 큰 송곳, 작은 송곳, 큰 칼, 작은 칼, 협계판夾界板〔원주: 속칭은 전판剪板이다〕, 저모호필豬毛糊筆〔원주: 속칭은 귀歸이다〕, 자호분磁糊盆, 붉은 칠을 한 넓고 긴 탁자 등 책을 인쇄하는 데 사용하는 일체의 도구를 비치한다.

좌우에 위치한 곁채에는 인쇄하는 데 쓰는 종이와 활자를 주조하는 데 쓰는 판본版本을 저장한다. 하나같이 담을 만들고, 튼튼하게 자물쇠를 채운다.

한편, 취진당 터는 선택에 신중해야 한다. 근처에 의숙義塾이 있는 것이 좋다. 의숙에 기거하며 공부하는 학생 가운데 교정하는 일에 익숙한 자를 골라 일을 주관하도록 한다. ─『금화경독기』

2. 외부 공간, 누정

영빈관迎賓館

서재 남쪽에 담을 뚫어 문을 만든다. 규형圭形(아치형)의 형태로 큰 사립문을 단다. 문을 나서면 3층 계단을 내려가고, 그 아래에 5무畝 넓이의 대지를 정지 작업하여 세 칸 내지 다섯 칸 크기의 건물을 짓는다. 이 건물에는 서늘한 바람을 받아들이는 헌軒과 따뜻한 내실, 그리고 자그마한 책상과 기다란 평상을 골고루 갖추어놓는다. 벽에는 속기俗氣를 씻어내겠다는 다짐의 글을 새긴 판을 걸어둔다〔원주: 휴리携李 이일화李日華[32]는 속기를 씻겠다는 다짐을 써놓은 판을 벽에 걸어서 손님과 친우들에게 알린 일이 있다〕. 또 귀를 맑게 해주는 경쇠를 매달아 걸고〔원주: 강남江南 이건훈李建勳[33]은 옥으로 만든 경쇠를 하나 가지고 있었다. 손님이 찾아와서 외설스럽고 속된 이야기를 하면 서둘러 일어나서 경쇠를 치고 그 손님에게 "잠시 귀를 씻었습니다"라고 말하였다〕 손님을 맞이하여 접대한다. 도사와 함께 도교에 관한 책을 보거나 고매한 스님과 함께 불경을 논할 때, 또는 산동네에 사는 노인네나 시냇가에 사는 친우와 더불어 날씨가 갤 거라느니 비가 올 것 같다느니 하는 잡담을 주고받을 때는, 만나고 헤어지는 장소가 자연스럽게 만들어지므로 굳이 이러한 자리를 마련하여 접대할 필요는 없다. ─『금화경독기』

의숙義塾

취진당 곁에 5~6무 넓이의 터를 닦아서 의숙을 짓는다. 의숙의 제도를 살펴보면, 도리 다섯 개에 기둥 다섯 개의 구조로, 정중앙의 한 칸에는 내실을 만들고, 동서의 두 칸에는 헌軒을 만든다. 또 동서쪽 바깥 두 칸에는 좌우의 협실夾室을 만든다. 동쪽, 서쪽, 남쪽 삼면을 도리의 반에 해당하는 폭의 마루로 둘러싼다. 다음에는 난간으로 그 외부를 에워싼다. 동서의 대마루와 연결된 곳에 각각 누각을 하나씩 짓는다. 각 방마다 북쪽 벽에 네댓 개의 시렁을 가진 서가를 『준생팔전』에 나오는 온각의 제도와 같이 설치한다. 여기에 경사자집의 서적과 유서類書로 편찬된 서책, 과거 공부에 소요되는 서책을 소장한다.

중앙의 내실은 의숙의 선생이 거처하고, 좌우의 협실에는 수학하는 학생 중에서 나이가 많고 학업이 크게 진보한 사람이 거처한다. 계단을 거쳐 내려가 왼쪽에 광 한 채를 세워 미곡米穀을 저장하고, 오른쪽 광 한 채에는 각종 기물을 저장한다.

뜰 남쪽에 다섯 칸의 집을 세우는데, 중앙의 한 칸은 문을 만들고, 왼편에 두 칸, 오른편에 두 칸의 의숙을 짓는다. 주변 마을의 사족士族 자제들과 평민 자제들 가운데 여덟 살 이상의 준수한 학생들을 왼편에 위치한 의숙에 입학하도록 허락한다. 그들 가운데 『소학』小學 · 『사서』四書 · 『이아』爾雅 · 『효경』孝經을 읽을 수 있고 오언시五言詩 · 칠언시七言詩를 지을 수 있는 사람을 오른편 의숙에 옮겨 거처하게 한다. 오경五經 · 『사기』史記 · 『한서』漢書를 읽을 수 있고, 시부詩賦와 사륙문四六文 · 경의經義를 지을 수 있는 사람은 좌우에 있는 협실에 거처하는 것을 허락한다.

한편, 『십삼경주소』十三經注疏의 이동異同을 논변할 수 있고, 『이십일사』二十一史 본기本紀와 열전列傳의 잘잘못을 평가하고 판단할 수 있으며, 시무책時務策 만언萬言을 지을 능력이 있는 사람들—이들을 소성小成이라 부른다—은 귀가하여 다른 사람을 가르칠 것을 허락한다.

동쪽 담장 밖에는 사숙숙塾 한 채를 짓고 청지기를 두어 처자를 거느리고 거주하게 한다. 사숙의 청지기로 하여금 나무하고 불 때고 물 긷고 절구

질하는 잡일을 시킨다. 과실수를 심은 땅에 밭 두세 경頃과 논 일고여덟 경을 마련하여 의숙 선생의 음식과 의복, 땔감, 물, 기름, 초를 장만하는 비용과 닷새간 각 의숙을 따뜻하게 할 난방비를 대게 한다.

한편, 석판에는 '학전'學田이라는 표호標號와 한 해 동안의 세금, 비용의 액수를 새겨서 정중앙에 위치한 방 남쪽 창문틀 바람벽에 박아 걸고, 나무판에는 학규學規의 조목을 새겨서 헌실軒室 바람벽에 못으로 박아 건다. 늘 그것을 보면서 행동을 삼가고 규칙을 준수하게 한다. ─『금화경독기』

사정射亭

뒤로는 산언덕을 등지고, 앞으로는 들판이 내려다보이는 곳에 정자 한 채를 얽어 짓는다. 장송長松과 늙은 느티나무는 좌우에서 짙은 그림자를 드리우고, 이끼는 대지를 뒤덮어 푸른 담요에 앉은 느낌을 자아낸다. 정자 남쪽은 평탄한 들판이 드넓게 펼쳐 있어서 활을 쏘기에 적합하다. 백 수십 걸음 떨어진 곳에 자그마한 둔덕이 가로로 걸쳐 있어서 이 둔덕에 붙여 과녁 두서너 개를 설치한다. 한가한 날 두 사람이 함께 서서 활을 쏘는 장소로 삼는다.

옛날 상산象山 육구연陸九淵(1139~1191, 송나라 때의 저명한 철학자)은 항상 자제들을 데리고 들이나 밭에 나가서 활쏘기를 익혔다. 흉년이 든 해에 도적들이 많이 발생했으나 감히 상산 집의 담장을 넘보지 못했다. 도적들은 "이 집안 사람들은 과녁을 명중시키는 활 솜씨를 가졌다. 공연히 죽음을 자초하지 말자!"라고 말했다. 그런 이유로 상산의 집만은 도적을 근심할 일이 없었다고 한다. 산림이나 계곡에 사는 사람들은 이 점을 유의해야 할 것이다. ─『금화경독기』

강희언, 〈사인사예〉士人射藝

《사인삼경도첩》士人三景圖帖의 하나로 선비들이 활쏘기를 겨루는 장면을 묘사한 그림. 계곡물이 흐르는 산중의 키 큰 소나무 그늘 아래에서 갓을 쓴 선비 셋이서 맞은편 언덕의 과녁을 향해 활을 쏘고 있다. 상단에 "편안할 때 연습하여 위태로울 때 쓰니 벼루를 잡고 있는 자가 부끄럽다"라는 글이 씌어 있다. 육구연이 활쏘기를 익힌 사례처럼 선비들이 활쏘기를 즐긴 풍속을 묘사하였다. 큰 저택에서는 활을 쏘는 사정射亭을 조성하기도 하였다. 서울 개인 소장.

망행정望杏亭

주택의 남쪽 밭두둑과 이랑이 수를 놓은 듯이 어슷비슷 펼쳐진 들녘에서 높게 솟아오르고 시원스레 사방이 뚫려 아무런 막힘도 없이 사방을 조망할 수 있는 땅을 택한다. 그 땅을 다져서 축대를 쌓고 축대 위에 정자 한 채를 짓는다. 정자의 제도를 살펴보면, 지붕은 기와로 잇고 하부는 헌軒으로 짓되 혹은 사각으로, 혹은 육각, 팔각으로 의향대로 짓는다. 정자의 동서에 각각 다섯 그루씩 버드나무를 심어 아침 햇살이 돋을 때나 저녁 햇살이 질 때 그늘을 드리우게 한다. 밭을 갈고 써레질하고 북을 돋우고 김을 맬 때마다 주인은 긴 의자 하나, 책상 하나, 차를 담은 병과 술동이를 가지고 정자에 나가 일하

이유신, 〈행정추상도〉杏亭秋賞圖

노랗게 물든 살구나무 아래로 높이 쌓은 축대 위에 난간을 두른 정자가 한 채 놓여 있다. 시내 저편에는 마을이 있어 경치를 조망하기에 어울리는데 여섯 명의 선비들이 모여 경치를 감상한다. 서유구가 제시한 망행정과 제도나 분위기가 유사하다. 서울 박주환 소장.

는 사람들을 진종일 독려하고 살핀다. 정자는 서릉徐陵(남조南朝시대의 저명한 문학가)의 "살구꽃을 바라보며 밭갈이를 독려한다"(望杏敦耕)는 구절을 취하여 망행정이라 부른다. —『금화경독기』

첨포루瞻蒲樓

남쪽 산록의 양지 바른 곳이나 동서쪽 산록의 바깥에 있는 땅 가운데 아름다운 언덕이 에워싸고 있으며, 토질이 비옥하고 맛 좋은 샘물이 솟아오르는 장소를 택하여 세 칸의 집을 짓는다. 동서 두 칸은 누각을 세우고 중앙에는 거실을 만든다. 거실 북쪽 벽에는 온각을 설치하여 농사 방법과 곡물 도보圖譜, 파종하고 김매며 날씨를 예측하는 데 쓰는 도서를 보관한다. 동쪽 기둥 위에는 왕정王楨의 〈수시도〉授時圖를 붙여놓으며, 서쪽 기둥에는 〈전가월령표〉田家月令表를 붙여놓는다.

방 한가운데에는 평상 하나, 안궤 하나를 배설하는데 안궤 위에는 벼루 하나, 필통 하나, 묵상墨牀 하나, 가색일록稼穡日錄 한 권을 놓아둔다. 무릇 흐리고 맑고 바람 불고 비가 오는 날씨와 경작하는 작업의 전 과정을 빠뜨림 없이 일록에 기록한다.

동쪽 누각은 선농先農(사람들에게 경작하는 법을 처음으로 가르친 신농씨神農氏)을 제사하는 집으로 만들고, 서쪽 누각의 왼편에 있는 땅은 정리하여 마당을 만들되 폭은 열 길로, 길이는 수십 길로 하는 것이 좋다. 마당은 외부와 경계를 짓기 위해 가시나무를 엮어서 울타리를 만든다. 해마다 가을걷이 때는 볏단을 마당으로 날라와 타작한다. 타작할 때 주인은 누각에 평상을 배설해 놓고 난간에 기대어 작업을 독려하고 감독한다. 누각에는 '첨포루'라는 액자를 건다. 그 명칭은 서릉徐陵의 "부들을 바라보며 가을걷이를 독려한다"(瞻蒲勸穡)는 구절을 취한 것이다.

내실 안마당에는 벽돌로 바닥을 깔아서〔원주: 사방의 경계에는 벽돌을 돌아 쌓는데 두세 치 높이로 하여 궤전櫃田(흙으로 가장자리를 돌아 쌓아서 수재를 방지하도록 만든 논)의 형태와 같게 한다. 사방 모서리에는 작은 구멍을 뚫어서 빗물이 새어 나가도

이한철, 〈세시풍속도〉 제9폭
1년 열두 달의 행사를 묘사한 그림 가운데 일부로, 가을철에 농가 마당에서 가을걷이하는 장면을 묘사한 그림. 중앙에는 몇 명의 농부들이 벼를 타작하고 있고, 그 뒤편에는 노적가리가 쌓여 있다. 넓은 마당 뒤쪽으로 갓을 쓴 사람이 초가를 덮은 정자 앞에서 담배를 물고 타작을 감독하고 있다. 침포루와 그 주인의 모습을 상상할 수 있다. 동아대학교 박물관 소장.

록 만든다〕 곡식을 말리는 장소로 이용한다. 동쪽에 있는 광(寮)은 만상료 萬箱寮라 이름하고 곡물, 채소, 과실, 오이의 종자를 저장한다. 서쪽에 있는 광은 천우료千耦寮라 이름하고 밭갈이와 써레질, 북돋기와 김매기에 쓰는 농기구, 그리고 그것을 단련하는 데 사용하는 공구들을 보관한다.

집 북쪽의 높은 언덕 위에는 벽돌을 사용하여 둥근 곳집(圓囷)을 세 채 내지 다섯 채 쌓고 여기에 매해마다 받아들이는 소작 곡물을 저장해둔다. 동쪽 광의 바른편으로 건물 한 채를 지어서 부엌, 욕간, 외양간, 나귀 외양간, 절구간, 방앗간 등을 순서에 따라 빠뜨림 없이 모두 갖추어놓는다.

집의 좌우에는 초가집 수십 채가 여기저기 드문드문 서 있는데 집집마다 반드시 소 두 마리, 개 두 마리, 쟁기 하나, 써레 하나, 호미 종류의 도구 세 개 내지 다섯 개를 준비해놓는다. 이것이 바로 행포사杏蒲社

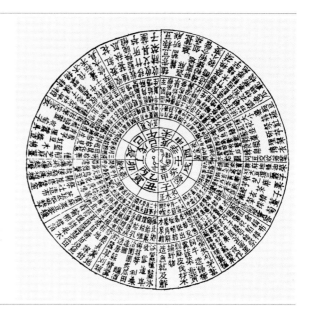

왕정, 〈수시도〉
본이름은 〈주세농사수시척
도〉周歲農事授時尺圖로 계절
별, 월별로 해야 할 농사를 간
명하게 도표로 만든 그림. 서
광계의 『농정전서』에도 수정
된 도표가 실려 있다. 『농서』
農書에 실린 삽도.

이다〔원주: 망행정과 첨포루의 두 가지 뜻을 결합하여 이름을 삼은 것이다〕. 이곳에 행포
사의 사지기(社直) 한 사람을 둔다. 사지기는 처자를 거느리고 그곳에 머물러
살면서 밭에 음식을 내가고, 머슴 일을 하며, 방아를 찧는 등의 일을 맡아 한
다. ―『금화경독기』

춘경료春鶊寮·추솔와秋蟀窩

안채 동쪽 담장의 바른편으로 5 내지 7경頃의 터를 잡아서 담장을 둘
러싼다. 담장은 시내 위를 넘어서 쌓아도 무방하다. 에둘러 쌓은 담장 밑에는
뽕나무를 세 줄 심는다. 남쪽 담장에 심은 뽕나무 숲 안쪽으로는 지상地桑 한

作者 미상, 〈누숙경직도〉樓璹耕織圖

여인들이 누에에게 뽕잎을 주는 장면의 그림. 이 책에 나오는 춘경료처럼 누에를 치는 집인데 중국식 가옥과 여인으로 표현되었다. 조선 후기에는 계절별 중요 농사를 그림으로 그린 경직도가 많이 그려졌다. 『편민도찬』의 삽도에도 비슷한 그림이 실려 있다. 국립중앙박물관 소장.

이랑, 홍람紅藍 한 이랑, 대람大藍 100무畝, 요람蓼藍 70무, 자초紫草 70무를 심어 북쪽 뽕나무 숲까지 바짝 잇는다. 산언덕을 등지고 남쪽을 향한 곳에 집 두 채를 짓는다. 동서로 연달아 배치시켜 동쪽에 위치한 집은 누에를 치는 장소로 삼고, 서쪽에 위치한 집은 실 잣는 장소로 삼는다. 서릉徐陵의 「안도비」安都碑에는 "봄날 꾀꼬리가 하늘을 돌기 시작하니 반드시 (누에치기에 쓸) 광주리를 갖추어놓고, 가을 귀뚜라미가 울기 시작하니 반드시 베틀을 돌려야 한다"(春鸝始囀, 必具籠筐, 秋蟀載吟, 必鳴機杼)라고 하였다. 따라서 누에를 치는 장소를 '춘경료' 라 하였고, 실 잣는 장소를 '추솔와' 라 하였다.

　　계단을 몇 층 내려가서 남쪽에 땅을 정리하여 건물 한 채를 짓는다. 건물에는 환기가 잘 되는 집, 골방, 고패집, 부엌, 욕실 등을 모두 갖추어놓는다. 왼쪽 고패집에는 누에를 치거나 실 잣는 데 사용하는 도구를 갈무리해놓고, 오른쪽 고패집에는 세탁하고 염색하는 데 사용하는 도구를 갈무리해둔다. 근처에 시냇물이 있을 경우에는 시냇물 가까운 곳에, 시냇물이 없을 경우에는 샘물을 끌어다가 물레와 물로 돌리는 소차繅車(실을 잣는 방적기)를 설치한다. 누에를 치는 부인 두세 명과 실 잣는 부인 대여섯 사람을 두어서 일을 주관하도록 한다. 이것이 바로 경솔지사鶊蟀之社이다. ―『금화경독기』

전어사佃漁社

수렵하고 어로漁撈하는 모임은 두 가지가 있다. 하나는 산을 의지하고 계곡을 곁에 두며, 전면에는 숲과 늪을 내려다보는 곳이라서 물과 풀이 풍족한 장소에 위치한다. 여기에 세 칸 내지 다섯 칸 규모의 건물을 짓고 양을 치는 목책, 돼지우리, 닭우리를 땅의 형편에 따라서 구비하되 한결같이 『제민요술』齊民要術, 『편민도찬』便民圖纂, 『농정전서』農政全書에 나오는 법을 준수하여 만든다. 여기에 양 250마리, 돼지 250마리, 닭 5천 마리를 기른다. 양을 치는 목책의 남쪽에는 물을 끌어들여서 연못을 만들고 도주공陶朱公의 물고기 기르는 법을 사용하여 1만 마리의 물고기를 기른다. 세 명 내지 다섯 명의 목동을 두어 일을 주관하게 한다. 이것이 뭍의 전어사이다.

다른 하나는 강의 연안이나 포구 연안의 배가 통하는 장소에 만든다. 이러한 곳에 수십 칸의 집을 짓고 거느림채와 광, 부엌과 욕실 등을 대략 갖추어놓고 낚시할 수 있는 낚시터와 물고기를 잡을 수 있는 배를 마련해놓는다. 또 작은 배를 여러 척 준비해서 해외의 소금을 유통해올 수 있게 한다. 여기에는 어부와 사공 열댓 명을 두어 일을 주관하게 한다. 이것이 물의 전어사이다.

두 종류의 전어사는 지세地勢의 편의를 보아 조성하되 집과의 거리가 5리나 10리쯤 떨어져 있다 하더라도 나쁠 것은 없다. ─『금화경독기』

포정圃亭

주택 남쪽에 평탄하고 기름진 밭을 떼내어 크게는 1경頃 작게는 그 반쯤 규모로 조성한다. 이 밭을 삼등분하여 3분의 1은 밭두둑을 만들고 3분의 2는 구전區田(밭과 밭 사이에 공간을 두어 여러 가지 곡물을 구별하여 심는 밭)을 만든다. 여기에 부추를 일이백 두둑 심고, 제철에 먹는 채소를 이삼십 종류 심는다. 밭의 사방 경계에는 자죽慈竹(관상 및 산울타리용으로 심는 대나무로 9~10월에 돋아나는 죽순은 맛이 좋아 식용함)을 심고 이 자죽을 엮어서 울타리로 삼는다. 울타리 주변에는 빙 둘러서 호박이나 오이 같은 식물을 심는다. 남새밭 가운데에 대여섯 개의 우물을 파고, 밭두둑과 이랑 사이로 가로 세로의 물골을 만들어서 주택 안의 연못이나 물도랑의 지류를 끌어들여 물을 댄다.

한편, 남새밭과 좀 떨어진 언덕 위에 자그마한 정자를 지어 남새밭을 내려다보며 어린 떡잎이 무럭무럭 자라나고 고운 콩깍지들이 우쭐우쭐 크는 아름다운 정경을 감상할 수 있도록 한다.

한음漢陰에서 옹기를 안고 물을 떠 나르는 일이나 하양河陽에서 채소를 팔아 생활하는 일은 모두 산골에 들어가 살고 계곡에 머물러 사는 사람들이 꾸려가야 할 경제의 본색本色이다. ─『금화경독기』

계정溪亭

동산 안에서 폭포를 마주보는 곳에 시내를 가로질러 정사亭榭를 세운다. 이 정사를 지을 때는 훤히 트이게 하는 것이 좋고, 구석진 곳에 짓는 것은 좋지 않다. 장송長松과 괴석怪石을 좌우 여기저기 배치한다. 여름날 정사에 오르면 절로 시원한 기분이 들어 굳이 빙잠氷蠶과 설저雪蛆[34]를 입이 닳도록 떠들어댐으로써 더위를 물리치려 할 필요가 없을 것이다. ─『금화경독기』

강루江樓

주거지가 강이나 포구 가까이에 있는 사람은 강 연안의 높은 언덕에 물이 불어도 물난리가 없는 장소를 선택한다. 그곳의 높이 솟은 누각에 위태로워 보이는 난간을 만든다. 그러면 돛배가 담 너머로 지나가고, 강안개가 마루 아래에서 피어나며, 흰 모래벌판과 푸른 벼랑이 누각 맞은편에서 기이함을 다툰다. 낚시하는 사람과 고기 잡는 배를 모두 안궤에 기대어 감상할 수 있다. 그렇게 해야만 비로소 강에 사는 우아한 정취를 얻었다고 말할 수 있다. 그렇지 않고, 강으로부터 조금 멀리 떨어져 있어 바람에 떠가는 돛배를 멀리 바라보는 정도라면, 바다 멀리 떠 있는 삼신산三神山인양 바라보기나 할 뿐 다가갈 수 없는 것과 다름이 없다. 제 아무리 기이하고 상쾌한 구경거리가 대단하다 해도 자기가 차지하는 경관은 아니다. ─『금화경독기』

수사水榭

우리 동방의 지형은 산에 의지하고 바다에 에워싸여 있으며, 강과 포

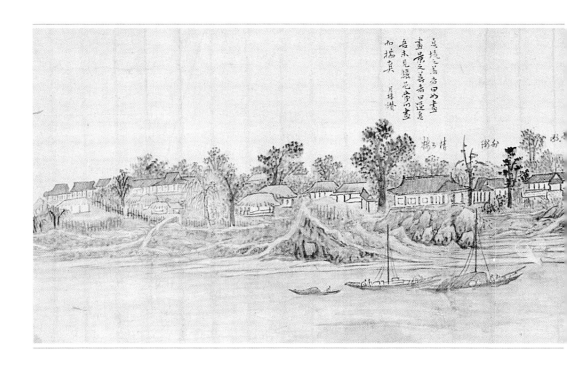

구가 엇물려 있다. 그래서 물고기와 소금을 다른 나라에서 수입하지 않는다. 그렇기 때문에 사람들이 물을 아낄 줄 모르고 물을 저장하는 방법도 아예 없다. 물과 더불어 땅을 다투기 때문에 큰 호수나 작은 연못이 천리 강산에 그 수를 헤아릴 만큼 많다. 그러나 가뭄을 한번 만나면 대지가 온통 황폐해진다. 그때에는 세 해 동안 땅을 소중히 가꿔 얻은 소득을 갖고도 한 해 가뭄에 잃은 손실을 메꾸지 못한다. 이는 심히 그릇된 일이다.

임원林園에 자리를 장만하여 집을 세우려 하는 사람은 무엇보다 앞서서 산언덕이 주위를 휘감고 집 앞으로는 넓고 평탄하게 트인 땅을 선택하여 지세地勢를 살펴야 한다. 다음에는 주변에 제방을 쌓거나 도랑을 파서 샘물을

정수영, 〈여주 읍내〉
남한강을 품고 있는 여주 읍내를 묘사한 그림. 강언덕 위에 관아와 민가, 강루江樓의 실경實景이 아름답게 묘사되어 있다. 강가에 사는 우아한 정취를 얻은 주거지의 모습을 상상할 수 있다. 국립중앙박물관 소장.

끌어들이고, 혹은 물길을 내거나 우물을 뚫는다. 그래서 크게는 수십에서 100경頃, 작다 해도 30 내지 50경의 저수지를 조성해야 한다. 물에는 연蓮·마름·순채·부들 등의 물풀을 심고, 의향대로 연못 위나 물 위에 정자를 짓는다. 정자의 제도는 소박한 것이 좋고 농염한 것은 좋지 않으며, 정갈한 것이 좋고 화려한 것은 좋지 않다. 산언덕을 등지고 물을 내려다보는 곳에 짓기도 하고, 혹은 주춧돌 기둥 난간이 반쯤 물속에 잠기도록 하기도 한다.

바람이 가볍게 산들거려 풍치가 알맞을 때는 다호茶壺나 술 주전자를 들고서 정자에 이르러 난간에 기대어 낚싯대를 드리우고 가시연밥의 껍질을 벗기고 줄풀을 끓여 먹는다. 새벽녘에는 오리가, 저물녘에는 기러기가 물 위에 둥둥 떠 있고, 검은 껍질 흰 비늘의 물고기는 물 아래에 숨어 있다가 물 위로 뛰어오르기도 한다. 산언덕과 숲속에 사는 사람은 그때 홀연히 수국水國에 사는 생애生涯임을 깨닫게 된다. 우선은 논밭에 관개하고 물고기와 소금을 얻는 이익이 있지만, 겸하여 흉금을 씻고 성정性情을 닦는 이익도 얻을 수 있다. 이런 것 모두가 산에 사는 사람이 재물을 모으는 경제 방법이다. ─『금화경독기』

죽정竹亭

원림 중에 모래가 흰 물가 땅을 택하여 흙을 돋우어 기초를 다지고 자죽紫竹 1천 그루를 심는다. 물을 끌어들여 시냇물을 흐르게 하여 대나무 숲을 통과하며 졸졸 소리를 내면서 섬돌을 타고 흘러가게 한다. 이 숲은 대나무 울타리로 보호한다. 대나무 울타리 오른편에 대나무를 얽어 정자를 만드는데 여섯 모나 여덟 모로 만든다. 기둥을 비롯하여 서까래, 네모서까래, 그리고 난간 등 일체의 재료를 대나무만 사용하고 다른 나무는 한 조각도 사용하지 않는다.

다시 큰 대나무를 갈라서 마디를 제거하여 관통시킨 다음 한 번은 눕히고 한 번은 잦혀서 대못(竹釘)으로 고정시켜 암수 기와 대신 사용한다. 그다음 검은 옻칠을 하고 기름을 바른다. 가운데에 기와를 얹어서 꼭대기를 덮는다.

정자 내부에는 상죽湘竹으로 만든 침상 하나, 대나무 의자 하나, 반죽斑竹으로 만든 서궤書几 하나, 반죽으로 만든 벼루 갑 하나, 반죽 필통 하나, 대나무 마디로 만든 수적水滴(연적) 하나를 놓아둔다. 주인은 대나무로 만든 관冠을 쓰고 마디가 있는 대나무 지팡이를 짚고 원림 안을 소요한다. "하루라도 이 군자(此君, 곧 대나무의 인격화)가 없어서는 안 된다"[35]는 수준에 머물지 않고,

분명히 "어느 물건 하나 이 군자 아닌 것이 없다"라고 해야 할 것이다.

대나무 난간 밖으로는 시내를 건너 밭을 갈아서 감국甘菊을 심는다. 국화를 심은 밖으로는 산비탈을 일궈 꽃동산을 만들어 고송古松 두 그루와 소매疎梅 다섯 그루를 심는다. 아름다운 바위는 그들의 반려자가 되게 한다. 이 여러 가지 사물들은 모두 대나무의 좋은 짝이자 떼어놓을 수 없는 벗이다. 그러므로 대나무가 그들 무리를 떠나서 쓸쓸하게 혼자 지내게 해서는 안 된다. —『금화경독기』

회백정檜柏亭

늙은 측백나무 네 그루를 심어서 회백정을 만든다. 그 제작법을 살펴본다. 화장죽花匠竹을 사용하여 새끼로 묶어 지붕을 만들어서 정자를 완성한다. 처마를 하나만 만든 것이 아름다운데, 처마를 둥글게 원형으로 만든 것도 운치가 있다. 여섯 모에 처마가 두 개인 정자는 매우 속되다. 계수나무로 엮어서 만든 정자도 좋고, 나한송羅漢松으로 만든 정자도 좋다. 만약에 장미를 엮어서 높다란 탑을 만든다면 장미꽃이 피었을 당시에는 보기 좋다. 하지만 정자 뜰에 장미를 심으면 꽃이 피고 난 뒤에 장미가시가 낮게 드리워지고 마른 잎에 게심이 같은 벌레가 낀다. 옷을 찢고 얼굴을 찌르기 때문에 아주 보기 싫으니 완상하는 것이야 말할 나위 없다. —『준생팔전』

묘정茆亭

흰 띠로 지붕을 얹고서 네 귀퉁이를 세워 정자를 만든다. 종려나무

껍질 조각으로 지붕을 덮는 일도 있는데 내구성이 더욱 뛰어나다. 지붕 아래 네 개의 기둥은 산속에 자라는, 껍질을 가진 늙은 종려나무 가지 네 개로 만든다. 그와 같이 하면 순박하면서도 우아한 멋이 있을 뿐만 아니라 내구성이 뛰어나다. 밝은 난죽蘭竹으로 에워싸서 한두 가지가 푸른 소나무가 우산처럼 드리워진 그늘 아래 얽혀 있다. 그러면 긴 대나무와 무성하게 자란 수풀 사이에서 맑게 감상하기에 어울린다. —『준생팔전』

벚나무를 사용하여 정자의 지붕을 차례차례 덮어 나가면 내구성이 뛰어나 부패하지 않는다. 혹은 법제회니法製灰泥로 두텁게 바른 다음 그 위에 구워 만든 기왓장을 덮는다. 이것도 견고하고 내구성이 뛰어나 빗물이 새지 않는다. —『금화경독기』

송헌松軒

동산 안에서 훤히 트여 밝고 상쾌한 곳을 선택하여 송헌을 짓는다. 높다랗고 험준한 장소를 고르지 말고 맑고 그윽한 장소를 고르는 것이 중요하다. 창 여덟 개를 영롱하게 내고, 좌우에는 푸른 솔 몇 그루를 심되 가지와 동아리가 검푸르고 예스러우며, 구불구불하여 그림처럼 아름다운 소나무를 골라 심는다. 마원馬遠[36]·성자소盛子昭[37]·곽희郭熙[38]의 그림에서 보는 모습처럼 조성하면 아주 오묘할 것이다.

그 가운데 기이한 바위를 세워놓는다. 바위는 형태가 홀쭉하고 거칠며, 많은 구멍이 뚫려 있고, 머리 부분은 크고 허리 부분은 가늘어서 가냘픈 자태가 돋보이는 것을 골라 세운다. 소나무 사이에 바위를 세우고, 그 아래에 길상초吉祥草, 부들, 원추리(鹿蔥) 등의 꽃을 심는다. 또 건란建蘭 화분 한두 개를 놓아두면 매우 청아하고 우아한 구경거리가 된다.

바깥에 공터가 있을 때는 대나무를 여러 줄기 심고, 매화나무도 한두 그루 심어서 청아한 분위기를 자아내고, 서로 함께 추운 겨울철의 벗으로 지낸다. 난간에 이르러 밖을 바라볼라치면 그림 속에라도 들어앉은 황홀한 기분이 들게 한다. ─『준생팔전』

택승정擇勝亭[39]

동파東坡 소식蘇軾(송나라의 대표적인 문학가)이 여음현汝陰縣 수령이 되었을 때 장막을 이용하여 정자를 만들었는데 그때까지 세상에는 없던 제도이다. 그 제작법은 정자를 세우는 법과 같다. 네 모서리에 기둥을 세우고 도리를 허공 중에 꽂아서 완성한다. 이 장치가 만들어져 일으켜 세우면 장막으로 외부를 둘러싸서 정자가 만들어지고, (기둥이나 도리를) 접으면 거두어들여 다른 곳으로 이동할 수 있다. 그가 지은 택승정 명銘의 대강을 소개한다.

"이에 새 정자를 지으니 처마와 기둥, 들보에 구멍을 뚫어서 교대로 꽂는다. 구조물들을 합하거나 풀어헤쳐서 사용하므로 일정한 틀이 없다. 붉은 유둔油芚은 위를 받치고 푸른 장막은 사면에 펼쳐놓는다. 가고 싶은 곳이 있으면 혼자서도 옮길 수 있다. 물길을 따라 오르고 내려가서 바닥을 치우고 그 위에 상을 펼친다."

명은 또 이렇게 이어진다.

"물을 내려다보는 데 그치고 말겠는가? 어디를 가든지 알맞지 않음이 없다. 봄날 아침 꽃이 핀 교외나 가을밤 달빛 교교한 마당을, 다리가 달려

이방운, 〈산수도〉山水圖 부분

이 산수도는 산수간에 지어진 집이 중심에 놓여 있다. 초가집 몇 채를 감싸고 구불구불 세운 바깥 담장과 마당 안쪽에 나 있는 목책이 인상적이다. 특히 왼편 아래에는 두 개의 바퀴가 달린 정자가 놓여 있다. 일종의 이동식 정자인 셈인데 산수를 구경하기 위한 도구로 소동파가 만들었던 이동용 정자인 택승정擇勝亭을 연상시킨다. 산수와 어울려 가옥을 짓고 싶은 소망을 표현하였다. 서울대학교 박물관 소장.

있는 줄도 모른 채 걷기도 하고, 날개가 없이도 나는 듯이 바장인다. 장막이 헤어지면 다시 바꾸어 사용하니 그 비용이 매우 싸다. 여기에 택승정이라 방榜을 붙이니 이름과 실제 내용이 잘 부합한다."

또 자유子由 소철蘇轍(소식의 아우로 송나라의 대표적인 산문가)이 소식에 이어서 사언시四言詩를 지어, "바람이 불 때는 푸른 장막을 치고, 비가 내릴 때는 붉은 유둔을 친다네"라고 하였다. 시를 볼 때 맑은 날에는 베로 짠 장막을 사용하고, 비가 내리는 날에는 기름 먹인 장막을 사용하였음을 알 수 있다.

— 『준생팔전』

관설암觀雪庵

길이는 아홉 자이고, 넓이는 여덟 자이며, 높이는 여섯 자이다〔나의 의견: 『준생팔전』에서는 일곱 자라고 하였다〕. 무게가 가벼운 나무로 살을 만들어 그 위 삼면에 풀을 이용하여 종이를 발라서 베갯머리에 치는 병풍처럼 만든다. 상부는 살을 하나 가지고 덮고 하나 남은 앞면에는 이중 장막을 친다. 그 중간에 작은 평상 네 개를 놓을 공간을 만들어서 불을 피우거나 음식을 먹는 도구를 펼쳐놓을 수 있게 한다. 이것을 장소에 따라 옮기면서 바람을 등진 채 펼친다. 들판에 나가서 눈 속에 탁자를 놓고 있으면 융단 장막을 친 것에 비해 가볍고 앞이 훤히 트이기 때문에 경치를 조망하는 데 아무런 장애가 없다. 다른 용도로 사용해도 모두 어울리므로 꼭 눈을 구경하는 용도로만 국한되는 것은 아니다.[40]

차여택此予宅[41]

서호西湖(절강성 항주시 서쪽에 있는 호수로 풍경이 아름다워 예부터 명승지로 유명함)의 화방畵舫(색채가 화려한 배라는 의미로 놀잇배)에 대해서는 자세히 알아볼 길이 없고, 조채晁采(당唐나라 대력大曆 연간의 여성 문학가)의 남원南園에 있던 배는 지나치게 화려한 흠이 있다.

이제 나는 두 종류의 배를 만들고자 한다. 그중 하나는 호수에 띄우려고 한다. 고렴高濂이 말한 가벼운 배를 본떠서〔원주: 이 배를 이용하여 호수나 강을 노 저어 건넌다. 배의 형상은 잔선劃船(여러 명이 노를 저어 빠른 속도로 물을 건너는 배)과 같다. 배의 길이는 두 길 남짓 되고, 뱃머리의 폭은 네 자 가량 된다. 배에는 손님과 주인 여섯 명, 노복 네 명이 탈 수 있다. 배의 중앙 갑판에 네 개의 기둥을 세우고 쑥대자리로 위쪽에 장막을 친다. 다시 배 천막을 사용하여 처마까지 둘러치고, 천막 양 가장자리에는 주란硃欄(붉은 난간)을 설치한다. 난간 내부에는 포견布絹으로 장막을 만들어 동편 서편에서 들어오는 햇볕을 가린다. 해가 나오지 않는 날에는 장막을 갈고리에 걸어서 높다랗게 걷어 올린다. 장막 내부의 중앙에는 탁자와 긴 의자를 놓는다. 배의 고물 갑판에는 남포로 긴 장막을 만들어서 양 가장자리의 처마 앞부분은 배 중앙 갑판 위의 기둥 끝에 묶고, 뒷부분은 못으로 박아 고정시킨 고물의 두 곳에 묶는다. 그렇게 만들어 노복들과 격리시킨다. 바람과 햇살에 다로茶爐의 연기가 피어오를 때면 홀연히 그림 속의 외로운 배 한 척과 같은 정경을 만들 것이다. 배는 되도록 낮고 평탄하게 만들 것이며, 무늬가 새겨진 두 개의 노를 사용하면 더욱 아름다울 것이다〕 버드나무 늘어선 제방과 갈대 우거진 물가에 둥실 띄우고 마름을 캐거나 물고기를 낚는 데 사용하려고 한다.

　　　다른 하나는 강나루에 띄우려고 한다. 왕여겸汪汝謙[42]의 불계원不繫園(왕여겸이 만든 배의 이름으로 그는 「화방기」畵舫記 1권을 지었음)을 본뜨되〔원주: 길이는 여섯 길 두 자이고, 넓이는 다섯 길 한 자이다. 문에 들어서서 몇 발자국을 옮기면 100개의 술병을 저장하는 곳이 나타난다. 다음에는 사방 한 길의 공간이 있는 곳으로 나아가면 돗자리 두 장을 충분히 깔 수 있다. 한 구석에는 자그마한 집 한 채를 은밀하게 숨은 듯이 지어서 누워서 시를 읊는 곳으로 사용한다. 그 곁에는 벽을 세우고 살강을 설치하여 취묵醉墨을 거두어둔다. 집을 나서서 방향을 바꾼 곳에 회랑을 만들고, 그 회랑을 타고 올라간 곳에 대臺를 세운다. 대 위에 휘장을 펼쳐놓는다. 꽃이 핀 아침이나 달이 떠오른 밤에 대에 오르면 빛 고운 무지개를 타고 창공에 오른 기분이 든다. 만약에 폭풍이 불어서 파도를 일으키고 비

정선, 〈쌍도정도〉雙島亭圖

성주星州 관아의 객사인 백화헌百花軒 남쪽 연못에 있던 정자를 그린 그림. 연못에 석축으로 쌓은 한 쌍의 섬이 다리로 연결되어 있다. 왼쪽 섬에는 소나무와 버드나무가 심어져 있고, 오른쪽 섬에는 정자가 세워져 있다. 연못 주변에는 버드나무를 비롯한 몇 종의 나무가 잘 배치되어 있고, 섬 뒤쪽에는 괴석이 보인다. 빼어난 아름다움과 독특한 조경미를 자랑하는 정자인데 지금은 사라졌다. 개인 소장.

스듬히 기운 나무들이 다리 위에서 다리와 평행할 정도로 쓰러진 때 난간에 나가서 휘장을 걷어 올리면 어엿한 하나의 잠자리 배(蜻蜓艇)가 될 것이다. 그 배에는 홍아紅牙를 잘 연주하는 종을 두서너 명 살게 하여 사공을 도와 차와 술을 시중들도록 한다. 손님이 이 배에 찾아오면 바람을 막을 수도 있고, 밤을 지샐 수도 있다. 멀게는 옛 선인들의 풍류도 따라 즐기고, 가깝게는 태평시대의 고상한 여유를 즐기게 한다. 진미공陳眉公은 이를 불계원이라 이름하였다〕 규모를 조금 줄여서 강 연안을 따라 계곡을 거슬러 올라가서 좋은 벗을 방문하거나 명산을 구경하는 데 사용한다. 이러한 용도로 사용하는 집을 공열후公閱侯의 말을 취하여 차여택이라고 한다. ―『금화경독기』

은자의 가구 배치

작은 안궤

천연의 모습을 지닌 안궤案几를 실내 왼쪽 가에 하나 놓아둔다. 동향으로 놓되 창이나 난간에 바짝 대어놓아 바람과 햇볕에 노출시켜서는 안 된다. 안궤 위에는 낡은 벼루 하나, 필통 하나, 필가筆架 하나, 수중승水中丞 하나, 연산硏山 하나를 올려놓는다.

옛사람이 벼루를 비롯한 도구를 왼편에 놓은 것은 먹물 빛이 반사하여 눈에 번쩍이지 않도록 하기 위해서였다. 등불 아래서는 더욱 그렇다. 안궤 위에는 서책과 서진書鎭을 각각 하나씩 놓아둔다. 안궤는 때때로 먼지를 털고 닦아서 윤택이 나게 되면 아름답다. ─『청재위치』

김홍도, 〈사인초상〉士人肖像
서재에 앉아 있는 단아한 선비의 모습을 그린 그림. 폭이 좁고 길이가 긴 서안 위에는 붓, 벼루, 인장, 고기(古器)
등이 잘 정돈되어 있다. 벽장 앞에는 자명종이 걸려 있다. 조선 후기의 조촐한 서재의 모습을 상상할 수 있다. 평
양 조선미술박물관 소장.

앉는 도구

상죽湘竹으로 만든 침상과 참선용 의자는 모두 앉기에 알맞다. 겨울
철에는 오래된 비단으로 만든 요를 깔거나 범 가죽으로 만든 요를 까는 것이
다 좋다. ─『청재위치』

서재에는 의자 네 개 침상 하나만을 놓아두는 것이 괜찮다. 고수미좌
古須彌座나 작은 침상, 키 작은 안궤, 벽상壁牀(벽에 붙여놓는 의자)과 같은 다른
물품들은 다양하게 놓아두어도 무방하다. 다만 벽에 붙여서 여러 개의 의자
를 나란히 놓아두는 것은 꺼린다. ─『청재위치』

책시렁과 책궤

서가書架 및 책궤를 모두 배열하여 도서를 꽂아둔다. 그러나 서점 내부와 같이 너무 잡다하게 늘어놓는 것은 옳지 않다. ―『청재위치』

그림 걸기

높다란 서재에는 벽 위에 그림 한 폭을 걸어두는 것이 좋다. 양쪽 벽면이나 좌우대칭으로 마주보게 하는 것은 가장 속된 일이다. 긴 그림은 높은 벽에 걸어두는 것이 어울린다. 대나무 그림을 당겨 구부려 걸어두어서는 안 된다. 그림을 넣어두는 탁자에는 괴석이나 제철 꽃을 담은 분경 등속을 놓아두는 것이 좋다. 주홍색을 칠한 시렁 등을 놓아두어서는 안 된다. 대청에는 큰 폭의 그림을 가로로 펼쳐놓는 것이 좋다. 서재 가운데는 작은 풍경이나 꽃과 새를 그린 그림이 어울린다. 한 선으로 된 선면扇面이나 두방斗方, 괘병掛屛과 같은 부류는 모두 우아하지 않다. 그림을 볼 때는 풍경을 마주보지 않는다고 하는데 그 말은 그릇되다. ―『청재위치』

향로의 배치

날마다 앉아 지내는 안궤 위에 방형方形의 일본식 큰 소반 하나를 놓는다. 그 위에 향로 하나와 큰 향합 하나를 놓고, 그 안에 생숙향生熟香을 넣는다. 작은 향합 두 개에는 침향沈香과 향병香餠 등의 물품을 넣어두고, 부젓가락을 넣어두는 병 하나를 놓는다. 서재 안에는 화로 두 개를 사용할 수 없다. 그림을 걸어둔 탁자 위에 화로를 두거나 병과 향합을 마주 나열해서는 안 된다.

여름철에는 자기로 만든 화로를 사용하고, 겨울철에는 동銅 화로를 사용하는 것이 옳다. ―『청재위치』

꽃병의 배치

꽃병의 양식에 따라서 크고 작은 낮은 탁자 위에 놓아둔다. 봄과 겨울에는 구리로 만든 병을, 가을과 여름에는 자기로 만든 병을 사용한다. 대청과 큰 방에는 큰 꽃병이, 서실에는 작은 것이 어울린다. 구리나 질그릇으로 만든 것을 귀하게 여기고, 금과 은으로 장식한 것을 천하게 여긴다. 고리가 달린 것을 꺼리고 쌍쌍이 두는 것을 꺼린다. 꽃은 마르면서도 교묘한 것이 어울리고 번잡한 것은 어울리지 않는다. 한 가지를 꽂을라치면 기이하고도 옛스런 가지를 골라야 하고, 가지 두 개를 꽂으려면 높낮이가 다르게 꽂아야 한다. 가지를 합하여 꽂는다 해도 한두 종만을 꽂아야 한다. 너무 다양하면 영락없이 술집과 같다. 가을꽃만은 작은 화병에 꽂는다. 어떤 꽃인가를 따질 것 없이 창문을 닫아건 채 향을 피워서는 안 된다. 연기에 노출된 꽃은 바로 시들기 때문인데 수선화가 특히 심하다. 또 그림을 걸어둔 탁자 위에는 꽃병을 놓지 않는다. ―『청재위치』

작은 방의 위치

책상과 탁자 모두 많은 수를 놓아두는 것은 좋지 않다. 다만 옛스럽게 만든 폭이 좁은 서안書案 하나를 가져다 실내에 놓는다. 그 위에는 필상筆林, 향합香盒, 훈로薰爐 등을 놓는다. 모두 작고 고아한 물건이다. 따로 돌로 만든 작은 안궤 하나를 놓아두고 찻주전자와 다기를 올려놓고, 작은 침상 하나를 놓아서 기대거나 눕고 가부좌하는 용도로 쓴다. 굳이 그림을 걸어둘 필요는 없다. 옛스러운 괴석을 놓아두기도 하는데 그것도 좋다. ─『청재위치』

침실의 위치

　　지병地屏이나 천화판天花板이 비록 속되기는 하지만 침실은 건조함이 요구되기 때문에 사용하는 것도 좋다. 다만 채색화나 기름칠을 한 것은 안 된다. 남향하여 침상 하나를 놓아두고 침상 뒤편에 따로 반실半室을 남겨둔다. 거기는 남들이 이르지 못하는 곳으로 훈롱薰籠과 옷시렁, 세숫대야, 화장도구함, 서등書燈 등속의 물건을 보관해둔다. 침상 앞에는 작은 안궤 하나를 겨우 놓아둘 뿐 다른 물건은 하나도 놓지 않는다. 작은 방형의 걸상 두 개와 작은 궤짝 하나에는 향과 약, 완상품을 넣어둔다.

　　실내는 정결하고 소박해야 한다. 조금이라도 현란하고 곱게 꾸민 시도가 보이면 규중 여인의 방이 되어, 호젓하게 살며 구름 속에서 잠들어 달을 꿈꾸는 사람에게는 어울리지 않는다. 여기에 벽 한 군데를 조그맣게 뚫어서 벽상壁牀을 붙여두어 밤에 다른 사람과 침상을 나란히 하여 이야기할 수 있도록 한다. 그 아래에는 서랍을 이용하여 신발과 버선을 보관한다.

　　뜰 가운데에는 꽃과 나무를 많이 심지 않는다. 다만 특이한 품종으로 숨기고 아껴야 할 것 한 가지를 취하여 뜰 가운데에 놓아두고 영벽靈璧, 영석英石을 가져다 그와 짝이 되도록 한다. ─『청재위치』

넓은 방의 위치

긴 여름에는 활짝 트인 넓은 방이 좋다. 창과 난간을 모두 없애고, 앞에는 오동나무 뒤에는 대나무가 서 있어 햇빛이 보이지 않게 한다. 매우 길고 큰 나무 탁자를 정중앙에 놓아두고 탁자 양편에 가림막이 없는 긴 침상을 각각 하나씩 놓아둔다. 여기에는 그림을 걸어둘 필요가 없다. 왜냐하면 아름다운 그림은 여름철에는 쉽게 건조하기 때문이다. 뒷벽을 활짝 열면 그림을 걸어둘 만한 장소가 없기 때문이기도 하다. 북쪽 창에는 상죽湘竹으로 만든 침상을 놓아두는데 그 위에는 대자리를 깔아서 베개를 높이고 누울 수 있도록 한다. 안궤 위에는 큰 벼루 하나, 청록색 물동이 하나, 술단지 정이 등속을 하나같이 큰 것을 취하여 올려놓는다. 건란建蘭 한두 화분을 궤안几案 옆에 놓아두고 기묘한 산봉우리와 오래된 나무, 맑은 샘물과 흰 돌을 많이 늘어놓는 것도 무방하다. 대나무 발을 사방에 드리워놓고 바라보면 마치 청량한 세계 속에 들어앉아 있는 느낌이다. —『청재위치』

누정의 위치

누정은 비바람을 가리지 못한다. 따라서 좋은 집기를 사용할 수 없는데, 그렇다고 속된 집기들은 차마 사용할 수 없다. 모름지기 반듯하고 크며, 질박하고 자연스러운 옛날의 칠기를 구해서 놓아둔다. 노천의 자리에는 평평하고 작은 호수의 돌을 가져다 사방에 흩어두는 것이 좋다. 돌 의자나 기와 의자 같은 것은 모두 물리치고 사용하지 않는다. 특히 붉은 칠가漆架 위에 관전官磚을 얹어 만든 의자는 쓰지 않는다. —『청재위치』

1　**소부와 허유**　요堯임금 때 기산箕山과 영수潁水 가에 은거했던 소부와 허유 두 은사는 각기 요임금
으로부터 천하를 주겠다는 말을 듣고 모두 거절하였다.

2　**한음에서 오이 밭에 물을 주던 노인**　『장자』「천지」天地의 우언寓言에 나오는 농부의 일을 말한다.
"공자의 제자 자공이 남쪽 초楚나라에 노닐다가 진晉나라로 돌아오는 길에 한수漢水 남쪽을 지나가
게 되었다. 한 노인네를 보니 한창 채소밭을 가꾸고 있었다. 그 노인네는 물구덩이를 파고 그 구덩
이에 들어가서 물동이를 안고 나와 채소밭에 물을 주었는데 헐떡헐떡거리며 힘을 몹시 썼으나 그
효과는 아주 적었다."

3　**중장통**　후한後漢시대의 명사인 중장통은 원림을 조성하고 그 속에서 유유자적 살아가며 그 즐거
움을 「낙지론」樂志論이라는 짧은 글로 표현하여 유명하다.

4　**왕유**　당唐나라의 저명한 시인·화가이다. 남전藍田에 있는 망천별장을 얻어 대나무 기슭과 화초
언덕을 오가며 거문고를 타거나 시를 짓거나 휘파람을 불면서 날을 보냈다. 그러나 안록산의 난에
적에게 포로가 된 경력으로 인해 처형될 뻔하였다가 풀려났다.

5　**예원진**　이름이 찬瓚으로 원元나라 무석無錫 사람인데 시를 잘 짓고 산수화를 잘 그렸다. 만년에 청
비각淸秘閣과 운림당雲林堂을 짓고 배를 타고 강호를 오가며 한가롭게 지냈다. 그리하여 원나라 말
엽에 화를 피할 수 있었다.

6　**고중영**　옥산초당은 곤산崑山에 있는 별장으로 원나라의 은사인 고중영의 소유였다. 고중영은 강
남 지역의 거부로 손님을 좋아하고 서화를 즐겨 옥산초당을 지어놓고 당대의 명사와 교유하여 명
성이 높았다.

7　**도은거**　중국 남조南朝시대 양梁나라의 도사인 도홍경陶弘景(452~536)은 산중재상山中宰相이라 불
릴 만큼 황제의 신임을 얻었다. 황제가 그에게 산속에 무슨 즐거움이 있어 서울로 오지 않느냐고
묻자 「조칙을 내려 산중에 무엇이 있어서냐고 물으시길래 시를 지어 답을 올린다」(詔問山中何所有,
賦詩以答)라는 시를 지어 자신의 뜻을 밝혔다. "산속에 무엇이 있어서냐 물으시니 / 산 위에 흰 구름
이 많아서라고 답하지요. / 구름은 저 혼자 즐길 수 있을 뿐 / 임금님께 가져다 드리지는 못하지

요."(山中何所有, 嶺上多白雲, 只可自怡悅, 不堪持寄君) 이 시에서 '나 홀로 구름을 즐긴다'(怡雲)는 뜻이
나왔다. 자연에 몰입하여 사는 은사의 소요자적하는 삶을 예찬한 시이다. 서유구는 이 시의 함의를
좋아하여 자신의 서재를 '자이열재'自怡悅齋라 이름하기도 했다.

8 **소봉래**   봉래산은 신선이 산다는 이상향이다. 상상 속의 선경仙境을 주변에 재현시키고자 원림園
林을 만들고 소봉래라는 이름을 부여하였다.

9 **장취원**   장취將就라는 말은 『시경』詩經 '주송'周頌 「방락」訪落 편에 나오는 "내 곧 이루고 싶지만,
아직도 잃고 흩어져 갈피잡지 못하네!(將予就之, 繼猶判渙)"에서 취한 말이다. 이 시구는 무언가를 하
고 싶지만 그 방법을 모른다는 의미로 해석된다. '장취원'은 곧 만들고는 싶지만 현실적으로는 만
들지 못하는 원림이란 의미로, 적응하기 어려운 현실에서 남과 타협하기 싫어 새 세계에 살고자 구
상해본 이상적인 삶의 공간이다. 이 글에 나오는 장산將山, 취산就山, 장원將園, 취원就園, 장취교將
就橋와 같은 명칭은 모두 허구이다.

10 **황주성**   1611~1680. 자는 구연九烟. 중국 강소성江蘇省 남경南京 사람이다. 명明나라에서 진사進士
에 급제하고 호부주사戶部主事를 지냈다. 명나라가 망한 후 호주湖州에 은거하였다. 삼번三藩의 난이
평정되어 청淸나라를 무너뜨릴 희망이 사라지자 물에 투신하여 자살하였다. 시를 잘 지었다. 이 글
은 장조張潮가 편집한 『소대총서』昭代叢書 갑집甲集에 수록되어 조선의 지식인들에게 널리 읽혔다.

11 **나부령**   나부령은 중국 광동성 증성현增城縣에 있는 산으로, 매화의 명산지로 유명하다. 매화를 연
상시키려고 이와 같이 명명하였다.

12 **울단월주**   산스크리트어 Uttarkuru의 음역이다. 불교에서 말하는 네 개의 대주大洲 가운데 하나로
북쪽에 있다. 『화엄소초』華嚴疏鈔 권13에서 울단월주에 사는 사람은 천년의 수명을 누리고 의식衣
食을 자연 그대로 갖추어 살며, 해충이 없다고 하였다. 「장취원기」의 저자 장조는 이곳에 대한 그리
움을 「울단월송」鬱單越頌이란 글을 지어 묘사한 일이 있다(『단궤총서』檀几叢書 초집初集에 수록).

13 **무畝**   땅 넓이의 단위다. 『소재만록』疎齋漫錄의 주에 따르면, 1무는 34보에 해당한다고 하였는데
6,000방척方尺이 1무다.

14 **「자허부」**   사마상여는 한漢나라 때의 사부가辭賦家로, 기원전 179년에서 기원전 117년까지 산 인물
이다. 「자허부」는 3명의 허구적인 인물인 자허子虛・오유선생烏有先生・무시공亡是公을 등장시켜 천
자와 제후의 원림에 대하여 화려하게 노래한 작품이다.

15 **도연명**   365~427. 동진東晉의 대시인으로 문집으로 『도연명집』陶淵明集이 있다. 여기에 인용한 시
는 「연우독음」連雨獨飮의 한 구절이다.

16 **탁문군**   사마상여의 아내. 임공 땅에 사는 탁왕손卓王孫의 딸로 과부가 되어 친정에서 지내다가 손
님으로 온 사마상여와 눈이 맞아 밤을 틈타 함께 도망하였다. 사마상여와의 사랑으로 유명하며, 재
자가인의 전형으로 이야기된다.

17 **진가와 서숙** 동한東漢시대의 시인. 진가와 서숙은 부부인데, 진가가 군상계리郡上計吏로서 낙양에 부임하게 되었을 때 서숙은 병으로 친정에 가 있어서 작별도 하지 못하였다. 그 뒤 서로 정을 담은 시를 주고받았는데 그 시가 지금도 전한다.

18 **화서당** 이 당의 이름은 원주에서 밝힌 바와 같은 이야기에 근거하여 지었다. 이 고사는 『열자』列子「황제」黃帝에 나온다. 황제 헌원씨는 천하가 잘 다스려지지 않자 마음을 가다듬고 지냈는데, 하루는 낮잠을 자면서 화서씨라는 나라에 가서 노니는 꿈을 꾸었다. 그런데 그 나라는 인간 세상의 욕망이나 애중에 의해 지배되지 않고 자연스러움에 의하여 지배되고 있었다. 여기서 치도治道를 깨달은 황제는 꿈에서 깨어난 뒤로 천하를 잘 다스렸다. 그로부터 28년 만에 천하가 태평해졌다.

19 **순양** 순수한 양기陽氣라는 의미로 은사나 일사를 말하며, 직접적으로는 여조겸을 가리킨다. 여조겸은 송나라 때의 도사 학자이다. 이하 네 명도 같은 성격의 사람이다.

20 **용도서와 구문원** 용도서는 선천先天의 팔괘八卦를 용도龍圖 즉, 하도河圖에 결합시켜 응용한 별장이고, 구문원은 후천後天 팔괘를 구문龜文 즉, 낙서洛書의 수數에 배합시켜 응용한 별장이다.

21 **하도** 복희씨 때 황하에서 용이 나왔는데 그 용의 무늬를 형상하여 하도를 만들었다. 복희씨는 이 무늬에 근거하여 선천팔괘를 그렸다. 이 하도는 1에서부터 10까지의 수로 이루어졌는데 홀수는 양陽의 수로 하늘을 의미하여 천天을 접두어로 붙이고, 짝수는 음陰으로 땅을 의미하여 지地를 접두어로 붙인다. 이렇게 1에서 10까지의 수가 운용되어 하늘의 수 25, 땅의 수 30이 되고, 여기에서 하도의 수 55가 만들어진다.

22 **이일** 낙서에서 숫자와 방위를 결합할 때 특별한 개념을 사용한다. 1의 수는 그림에서 아래에 놓이므로 이일, 9는 머리부분에 위치하므로 대구戴九, 2와 4는 사람의 양 어깨에 해당하는 부분에 위치하며, 6과 8은 사람의 발에 해당하는 부분에 위치한다. 그리고 3은 왼편에, 7은 오른편에 위치한다.

23 이 용도서와 구문원은 『산림경제』「복거」卜居 편에 실려 전하는 독특한 건축 설계도로 조선 선비의 성리학적 세계관을 주거 건축에 적용한 하나의 사례이다. 이 설계도가 나오게 된 배경이 이국미李國美가 쓴 발문에 나타나 있으므로 다소 길지만 그 내용을 옮겨 소개한다.

"예로부터 하도와 낙서에 대한 설은 오묘함의 극치를 다하였고, 원림의 성대함은 규모와 사치가 굉장하였다. 그렇지만 하도와 낙서의 위치와 수를 이용하여 원림의 제도를 적용하여 만들었다는 말은 이제껏 듣지 못하였다. 우연히 옛 친구인 박사원朴士元(1655~1723, 박광일朴光一의 자)의 문집을 보다가「용문정사도기」龍文精舍圖記가 있는 것을 발견하였다. 집을 짓고 나무를 심는 방법을 하도를 모방하였으나 아깝게도 뜻만 지녔을 뿐 완성을 보지 못했을 뿐만 아니라, 안배하는 것도 완벽을 기하지 못했으니 젊은 때의 작품이었을 것이다. 그러나 들여다보니 나도 모르는 사이에 불쑥 깨닫는 바가 있어서 그 본뜻을 미루어 보완하여 완성시켰다. 아울러 낙서에까지 손을 대어 짝을 맞추었다. 하도는 청상淸爽함을 위주로 하였고 낙서는 화려함을 위주로 하였는데, 하도와 낙서의 제도는 모두 속되지 않도록 하였다. 대개 하도는 용마龍馬의 소용돌이 모양으로 난 털로서 둥근 형태를 갖추었고, 낙서는 신구神龜의 갈라진 무늬로서 모난 형태를 갖추었다. 세상에서 전하는 하도와 낙서는 모두 별의 점 모양으로 해서 모난 형태로 만들었는데, 하도 중간의 10개의 점은 반을 나누어 남북으로 갈라놓았고, 낙서의 3·7·9의 점은 겹으로 배치하지 않고 가로로 배열하였다. 이는 전혀 이치에 맞지 않기에 이제 모두 바로잡았다. 또 선천先天·후천後天의 체용體用 관계를 나눈 것은 앞으로 늘그막에 완상하면서 자적하려는 장소로 삼으려 하였다. 그러나 나는 가난하고 늙은 사람이라, 그 꿈이 이루어질지 장담할 수 없다. 그래서 세상의 동호인들이 천고千古에 아무도 해보지 않은 멋진 일을 창조하도록 하고 싶다. 박사원의 기발한 재주를 생각하니 지하에 묻혀 살아나오기 어려운지라, 서로 상의하면서 한번 흔쾌히 즐기지 못하는 것이 유감스럽다. 홍사중洪士中(사중은 홍만선 洪萬選의 자) 선생이 한창 『산림경제』를 저술하는 중인데 이 설계도를 보고 훌륭하다고 생각하여 「복거」卜居 편에 거두어 넣었다. 이 어찌 이른바 '아침저녁 사이에 만난다'는 경우가 아니겠는가? 성주星州 이국미는 쓴다."

24 **도주공** 춘추시대 월越나라의 재상이었던 범려范蠡를 말한다. 범려는 월왕越王 구천句踐을 도와 오나라를 멸망시키고 천하를 제패한 뒤에 재상 직을 버리고 도陶 땅으로 가서 생업에 힘써 큰 부자가 되었다. 여기에 인용된 내용은 『제민요술』 제5권 「종기류법」種荁柳法에 나온다.

25 **최식의 『월령』** 후한後漢 때 사람으로 『정론』政論을 저술하였다. 『월령』은 『사민월령』四民月令이라고도 하는데 현존하지 않고, 많은 내용이 가사협賈思勰의 『제민요술』에 인용되어 있다. 여기에서 인용된 내용은 『제민요술』 제5권 「종유백양」種楡白楊에 나온다. 『본초강목』에도 내용이 소개되어 있다.

26 **장옹** 한나라 때 두릉杜陵 사람으로 본명은 장후蔣詡이고 자는 원경元卿인데, 왕망王莽이 재상이 되자 두문불출하고 세 갈래 길을 뚫어 소요하였다.

27 **성재** 남송南宋시대의 저명한 시인 양만리楊萬里(1127~1206)의 호이다. 『성재집』誠齋集이 남아 있다.

28 **도주공의 물고기 기르는 법** 『도주공양어경』陶朱公養魚經이란 책 이름으로 도주공 범려范蠡의 저술이라고 가탁했으나 실제로는 전한前漢 시기에 만들어졌다. 중국에서 가장 이른 시기에 만들어진 물고기 기르는 방법을 논한 책으로, 가사협의 『제민요술』 제6권 「양어」養魚 조항에 인용되어 전한다.

29 **섭소옹** 송宋나라 처주處州 용천龍泉 사람으로 자는 사종嗣宗, 호는 정일靖逸이다. 『사조문견록』은 그가 저술한 야사이다. 연못 이야기는 '오운학' 吳雲壑 조에 나온다.

30 **오거** 송나라 사람. 오익吳益의 아들로 호를 운학雲壑이라 했으며, 진안군鎭安軍 절도사를 역임했다.

31 **환실** 우주의 기운을 흡수할 수 있도록 고안한 둥근 형태의 집.

32 **이일화** 이일화는 속된 기운을 씻기를 약속하는 내용을 담은 저술 『완속약』浣俗約 1권을 지었다.

33 **이건훈** 오대五代시대 남당南唐 사람으로 학문을 좋아하고 시문에 능하였다.

34 **빙잠과 설저** 겨울 추위를 연상시키는 곤충의 이름. 『초목자』草木子에 의하면, 이 벌레들은 음산陰山

이북과 아미산峨眉山 북쪽에서 나는데 산에 눈이 쌓이면 생긴다고 하며, 그 맛이 매우 좋다고 하였다.

35 **하루라도 이 군자가 없어서는 안 된다**　차군此君이란 대나무를 친근하게 높여 부른 말이다. 『진서』
晉書「왕휘지전」王徽之傳에 "왕휘지는 일찍이 빈집에 기탁하여 살면서 사방에 대나무를 심었다. 남
들이 그 까닭을 물으니 그는 휘파람을 불고 대나무를 가리키며 '하루라도 이 군자가 없이 어떻게
사는가?'라고 답하였다"라는 글이 있다.

36 **마원**　남송南宋시대의 화가로 화원대조畵院待詔를 지냈다. 산수화에 뛰어나 〈한강독조〉漢江獨釣
등의 작품을 남겼다.

37 **성자소**　원나라 때의 화가로 자소는 자字이고, 이름은 무懋이다. 민간화공民間畵工으로 산수화와
인물화, 화조화에 모두 뛰어났다.

38 **곽희**　1023~1085. 북송北宋시대의 저명한 산수화가로 자는 순부淳夫이다. 이성李成과 함께 송대
산수화의 새로운 경지를 개척하였다. 산수화의 이론을 담은 『임천고치』林泉高致라는 매우 중요한
화론 저작을 남겼다.

39 **택승정**　경치가 좋은 곳을 골라 다니며 설치하는 이동용 정자로, 일종의 텐트이다.

40　이 글에는 출전이 밝혀져 있지 않다. 정가당문고 원본에는 출전 이름을 상고해야 한다는 미주眉注
가 달려 있다. 같은 내용이 『준생팔전』에 수록되어 있다.

41 **차여택**　이 명칭은 『장자』「칙양」則陽에 나오는 이야기에 근거를 두고 있다. 칙양이 초나라에 노닐
고 있는데 이절夷節이 그를 초나라 왕에게 소개하려고 하였다. 그러나 초나라 왕이 그를 만나주지
않자 이절이 칙양에게로 되돌아왔다. 이에 팽양彭陽(곧 칙양으로 칙양은 팽양의 자字이다)이 왕과王果
(초나라의 대부)를 찾아가서 "선생은 어찌 나를 왕에게 소개해주지 않으시오?"라고 물었다. 이 말을
듣고 왕과는 "나는 공열후公閱侯(이 사람은 은사이다)라는 사람보다 못하오"라고 대답하였다. 팽양이
"공열후는 무엇하는 사람이오?"라고 물었다. 그 물음에 왕과가 답하였다. "공열후는 겨울이 되면
강에 나가 자라를 찔러서 잡고, 여름이면 산자락을 바장이며 쉬는 사람이지요. 그 곁을 지나다가
그에게 무엇 하느냐고 묻는 사람이 있으면 그는 '여기가 내 집이오'(此予宅也)라고 대꾸한다오. 저
이절이란 사람도 그대를 왕에게 소개하지 못했거늘, 내가 어찌 그대를 소개시킬 수 있겠소?'
『장자』의 이야기에는 세상에 나가 명리와 지위를 얻으려 하는 칙양의 욕망을 억제시키려고 전원에
은거하는 공열후가 등장한다. 그러므로 '차여택'이란 임원林園에 소요 자적하는 은자의 주거지로
서 일종의 선상가옥이다. 동시대 학자인 다산 정약용이 한강에 띄워놓고 유람하고자 한 부가범택
浮家泛宅 역시 이 차여택과 같은 성격의 배다.

42 **왕여겸**　명나라의 문인으로 흡현歙縣 사람이다. 무림武林에 이주하여 살면서 당시의 빼어난 인물
들을 모아 호산시주湖山詩酒의 모임을 열었다.

2
터잡기와 집짓기
'상택지' 相宅志

　　2부에서 다루는 『임원경제지』 '상택지'는 글자 그대로 집을 지을 터를 찾는 방법을 다루었다. 상택相宅의 '相'
은 '살펴본다'는 뜻이요, '宅'은 '집'으로 '상택'이란 '집터를 살펴 고른다'는 의미를 갖고 있다. 이 말은 처음에는 정치적 목적으로
일반 백성들의 주거지를 살펴 정하는 일을 의미했는데 후대에는 주택의 자리를 정하는 하나의 술수術數로 인식되었고, 현재도 상택
을 '풍수風水를 보다', '집터를 점치다'는 뜻으로 사용한다. 예로부터 집터를 고르는 술수를 논한 『택경』宅經 류의 대다수 저작들은 음
양오행과 풍수의 논리를 건축 문제 전반에 적용하여 해석하였다.

　　서유구는 일부 술수가의 요소를 채택하고 있기는 하지만, 미신적인 금기를 나열하지 않고 과학적이고 합리적
이며 경험적인 태도를 견지하려고 노력하였다. 음양오행설과 풍수설을 비롯한 전통의 강한 영향력을 떨쳐버리고 독자적인 견해를
제시하였다. '상택지'는 주거지를 선택하는 제 조건에 대해 설명한 「점기」占基, 좋은 주거지를 만드는 방법에 대해 설명한 「영치」營
治, 전국 각지의 좋은 주거지에 대해 소개한 「팔역명기」八域名基의 세 부분으로 구성되어 있다.

　　2부는 19세기 이전에 전개되었던 좋은 주거지에 대한 이론과 실천을 바탕으로 자신의 경험과 견문을 체계
를 갖추고 종합하여 제시하였다. 따라서 한국의 옛 건축이 지닌 사상과 구체적인 건축술을 살펴보고자 할 때 우선적으로 검토되어야
할 문헌일 뿐만 아니라, 인문지리학의 입장에서도 『택리지』의 뒤를 잇는 가장 훌륭한 저술이다.

상택지에 대하여

相宅志引

지志의 이름을 '집터를 본다'(相宅)로 한 것은 집을 짓기 적합한 장소에 대해 썼기 때문이다. 그런데 무엇 때문에 본다고 하였는가? 향배向背와 순역順逆의 자리를 따지고 오행五行과 육기六氣의 운수를 살피는, 오늘날의 술수가術數家들이 하는 짓거리를 똑같이 하자는 것인가? 나는 이렇게 말하겠다. "그런 술수를 군자는 취하지 않는다."

현재 통용되는 『상택경』相宅經이 황제黃帝로부터 나왔다고는 하지만 후세 사람들이 가탁한 데 지나지 않는다. 그 책에 나오는 술수는 묏자리를 따지는 것과 다름이 없다. 땅을 본다(相地)는 사람을 감여가堪輿家라 부르기도 하고 형가形家라 부르기도 하는데, 이는 실상에 부합하지 않는다. 우리나라 사람들은 그들을 풍수가風水家라 부르는데 이 호칭이 오히려 실상에 가깝다. 그들의 술수는 대개 곽경순郭景純을 시조로 삼아 그 뒤를 좇은 양구빈楊救貧·뇌포의賴布衣 같은 무리들이 부연하였고,[1] 온 세상 사람들이 그림자처럼 그 뒤를 따른다. 근래 들어 박학다식한 학자들이 글을 써서 그들의 허황됨을 적지 않게 분별하기는 했지만, 그 술수의 옳고 그름이 아직껏 제대로 판가름나지 않았다.

오늘날 집을 지으려는 사람들은 진실하고도 명확하여 아무런 하자가 없는 순정한 길을 선택하여 행동으로 옮긴다고 할지라도 제대로 집이 지어지지 않을까봐 걱정을 한다. 그렇건만 무엇 때문에 괴롭게 아직 옳고 그름이 판가름나지 않은 길을 고지식하게 믿고 따라서 그런 짓거리에 푹 빠져 있을까? 집터를 선택하는 자는 이런 짓을 버리는 것이 옳다.

그렇다면 무엇을 살펴보아야 한단 말인가? 『시경』詩經에 "음양陰陽을 보고, 물이 흐르는지를 살피자!"라는 구절이 있다. 내용인즉, 춥고 따뜻한 방향을 따져보고, 물을 마시기가 편안한지를 살펴보라는 것이다. 실제로는 그렇게만 하면 충분하다. 지세가 낮고 움푹 꺼진 곳이라 해도 현명한 사대부가 되는 데 방해를 받지 않고, 지극히 높고 환한 지세라도 귀신이 엿보는 곳이 될 수 있다. 더구나 임원에 만들 거처는 지리와 형세가 유리한 땅을 대략 골라서 그럭저럭 자신을 보호할 수 있으면 충분하다. 어느 겨를에 쇠퇴하고 왕성하며, 화를 일으키고 복을 주는 술수를 따지겠는가?

행동거지가 고결한 선비로 하여금 머문 곳 어디서나 소요하면서 살 곳을 선택할 방법을 알도록 하는 것이 이 '상택지'의 목적이다. 이 또한 고상한 삶을 영위하는 데 하나의 도움이 되리라.

어디에 지을 것인가

1. 집터 잡는 법

주거지 선택의 네 가지 요체

주거지로 선택하는 땅은 지리地理를 가장 먼저 고려해야 하고, 그 다음에는 생리生理를, 그 다음에는 인심人心을, 그리고 그 다음에는 산수山水를 고려해야 한다. 이 네 가지 중에서 하나라도 결핍되면 살기 좋은 곳이 아니다. 지리적 조건이 훌륭하다 하더라도 생리의 조건이 결핍된 곳이면 오래 거주할 수 없고, 생리의 조건이 좋다고 하더라도 지리적 조건이 나쁘면 오래 거주할 수 없다. 지리적 조건과 생리적 조건이 모두 좋다고 해도 인심이 좋지 않으면 반드시 후회하게 된다. 또 주거지 근처에 감상하기에 좋은 산수가 없다고 한다면 성정性情을 도야할 길이 없을 것이다. ─『팔역가거지』八域可居志

방연재訪蓮齋, 〈귀거래도〉歸去來圖
산과 물 사이 아늑한 평지에 소박한 초가가 자리
잡고 있고, 한 선비가 단정하게 앉아 바깥을 응시
하고 있다. 화제畫題는 도연명陶淵明의 「귀거래
사」歸去來辭 중 일부로, "단지와 술잔을 끌어당겨
스스로 술을 부어 마시면서 오랜만에 마당의 나뭇
가지를 바라보며 활짝 웃다"(引壺觴以自酌 眄庭
柯以怡顏)라고 씌어 있다. 혼잡한 세속과 떨어져
산수와 벗하며 사는 은사의 주거지로, 주거에서
산수를 중시하는 전통을 잘 보여준다. 개인 소장.

주거지는 잘 살펴서 선택해야 한다

터를 골라잡아 집을 짓고자 하는 사람이라면 주거지를 경솔하게 결
정해서는 안 된다. 어떤 경우에는 이미 밭을 개간하여 남새밭을 만들어서 꽃
을 재배하고 나무를 심어놓았음에도 불구하고 집터를 장만하지 못한 채 그곳
을 버리고 다른 곳으로 옮아가기도 한다. 공력功力을 헛되이 낭비했으니 어찌
애석하지 않은가? 따라서 무엇보다 먼저 풍기風氣(자연계가 생물에게 미치는 어떠
한 힘과 기운)가 모여 갈무리되어 있는지의 여부와 면배面背[2]가 안온安穩한지를

잘 살펴서 영구한 주거지를 만들어야 할 것이다. —『산림경제보』

여섯 가지 조건과 여섯 가지 요소

주거지 선택에는 기술이 있다. 주변의 산은 높더라도 험준하게 솟은 정도가 아니요 낮더라도 무덤처럼 가라앉은 정도가 아니어야 좋다. 주택은 화려하더라도 지나치게 사치한 정도가 아니요 검소하더라도 누추한 정도는 아니어야 좋다. 동산은 완만하게 이어지면서도 한 곳으로 집중되어야 좋고, 들판은 널찍하면서도 빛이 잘 들어야 좋다. 나무는 오래되어야 좋고, 샘물은 물이 잘 빠져 나가야 좋다. 집 옆에는 채소와 오이를 심을 수 있는 남새밭이 있어야 하고, 남새밭 옆에는 기장과 벼를 심을 수 있는 밭이 있어야 하며, 밭의 가장자리에는 물고기를 잡거나 논밭에 물을 댈 수 있는 냇물이 있어야 한다. 냇물 너머에는 산록山麓이 있어야 한다. 이 산록 밖에는 산봉우리가 있어서 필격筆格(필가筆架로 붓을 걸어놓는 살강)의 모양도 같고, 트레머리 모양도 같으며, 뭉게구름 모양도 같아서 멀리 조망하는 멋이 있어야 한다. 또 형국形局(일정한 범위 내의 지역) 내외에 수십에서 1백 호에 이르는 집이 있어서 도적에 대비하고, 생활필수품을 조달할 수 있어야 한다. 여기에서 가장 중요한 사실은 마음이 허황되고 말만 번드르르하게 잘하는 자가 주민들 사이에 끼어서 기분을 잡치게 해서는 안 되는 것이다. 이것이 그 대략이다. —『금화지비집』金華知非集

주거지는 인가와 들이 가까운 곳에 만들어야 한다

산림이 깊고 속세와 멀리 떨어져 있다면 참으로 풍광이 아름답기는 하다. 그러나 외롭게 처해 있으면 형세가 쓸쓸하고, 사람들이 복잡한 곳에 처해 있으면 시끄럽고 소란하다. 따라서 반드시 인가와 들녘이 가까운 곳으로, 세속적인 일로부터 마음이 멀어질 수 있는 외진 지역에 산을 등지고 시내를 내려다보는, 기후가 상쾌한 자리에 10무畝의 평탄한 땅을 장만하여 주택을 짓는다. 이때 만일 인력이 있다면 20무의 땅도 좋으나 그 이상으로 넓히는 것은 안 된다. 20무 이상 넓을 경우 가옥을 짓는 일에 관심을 크게 둘 수밖에 없고, 생업을 경영하는 것처럼 일이 커져서 참된 본심을 크게 뒤흔들어놓는다. —『작비암일찬』昨非庵日纂

2. 지리적 조건

배산임수론

생세를 꾸려가려면 반드시 먼저 지리를 잘 선택해야 하는데, 지리는 수로와 육로가 모두 잘 통하는 곳이 가장 좋다. 따라서 산을 등지고 호수를 내려다보는 지형이야말로 가장 빼어난 곳이다. 그러나 그러한 곳이라도 반드시 훤히 트이고 넓어야 하며, 또 긴밀하게 에워싸여야 한다. 그 까닭은 훤히 트이고 넓어야 재리財利를 만들어낼 수 있고, 긴밀하게 에워싸여야 재리를 모을 수 있기 때문이다. ─『한정록』閑情錄

사람의 주거지는 높고 청결하며 훤히 트여야 한다

인가와 거처는 높고 청결해야 길吉하다. 주택(陽居)[3]은 오로지 평탄한 곳에 자리를 잡아서 좌우가 막히지 않은 곳이 좋다. 명당明堂[4]은 훤히 트이고, 토질이 비옥하며, 샘물이 맛이 있는 장소이다. 경經[5]에 이르기를, "하나의 산과 하나의 물이 모여 유정有情[6]한 지형을 이루는 곳은 소인小人이 머물고, 큰 산이 큰 형세를 가지고 형국을 이루는 곳은 군자가 산다"라고 하였다. ─『고사촬요』攷事撮要

주택에서 하나의 산과 하나의 물이 모여 유정有情한 지형을 이루면 소결국小結局이니, 좋은 지형이기는 하지만 그다지 장구하게 안녕을 유지할 곳은 아니다. 큰 형세를 가지고 큰 형국을 이루면 대결국大結局이니, 부귀하게 되고 장구하게 안녕을 유지한다. ─『증보산림경제』

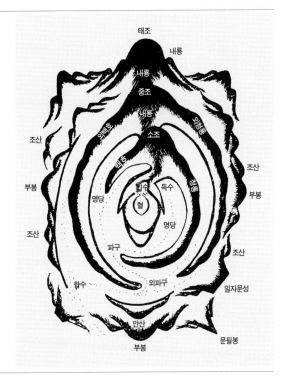

풍수 개념도

주거지 선택의 이론적 기반으로서 풍수에 대하여 서유구는 부정적 견해를 표시하였음에도 불구하고 기본적인 이론은 소개하였다. 그만큼 풍수가 주거지 선택을 비롯한 주거 생활 전반에 막대한 영향을 미쳤음을 반증한다. 좋은 집터를 찾기 위해서는 풍수의 이론이 지닌 강점 역시 배제할 수 없었다고 보인다.

용龍[7]이 다리를 벌리고 오무린 차이

양택陽宅을 정하고 분묘를 설치할 때, 비록 음양이 다르기는 하지만, 산천풍기山川風氣의 모임과 흩어짐을 논하는 이치는 한가지이다. 그 중에서 다소 차이가 나는 것은 용이 머리 부분에 이르렀을 때[8] 용의 손과 다리가 열려 있으면 양택陽宅이 되고, 손과 다리가 거두어져 있으면 음택陰宅이 된다는 점이다. ─『증보산림경제』

평지의 양기陽基[9]

평탄한 땅이 일망무제로 펼쳐져 있다 하더라도, 용이 굽이쳐 내려와 혈이 맺혀진 장소가 다른 어떠한 지형보다 높게 솟아야 진짜라고 할 수 있다. 평지 중에서 한결같이 평탄하여 높낮이의 구별이 없는 지형이나 혈세穴勢가 다시 낮게 가라앉은 지형은 제대로 된 터가 아니다. 여기서 이른바 높다고 하는 것은 단지 한 자 남짓이나 몇 치라도 더 높으면 높다고 할 수 있다.

다만 중원中原은 땅이 숫돌처럼 평탄하게 펼쳐져 있으므로 조종祖宗(풍수학에서 행룡行龍의 기맥이 발원하는 높은 산)이 발원한 곳이 멀리 있기도 하고 혹은 가까이에 있기도 하다. 따라서 영瑩을 세우고 부절符節을 주둔시키는 곳[10]은 방 한 칸 집 한 채를 세울 수 있을 만큼의 땅에 불과하더라도 그곳이 바로 적혈的穴이다. 경經에 이르기를, "땅에 길吉한 기운이 있으면 흙이 그 기운에 따라서 솟아오른다"라고 하였다. 그러한 까닭에 가장 높은 곳이 적혈이 되고, 길하다.

만일 두 개의 높은 지형이 만나 골짜기를 이루어 중간이 낮게 가라앉은 곳에 거주하면 그 집안은 반드시 빈곤하게 되고, 인물이 왕성하게 나지 않는다. 또 평지가 한결같이 뻗은 대지 가운데 높다란 구릉이 솟아 호위하고 조응照應한다 하더라도 바른 기운이 모인 곳이 아니므로 아무리 높다 하더라도 길하지 않다. 그러나 그곳에 사찰이나 신당을 세우면 감응이 많이 일어난다. 평탄한 지역의 양기는 다른 무엇보다 먼저 물을 얻어야 하는데 물의 형세가 빙 돌아서 가고, 혹은 조당朝堂을 마주 대하고 있으면 인물과 재물이 함께 왕성하게 된다. ─『증보산림경제』

충남 아산 외암리 이참판댁
조선 후기에 지어진 집으로, 조산이 감싸듯이 멀리서 지켜서 있다. "산은 멀리 떨어져 있으면 맑고 수려하며 가까이에 있으면 밝고 깨끗하여, 한번 바라보면 보는 사람으로 하여금 기쁨이 넘쳐흐르게 하고, 험준하고 증오스런 형상이 없어야 길하다"라고 이중환은 말했다. 명문가의 가옥은 풍수가의 이론에도 잘 어울리는 터에 자리를 잡았다. ⓒ 김성철

산골짜기의 양기陽基

산골짜기의 양기는 거칠 것이 없는 평지로서 터가 넓고 평탄하며, 사방의 지형이 집터를 향하여 모시고 서 있고, 땅이 갈라지거나 움푹 들어간 곳이 없어야 좋다. 또 하수下手가 힘이 있고, 수구水口가 힘 있게 교차하며, 명당이 활짝 열려서 강과 시내를 거점으로 삼고 있는 터가 가장 좋다. 그곳의 혈 또한 활짝 열려 있고 훤히 트이고 평탄한 것이 좋다. 비록 양기가 산골짜기에 있다 하더라도 평탄하고 넓게 펼쳐진 곳이 좋다. 만일 좁은 지형이라면 불길하다.

또 높고 밝은 것이 필요하다. 특히 사방의 산이 고압적으로 양기를 내리누르고, 음산한 기운이 핍박하여 삼양三陽[1]을 가로막는 곳은 절대로 피해야 한다. 또 지대가 낮아 도랑물이 지나가고, 물이 집 뒤로 몰아치며, 회오리바람이 집 옆구리로 불어오고, 물소리가 출렁출렁 들리는 곳을 피해야 한다.

산골짜기의 양기에서 가장 긴요한 것은 바람을 갈무리하는 것(藏風)에 있거니와, 용龍의 기운을 얻어 타고 온 바람이 길하다. 함부로 땅을 파서 넓힘으로써 기맥을 손상시켜서는 절대로 안 된다. —『증보산림경제』

사상론四象論

주택의 왼편으로 흐르는 물을 청룡靑龍이라 하고, 오른편에 큰 길이 나 있는 것을 백호白虎라 하며, 집 앞에 연못이 있는 것을 주작朱雀이라 하고, 집 뒤에 구릉丘陵이 있는 것을 현무玄武라 하여 이러한 지형을 가장 귀하게 여긴다. 만약 땅에 이러한 상相이 없으면 흉하다. —『주서비오 영조택경』周書秘奧營造宅經

사방의 높낮이

무릇 택지는 평탄함을 지향하거니와 그러한 지형을 양토梁土라 한다. 뒤가 높고 앞이 낮은 택지를 진토晉土라 하는데 이러한 곳에 살면 모두 길하다. 서쪽이 높고 동쪽이 낮은 택지를 노토魯土라 하는데 이러한 곳에 살면 부귀하게 되고 현인賢人이 출현하게 된다. 앞은 높고 뒤는 낮은 택지를 초토楚土라고 하는데 이러한 곳에 살면 흉하다. 사면이 높고 중앙이 낮은 택지를 위토衛土라 하는데 이러한 곳에 살면 처음에는 부유하지만 나중에는 가난하게 된다. ─『주서비오 영조택경』

　　주택은 동쪽이 낮고 서쪽이 높아야 부귀하게 되고 영웅호걸이 난다. 앞이 높고 뒤가 낮을 경우에는 절대로 집안이 잘되지 않는다. 뒤가 높고 앞이 낮을 경우에는 마소가 풍족하게 될 것이다. ─『주서비오 영조택경』

네 방위가 길지 않은 것

　　택지의 형상이 동서(卯酉) 방향의 길이가 넉넉지 않은 곳에 살면 삶이 자유롭다. 남북(子午) 방향의 길이가 넉넉지 않은 곳에 살면 흉하고, 북쪽에서 동남(子丑) 방향의 길이가 넉넉지 않은 곳에 살면 구설수에 오르게 된다. 남북이 길고 동서가 좁은 집터는 길하다. 동서가 길고 남북이 좁으면 처음에는 흉하지만 나중에는 길하다. ─『주서비오 영조택경』

산의 형세[12]

　　산의 형세를 살펴보면, 조종이 되는 산은 누각이 나는 듯이 치솟은 형세를 지닌다고 감여가堪輿家(풍수를 보는 풍수가)는 말한다. 주산主山은 또 수려하고 단정하며 청명淸明하고 부드러운 것이 최상이다. 뒷산이 면면하게 이어져 들판을 가로질러서 문득 높은 봉우리를 일으키고, 지엽枝葉과 같은 지맥支脈이 그를 둘러싸서 동부洞府(신선이 산다고 하는 골짜기)를 이루어서 마치 관부官府 안으로 들어가는 듯하며, 주산의 형세가 듬직하고 풍성하여 다층집이나 높은 궁전과도 같은 것이 그 다음으로 좋다. 사방의 산이 멀리 물러나 앉아 평야를 에워싸고 있고, 산맥이 뚝 떨어져 내려와 평지에서 물을 만나 맥이 그쳐서 들판의 중심이 되는 것이 그 다음으로 좋다. 가장 피하는 것은, 내룡內龍이 나약하고 멍청해서 생기가 없거나 혹은 산세가 부서지고 비스듬히 기울어 길한 기운이 없는 것이다. 무릇 땅에 생기와 길한 기운이 없으면 인재가 나지 않는다. —『팔역가거지』

들의 형세

사람은 양기를 받으며 산다. 그러므로 하늘과 해가 잘 보이지 않는 곳에는 절대로 거처해서는 안 된다. 따라서 들이 넓으면 넓을수록 집터가 좋다고 할 수 있다. 모름지기 집터는 해, 달, 별의 빛이 찬란하게 땅을 비추고, 비와 바람, 추위와 더위의 기후가 적절하게 절도가 있어야 한다. 그러한 곳에서 인재가 많이 나고 질병도 적다. 가장 기피해야 할 곳은 사방에 산이 높이 솟아 주위를 압도하여 해는 늦게 떠서 일찍 지고, 혹은 북두성이 보이지 않는 곳이다. 그런 곳은 신령스런 빛도 적을 뿐만 아니라 음기陰氣가 쉽게 침입하기 때문에 귀신들이 우글대는 소굴이 되는 경우가 많다. 그리고 아침 저녁으로 습기와 안개 기운이 서려서 사람이 쉽게 병든다. 계곡에 사는 것이 들에 사는 것보다 못하다고 말하는 이유가 여기에 있다.

큰 들 가운데 자그마한 산들이 사방을 빙 둘러싸고 있을 경우 이러한 지형은 산이라고 지칭할 수는 없고 통틀어 들이라고 부른다. 그 까닭은 하늘의 빛이 막힘이 없고, 바람 기운이 멀리까지 소통되기 때문이다. 만약 높은 산속에 살게 되더라도 이처럼 널찍하게 트인 장소가 있다면 그곳에 집터를 잡을 수 있다. —『팔역가거지』

〈태보상택도〉太保相宅圖
주周나라 시대에 주공周公이 수도 낙양洛陽
을 건설할 때, 태보太保가 기술자를 데리고
나침반을 이용하여 현장을 조사하는 그림.
고대에 도시를 건설하고 집터를 찾는 모습을
보여주는 대표적인 그림이다. 『흠정서경도
설』欽定書經圖說에 실려 있는 삽도다.

물과의 호응

물과 집과 무덤은 자리를 잡는 법이 동일하여 법에 맞게 잡으면 복을
받고, 법에 어긋나게 잡으면 재앙을 당한다. 물이란 것은 막힘이 없이 멀리까
지 흐르고자 하는 것이 그 본성이다. 그러한 물을 멈추게 하여 저장한 뒤에 천
천히 흐르게 하여 얼기설기 얽혀 있는 무논에 댄다면 바다의 조숫물보다도
더 멋지다. 조당朝堂에 모두 알맞고 등 뒤를 감싸기도 하는 것이 가장 좋은 귀
격貴格이다. 만약 물이 나가는 홈통이 집 뒤를 치고, 집 옆구리를 쏘거나 팔뚝

부분을 뚫고, 집 앞을 흘러와 곧장 가버리며, 혹은 비스듬히 흘러가다 되돌아왔다 달아나고 곧장 쏘듯이 흘러가는 부류는 모두 흉하다. —『증보산림경제』

패옥소리가 울리듯이 물소리가 나면 길하고, 처절하게 졸졸 흐르면 불길하다. —『증보산림경제』

물은 재물과 녹봉을 관장하기 때문에 큰 물의 연안에 큰 부잣집과 이름난 마을, 은성殷盛한 촌락이 많다. 비록 산중일지라도 계곡물과 시냇물이 흘러들어 모여든 곳이라면 오래도록 거처할 만한 땅이다. —『증보산림경제』

산은 반드시 근본을 얻고 물과 짝을 잘 이룬 다음에야 비로소 생성과 변화의 오묘한 기능을 다 발휘할 수 있다. 그런데 물은 흘러오고 흘러나가는 것이 이치에 맞은 다음에야 우수한 인물을 탄생시킬 길한 풍토를 만들어낸다. 따라서 감여가堪輿家의 정론定論을 한결같이 따라서 좌선양기左旋陽基는 모름지기 바른 오행五行과 쌍산오행雙山五行으로 물을 녹여내고, 우선양기右旋陽基는 다만 참된 오행으로 물을 녹여낸다. 주택의 좌향坐向은 또 흘러들어오는 물과 더불어 정양淨陽 정음淨陰이 합해져야만 비로소 순전하게 아름답다. —『팔역가거지』

물을 흘려보내는 금기

물을 흘려보낼 때 양국陽局은 양陽으로 흘러보내고, 음국陰局은 음陰으로 흘러보내 음양이 뒤섞이게 해서는 안 된다. —『고사촬요』

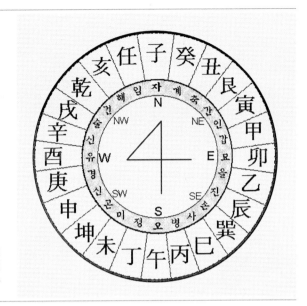

24방위도
집터나 묏자리를 잡기 위해
사용하는 방위도로 현재 지
관들이 사용하는 패철에도
이용된다.

주택은 황천살黃泉殺을 피해야 한다. 그 방법은 다음과 같다.

경정庚丁의 방향에는 곤수坤水가, 곤坤의 방향에는 경정수庚丁水가 그
것이요, 을병乙丙의 방향에는 손수巽水가, 손巽의 방향에는 을병수乙丙水가 그
것이요, 갑계甲癸의 방향에는 간수艮水가, 간艮의 방향에는 갑계수甲癸水가 그
것이요, 신임辛壬의 방향에는 건수乾水가, 건乾의 방향에는 신임수辛壬水가 그
것이다. 이것이 이른바 '팔로황천八路黃泉 사로황천살四路黃泉殺'이다. 이 열두
방향의 물을 흘려보내는 것만을 따질 뿐 나머지 방향은 금기시하지 않는다.

—『고사찰요』

주택 안에서 밖으로 방류할 때의 금기

물길이 문을 채우면 자손들이 패륜아와 역적이 된다. 물이 주택에 기대어 동쪽으로 흘러가면 화가 없다. ─『거가필용』居家必用

물이 거꾸로 흐르면 그 집안은 여인이 가장이 된다. ─『거가필용』

물이 문을 통해서 밖으로 나가면 주인의 재산이 흩어져 빈궁하게 된다. ─『거가필용』

지붕의 낙숫물이 서로 엇갈려 떨어지면 불길하다. 또 물이 집 안에

심사정, 〈전가락사〉田家樂事
전원에서 농사를 지으며 자연과 벗하여 사는 즐
거움을 그린 그림. 넓은 들을 바라보는 산자락에
丁자형 초가집을 중심으로 담과 곁채가 있고, 집
뒤에는 대숲이 두르고 있다. 전원 주거의 소박한
정경이 표현된 집이다. 개인 소장.

들이쳐 사람의 몸에 뿌리는 것을 꺼린다. ―『증보산림경제』

처마 끝의 낙숫물이 서로 쏘면 주인이 죽거나 상해傷害를 입는다.

―『증보산림경제』

수구水口

수구[13]는 주밀周密하여 물이 밖으로 잘 빠져나가지 못하도록 막는 것
을 귀하게 여긴다. 수구에 둥근 산과 흙 언덕이 솟아 있는 것이 있는데 이것을
나성羅星이라 부른다. 흙은 바위와 같지는 아니하나 그 힘은 1만 개의 산을 대

적할 수 있다. 기이한 사砂와 괴기한 바위가 새나 짐승처럼 머리는 거슬러 위를 향하고 꼬리는 처져 아래로 흘러가는 형상이 가장 길하다. 대체로 나성이 수구를 바라보고 있는 것이 좋고, 집 중앙을 마주하여 바라보고 있는 것은 꺼린다. 그러나 바짝 접근해 있으면 해가 있지만 멀리 떨어져 있으면 무방하다. -『증보산림경제』

물 가운데 머리로 상류를 맞이하고 있는 모래톱이 하나 있다면 거부巨富가 될 것이다. 모래톱이 세 개가 있으면 더욱 좋은데 수구에서 문득 모래톱이 보이는 것이 가장 길하다. 그 모래톱이 낮으면 귀貴하지 않다. -『증보산림경제』

주거지를 정할 때는 가장 먼저 수구를 살펴보아야 한다. 수구가 이지러지고 엉성하며 공활하게 펼쳐진 곳이라면 아무리 1만 이랑의 좋은 전답과 1천 칸의 넓은 집이 있다 하더라도 대개 대대로 후손에 전해주지 못하여 자연히 전답은 사라지고 집은 쇠퇴하여 무너진다. 따라서 집터를 골라잡으려면 반드시 수구가 꼭 막혀 있는 중에 대지가 넓게 트여 있는 장소를 눈여겨보아야 한다. 그러나 산중에서는 사방이 꼭 막혀 있는 곳을 얻기 쉬운 반면, 들에서는 수구가 주밀한 곳을 얻기가 어렵다. 그러니 물이 거슬러 흐르는 사砂가 있어야 한다. 높은 산이거나 그늘진 언덕을 가릴 것 없어 힘차게 거꾸로 흘러서 당국當局을 가로막은 것이 길하다. 한 겹으로 가로막은 것도 좋지만 세 겹, 다섯 겹으로 가로막은 것은 더욱 길하다. 그러한 곳은 영원토록 면면하게 대를 이어갈 집터가 될 수 있다. -『팔역가거지』

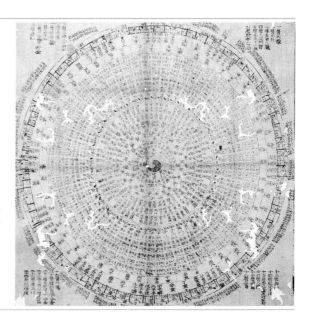

윤도

무덤이나 집터를 잡을 때 지관들이 사용하는 도표. 구조는 한복판에 나침반이 있고 그것을 중심으로 중심에서 멀어질수록 커지는 여러 층의 원이 그려졌으며, 이 원들과 바퀴살 모양의 직선들이 서로 만나는 지점에 방위표시의 한자들이 깨알처럼 씌어 있다.

사砂와의 호응

주택의 좌우와 전면에 사砂가 뾰족하게 솟아 단정하고 둥글면 과거에 급제할 것이요, 손신巽辛 방향에 붓이 우뚝 솟은 모양을 하고 있으면 문과에 급제하여 부귀하게 될 것이요, 갑옷이 쌓여 있고 군대가 주둔한 형상이면 무인이 되어 귀하게 될 것이요, 머리가 기울고 정수리가 비스듬한 형상이면 도적이 될 것이요, 고요孤曜하면 승려나 도사가 될 것이요, 조화燥火의 경우는 전염병과 화재를 겪을 것이요, 소탕掃蕩의 경우는 쟁송爭訟이 일어나 남자는 멀리 유랑하고, 여자는 예의가 없어진다. 천왜天歪의 경우에는 도적이 되어 병기에 맞아 죽을 것이다. ─『양택길흉서』陽宅吉凶書

방향은 모두 〈목성윤도〉木星輪圖를 사용하여 헤아린다〔나의 의견: 〈목성윤도〉의 제도는 나무판 위에 안과 밖으로 두 줄의 둥근 윤도輪圖를 만든다. 안쪽의 윤도에는 자子로부터 왼쪽 방향으로 계癸·축丑·간艮·인寅·갑甲·묘卯·을乙·진辰·손巽·사巳·병丙·오午·정丁·미未·곤坤·신申·경庚·유酉·신辛·술戌·해亥·임壬의 24위位를 배열한다. 바깥의 윤도에는 자위子位로부터 목성木星이 시작하여 왼쪽 방향으로 조화燥火·태양太陽·고요孤曜·소탕掃蕩·천왜天歪·목성木星을 차례대로 24위에 배열시키는데, 대체로 목성이 자子·오午·묘卯·유酉의 주主가 되므로 이름을 목성윤도라 한다. 구성九星 가운데 목성·태양·금수金水·태음太陰·천사天射는 다섯 가지 길한 것이요, 천왜·조화·고요·소탕은 네 가지 흉한 것이다〕. ─『증보산림경제』

바람이 불어오는 방향

자子 방향의 바람이 불어오면 자손이 물에 빠지고, 계癸 방향의 바람이 불어오면 남녀가 음욕이 많아지고, 축丑 방향의 바람이 불어오면 군대에 투신할 때 진영으로부터 낙오되고, 간艮 방향의 바람이 불어오면 전염병과 풍토병에 걸리고, 인寅 방향의 바람이 불어오면 범이나 이리의 상해를 입고, 갑묘甲卯 방향의 바람이 불어오면 길거리에서 죽고, 을乙 방향의 바람이 불어오면 자손이 청맹과니가 되고, 진손辰巽 방향의 바람이 불어오면 주인이 머리를 떨고, 사병巳丙 방향의 바람이 불어오면 뱀에 물리고, 오정午丁 방향의 바람이 불어오면 수재를 당하고, 미未 방향의 바람이 불어오면 폐병과 기침병을 앓고, 곤坤 방향의 바람이 불어오면 송사가 있고, 신경申庚 방향의 바람이 불어오면 주인이 갑자기 망하고, 신辛 방향의 바람이 불어오면 어려운 일을 겪고, 술건戌乾 방향의 바람이 불어오면 다리를 절고, 해임亥壬 방향의 바람이 불어오면 빈천貧賤해진다. —『증보산림경제』

　　요풍凹風이 불어오면 기운이 흩어진다. 바람이 주택의 왼쪽으로 불어
오면 큰 방이 결함이 생기고, 바람이 오른쪽으로 들어오게 되면 작은 방이 무
너진다. 이러한 방향은 모두 피하고 꺼리는 것이 좋다. —『증보산림경제』

조산朝山

　　조산에는 추악하게 생긴 바위 봉우리, 비스듬히 기운 형상의 외로운
봉우리, 무너져내릴 것 같은 형상, 엿보거나 뛰어들 것 같은 형상, 이상하고
괴이한 바위가 산의 아래 위에 보이는 형상, 긴 골짜기에 충사沖砂(달려들 듯한
형상의 사)가 산의 좌우 전후에 보이는 형상 등 다양한데 모두가 거처하기에 알
맞지 않다. 산은 멀리 떨어져 있으면 맑고 수려하고, 가까이에 있으면 밝고 깨
끗하여 한번 바라보면 보는 사람으로 하여금 기쁨이 넘쳐흐르게 하고, 험준하
고 증오스런 형상이 없어야 길하다. —『팔역가거지』

조수朝水

　　조수란 물 밖의 물을 말한다. 작은 냇물 작은 시내가 거꾸로 흐르는
것이 길하다. 그러나 큰 시내와 큰 강은 절대로 거꾸로 흐르는 것을 맞이해서
는 안 된다. 무릇 큰물을 거꾸로 맞아들이는 곳은 양기陽基 음택陰宅을 막론하
고 처음에는 흥성하는 듯하지만 오래 지나면 패하고 멸망하지 않는 경우가
없으므로 경계하지 않을 수 없다. 또 정음淨陰 정양淨陽에 반드시 합치되어야

하고, 구불구불 굽이져서 유유히 흘러 들어와야지 활을 쏜 것처럼 일직선으로 곧장 들어와서는 안 된다. —『팔역가거지』

건조함과 윤택함

사람의 거처는 윤택한 빛이 넓게 퍼져 양기가 넘치는 곳이 길하고, 건조하여 윤택함이 없는 곳은 흉하다. —『주서비오 영조택경』

향배向背

집터를 정할 때 반드시 감좌坎坐에 자리를 잡고 이좌離坐를 마주 보도록 해야 춥고 따뜻함이 적절하고 초목이 무성하게 자라난다. 그 다음으로는 유좌酉坐에 자리를 잡고 묘좌卯坐를 마주 보는 곳이 좋은데, 이곳도 왕성하게 샘솟는 생기를 받아들일 수 있다. 가장 나쁜 자리는 묘좌에 자리를 잡고 유좌를 마주 보는 곳으로, 햇빛을 일찍부터 볼 수 없다. 동서남북 네 방향을 향하는 자리는 음양이 일정하지 않아 온갖 일이 어그러진다. 북쪽을 향한 자리는 바람과 기운이 음산하고 추워서 과실과 채소가 자라지 않는다. 이러한 자리는 모두 거처할 수 없다. —『금화경독기』

3. 물과 토지

집터 잡기는 물과 토지를 먼저 살펴야 한다

창려昌黎 한유韓愈[14]는 「반곡으로 돌아가는 이원을 보내는 글」(送李愿歸盤谷序) 첫머리에서 "샘물은 달고 토지는 기름지다"라는 말을 꺼냈는데 나는 창려가 집터 고르는 법의 삼매경을 가장 잘 터득하였다고 생각한다. 왜냐하면 샘물이 달지 않으면 거처함에 질병이 많이 생기고, 토지가 비옥하지 않으면 물산을 제대로 생산하지 못하기 때문이다. 아무리 음양 향배가 풍수가의 법에 완벽하게 합치된다 하더라도 장래의 까마득히 알 수 없는 화복의 여부를 가지고 눈앞에 닥친 절실한 이해의 문제를 덮어버릴 수 있겠는가? 그러므로 집터를 찾고 전답을 구할 적에 샘물이 달고 토지가 비옥한 땅을 얻었다면 그 나머지 것들은 전혀 물을 필요가 없다. —『금화경독기』

사람은 토지가 비옥하고 물이 깊은 곳에 살고 싶어한다

"흙이 두텁고 물이 깊은 곳에 거처해야 질병에 걸리지 않는다"라는 말이 있다. 따라서 사람이 거처할 곳은 방향이 어떻고, 장소가 어디든 모두 흙이 두텁고 물이 깊은 곳을 얻으려 한다. 흙은 견고하고 윤택한 황토면 좋고, 물은 맛이 달고 맑으면 좋다. —『보생요록』保生要錄

토질을 검사하는 법

집터 땅 위에 깔린 표토表土를 걷어내어 생흙이 나오게 한다. 그 윗면을 고르게 깎고 사방의 넓이와 깊이가 모두 한 자 두 치가 되게 판 다음 흙가루(粉土)를 깔아 다시 원래의 구덩이에 넣는다. 이때 손으로 눌러 다지지 않는다. 다음날 아침 살펴보아 흙이 가라앉았으면 흉하고 흙이 솟아올랐으면 길하다. ―『양택길흉론』

혹은 흙을 취해 평균적으로 한 말을 만든다. 이 흙을 저울에 달아 10근이 되면 상품이요, 9근이 되면 중품이요, 7근이 되면 하품이다. 사방의 넓이와 깊이가 모두 한 치가 되는 흙을 취하여 저울에 달아 9량兩 이상이 되면 크게 길하고, 5량에서 7량 이상이면 괜찮고, 3량이면 흉하다〔나의 의견: 두목杜牧[15]은 「죄언」罪言에서 "유주幽州와 병주幷州 두 주에서는 그지역의 물과 흙을 하남河南 등지의 물, 흙과 비교해보았는데 항상 10분의 2가 무거웠습니다"라고 하였다. 이 기록에 따르면, 흙의 경중을 재는 법은 옛날부터 있었던 것이다. 단 여기에서는 말(斗)의 크기와 치(寸)의 장단長短에 대해 말하지 않았으므로 그가 몇 근이니 몇 량이니 말한 것 또한 일정한 준거가 없다. 그러므로 두 지역의 흙의 품질이 지닌 우열을 비교하려 한다면, 한 그릇에 두 번 흙을 넣어 저울에 달아서 근량斤兩의 많고 적음을 살펴보는 방법을 쓰는 것이 좋다〕. ―『양택길흉론』

흙 빛깔

사람의 주거는 흰 모래땅이 적합한데 그러한 곳은 밝고 정결한 흙이 사람을 기쁘게 할 뿐만이 아니라 물도 잘 빠진다. 그 다음으로는 누렇고 윤기가 흐르는 모래흙이다. 검은 흙을 가진 땅은 초목을 심는 땅으로는 적합하지만 거처하기에는 부적합하다. 검푸르고 붉은 점토로 비가 오면 미끄러운 진흙탕이 되는 땅은 특히 거처해서는 안 된다. —『금화경독기』

물과 흙을 함께 논한다

시골의 주거는 산골짜기이든 물가이든 막론하고 모래흙이 견실하고
조밀하면 우물물도 마찬가지로 맑고 차다. 이러한 곳이라면 거주할 만하다.
만약 붉은 찰흙과 검은 자갈, 누렇고 가는 흙의 땅이라면 이는 죽은 흙이다.
그 땅에서 나는 우물물은 반드시 장기瘴氣가 있다. 이러한 곳은 거주해서는
안 된다. —『팔역가거지』

산을 보고 샘물을 관찰하는 법

산이 중후하면 샘물도 중후하고, 산이 기이하면 샘물도 기이하며, 산
이 맑으면 샘물도 맑고, 산이 그윽하면 샘물도 그윽하다. 이러한 물은 모두 좋
은 품질이다. 산이 깊지 않으면 물이 얕고, 산이 기이하지 않으면 물이 생기가
없으며, 산이 맑지 않으면 물이 탁하고, 산이 그윽하지 않으면 물이 시끄럽다.
이러한 곳에는 분명히 좋은 품질의 샘물이 없다. —『자천소품』煮泉小品

산이 깊은 곳과 웅대한 곳, 기운이 성하고 아름다운 곳에는 반드시
맛이 좋은 샘물이 나온다. 산이 비록 웅대하지만 기운이 맑거나 트이지 않은
곳과, 산의 외관이 수려하지 못한 곳은 비록 샘물이 흐른다 하더라도 맛이 좋
은 샘물은 아니다. —『수품』水品

古松幾株溪水貫
其甲苍々冷々鳴禽
生風窅然軒腹雲霞
珍瓏之間濤凡震秀
道人手柏書箋帽檐龍者
水月抛溪濤桐看圖所驅
甕兩長吟卷觀收也即此四人
可敵七賢越志在岩径江畔
讀誇兩賢翻去誰殿與志
陳案中人

道人年七十六歲為畫
水月觀歡史謹圖所評
丙戌年陽和月

이인문, 〈누각아집도〉樓閣雅集圖
송림과 암벽 사이로 시원스레 계곡물이 흘러가는 곳에 누각이 있고, 네 명의 시인 화가들이 그 안에서 시를 짓고
산수를 감상하는 장면을 그린 그림. 실경을 그린 그림이나 중국적 분위기가 약간 풍긴다. 축대 위에 지어진 누각
은 한국식 기와집이다. 국립중앙박물관 소장.

마실 수 있는 샘물은 산의 외관이 맑고 화사할 뿐만 아니라 초목 또한 수려하다. 이러한 곳은 선령仙靈이 도읍을 삼아 머무는 곳이다. —『수품』

뼈대가 큰 바위가 억세고 드높이 솟아 있음에도 불구하고 외관이 푸르고 푸른 산이 있는데 이러한 곳이 샘물의 토모土母이다. 흙이 많고 바위가 적은 곳은 샘물이 없거나 혹은 샘물이 있어도 맑지 않은데 예외 없이 모두 그렇다. —『수품』

샘물의 품질

바위틈에서 흘러나온 샘물이 아니면 분명 맛이 좋지 않다. 그래서 『초사』楚辭 「산귀」山鬼 편에서 "바위틈 샘물을 마시며 송백松柏의 그늘 아래 쉰다네"라고 하였던 것이다. —『자천소품』

샘물은 맑기가 어려운 일이 아니라 차기가 어렵다. 빠르게 흐르면서도 맑고 험준한 계곡의 여울물과 그늘진 곳의 깊고 차가운 바위 구석의 물 또한 질이 좋은 물은 아니다. —『자천소품』

바위가 적고 흙이 많은 곳, 모래가 윤기가 있고 진흙이 응고되어 있는 곳은 분명히 물이 맑지도 차지도 않다. —『자천소품』

샘물이 달고 향기로워야 사람을 잘 성장하게 할 수 있다. 그런데 샘물은 달기는 쉽지만 향기롭기는 어렵다. 향기로우면서도 달지 않은 샘물은 없다. ─『자천소품』

샘물 맛이 단 것을 감천甘泉이라 하고, 기운이 향기로운 것을 향천香泉이라 하는데 곳곳에 그러한 샘이 있다. ─『자천소품』

왕왕 모래흙 사이에 숨어 흐르는 샘물이 있다. 이 물을 끌어올려도 마르지 않는다면 먹을 수 있다. 그렇지 않고 물이 마른다면 흘러들어 고인 웅덩이 물에 불과하므로 아무리 맑다 해도 먹어서는 안 된다. ─『자천소품』

흐르지 않는 샘물을 마시면 해가 생긴다. 『박물지』博物志에 "산에 사는 사람들이 혹이나 종기 같은 질병을 앓는 자가 많다"라고 했는데, 이것은 흐르지 않는 샘물을 마시기 때문에 그렇다〔나의 의견: 육처사陸處士[16]는 "폭포수, 용솟음치는 물, 그리고 부딪히고 급하게 흐르는 물을 오래도록 마시면 목에 질환을 발생시킨다"고 하였다. 의가醫家에서도 "계곡물은 떨어지고 부딪히기 때문에 이 물을 오래도록 마시면 혹이 생긴다"라고 하였고, 또 "두 산 사이의 계곡물을 마시면 혹이 생기는 사람이 많다"라고 하였으며, "흐르는 물이 물소리를 많이 내면 그 물을 마시는 사람은 혹이 많이 생긴다"라고 하였다. 이상의 내용은 본문의 내용과 상반된다. 마땅히 육처사와 의가의 처방이 옳다고 할 수 있다〕. ─『자천소품』

샘물이 솟아오르는 것을 분수濆水라 하는데 곳곳에서 진주천珍珠泉이라 부르는 것이 바로 그것이다. 모두 기운이 성하고 수맥이 용솟음치므로 절대로 마셔서는 안 된다. ─『자천소품』

위에 매달려서 떨어지는 물을 옥수沃水라 하고, 사납게 떨어지는 것을 폭포라 하는데 모두 마실 수 없다. ─『자천소품』

유천乳泉의 석종유石鍾乳는 산의 뼈대(山骨)의 기름과 골수이다. 샘물의 색깔이 희고 물이 무거우며, 매우 맛이 달고 감로甘露와 같은 향기가 난다. ─『자천소품』

주사천朱砂泉 밑에서는 주사朱砂가 난다. 물의 색깔은 붉고 성질은 따뜻하다. 그 물을 마시면 수명을 연장시키고 질병을 물리친다. ─『자천소품』

복령천茯苓泉이 있다. 오래된 소나무가 있는 산에는 복령茯苓이 많이 난다. 그 샘물은 붉기도 하고 희기도 한데 달고 향기롭기가 보통의 물보다 배가 된다. 또 출천朮泉이 있는데 복령천과 같다. ─『자천소품』

근원을 이루는 샘물은 실로 기후의 성하고 쇠하는 변화와 관계가 깊다. 따라서 물이 나오는 수량이 때때로 일정치 않다. 그런데 일정하면서도 마르지 않는 샘물은 반드시 산이 뭇 산봉우리보다 웅장하고, 근원이 깊은 곳에서 발원하기 때문이다. ─『수품』

샘이 모래흙에서 나오되 사납게 소리를 내며 솟아오르기도 하는데 표돌천豹突泉[17] 같은 것이 그것이다. 표돌수豹突水를 오래 마시면 목에 혹이 생기는데 물 기운이 매우 탁하기 때문이다. ─『수품』

물 밑이 아교처럼 응결되고 탁한 것은 기운이 맑지 않으므로 그 물을 마시면 혹이 많이 생긴다. ―『수품』

물을 손으로 치거나 발로 헤치지 않았는데도 저절로 물방울이 생기는 것은 기운이 지나치게 성한 때문이니 마셔서는 안 된다. ―『수품』

산의 기상이 그윽하고 호젓하여 사람이 사는 촌락과 가깝지 않으면 샘물의 근원이 반드시 맑고 윤기가 있는 것이니 마셔도 좋다. ―『수품』

샘물이 비록 맑고 반짝이며, 반물빛이고 차가워서 사랑스럽지만 흘러가지 않는다면 근원이 있는 샘물이 아니다. 빗물이 스며들어 오래 되어서 맑고 고요한 것일 뿐이다. ―『수품』

샘물의 품질은 단 것이 최상이다. 깊숙한 골짜기에 있는 반물빛의 차갑고 맑은 샘에서는 대체로 맛이 단 샘물이 흘러온다. 또 반드시 산림이 깊고 무성하고 아름다워야 하는데, 밖으로 흐르는 물은 가까워 보이지만 지하의 근원은 멀리에 있기 때문이다. ―『수품』

샘물이 반물빛이 아니거나 차갑지 아니한 것은 모두 하품下品이다. 『역경』易經에서 "우물이 차니 찬 샘물을 마신다"(井冽寒泉食)[18]라고 말한 데서도 우물물은 찬 것이 상품임을 알 수 있다. 무릇 샘물이라 부르는 것 가운데 차지 않은데도 유명한 샘물은 아무것도 없다. ―『수품』

달고 찬 샘물 가운데 향기로운 것이 많다. 그 기운이 서로 통하는 것
들이 상종相從하기 때문에 그렇다. 무릇 초목이 물맛을 망친 샘에서는 향기로
운 물을 찾을 수 없다〔나의 의견: 물은 사람을 잘 자라게 하는 것이기 때문에 집터를 선
택할 때는 반드시 먼저 샘을 살펴야 한다. 이제 샘의 품질을 논한 여러 사람의 글을 취하여
자세히 기록하였는데 마땅히 다음에 나오는 2부 '어떻게 지을 것인가'의 '샘을 찾고 우물을
파는 법' 조를 참고하는 것이 좋다. 또 '이운지'의「산재청공」山齋清供 수품水品에도 참고
할 내용이 있다〕. ―『수품』

강물

강은 많은 물줄기가 흘러 모여들기 때문에 그 맛이 잡다하다. 따라서
홍점鴻漸(육우陸羽)이 물에 대하여 평할 때 강물을 산물의 아래 우물물의 위에
놓았다. 그러나 강물은 근원이 먼 곳에 있고 흐름이 길기 때문에 사람이 마시
기에 적합하여 중품·하품에 속하는 산물이나 우물물에 비할 바가 아니다.
강에 근접한 집터는 대체로 산의 바위에서 흘러나오는 맛 좋은 샘이 드물기
때문에 강물을 마시는 것이 절로 당연하다. 강물은 반드시 상류에서 채취한
물이 맛이 좋고, 조석潮夕이 왕래하는 바다 가까운 곳의 물은 혼탁하여 마실
수 없다. ―『금화경독기』

조선 땅 일곱 개의 큰 물 가운데 한강물이 가장 물맛이 좋다. 한강물
은 오대산五臺山의 우통수于筒水[19]에서 발원하는데 그 물맛이 해동海東 최고이
다. 비록 한강이 콸콸 빨리 흐르고 온갖 물이 강물에 섞여 들어온다 할지라도
우통의 물은 강의 중심부를 흐르면서 다른 물과 뒤섞이지 않고 깨끗하다. 그

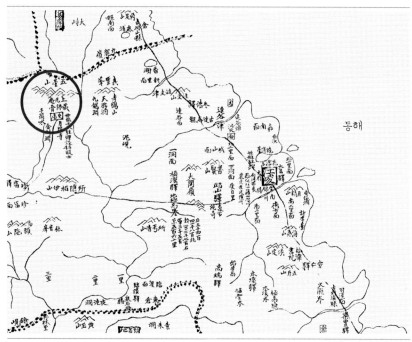

오대산 우통수
강릉 일대와 대관령 부근을 묘사한 옛 지도. 오대산 부근에 한강의 발원지인 우통수를 표시해놓았다. 우통수의 물이 한강의 중심부를 흐르면서 물맛을 일정하게 유지한다고 생각하였다. 김정호金正浩의 〈청구도〉青丘圖에 수록된 지도이다.

러므로 무릇 한강 상류에 사는 사람은 항상 우통의 물을 마실 수 있다. —『금화경독기』

우물물

산에 살고자 할 때 샘물이 흘러나오지 않으면 우물을 파서 물을 얻어야 하는데, 이 물 역시 마실 만하다. ─『자천소품』

　육처사陸處士(육우)는 우물물을 하품으로 쳤다. 그러면서 그 까닭으로 "우물물을 퍼가는 사람이 많기 때문이다"라고 하였다. 우물물은 도회나 큰 읍의 시장과 같이 사람이 조밀하게 모여 사는 곳에 있어서 더러운 오물이 우물에 흘러 들어갈 것이 늘 염려된다. 그래서 비록 하루에 한 번씩 우물물을 퍼내 더러운 것을 제거한다 해도 결국 물맛이 짜고 열악하다.
　밭두둑 사이 도랑물 옆에 있는 우물의 경우도 분뇨와 오물이 많이 스며든다. 모름지기 우물은 교외의 들녘이나 산등성이에 위치하여 소 외양간과 돼지우리로부터 멀리 떨어져 있어야 한다. 또 모름지기 모래흙이 희고 깨끗한 곳이어야 괜찮다고 할 수 있다. ─『금화경독기』

　바다에 가까운 지역은 물이 짠 경우가 많다. 간혹 맛이 좋은 샘물을 얻기도 하나 그 또한 1천 개나 100개 중의 하나에 불과하다. 그러므로 바닷가에 사는 것이 강가나 시냇가에 사는 것보다 못하다. 풍기風氣가 아름답지 않기도 하지마는 우물물과 샘물이 맛이 좋지 않은 데도 원인이 있다. ─『금화경독기』

　평원에 있는 우물 가운데 깊이가 5~6심尋 이상 되는 것은 모두 맛이 좋은 물이 아니다. 산자락 모퉁이나 동산 가장자리에 위치하여 모래흙이 희고 깨끗한 곳에 있는 샘물로서 물이 바위틈에서 조용히 흘러나와 웅덩이를 채우고 졸졸 아래로 흘러가는 경우에는 산속 물과 비교하여 아무 차이가 없다. ─『금화경독기』

물의 좋고 나쁨을 시험하는 방법

물을 끓여서 시험하는 방법　맑은 물을 가져다가 깨끗한 그릇에 넣고 펄펄 끓인다. 다음에 물을 기울여 흰 사기그릇에 붓고 맑아지기를 기다린다. 사기그릇 바닥에 모래흙이 가라앉는 것이 있는데 이 물은 수질이 나쁘다. 수질이 좋은 것은 찌꺼기가 남지 않는다. 또 수질이 좋은 물은 물건을 끓이면 쉽게 익는다.

햇빛으로 시험하는 방법　맑은 물을 흰 사기그릇 속에 넣고 햇볕 아래에 놓아두어 햇볕이 똑바로 물속을 비추게 한다. 그 다음 물속의 햇빛을 바라볼 때 마치 아지랑이가 낀 것처럼 먼지가 희뿌옇게 끼어 있으면 이 물은 수질이 나쁘다. 수질이 좋은 것은 맑아서 바닥까지 영롱하게 빛난다.

맛으로 시험하는 방법　물은 가장 기본적인 원소(元行)[20]이다. 기본적인 원소는 아무 맛이 없다. 그러므로 맛이 없는 것이 참된 물이다. 무릇 맛이란 것은 모두 외부의 물질이 합해져서 이루어진다. 따라서 수질을 시험할 때 담박한 맛을 주로 삼으며, 맛이 좋은 것이 그 다음이며, 맛이 나쁜 것을 하품으로 본다〔나의 의견: 이에 대한 설명은 '이운지'「산재청공」수품을 보라〕.

무게를 재어 시험하는 방법　각종 물이 있어 맛의 좋고 나쁨을 구별하려 할 때, 그릇 하나를 가지고 번갈아가며 물을 담아 재어보는데 가벼운 것일수록 좋은 품질이다.

종이나 비단으로 시험하는 방법　종이나 비단 종류 중에서 색깔이 아주 흰 것을 가져다 물을 뿌려서 말린다. 말렸을 때 아무 자국도 남지 않은 것이 좋은 품질이다〔나의 의견: 집터를 정하려고 하는 사람이 후보지 두 곳을 얻었을 때, 형국이 비슷하여 샘물의 좋고 나쁨으로 선택하려고 한다면, 마땅히 이 다섯 가지 시험 방법을 이용하여 그 높낮이와 우열을 가린다〕. ―『태서수법부여』泰西水法附餘

전국의 이름난 샘[21]

우리나라는 삼면이 바다로 둘러싸여 있고, 산이 거칠고 산세가 험하여 맛이 좋은 강물이나 샘물이 드물다. 포구나 나루터에 사는 사람은 똑같이 장기癢氣나 소금기가 많은 것을 염려하고, 깊은 산골짜기에 사는 사람은 폭포수를 마셔야 하는 경우가 많다. 도읍이나 성시城市에 있는 샘물은 먼지와 오물로 더럽혀져 있으며, 들판의 밭도랑 곁에는 분뇨와 오물이 스며들어 저장된다.

그렇기 때문에 음식을 끓여 먹음에 제대로 된 맛을 내지 못하고, 약을 달여 먹음에 약의 성질을 제대로 발휘하지 못하여 사람들이 모두 병통으로 여기고 있다. 만약 바위틈이나 시냇물 가운데 물맛이 조금이라도 시원하고 상큼한 것을 발견하면 앞을 다투어 달려가 서로들 떠 마셔서 감로수甘露水 경액瓊液보다 귀중하게 여기므로 그 소문이 전파되어 온 나라 안에 명성이 가득하게 된다. 따라서 살 자리를 정하여 집을 지으려고 하는 사람이 지명을 살펴보고 탐문한다면, 굳이 물의 무게를 재어 시험하는 방법이나 물을 끓여 시험하는 방법을 사용하지 않는다 하더라도 맛이 좋은 샘물을 얻을 수 있을 것이다.

관동의 우통수于筒水는 오대산 서대 아래에서 솟아나는데 그 물이 서쪽으로 흘러 한강물의 중심을 흐르는 근원이 된다. 강물의 맛을 평가하는 사람들은 이 물이 가장 좋다고 첫손가락을 꼽는다. 한송정寒松亭의 석정石井은 강릉부江陵府에 있는데 전해오는 말에 의하면, 사선四仙[22]이 강릉에 와서 놀 적에 그 물로 찻물을 하였다고 한다. 양양襄陽의 오색수五色水는 오색령五色嶺 아래의 너럭바위 틈에서 나오는데 그 맛이 맵기가 철장鐵醬과 같고, 그 물을 마시면 만성적인 비장종대증을 없앨 수 있다. 이 물로 밥을 지으면 밥이 유황빛을 띤다. 금강산 불지암佛地庵 남쪽으로 10여 걸음 떨어진 곳에 감로수甘露水

작자 미상, 〈함산와유첩〉咸山臥遊帖
태조 이성계가 왕이 되기 전과 퇴위 이후에 머문 함흥의 본궁本宮을 묘사한 그림. 조선왕조에서는 대대로 본궁을
성역으로 관리하였다. 본궁 동쪽에 이성계가 왕이 되기 전에 파서 마신 우물이 있는데 맑고 영롱하며 달고 찬 물
로 이름이 있었다. 서울대학교 박물관 소장.

가 있는데 매우 맑고 시원하다.

관북 함흥咸興의 본전本殿[23] 동쪽에 어정御井이 있는데, 맑고 영롱하며
달고 차다. 이 샘물은 건원릉健元陵(태조 이성계)께서 왕위에 오르시기 전에 파
신 것이다. 북청부北靑府의 동정東井은 동문東門 밖 모래사장 가운데 있는데,
겨울에는 따뜻하고 여름에는 차며, 맛이 극히 달고 시원하여 그 물을 마시면
병이 낫는다.

관서 평양平壤의 기자정箕子井은 함구문含毬門 밖 정전井田 가운데 있
다. 세상에서 전하기로는 기자箕子가 판 샘이라고 한다. 평양부 안의 우물물

은 모두 맛이 열악한데 이 우물물만은 맛이 매우 좋다. 운산군雲山郡 우제천牛啼泉은 물이 매우 맑고 향기로워 그 물을 마시거나 목욕하면 병을 그치게 한다. 강계부江界府 북쪽 장항산獐項山 아래에는 옥류천玉溜泉이 바위틈에서 나오는데 아무리 추운 겨울이라도 얼지 않는다.

해서海西 왕림천王臨泉은 황주黃州 동쪽의 왕어치王御峙 아래에 있는데 물이 매우 달고 차다. 임진왜란 때 선조대왕께서 해서로 피난하셨을 적에 항상 떠서 바친 물이라서 그러한 이름이 붙었다. 봉산군鳳山郡 서쪽 백학암白鶴巖 북쪽 들에 영천靈泉이 있는데 차와 같이 맛이 달고 향기롭다. 그래서 지금은 반다천磻茶泉이라고 부른다. 군 동쪽의 내와 골짜기로 이어진 역로驛路 곁에 가파른 절벽이 깎아지른 듯이 우뚝 서 있는데 그 틈서리에서 샘물이 솟아나와 물이 극히 달고 맛있다. 재령군載寧郡 애정艾井은 군의 북쪽 10리에 위치한다. 고려 말에 황해도 안렴사按廉使인 이자생李自生이 이곳을 지나가다가 "골짜기가 넓고 틔었으며, 토지가 비옥하니 집을 짓고 살기에 알맞구나!"라고 말하고는 쑥 덤불 한 곳을 가리키며 뽑아내고 여러 자를 파게 하자 바로 맑은 샘물이 용솟음치듯 올라왔는데 그 맛이 매우 상쾌하고 시원하였다. 임기를 다마친 이자생은 마침내 이곳에 집을 짓고 살았다. 그리하여 후세 사람들이 그 샘물을 애정艾井이라고 불렀다.

배천군(白川郡) 북쪽에 각상천覺爽川이 있는데 치악雉岳 오른쪽 산록 아래에서 솟아 나온다. 바위를 뚫어서 겨우 표주박 하나에 담을 정도의 물이 고이는 데 불과하지만 아무리 큰 가뭄이 들어도 마르지 않는다. 이 물을 관아의 마실 물로 공급한다. 호로천葫蘆泉은 곡산부谷山府 뒷산의 동쪽 산록 아래에 있는데 물이 바위틈에서 흘러나온다. 맑고 차며, 병을 고친다.

호서湖西 괴산군槐山郡 서쪽에 위치한 달천達川은 바로 괴강槐江의 하

기자정箕子井

평양 교외에 있는 우물로 고조선 때 기자가 뚫은 우물이라 전한다. 홍대용이 평양에 들려 이곳을 보고서 "남쪽을 가니 우물이 하나 있는데, 기자정이라 부르며, 깊이가 8, 9장丈이고, 위에 전석全石으로 둥근 구멍을 뚫어 덮었다" 라고 기록한 유서 깊은 우물이다. 구한말에 찍은 옛 사진이다. ⓒ 가톨릭출판사

류 지역이다. 임진왜란 때 명나라 장수가 물을 마셔보고 "물맛이 여산廬山(중국 강서성 북부에 있는 명산으로 경치가 아름답고 불교 사적이 많이 남아 있음)의 물맛과 같다"라고 하였다. 은진현恩津縣 남쪽 계룡산鷄龍山 아래에 수정壽井이 있는데 겨울에는 따뜻하고 여름에는 차갑다. 맛이 매우 달고 상쾌하여 그 물을 마시면 장수한다. 청풍부淸風府 북쪽 금병산錦屛山의 수혈水穴은 풍혈風穴의 동쪽으로부터 1백여 걸음 떨어진 절벽 아래에 위치하는데 샘물이 용솟음쳐 올라와 물이 맑고도 시원하다.

　　호남湖南 함열현咸悅縣 북쪽 10리에 약정藥井이 있는데 깊이가 겨우 한 자를 채울 정도에 불과하지만 짙푸르고 차가워 사랑할 만하다.

제주濟州의 판서정判書井은 제주성 밖 동남쪽에 위치한 바위 사이에서 솟아 나오는데, 맑고 차며 맛이 달다. 충암沖庵 김정金淨[24]이 제주도에 유배가서 살 때 판 우물이기에 제주 사람들이 판서정이라 이름붙였다. 신월통新月筒은 제주성 동쪽 57리에 위치하여 너럭바위 중앙에서 솟아 나오는데 정결하고 달며 향기롭다.

영남嶺南 예천군醴泉郡 북루北樓 담장 밖에는 주천酒泉이 있는데 아무리 큰 가뭄이 들어도 마르지 않는다. 임진왜란 때 양호楊鎬(명나라 장수로 1597년 정유재란이 일어나자 조선에 파견되어 1년 정도 머물렀음)가 그 물을 마셔보고 달다고 하며 "군의 이름을 예천醴泉이라고 한 이유가 참으로 여기에 있구나!"라고 하였다.

한양漢陽은 인구가 조밀하여 우물과 샘이 모두 짜고 혼탁한 염려가 있다. 유독 훈련원訓練院[25] 안에 있는 통정筒井[26]과 돈의문敦義門(서대문) 밖에 있는 초료정椒聊井[27]이 가장 맛이 좋다. 모화관慕華館(조선왕조 때 중국 사신을 영접하던 곳으로 서대문구 독립문 자리에 있었음) 암벽 틈에서 나오는 물과 후조당後凋堂(권람權擥의 저택으로 예전의 육군본부 자리에 있었음) 암벽 틈에서 나오는 물, 그리고 숭례문崇禮門 밖의 약천藥泉이 그중 맑고 시원하다는 명성을 가지고 있다. 창의문彰義門(한양 서북쪽에 있던 문) 밖 옥천암玉泉庵 약수藥水는 산허리에 있는 암혈巖穴에서 나오는데 병을 제거하는 효험이 있다 하여 도회의 남녀들이 줄을 서서 다투어 물을 마신다. 두모포豆毛浦[28] 군자봉君子峰 아래에 옥정천玉井泉이 있는데 맑고 향기롭다는 정평이 나 있다. 이 물은 일찍이 왕실의 용수로 공급되었다.

강화부江華府의 성정星井은 동문東門 밖 장승동長承洞 서쪽 산언덕 아래에 위치하는데 물이 매우 푸르고 깨끗하며, 겨울에는 따뜻하고 여름에는 차다. 옛날 큰 별이 나타나 우물 가운데 떨어졌기 때문에 그런 이름이 붙었다.

한강 북쪽 포천현抱川縣 읍사邑舍 뒤에 작은 우물이 있는데 상당히 맑고 시원하다. 영평永平의 금수정金水亭 옥병원촌玉屛院村 등 여러 곳과 양주楊州의 도봉산·수락산·불국산 등 여러 산 아래, 장단長湍의 백학산白鶴山 남북에는 모두 샘물이 있는데 맛이 달고 물이 깨끗하다는 명성이 있다. ─『금화경독기』

전국의 장기瘴氣[29]가 있는 토지

풍토에 따른 장기의 해독은 짐새(鴆)의 독[30]보다 심하다. 그 독은 평상시 먹고 마시는 음식물 가운데 독을 숨기고 폐와 위장에 점차 스며들어 알지 못하는 사이에 인체를 공략하여 마침내 파리해져 일어나지 못하는 병에 걸리게 한다.

그러나 고금의 의방醫方을 상고해보니 물과 흙에 익숙해지지 못하여 발생하는 증세가 있기도 하고, 또 골짜기의 물을 오래 마셔서 목덜미에 혹이 생기는 병이 있기도 한데 유독 풍토에 따른 장기에 대해서는 언급이 없다. 이는 무슨 까닭일까? 혹시 치료 방법이 없어서 그에 대한 저술이 없는 것은 아닐까? 아니면 중국에는 이러한 독이 드물거나 사람들이 피하는 법을 알아서 상해를 입은 적이 없기 때문에, 의사가 그 병을 고칠 처방을 만들어놓고 환자를 기다려야 할 필요가 전혀 없어서일까?

우리나라는 산에 의지하고 바닷가에 근접한 지역이 곳곳에 있다. 어떤 곳은 읍 전체가 그러한 곳이 있고, 어떤 곳은 한 지역이 유난스럽게 그러한 곳이 있다. 이러한 땅에 거주하는 사람들은 남녀노소를 가릴 것 없이 그 해독을 입지 않는 자가 없다.

처음에는 기침하고 가래가 나오는데 가래에 피가 나오면서 얼굴이 창백하고 수척하게 마르는 증세를 보인다. 이 증세가 오래되면 손톱 발톱이 팽창되고, 부종浮腫(어느 국부局部의 혈액 순환에 탈이 나서 몸이 퉁퉁 부어오르는 병)과 천만喘滿(해수咳嗽 따위로 인해 숨이 차고 가슴이 답답하며 벌떡거리는 증세), 요사夭死와 고질병으로 진행하여 목숨을 부지하는 자가 드물다. 대개 산지의 험지와 바닷가 웅덩이의 검고 소금기가 섞인, 붉은 점토질의 땅에는 해로운 독기가 응결되어 있다. 우물과 샘에는 땅의 혼탁한 기운이 배양되고 과실과 채소는 땅의 독기를 함유하고 있어, 그 독기가 사람의 장부腸腑에 엄습하여 기괴한 질병을 일으킨다.

그럼에도 불구하고 그러한 땅에서 경작하고 우물물을 파먹는 사람들은 나무하고 나물 캐며, 벼를 심고 물고기 잡는 이익 때문에 살던 곳을 편안히 여기고 다른 곳으로 옮기는 것을 힘들게 여긴다. 그 해독을 달게 받아들이다가 마침내 목숨을 잃는 지경에 이르러도 깨우치지 못한다. 미혹된 정도가 참으로 심하다.

평소부터 임원林園에 뜻을 두고 있는 사람이라면 다른 무엇보다 앞서 이러한 점을 살펴서 살 곳을 선택해야 한다. 그런 다음에야 비로소 집터를 찾고 농토를 구해야 할 것이다. 이제 예전에 보고 들은 국내의 장기가 있는 지역을 대략 정리하여 아래에 적는다.

영남嶺南의 함양咸陽·함안咸安·단성丹城·풍기豊基는 모두 장기가 있는데, 진주晉州·하동河東이 가장 심하다.

호남湖南의 순천順天·여산礪山·태인泰仁·고부古阜·무장茂長·부안扶安·고산高山·익산益山 등지에는 곳곳마다 장기가 있는데 광양光陽·구례求禮·흥양興陽이 특히 심하다. 대체로 지리산智異山이 바닷가에 웅장하게 솟아서 전라·경상 양도兩道의 경계를 이루기 때문에 지리산에 의지해 있는 여러 군은 한결같이 그 해독을 입는다.

　　호서湖西는 산세가 부드럽고 들이 넓어서 살기 좋은 땅이라고 본래부터 칭송되지만 청양青陽·정산定山에는 왕왕 장기가 있다.

　　경기도는 남양南陽·안산安山·통진通津·교하交河의 바다와 접한 지역에 간혹 장기가 있다. 파주坡州의 파평산坡平山 아래와 장단長湍의 기일基一·임강臨江·서도西都를 비롯한 여러 마을의 백성들은 장기로 인한 병을 앓고 있다. 삭녕朔寧과 마전麻田 등의 지역에도 간간이 장기가 있는 곳이 있다.

　　해서海西의 평산平山·황주黃州·봉산鳳山 등의 고을은 토질이 차지고 수질이 혼탁해서 거주하는 사람들이 질병이 많은데 금천金川 경내境內가 특히 심하다.

　　관서關西는 산이 아름답고 물이 고우며, 저지대가 아니다. 그러나 양덕陽德·맹산孟山·순천順天 사이에는 수질과 토질이 상당히 나쁘다고 한다.

　　관동關東은 시내와 산이 시원스럽고 맑으며, 관북關北은 풍기風氣가 높고 차기 때문에 장기로 인한 해독이 전혀 없다. 그러나 근래 들으니 영흥永興에도 장기가 있다고 한다. 이상이 장기와 관련한 개략적인 내용이다. ─『금화경독기』

4. 생업의 이치

주거지는 농사와 상업에 편리해야 한다

사람은 생계를 꾸려가고 죽은 이를 장례지내는 인생사에서 모두 재물을 필요로 한다. 그런데 재물을 만드는 길은 토지가 비옥한 것이 최상이요, 배와 수레로 무역하고 운송하는 것이 그 다음이다. 토지가 비옥하다는 것은 토지가 오곡이 자라기에 적합함을 말한다. 논의 경우, 한 말의 볍씨를 심어서 60말의 쌀을 수확하는 토지가 상등上等이고, 4, 5말의 쌀을 수확하는 토지가 그 다음이며, 30말 이하를 수확하는 토지는 척박하다. 밭의 경우, 1두락斗落을 경작하여 30석石의 곡식을 수확하는 토지가 상등이요, 20석을 수확하는 토지가 그 다음이며, 3석 내지 5석을 수확하는 토지는 척박하다. 이러한 곳은 모두 거주할 수 없다.

화물을 무역하고 운송하는 길은 말이 수레보다 못하고, 수레는 배보다 못하다. 그러므로 강과 바다에 가까워 배가 들어올 수 있는 곳이나, 재화가 모여드는 사통오달의 도회나 큰 읍에 거주한다면, 재화의 가격이 높을 때는 내다 팔고 쌀 때는 물건을 사들이는 상술商術을 시험해볼 만하다. ─『팔역가거지』

주거지는 전답을 먼저 살핀다

육가陸賈[31]는 벼슬에서 물러나 집에 머물 때 전대에 1천금千金의 재산을 지니고 있었다. 그럼에도 불구하고 그는 굳이 "호치好畤(한나라 시대에 설치했던 현縣 이름으로 현재의 섬서성 간현幹縣)의 전지田地라야 집을 짓고 살기에 좋다"라고 말하였다.

촉蜀 지방의 탁씨卓氏가 다른 지방으로 강제 이주당할 때[32] 다른 이주자들은 앞다투어 가까운 곳에 이주하기를 구하였으나 탁씨만은 문산汶山 아래 지역의 들판이 비옥하고 큰 토란이 산출된다는 이유 때문에 문산이란 먼 지역으로 이주하기를 요청했다.

이러한 사례에서 옛사람이 집터를 선택할 때는 반드시 전지田地가 좋은 땅을 우선적으로 택했다는 사실을 알 수 있다. 만일 전지가 좋지 않다면 아무리 재물을 천만금 쌓아놓았다 할지라도 결국에는 자기 소유가 아닌 것이다. ─『금화경독기』

주거지는 무역과 운송이 편리해야 한다

무역과 운송의 편리함은 말이 수레보다 못하고 수레가 배보다 못하다. 우리나라는 동쪽 서쪽 남쪽이 모두 바다로서 배가 통하지 않는 곳이 없다. 무릇 주상舟商은 반드시 강과 바다가 만나는 곳을 통해 출입하여 이익을 차지하고 화물을 판매한다. 경상도의 경우, 낙동강洛東江이 바다로 들어가는 김해金海 칠성포七星浦는 북으로 상주尙州까지 거슬러 올라가고 서쪽으로 진주晉州까지 거슬러 이르는데, 오로지 김해가 그 출입을 관장한다. 전라도의 경우, 나주羅州의 영산강榮山江과 영광靈光의 법성포法聖浦, 흥덕興德의 사진포沙津浦, 전주全州의 사탄斜灘 등이 모두 조수潮水가 통하여 장삿배가 모여든다.

충청도의 경우, 금강錦江이 비록 원류가 멀리에 있기는 하지만 공주公州 동쪽은 물이 얕고 여울이 많아서 바다에서 들어오는 배가 통하지 못한다. 부여扶餘와 은진恩津에서부터 비로소 조숫물과 연결되기 때문에 백마강白馬江 이하의 진강鎭江 일대가 모두 배로 인해 얻는 이익을 독차지한다. 그중 오로지 은진이 수륙 요충지로서 온갖 상인이 모여든다. 내포內浦의 경우, 아산牙山의 공세진貢稅津[33]과 덕산德山의 유관포由官浦[34]가 물이 크고 원류가 길다. 홍주洪州의 광천廣川은 비록 계항溪港(큰 시내에 바닷물이 들어와 만들어진 항구)에 불과하지만 조수가 통하는 까닭에 장사꾼들이 출입하며 화물을 판매하는 장소이다.

경기도의 바닷가에 인접한 고을은 비록 조수가 들어오는 내가 있다 하더라도 한양과 가까운 연고로 장삿배가 그다지 크게 모이지 않는다.

한양의 아래위 강은 온 나라의 배로 인한 이익의 도회가 되므로 이것으로 이익을 추구하여 치부致富한 사람이 많다. 개성開城의 후서강後西江[35]은 개성부開城府 성내로부터 채 30리가 떨어지지 않고, 조수가 통한다. 왕씨王氏가 이곳에 도읍을 세운 고려시대에는 팔도의 공물貢物이 모두 이곳에 모여들었다. 지금은 부유한 상인과 큰 장사치들이 강안江岸에 제택第宅을 많이 지어놓았다. 다른 도와 교통하기 때문에 배로 인한 이익이 은진에 못지 않다.

평안도는 평양의 대동강大同江, 안주安州의 청천강淸川江이 또한 배로 인한 이익을 독차지한다.

대체로 전국을 놓고 논할 때, 한강은 물이 크고 원류가 먼 곳에 있어 그 상류인 춘천春川의 우두촌牛頭村(춘천의 북쪽에 위치한 나루터로 소양강창昭陽江倉이 있었음), 원주原州의 흥원창興元倉,[36] 충주忠州의 금천金遷[37]은 모두 장삿배가 모여들어 전매轉賣하는 장소이다. 그러나 강을 운행하는 배는 작아서 바다에 나아갈 수 없으므로 이익의 획득이 바다 배만 못하다. 그러나 여러 강물이 모두 모여들고, 또 경도京都와 아주 바짝 붙어 있기 때문에 내륙과 바다의 재화를 받아들이는 데 제일이다.

그 다음이 바로 은진의 강경江景 나루이다. 이곳은 충청과 전라 양도

의 내륙과 바다 사이에 처해서 금강 남부의 대도회를 이루고 있다. 그래서 바다의 어부와 산촌의 농가가 모두 이곳에 물건을 내놓고 교역한다. 봄가을로 생선과 농산물이 나와 생선 비린내가 촌락에 가득하고, 큰 배 작은 배가 밤낮으로 드나들어 긴 담벼락을 형성할 정도이다. 한 달에 여섯 번 큰 시장이 서서 교역하는 원근의 화물이 한양의 동강東江, 서강西江에 못지않다.

그 다음으로 김해 칠성포七星浦가 있다. 이곳은 경상도 전체의 수구水□로서 남북 내륙과 바다의 이익을 독점하고 있다. 이 세 곳이 국내에서 으뜸가는 곳이다.

안중식, 〈영광 풍경〉
구한말의 화가 안중식이 그린 전라도 영
광의 실경을 그린 그림. 10폭의 대형 병풍
그림으로 변화한 영광의 읍내를 묘사하였
다. 조수가 통하여 장삿배가 몰려든 항구
법성포로 인하여 영광은 매우 번성한 고
을의 모습을 유지하였다. 읍성과 기와집
초가집으로 빼곡히 들어찬 모습이 생생하
다. 호남의 부자가 화가를 초대하여 그리
게 한 그림이다. 호암미술관 소장.

이것이 우리나라의 배로 인해 벌어들이는 이익의 대략이다. 그러므
로 주거지를 선택하려는 사람은 반드시 뱃길이 멀지 않은 곳을 택하여 거주
해야 비로소 무역과 운송을 할 수 있어 위로 부모를 모시고, 아래로 처자를 먹
여 살릴 수 있을 것이다. ―『팔역가거지』

5. 풍속과 인심

주거지는 반드시 풍속을 살펴야 한다

공자孔子께서는 "마을은 풍속이 어질어야 아름답다. 자기가 살 마을을 선택할 때 어진 곳을 가려서 살지 않는다면 어떻게 지혜로움을 얻을 수 있겠는가?"(『논어』論語의 「이인」里仁)라고 하셨다. 또 맹자孟子의 어머니도 마을을 세 번이나 옮기며 아들을 교육하셨다.[38] 마을을 선택할 때, 풍속이 알맞지 않으면 자기 자신에게 해가 있을 뿐만 아니라 자손도 좋지 못한 풍속에 물들어 나쁜 데로 인도되는 염려가 생긴다. 따라서 주거지를 선택할 때는 먼저 지역의 풍속부터 살펴야 한다. ─『팔역가거지』

살지 못할 곳 일곱 군데

사람이 거주할 인가는 무엇보다 먼저 이웃을 잘 선택해야 한다. 맹자의 어머니가 세 번 이사한 것은 진실로 깊은 뜻이 있다. 무릇 귀신이나 부처를 모신 사찰이나 신묘神廟의 이웃은 거처해서는 안 된다. 높은 벼슬아치와 재산이 많은 부자의 이웃에 거처해서는 안 된다. 집 앞뒤로 강과 인접한 곳은 거처해서는 안 된다. 초가집이 다닥다닥 붙어 있는 곳은 거처해서는 안 된다. 흉포한 도둑의 소굴은 거처해서는 안 된다. 창녀와 광대들이 섞여 사는 곳은 거처해서는 안 된다. 젊은 과부나 탕자蕩子가 가까이에 있는 곳은 거처해서는 안 된다.

이러한 곳에 거처한다고 해서 꼭 사고가 생기는 것은 아니지만, 그들의 형세가 싫고 그들의 마음씀이 거슬리며 그들이 살아가는 이치가 내 뜻에 어긋난다. 그러므로 그들을 멀리함으로써 후환을 방지하는 것이 차라리 낫다.

순박하고 착한 풍속을 지닌 마을에 살면 덕이 있는 이웃이라 불리고[39] 어진 이가 사는 마을이라 불리는 데 그치지 않고, 자기 자신이 수많은 쾌락과 안정된 복을 향유할 수 있다. —『전가보』傳家寶

재물과 이익이 몰려드는 곳은 거처할 수 없다

배와 수레가 몰려들고 시정市井의 이익을 다투는 곳은 시끄럽고 소란하여 싫증이 날 뿐만 아니라 백성들의 풍속도 반드시 아름답지 않다. —『증보산림경제』

팔도의 풍속

관서 지방은 인심이 순박하고 후하다. 다음으로 영남은 풍속이 질박하고 진실한 것을 숭상한다. 관북 지방은 여진女眞과 인접한 지역이라 백성들이 모두 뻣뻣하고 사납다. 해서는 산수가 험준해서 거칠고 사나운 백성이 많다. 관동은 골짜기라 어리석은 백성들이 많다. 호남은 오로지 교활함만을 숭상하여 그릇된 일에 쉽게 이끌린다. 경기는 도성 바깥 들에 위치한 고을이라서 백성들이 피폐해 있다. 호서는 오로지 이익과 세력만을 쫓는다. 이것이 팔도 인심의 대략이다. —『팔역가거지』

6. 자연환경과 풍경

높은 산과 급한 여울에 터를 잡아서는 안 된다

높은 산의 급하게 흐르는 물과 험준한 골짜기의 놀란 듯 빠르게 흘러가는 여울물은 비록 일시적으로 감상하고 즐기기에는 좋은 점이 있으나, 사원이나 도관道觀이 자리 잡기에 합당할 뿐 대대로 전하여 영원토록 머물러 살 만한 집터는 될 수 없다. 반드시 들판에 자리한 고을 중에서 계산溪山과 강산江山의 아취가 서려 있는 곳이어야 한다. 혹은 들이 평탄하고 넓으며 맑고 고운 곳도 좋고, 혹은 소쇄瀟灑하고 아담한 정취가 있는 곳도 좋으며, 혹은 산이 그리 높지 않으면서 빼어난 곳도 좋고, 혹은 물이 그리 크지는 않지만 맑은 곳도 좋다. 기이한 바위와 빼어난 돌이 갖추어져 있으면서도 음험하고 사나운 기상이 전연 없는 곳이 있는데, 이곳에 바로 신령스런 기운이 모여 있다. 이러한 곳이 읍에 있으면 이름난 성城이 될 것이요, 마을에 있으면 이름난 마을이 될 것이다. ─『팔역가거지』

명산과 아름다운 물가에는 별장을 둔다

산수는 정신을 즐겁게 하고 성정을 활달하게 만든다. 거처하는 곳에 이러한 산수가 없으면 사람을 조야粗野하게 만들 것이다. 그렇지만 산수가 좋은 곳은 생리生利가 박한 곳이 많다. 사람이 집을 버리고 지렁이처럼 흙을 먹고 살 수 없는 이상에는 산수의 아름다움만을 취하여 살 수는 없다. 그러니 차라리 비옥한 땅이 넓게 펼쳐지고 지리적 조건이 좋은 장소를 택하여 거처를 정한 다음에 10리나 2, 30리쯤 떨어진 곳에 따로 명산과 아름다운 내가 있는

김이혁, 〈고산구곡담총도〉高山九
曲潭摠圖
율곡 이이李珥가 은거했던 황해도
해주의 고산高山 풍경을 그린 그
림. 산수에 별장을 짓고 살며 정신
을 즐겁게 하고 성정을 활달하게
하는 것이 선비들의 이상이었다.
실제로 별장을 마련하는 데까지 이
르지는 않았어도 주변 환경과 별장
의 대체적인 설계도를 그린 일이
적지 않았다. 개인 소장.

땅을 매입한다. 그리하여 흥이 일어날 때는 때때로 그곳을 찾아가 노니는 것,
이것이 바로 오래도록 지속할 만한 방법이다.

옛날 주자朱子는 무이산武夷山[40]의 산수를 좋아하여 계곡과 물굽이, 산
봉우리와 산언덕에 대하여 갖가지로 묘사하고 찬사를 바쳤다. 그렇다고 해서
그곳에 집을 장만하여 산 적은 없다. 다만 "봄날에 그곳에 이르면 붉은 꽃과
푸른 잎이 서로 엉켜 있어 절로 나쁘지 않다"라고 말씀하셨다. 이야말로 본받
을 만한 일이다. ─『팔역가거지』

7. 피해야 할 집터

거처하지 못할 곳 아홉 가지

주택이 충구衝口에 맞닥뜨려 있는 곳에는 거처하지 않는다. 오래된 사찰과 신묘 및 사당과 서낭당, 그리고 대장간 등에는 거처하지 않는다. 초목이 나지 않는 곳에는 거처하지 않는다. 옛날에 군영軍營이 있었던 곳이나 전쟁터였던 곳에는 거처하지 않는다. 흐르는 물을 똑바로 마주하는 곳에는 거처하지 않는다. 산등성이와 만나는 곳에는 거처하지 않는다. 큰 성문 입구에는 거처하지 않는다. 옥문獄門을 마주보는 곳에는 거처하지 않는다. 온갖 시냇물이 모여드는 입구에는 거처하지 않는다. ─『거가필용』

거처하기를 꺼리는 곳 여섯 가지

오래된 길, 신령의 제단, 신상 앞, 불상 뒤, 무논(水田), 부엌 등이 있던 장소에는 결코 거처할 수 없다〔원주: 『증보산림경제』에는 이렇게 되어 있다. "경經에서 '경계해야 할 곳은 신상의 앞과 불상의 뒤이다' 라고 말한 것은 아마도 왕성한 기운이 머물고, 신령의 음기陰氣가 사람을 쏘기 때문에 거처하기가 편안치 않은 때문이다. 지맥地脈의 기운이 매우 왕성하여 각각 결작結作이 있다면 이러한 금기에 얽매여 땅을 버려서는 안 된다. 신묘神廟가 혹은 원두源頭에 있어서 바람을 막고 있거나, 혹은 지호地戶를 눌러서 물을 막고 있는 곳은 좋을 것이다."〕. ─『거가필용』

거처하기를 꺼리는 곳 열 가지

기피해야 할 주택의 터는 제단祭壇의 폐지廢址, 대장간, 방앗간, 기름집, 무너져 내린 무덤, 바위가 끊어진 곳, 나무가 자라지 않는 멧부리, 산이 물길 가운데 위치하여 물이 갈라져 흐르는 곳, 길이 만나는 곳의 사이에 있는 성황당 등이다. 여기에 거주하면 재앙이 일어난다. 또 이무기가 사는 연못이나 용이 사는 굴이 가까이에 있는 장소를 꺼린다. ─『증보산림경제』

화살의 땅 다섯 가지(五箭地)

조삼옹趙三翁[41]은 일찍이 다음과 같이 말한 적이 있다.

"집터를 정할 때에는 다섯 가지 화살(箭)의 땅에는 거처하지 말라! 산봉우리 꼭대기와 고갯마루, 능선의 윗머리와 밭이랑의 두둑에서 큰 굴의 입구가 곧바로 바람의 문(風門)을 마주보고 있어서 급하게 부는 바람이 마치 거세게 날아가는 화살과 같다. 이것을 바람의 화살(風箭)이라고 부른다. 경사가 급한 시냇물이 거칠게 흘러가고, 바위에 걸려 있는 폭포수가 쏟아져 바위에 부딪혀 모래를 뒤흔들어 몰아간다. 그 소리가 우레가 치는 듯하여 밤낮으로 쉬지 않는데 이것을 물의 화살(水箭)이라고 부른다. 딱딱하게 굳고 건조하며, 척박한 둔덕과 모래밭에는 초목도 자라지 않고 물과 샘이 없는데 단단한 철과 나쁜 주석과 같은 토질을 가져 독벌레와 개미들이 흩어졌다 모였다 하므로 썩은 땅과 같다. 이런 곳을 흙의 화살(土箭)이라고 부른다. 층층이 올라간 계곡과 첩첩이 쌓인 봉우리, 험준한 절벽과 깎아지른 바위, 날카로운 봉우리와 송곳 같은 묏부리가 칼날을 세워놓고 창끝을 모아놓았으며, 이를 드러내고 뼈를 드러내서 그 형상이 마치 탑과 같은데 이것을 바위의 화살(石箭)이라고 부른다. 긴 숲과 오래된 나무, 무성한 나무그늘과 우거진 수풀이 하늘을 덮고 해를 가리며, 겨우살이풀은 드리워지고 덩굴이 뻗어서 음산하고 싸늘하여 마치 폐허와 묘지 같다. 이것을 나무의 화살(木箭)이라고 부른다. 이러한 다섯 가지 화살의 땅은 그 기운이 거주하는 사람을 쏘아 죽이므로 모두가 거주할 수 없다. 집터를 정하는 요점은 주위의 자연이 집을 감싸 안아 기상이 밝고 깊으며, 형세가 넓고 부드러우며, 토양이 비옥하여 샘물은 달고 바위는 청수淸秀한 것이 최상의 땅이다. 그러니 천문지리天文地理에 하나하나 꼭 얽매일 필요는 없다. —『규거지』筬車志

거처해서는 안 될 곳 여섯 가지

주택이 큰 산에 바짝 붙어 있으면 반드시 산사태를 당할 우려가 생기고, 강이나 바다에 가깝게 붙여 집을 지으면 물이 범람할 우려가 있다. 물이 나쁘고 장기가 극성한 곳, 땔감과 풀을 얻기가 불편한 곳, 표범이 종횡하는 곳, 도적이 출몰하는 마을 등은 모두 거처할 수 없다. —『증보산림경제』

어떻게 지을 것인가

1. 황무지 개간

황무지의 나무를 베어내는 법

새로 집터를 잡아 집을 지으려는 사람이 오래도록 버려진 산과 들의 수목이 울창한 장소를 얻게 되면 마땅히『제민요술』齊民要術의 황무지 개간법을 이용하여 나무의 껍질을 벗겨내어(劃) 죽여야 한다〔원주: 유劃란 나무껍질을 벗겨내어 끊는 것을 가리키는데 껍질을 벗기면 나무가 즉시 죽는다〕. 그로부터 3년이 지난 뒤에는 뿌리가 마르고 줄기가 썩는데 그제야 집터를 고르게 만들 수 있다. 만약 3년의 기간을 지루하게 기다릴 수 없다면, 나무뿌리 주위에 깊이가 두세 자 되는 구덩이를 파서 땅속에 서려 있는 뿌리를 베어내 새 움이 자라나지 못하게 한다. 그 다음 해에 터를 고르게 깎는다. 그러나 이 방법은 매우 힘이 든다.

나무를 베는 시기는 7월이 상한선이요, 10월이 하한선이다. 베어낸 나무 중에서 소나무와 측백나무는 집의 기둥 목재로 사용할 수 있고, 떡갈나무는 외양간이나 돼지우리·방앗간·변소의 목재로 사용할 수 있으며, 의橋나무·오동나무·느릅나무·느티나무는 톱으로 잘라서 그릇과 물건을 만들 수 있다. 만약 바닥에 누워서 자라는 소나무와 아침 햇볕을 받아서 자라는 오동나무와 윤택이 흐르는 뽕나무가 있어서 집터를 고르고 집을 짓는 데 장애가 되지 않는다면, 그들 모두를 잘 정돈하고 가지를 잘라내어 다른 나무들과 뒤섞여 벌목당하지 않도록 할 필요가 있다. 『시경』詩經의 「황의」皇矣라는 시에서는 다음과 같이 읊었다.

찍어내고 베어내네!
저 말라죽고 쓰러진 나무를.
다듬고 잘라내네!
저 덤불과 움튼 가지를.
개척하고 개간하네!
저 위성류渭城柳와 영수목靈樹木을.
가지치고 잘라내네!
저 산뽕나무와 뽕나무를.

이 시는 황무지를 개간하는 큰 법을 묘사하였다. ─『금화경독기』

집터를 닦는 법

집터를 닦아서 집을 지을 때는 주인은 반드시 지운地運과 연운年運을 가리되 금루사각金樓四角에 구속되거나 꺼리지 않는다. 그런 다음에 비로소 위에서 말한 길일吉日 밤중에 술과 과일, 포와 식혜, 향과 촛불 등을 정성껏 갖추고 글을 지어 토지의 신에게 제사를 지내어 (집을 짓는다고) 고한다. 그렇게 하고 난 다음 비로소 흙을 판다. 땅을 깊게 파서 부토浮土를 걷어내고 반드시 생흙을 봐야만 파기를 그만둔다. 나무뿌리나 사람의 머리털을 비롯한 기타의 더러운 물건이 있으면 모두 걷어낸다. 만약 생흙 위에 흙의 성질이 부드러운 데가 있으면, 그 밑에는 반드시 매장된 물건이 있다는 말이므로 자세히 살펴서 가볍게 보아 넘겨서는 안 된다. ─『증보산림경제』

용의 맥을 뚫는 것

산골짜기의 혈穴에서 용의 맥이 가늘고 교묘하며 결국結局마저 작으면, 시공施工하는 것이 옳지 않다. 만약 이를 뚫으면 생기生氣를 상하여 주인에게 (재산상) 불길할 것이 염려된다.

평지에 짓는 집이 용의 기운이 왕성하고 결국도 크다면, 사소한 시공이라도 혈을 뚫는 것이 무방하다. 양기陽氣가 밑에 가라앉아 있기 때문이다. ─『증보산림경제』

높은 지대를 깎아 낮은 지대를 북돋는 것

사砂가 날카롭게 생겨 장애가 되므로 제거하는 것이 옳다면 제거해버리는 것이 좋다. 만약 사에 모자라는 부분이 있다면, 넉넉한 것을 덜어서 모자란 부분을 보태주며, 높은 지대를 깎아서 낮은 지대를 북돋음으로써 중용을 취하도록 한다. 이것은 비록 객토客土하는 것이지만, 공력工力을 법에 따라 잘 쓴다면 천연 그대로와 똑같다. 오랜 시간이 지나면 자연스럽게 주변 환경과 서로 어울려 길하게 될 것이다. ─『증보산림경제』

2. 나무심기

나무를 심어 사상四象[42]을 대신하는 법

주택에서 왼편에 흐르는 물이 없고, 오른편에 큰 길이 없으며, 앞편에는 연못이 없고, 뒤편에는 구릉이 없다면, 동쪽에는 복숭아나무와 버드나무를 심고, 남쪽에는 매화나무와 대추나무를 심으며, 서쪽에는 치자나무와 느릅나무를 심고, 북쪽에는 사과나무와 살구나무를 심는다. —『거가필용』

인가에는 반드시 수목이 푸르고 무성해야 한다

주택의 가장자리 네 곳에는 대나무와 수목이 푸르러야만 재물이 모여든다. —『거가필용』

인가는 벌거벗어 붉게 드러나게 해서는 안 된다. 반드시 수목이 깊고 무성하게 자라서 기상이 중후하도록 해야 한다. 천변川邊에 나무를 죽 연달아 심으면 수재를 막기에 적합하다. —『사의』

나무의 향배

나무는 주택을 향하는 것이 길하고, 주택을 등지는 것은 흉하다. —『거가필용』

나무를 심는 데 기피해야 할 것

주택의 동쪽에 살구나무가 있는 것은 흉하다. 주택의 북쪽에 배나무가 있고, 주택의 서쪽에 복숭아나무가 있으면 사는 사람 모두가 음탕하고 사악한 짓을 행한다. 주택의 서쪽에 버드나무가 있으면 사형을 당한다. 주택의 동쪽에 버드나무를 심으면 말이 불어나고, 주택의 서쪽에 대추나무를 심으면 소가 불어난다. 중문中門에 회화나무가 있으면 3세世가 되도록 부귀를 누린다. 주택의 뒤쪽에 느릅나무가 있으면 갖가지 귀신들이 접근하지 못한다.

—『거가필용』

인가에서 안마당(中庭)에 나무를 심으면 한 달 안에 재물 천만 금을 흩뿌리게 된다. —『거가필용』

큰 나무가 난간에 가까이 있으면 질병이 끊이지 않고 찾아든다. —『거가필용』

안마당에 나무를 심으면 주인이 이별을 겪게 된다. —『거가필용』

사람들이 머무는 인가에 나무를 심되 주택의 사방 주변에 대나무만을 심어서 푸른 빛이 울창하게 하면 생기가 왕성해질 뿐만 아니라 속된 기운이 자연히 사라진다. 동쪽에는 복숭아나무와 버드나무를 심고, 서쪽에는 산뽕나무와 느릅나무를 심고, 남쪽에는 매화나무와 대추나무를 심고, 북쪽에는 사과나무와 살구나무를 심으면 길하다.

또 이렇게 말할 수 있다. 주택의 동쪽에 살구나무를 심어서는 안 되고, 주택의 남쪽과 북쪽에 배나무를 심어서는 안 되며, 주택의 서쪽에 버드나무를 심어서는 안 된다. 중문中門에 회화나무를 심으면 3세가 번창하며, 집 뒤에 느릅나무를 심으면 온갖 귀신이 도망하여 숨는다. 뜰 앞에는 오동나무를 심지 말라! 주인이 하는 일을 방해한다. 그리고 집안에 파초芭蕉를 많이 심는 것은 안 된다. 시간이 흐르면 재앙의 빌미를 불러일으키기 때문이다. 대청(堂) 앞에는 석류를 심는 것이 적합하다. 그러면 후손이 번성하고, 크게 길하다. 안 마당에 나무를 심는 것은 좋지 않다. 그늘을 드리운 곳에 꽃을 심어 화단을 만들면 음탕한 마음을 불러일으키고 손해를 불러들이니 음양이 꺼려하는 바다. 마당 한가운데 나무가 있으면 한가롭고 곤궁하다고 한다. 나무가 오래도록 마당 한가운데 심어져 있으면 앙화를 주관한다. 큰 나무가 난간에 가깝게 서 있으면 질병을 불러들이는 경우가 많다. 문 앞에 두 그루의 대추나무가 서 있으면 기쁜 일과 상서로운 일이 생긴다. 문 앞에 푸른 풀이 있으면 근심스러운 일과 원한에 찬 일이 많아진다. 문 밖의 수양버들은 사람을 방해하는 일이 많다. 주택 안에 뽕나무를 심고 아울러 무궁화와 복숭아나무를 심으면 종내 평안하게 지낼 수 없다. —『지리신서』地理新書

주거지에는 나무를 먼저 심어야 한다

평소 임원林園에 뜻을 둔 사람이 마음에 드는 좋은 언덕과 골짜기를 얻었다면, 다른 무엇보다 먼저 나무를 심어야 할 것이니 결코 망설이거나 의심하지 말라! 내가 가만히 살펴보니, 산림과 자연의 즐거움에 대하여 사람마다 다 말하고 있지만 끝내 한 사람도 그 즐거움을 누렸다는 이야기를 들어본 적이 없다. 그 까닭은 좋은 벼슬하는 사대부들은 어디엔가 얽매여서 그 즐거움을 누릴 수 없고, 불우하게 겨우겨우 살아가는 선비는 또 재물이 없어 곤궁하게 지내기 때문이다. 어떤 사람은 지위가 높아지고 뜻한 바를 이루자 그제야 산을 사서 은퇴하여 밭이나 갈면서 살려는 뜻을 갖고, 또 어떤 사람은 조금씩 돈을 계속 모은 다음에야 비로소 지을 집을 찾고 전답을 구하려는 계획을 세운다. 이들 또한 어김없이 나이가 들고 기력이 쇠진하여 늙은 다음의 일이다.

집을 짓고 남새밭을 꾸미고 하는 여러 가지 일은 여러 해 동안 경영하여 차례로 마칠 수 있다. 그러나 과실나무를 심어 과일을 따먹고, 소나무를 심어서 그늘을 즐기는 것은 10년이나 2, 30년이 아니면 어떻게 해볼 도리가 없다. 교묘한 지혜를 가지고도 거기에 드는 시간을 앞당길 수 없고, 재력을 가지고도 나무를 뽑아서 길게 자라게 할 수는 없는 일이다.

옛날 서현호徐玄扈[43]에게 어떤 사람이 물었다.

"나무를 심으면 10년은 기다려야 하는데 나이가 들어 기다릴 수 없습니다. 어쩌면 좋겠습니까?"

그 말에 서현호는 그에게 "빨리 나무를 심으시오!"라고 말했다고 한다. 따라서 나도 집을 짓는 데 제일가는 급선무로는 나무를 심는 것보다 급한 것이 없다고 말한다.[44] ―『금화경독기』

3. 집을 짓는 방법

거실은 남향이 좋다
인가의 방옥房屋은 남향이 가장 좋고, 동향이 그 다음으로 좋으며, 북향이 또 그 다음으로 좋다. 그런데 절대로 서향으로 지어서는 안 된다. 왜냐하면, 서쪽 방향으로 문을 향하게 하면 이롭지 못한 일이 많이 발생하기 때문이다. ―『전가보』

사람이 사는 방실房室은 반드시 남향으로 내어서 양기陽氣를 받아들여야 한다. 주택의 기초가 자좌子坐에 있거나 유좌酉坐 또는 묘좌卯坐에 있거나 가리지를 않고, 사람이 사는 방에 속하는 건물은 모두 남쪽을 향한 창이 없어서는 안 된다. ―『금화경독기』

거실은 주밀周密해야 한다
사람이 거처하는 집은 반드시 빈틈이 없어야 한다. 풍기風氣가 들어올 수 있는 자그마한 틈이라도 있어서는 안 된다. ―『거가필용』

침실은 청결해야 한다
사람이 누워 자는 침실(室宇)은 아주 청결하게 유지해야 옳다. 아주 청결해야만 신령한 기운을 받아들일 수 있고, 청결하지 않으면 묵은 기운을 받아들이게 된다. 묵은 기운이 방 안에 어지럽게 들어오면 하고자 하는 일이

제대로 이루어지지 않고 만들고자 하는 것이 제대로 완성되지 않는다. ─『거가
필용』

거실은 화려해서는 안 된다

거처하는 곳이 지나치게 아름답거나 사치스러워서는 안 된다. 지나
치게 아름답고 사치스러운 거처는 사람을 탐욕스럽고 만족을 모르도록 만들
거니와, 그것은 근심과 해악의 근원이다. 그러므로 거처는 소박하고 정결하
게 가꾸어야 한다. ─『거가필용』

집이 너무 높거나 너무 낮아서는 안 된다

집이 지나치게 높아서는 안 된다. 왜냐하면 집이 높으면 양陽이 성盛
하고 너무 밝기 때문이다. 집이 지나치게 낮아서는 안 된다. 왜냐하면 집이 낮
으면 음陰이 성하고 너무 어둡기 때문이다. 너무 밝으면 백魄을 손상시키고,
너무 어두우면 혼魂을 상하게 한다. 사람에게 혼은 양이고 백은 음이다. 사람
이 밝음과 어둠의 균형을 잃게 되면 질병이 발생한다. ─『천은양생서』天隱養生書

거실은 훤히 트인 것이 좋다

왕태초王太初(송나라 때의 도사)는 다음과 같이 말했다.
"거실을 만들 때 창과 문을 크고 트이게 하는 것이 마땅하다. 만약 네
벽이 어둡고 꽉 막혀 있으면 끝내는 귀신이 붙어사는 곳이 된다." ─『산림경제보』

주택 건축의 기피사항

주택 동쪽에 건물이 들어차고 서쪽에 건물이 비어 있는 집은 집안에 늙은 부인이 없어진다. 서쪽에는 건물이 있으나 동쪽에는 건물이 없는 집은 늙은 남자가 없어진다. 주택이 무너졌는데 지붕은 남아 있는 집은 끝내 곡哭소리가 그치지 않는다. 주택의 목재를 새롭게 바꾸면 천년 동안 기다려야 할 사람이 생긴다. 기둥 반 크기로 지붕을 더 높이면 사람이 흩어져 주인이 없어진다. 간가間架가 홀수로 이루어지면 옷과 음식이 남몰래 소비된다. 주택의 동쪽 부분에 이어서 집을 지으면 3년마다 곡소리가 울리게 된다. —『거가필용』

"지붕을 덮고 서까래를 깔 때 기둥머리나 들보 상부에 부착시켜서는 안 되고, 반드시 양 가장자리에 있는 들보를 타고서 부착시켜야 한다"고 한다. 그 까닭은 작은 것이 큰 것을 누르게 해서는 안 되기 때문이다. —『거가필용』

집을 지을 때 다른 건물을 짓기에 앞서 담장과 바깥문을 세우는 것을 매우 꺼린다. 집을 완성하기가 반드시 어렵기 때문이다. —『거가필용』

집을 세울 때는 목수가 집 기둥 밑에 목필木筆을 버려두는 것을 방지해야 한다. 그 집을 불길하게 만들기 때문이다. 나무를 거꾸로 세워 기둥을 만드는 것은 더더욱 방지해야 한다. 사람을 불길하게 만들기 때문이다. —『거가필용』

주택의 가구架構와 간살을 쌍으로 하는 것은 좋지 않고, 홀수로 하는 것이 매우 길하다.

처마 끝에서 낙숫물이 서로 마주 내뿜으면 죽거나 부상을 당하는 일을 주관한다. 처마의 낙숫물이 안에서 밖으로 쏟아지면 바깥사람이 죽고, 바깥에서 안으로 쏟아지면 안사람이 죽는다.

주택은 바깥 처마가 넓고 시원한 것이 가장 좋으므로 좁거나 벽에 바짝 다가서게 만들어서는 안 된다. 빗겨 들어오는 비가 벽면에 뿌리면 집안사람들이 이질에 많이 걸린다.

바람이 불 때 기와가 붙어 있지 않으면 약을 복용하지 못한다. 지붕에서 물이 새면 새로 들어온 며느리가 정숙하지 않다. 들보와 기둥이 한쪽으로 기울면 집안에 시빗거리가 많이 발생한다. 지붕의 형세가 비스듬히 기울면 도박을 좋아하고 여자를 탐하게 된다. 기와가 이동하고 기둥이 무너지면 자손이 가난하고 약하게 된다. ―『거가필용』

기둥(柱)의 끝을 두枓라 하고 도리(枋)의 끝을 승枡이라 한다. 승枡이 두枓 밑에 있는 것은 순조롭지 못한 것으로 주인이 효성스럽지 않은 자제를 두게 된다. 두가 승의 밑에 있으면 크게 길하다. ―『거가필용』

주택에 누각을 지을 때는 길거리에 바짝 접근해서 짓지 말아야 한다. 누각은 낮게 짓는 것이 길하고 높게 짓는 것은 흉하다. 누각을 높게 지으면 오통五通[45]을 불러들일 수 있다. ―『거가필용』

주택의 대청(廳) 뒤에 거북의 머리(龜頭)를 만드는 것은 옳지 않다.
―『거가필용』

화당畫堂의 응간應干에는 짝수를 사용해야 한다. 그러면 주인집이 화목하다. ─『거가필용』

　　사거私居의 대청은 굳이 넓고 크게 만들 필요가 없을 뿐만 아니라 그 수를 홀수로 해야 한다. 대청에 기둥이 하나만 있으면 여성이 바깥일에 간여하는 사태를 불러일으킬 염려가 있다. ─『거가필용』

　　대청은 있으나 당堂이 없으면 고아가 되고 과부가 되는 일이 많아 감당하기가 어렵다. ─『거가필용』

　　남쪽에 있는 대청이 서쪽에 있는 가옥과 연결되면 세월이 흘러 불에 탈까 염려된다. ─『거가필용』

　　안방을 터서 대청을 만드는 것은 결국에는 이로울 것이 없다. 다만 대청을 허물어 안방을 만드는 것은 무방하다. ─『거가필용』

　　방문을 천정天井과 똑바로 마주보게 할 수 없다. 그렇게 할 경우 그 방에 사는 사람에게 재앙이 자주 발생한다. ─『거가필용』

　　부엌방의 문은 집의 문과 마주보게 해서는 안 된다. 그렇게 만들면 주인이 구설수에 오르고 질병이 생긴다. ─『거가필용』

　　뽕나무는 지붕을 만드는 나무로 적합하지 않다. 죽은 나무를 동량棟梁으로 사용하는 것은 적합하지 않다. ─『거가필용』

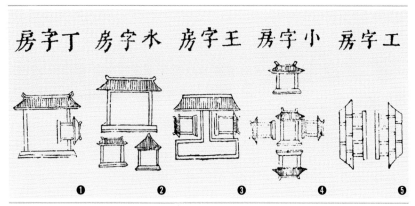

집의 여러 형태

『삼재도회』三才圖會「궁실」宮室 항목에는 나쁜 구조의 집 수십 종을 도표로 그려 설명하였다. 그 가운데 ❶ 정자방丁字房, ❷ 수자방水字房, ❸ 왕자방王字房, ❹ 소자방小字房, ❺ 공자방工字房이다. 우리나라에서는 좋은 뜻의 글자인 일日·월月·구口·길吉 자의 형태는 길하고, 좋지 않은 뜻의 공工·시尸자의 형태는 불길하다고 보았다.

집을 지을 때 집의 형태가 일日·월月·구口·길吉자와 같으면 길하고, 형태가 공工·시尸자와 같으면 불길하다. ―『증보산림경제』

집을 지을 때 한 칸이나 세 칸처럼 반드시 홀수를 사용하는 것이 길하다. 기둥의 척수尺數 및 서까래를 까는 숫자를 헤아릴 때도 홀수를 사용한다.

창문 두 개를 서로 마주보게 해서는 안 된다. 만약 양쪽 벽면에 창문을 마주보도록 내고 싶으면 반드시 한 척隻 한 쌍으로 내도록 한다. ―『증보산림경제』

대청 뒤쪽에 거북의 머리를 내서는 안 된다. 당堂이 겨우 한 곳에 불과한 것을 고양孤陽이라 하는데 불길하다. 집의 동쪽에 건물이 없거나 혹은 북쪽이 터져 있거나 남쪽이 터져 있거나 서쪽이 터져 있는 것도 불길하다. 새로 지은 집의 양쪽 끝이 작은 집과 연결되면 불길하다. ─『증보산림경제』

집의 기둥이 허공에 매달려 있는 것, 들보가 기울어 있는 것, 기둥이 비스듬한 것, 도리가 벌레 먹은 것, 기둥이 갈라진 것, 대청은 있으나 당堂이 없어서 기둥에 연결시키거나 도리에 연결시킨 것, 집의 앞뒤는 낮은데 가운데 집은 높이 세워서 지붕 사면의 낙숫물이 흘러갈 곳이 없는 것, 집 뒤에 서너 채의 자그마한 집이 다닥다닥 붙어 있어서 지붕마루가 집 왼편을 뚫기도 하고 집 오른편을 뚫기도 하며, 혹은 지붕마루가 집 뒤편을 겨누기도 하는 것, 무너진 집이 집 앞에 놓여 있는 것, 기둥이 꺾여 있거나 기와가 흩어져 있기도 한 것, 이러한 모든 것은 불길하다. ─『증보산림경제』

가옥을 짓는 재료는 굽은 목재를 피하고, 벌레가 파먹은 것을 꺼린다. 또 저절로 죽은 나무나 말라버린 뽕나무를 꺼린다. 또 지진에 타다 남은 나무 및 단풍나무 대추나무를 꺼린다. 사우祠宇·사찰寺刹·관아에서 사용하다가 내놓은 재목이나 배의 노로 사용하다가 내놓은 재목은 특히 몹시 꺼린다. 또 신당神堂의 나무나 서낭당의 나무 및 금수가 서식하고 있는 나무를 집을 짓는 재목으로 사용하기를 꺼린다. ─『증보산림경제』

문을 설치하는 방향

건乾 방향의 주택　간艮 방향의 문─부귀하고 자손이 많다. 태兌 방향의 문─사람이 홍성하게 된다. 곤坤 방향의 문─재물이 왕성하게 모여든다. 손巽 방향의 문, 감坎 방향의 문─남녀가 열병에 걸린다. 이離 방향의 문─노인이 해수병咳嗽病으로 죽고, 어린 부녀자가 죽는다. 진震 방향의 문─사람에게 적합하다.

곤坤 방향의 주택　건乾 방향의 문─주인이 금과 보물을 얻는다. 간艮 방향의 문─부귀하게 된다. 태兌 방향의 문─전장田庄이 풍족해진다. 손巽 방향의 문─주인의 어머니가 다친다. 진震 방향의 문─인적이 끊어진다. 이離 방향의 문─어린 부녀자가 사망한다. 감坎 방향의 문─객사한다.

간艮 방향의 주택　태兌 방향의 문─보물과 패물이 많아진다. 곤坤 방향의 문─금은이 풍부해지고, 육축六畜(여섯 종류의 가축)이 많아진다. 건乾 방향의 문─사람과 재물이 풍성해지고, 여인이 다치게 된다. 진震 방향의 문─식구는 적어지고 재앙은 많아진다. 감坎 방향의 문─어린 식구가 다치고, 물에 투신하는 사람이 생긴다. 이離 방향의 문─후사가 끊어진다. 손巽 방향의 문─노모와 막내아들이 다친다.

태兌 방향의 주택　간艮 방향의 문─부귀하게 된다. 곤坤 방향의 문─재물이 풍성해진다. 건乾 방향의 문─부자가 되기는 하나 늙은 분을 잃게 된다. 진震 방향의 문─장남이 화를 당한다. 감坎 방향의 문─사형을 당한다. 이離 방향의 문─피로하고 상처를 입는다. 손巽 방향의 문─도적이 되고, 남녀가 형극刑剋⁴⁶에 걸린다.

손巽 방향의 주택　이離 방향의 문, 진震 방향의 문─장수하고 부귀하게 된다. 감坎 방향의 문─횡재를 하게 된다. 간艮 방향의 문─풍화風火의 화를 당한다. 곤坤 방향의 문─어머니의 상을 당한다. 태兌 방향의 문, 건乾 방향의 문─남녀가 다치게 된다.

감坎 방향의 주택　진震 방향의 문─집안이 왕성하게 된다. 손巽 방향의 문─사람과 재물이 풍성해진다. 이離 방향의 문─비록 재물과 봉록이 홍

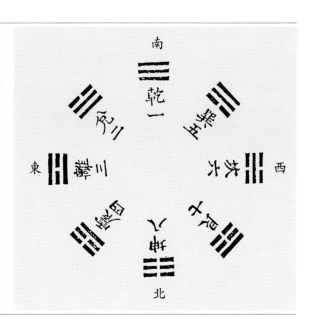

성하기는 하나 부인이 부상을 당하게 된다. 곤坤 방향의 문－소랑小郞(시동생)을 극剋하게 된다. 태兌 방향의 문－중풍과 악창惡瘡·귀머거리·벙어리가 생기고, 재물도 사라지고, 사람도 흩어진다. 건乾 방향의 문－노인네가 발을 전다. 간艮 방향의 문－어린아이가 물에 빠지거나 우물에 떨어진다.

　　　이離 방향의 주택　　손巽 방향의 문－재산이 풍성하고 사람은 겸손하다. 진震 방향의 문－영화를 누린다. 감坎 방향의 문－장수하고 건강하다. 곤坤 방향의 문, 태兌 방향의 문－불이 일어나고, 딸과 아내가 미치광이가 된다. 건乾 방향의 문－재물이 탕진되고, 병이 끊이지 않는다. 간艮 방향의 문－미치광이와 귀머거리, 벙어리가 생긴다.

　　　진震 방향의 주택　　손巽 방향의 문－복을 누리고 장수한다. 이離 방향의 문—사람과 재물이 풍성해진다. 감坎 방향의 문—곡식은 많으나 아들이 지혜롭지 못하다. 건乾 방향의 문, 태兌 방향의 문—주인이 상하게 되고, 어른이 늙게 된다. 곤坤 방향의 문—모친이 죽는다. 간艮 방향의 문—장자가 먹을 것이 없게 된다.

대체적으로 살펴볼 때, 감坎·이離·진震·손巽의 네 주택은 건乾·곤坤·간艮·태兌의 방향으로 문을 내는 것을 꺼리고, 건·곤·간·태의 네 주택은 감·이·진·손 방향으로 문을 내는 것을 꺼린다. 그럼에도 불구하고 이러한 기피사항을 범하면 흉하다. —『증보산림경제』

문의 설치에서 기피할 것
문의 문짝 두 개와 양쪽 벽은 모름지기 서로 크기가 같아야 한다. 왼쪽 문짝이 크면 주인이 아내를 바꾸게 되고, 오른쪽 문짝이 크면 자식이 고아가 되고 아내가 과부가 된다. —『거가필용』

문짝이 벽보다 높으면 주인이 곡하고 우는 소리가 많아진다.[47] 빈자리에 문을 내면 전염병과 불을 자주 불러들인다. 측간이 문을 마주 대하고 있으면 악창과 부스럼이 몸에서 떠나지 않는다. 창고 입구가 문을 향하고 있으면 집안이 쇠퇴하고 툭하면 전염병에 걸린다. 다듬잇돌이 문간에 놓여 있으면 사람이 집을 나가고 서책을 벗어나게 된다. 문 앞에 바로 집이 있으면 집안에 곡식의 여유가 없다. 문 입구에 물구덩이가 있으면 집안이 파산하며 사람이 외롭게 된다. 큰 나무가 문 앞에 놓여 있으면 전염병을 불러일으킨다. 담장

끝이 문에 바짝 다가서 있으면 항상 남들에게 논란거리가 된다. 엇갈리는 도로가 문을 끼고 있으면 식구가 남지 않게 된다. 큰 길이 곧게 문에 닥쳐 있으면 집안에 늙은 남자가 없다. 문에 비가 쏟아져 들어오면 집안사람이 흩어지고 사람은 벙어리가 된다. 신사神社가 문을 마주 대하고 있으면 항상 전염병을 앓게 된다. 문 가운데로 물이 흘러 나가면 재물이 흩어지고 억울한 일을 당한다. 문에 붙여 우물물을 파면 귀신을 불러들인다. 정문 앞에는 버드나무를 심어서는 안 된다. ─『거가필용』

동북쪽에 문을 내면 괴이한 일이 거듭 일어난다. ─『거가필용』

집안에서 창과 문 세 개가 서로 마주보게 해서는 안 된다. ─『거가필용』

문의 좌우에 신당을 설치해서는 안 된다. 그렇게 하면 3년에 한 번씩 곡哭하게 된다. ─『거가필용』

길을 내는 법

문을 향하여 곧장 뻗은 길을 충파衝破라고 부른다. 길이란 반드시 구불구불 돌고 굽이져야 한다. 예컨대, 집의 물줄기가 왼쪽으로 흐르면 길은 오른쪽으로 해서 들어가게 하고, 집의 물줄기가 오른쪽으로 흐르면 길은 왼쪽으로 해서 들어가게 한다. 곧바로 뻗어 들어오는 것은 절대로 피한다. ─『고사촬요』

길이 청룡靑龍을 에워싸고 있으면 길하고, 백호白虎를 에워싸고 있으면 흉하다. 네 짐승(四獸)〔나의 의견: 청룡·백호·주작·현무를 말한다〕의 등뼈에 해당되는 부분에 십자十字 형태의 길이 나 있는 것과, 명당明堂 중심에 정자井字 형태의 길이 나 있는 것은 모두 꺼린다. 두 개의 길이 가로 놓이고 하나의 길이 곧게 뻗어서 뚫고 지나가는 길을 강시扛尸(시체를 멘 형상의 길)라고 부르는데 흉하다. ─『고사촬요』

네 방향의 길이 주택을 에워싸고 있는 것은 흉하다. 이런 길의 효험은 다른 무엇보다도 현저하게 나타난다. ─『고사촬요』

건乾 방향의 산이 간艮·손巽 부분에서 교차하는 길과 곤坤·신申 부분에서 교차하는 길 모두가 흉하다. ─『고사촬요』

주택의 문 앞으로 내는 길을 내룡內龍과 내수內水의 방향으로 열어놓으면 산을 맞이해 물에 접근하게 되므로 길하다. 더욱이 역로逆路를 얻어서 다니게 하면 특히 좋다. ─『양택길흉론』

문으로 낸 길이 흘러가는 물의 방향으로 나 있으면 흉하다. ─『양택길흉론』

산과 물이 청룡靑龍 방향(동쪽)으로부터 주택에 접근하고 있다면 문로門路는 왼쪽을 향하여 내는 것이 마땅하다. 산과 물이 백호白虎 방향(서쪽)으로부터 주택에 접근하고 있다면 문로는 오른쪽을 향하여 내는 것이 마땅하다. 만약 물이 흘러 내려가는 방향으로 문로를 낸다면 흉하다. ─『양택길흉론』

문로는 굽이굽이 집을 향해 오는 것이 길하다. 주택의 서남방에 큰 길이 있으면 길하다. 가장 꺼리는 것은 문을 향하여 길이 곧장 뻗어서 문을 뚫고 나가는(衝破) 형상이다. 내 천川자 형상으로 집을 뚫으려 하는 것을 꺼리고, 또 정자형井字形을 꺼린다. 사방으로 통하는 길에 문이 바짝 다가서 있는 것과 두 갈래 길이 문을 끼고 있는 것, 문 앞에서 길이 교차하는 것, 두 개의 길이 가로 놓이고 하나의 길이 두 길을 꿰뚫고 지나가는 것이 있는데, 모두 불길하다. —『증보산림경제』

담장에서 기피할 것

토담(土墻)의 형상이 시위를 당긴 활과 같으면 주인이 부유해진다. 토담은 한 곳을 중후하게 쌓으면 한 곳을 봉우리처럼 올리며, 두 곳을 중후하게 쌓으면 두 곳을 봉우리처럼 올리는데, 이렇게 하면 곡식이 많이 수확된다. 만약 담장이 나지막하게 빙 에두르고 있으면 길하지 않다. 담쟁이덩굴이 뒤섞여 얽혀 있으면 재앙과 화가 닥친다. 담장에 비를 가리는 덮개가 없는 것이나, 형상이 관재棺材(널감)와 유사하거나, 혹은 문에 불쑥 들어간 형상이거나, 비스듬하게 기울었거나, 좁은 도로가 계속 교차한 담은 모두 길하지 않다. 특히, 문짝보다 담장의 높이가 낮은 것은 절대 꺼린다. —『증보산림경제』

울타리를 세우는 법

울타리를 만들고자 하면, 먼저 대지의 사방 가장자리에 깊이와 폭이 두 자씩 되게끔 구덩이를 판다. 산조酸棗(메대추)가 익기를 기다렸다가 그 씨를 많이 채취하여 파놓은 구덩이에 심고, 싹이 튼 다음에 잘 보호하여 손상을 입지 않도록 한다. 1년 후에 높이가 세 자 정도로 자라면 봄에 가로 자란 가지의 가시를 제거하고, 겨울을 지내고 난 다음에 새끼로 엮어서 울타리를 만든다. 이때 적당하게 묶어서 엮는다. 그 다음 해에 나무가 더욱 높이 자라면 도적을 방지할 수 있다. ―『구선신은서』

탱자나무를 많이 심으면 도둑을 방지할 수 있다〔나의 의견: 우씨尤氏의 『만류계변구화』萬柳溪邊舊話[48]에 동성棟城을 만드는 법이 담겨 있고, 가사협賈思勰의 『제민요술』에는 정원 울타리를 만드는 법이 있으며, 서광계의 『농정전서』에는 각종 정원 울타리를 만드는 법을 논하였다. 이런 방법이 모두 『임원경제지』의 「만학지」晚學志에 상세하게 설명되어 있으니 본 항목과 더불어 참고할 만하다〕. ―『산림경제보』

창고의 방위
창고를 지을 때는 반드시 창고 앞에 위치한 뜰이나 마당에 흐르는 물이 창고 문을 향하도록 해야 한다. 그러면 길하다. 갑甲·병丙·경庚·임壬 네 방향을 이용하되, 평상시 방문을 열면 5, 6길(丈)쯤 떨어진 곳에 창고가 위치하는 것이 마땅하다. ―『증보산림경제』

방아와 맷돌을 놓는 방향
『천로경』天老經에서 다음과 같이 말하였다.
"방아를 놓는 장소가 제 자리가 아니면 사람이 병이 들어 침상을 벗어나지 못한다. 동북방의 간艮·인寅·해亥의 위치가 적당하여 크게 길하다. 기타 다른 방위는 모두 흉하다〔원주: 맷돌을 놓는 방위도 똑같다〕. ―『거가필용』

본명本命(사람이 태어난 해의 간지)의 생왕방生旺方(오행으로 따져보아서 길한 방위) 및 인寅·간艮·해亥 방위가 적합하다. 인寅 방위가 크게 길하다. 묘卯 방위는 부귀를 누린다〔원주: 동쪽을 향하는 것이 길하다〕. 신辰 방위는 누에치기와 농사에 적합하다〔원주: 서남쪽을 향하는 것이 길하다〕. 사巳 방위는 자손이 많아진다〔원주: 동쪽을 향하게 하는 것이 길하다〕. 오午 방위는 크게 흉하다〔원주: 동쪽을 향하면 장자長子에게 흉하다〕. 미未 방위는 재앙이 생긴다〔원주: 동쪽을 향하면 부인이 죽는다〕. 신申 방위는 구설수에 오르게 한다〔원주: 남쪽으로 향하면 길하고, 동북쪽을 향하면 흉하다〕. 유酉

작자 미상, 〈평생도〉중 '치사' 致仕
작가 미상의 19세기 말 20세기 초 그림. 당시 주거 생활의 모습을 반영한다. 방앗간, 마구간, 곳간, 수레를 놓은 집, 길쌈하는 방 등까지 주택 안에 설치한 점이 특이하다. 국립중앙박물관 소장.

방위는 불효不孝한 자식을 낳게 한다〔원주: 서쪽을 향하면 길하고, 동쪽을 향하면 흉하다〕. 술戌 방위는 앞에는 부유하였다가 뒤에는 가난해진다. 해亥 방위는 여자가 음란해진다〔원주: 동쪽을 향하면 길하다〕.

방아의 머리 부분에 집이 있으면 집이 편안하지 않다. 방아 머리가 거꾸로 안으로 향하게 해서도 안 되고 밖으로 향하게 해서도 안 된다. 가로로 곧바르게 안치하면 길하다. —『산림경제』

내룡内龍(종산宗山에서 내려온 산줄기로 용맥龍脈의 정기가 모인 자리)이 뒤에 있으면 방앗간은 앞에 위치하는 것이 좋다. 용龍이 앞에서 다가오면 방아는 뒤편에 위치하고, 용이 왼편에서 다가오면 방아는 오른편에 위치하며, 용이 오른편에서 다가오면 방아는 왼편에 위치하는 것이 길하다.

방아의 머리 부분이 바깥쪽을 향하면 사람은 방아의 뒤편에서 방아를 밟는 것이 좋다. 방아의 머리 부분이 집을 향하면 크게 불길하다. 또 청룡(동방)과 백호(서방)의 방향에 두는 것을 꺼린다. —『증보산림경제』

쇠 풍로와 기름 짜는 기계, 물레방아, 맷돌은 모두 움직이는 기계에 해당하므로 대체로 수구水口에 놓아두는 것이 마땅하다. 백호의 머리 부분을 등진 곳이나 주작朱雀·현무玄武 위에는 그와 같은 기구를 설치하지 않는다.
—『증보산림경제』

측간을 설치하는 방위

측간을 설치하는 방위를 살펴보면, 인寅·묘卯·미未는 크게 길하다.

진辰 방위는 농사와 누에치기에 길하고, 사巳 방위는 자손에게 길하며, 오午 방위는 귀인貴人이 탄생한다. 신申 방위는 구설수가 그치지 않고, 유酉 방위는 자손이 불효하고, 술戌 방위는 앞서는 가난했다가 뒤에 가서는 부유하게 되며, 해亥 방위는 크게 흉하다. ─『거가필용』

재를 쌓아놓는 잿간(灰屋)은 유酉 방위가 적합하다. 그곳에 지으면 주인에게 곡식이 많아진다. 그러나 반드시 측간에 접근해서 지어야 좋다. ─『증보산림경제』

뜨거운 재는 불이 나기 쉽다. 그러므로 잿간을 인거人居에 바짝 붙여 지어서는 안 된다. ─『증보산림경제』

마구간의 방위

마구간을 지을 때는 서북방을 꺼린다. 또 유酉 방위를 꺼리는데 장맛을 달지 않게 만들기 때문이다. ─『증보산림경제』

4. 우물·연못·물도랑

우물물을 살펴 우물을 뚫는 법

우물을 뚫고자 하면, 반드시 여러 개의 큰 대야에 물을 담아서 각각의 장소에 놓아둔다. 밤기운이 맑고 시원하기를 기다렸다가 대야의 물에 비친 별 중에서 어느 것이 가장 큰가를 관찰한다. 물에 뜬 별이 밝으면 그곳에는 반드시 맛이 좋은 샘이 있다. 이 방법을 시험하여 여러 번 효과를 보았다.

—『계신잡지』癸辛雜識

높은 지대에 우물을 만들고자 할 때 샘의 근원이 소재한 곳을 잘 알기가 어렵다. 샘의 근원을 찾는 법 네 가지를 소개한다.

수기水氣**로 시험하는 법**(氣試)　밤이 되면 물 기운이 항상 위로 상승했다가 해가 나오면 즉시 그친다. 지금 일정한 지역에서 수맥이 어디 있는지 알고자 한다면, 날이 밝아서 색깔을 분별할 수 있는 시간에 땅 구덩이를 하나 판다. 사람이 그 구덩이에 들어가서 눈을 크게 뜨고 사방을 바라보는데 지면에서 연기와 같은 기운이 자욱하게 피어오르면 그것이 바로 물 기운이다. 그 기운이 나오는 장소 아래에는 수맥이 있다.

대야로 시험하는 법(盤試)　물 기운을 관찰하는 법은 넓은 들에서나 가능하다. 성읍城邑 가운데 있는 주택 옆에서는 기운을 발견할 수 없으므로 깊이가 세 자가 되도록 땅을 파되 폭과 길이는 임의대로 한다. 구리나 주석 대야 하나를 마련하여 청유淸油(식물성 기름)를 살살 골고루 바른다. 파놓은 구덩이의 바닥에 높이가 한 치나 두 치 되는 나무를 이용하여 대야를 거꾸로 뒤집은 채 버티게 해놓는다. 그 다음 대야 위에 마른 풀을 덮고, 마른 풀 위에 흙을 덮어놓는다. 하루를 지내고 나서 열어 보았을 때 대야 밑에서 물방울이 떨어지려고 하면 그 아래가 바로 샘이다〔나의 의견: 『농가집설』農家集說에서는 "땅 위에 여러 개의 대야를 뒤집어놓고 밤을 지낸 뒤 살펴본다. 대야 가운데 이슬방울이 많이 맺혀 있는 것을 살펴서 파면 반드시 샘을 얻을 수 있다"고 하였다. 이 기록과 대동소이하다〕.

장군으로 시험하는 법(缶試) 질그릇을 굽는 곳 가까이에 살면 아직 굽지 않은 병이나 장군을 가져다가 앞에서 말한 구리 대야의 방법대로 시험한다. 물 기운이 병이나 장군으로 스며들어가면 그 아래에 샘물이 있다. 질그릇을 굽는 곳이 없는 데서는 흙벽돌로 대신해도 좋다. 혹은 양털로 대신하기도 하는데 양털은 습기를 받아들이지 않는 물건이기 때문에 물 기운을 얻는다면 반드시 물이 충분히 있음을 알 수 있다.

불로 시험하는 법(火試) 앞서와 같이 땅 구덩이를 파고 그 바닥에 쇠바구니를 놓고 불을 피운다. 그때 연기가 위로 피어오르면서 구불구불 곡절이 생기는 것은 물 기운에 젖어서 그러하므로 그 아래에는 샘물이 있는 것이다. 연기가 곧바로 올라가는 곳은 물이 없다. —『태서수법』泰西水法

여지은呂知隱이 이렇게 말했다.

"초목이 무성한 곳에는 샘이 있다. 항상 눕고 싶은 땅은 샘을 파볼 만하다." —『문기록』聞奇錄

인가에는 우물이 여러 개 있어야 한다

인가에 물이 없어서는 안 되며, 우물이 여러 개가 있어도 무방하다. 우물물의 맛이 나쁘다 할지라도 우물을 그냥 파는 것이 옳다. 그 우물물을 끌어서 혹은 옹정甕井을 만들기도 하고, 혹은 연못에 물을 대기도 하므로 모두 쓸모가 있다. ─『증보산림경제』

자좌子坐의 땅에 우물을 파면 반드시 우물에 빠져 죽는 사람이 있다. ─『음양서陰陽書

묘좌卯坐에는 우물을 파지 않는다. 물맛이 좋은 샘물이라도 향기가 없기 때문이다. ─『거가필용』

인寅 방위에 샘을 파면 부귀하게 되고, 묘卯 방위에 샘을 파면 현명한 사람이 그치지 않고 나며, 진辰 방위에 샘을 파면 주식酒食이 끊어지지 않고, 사巳 방위에 샘을 파면 자손이 번성하고, 오午 방위에 샘을 파면 손녀가 음탕하고, 신申 방위에 샘을 파면 관리가 재앙을 입어 병사病死하고, 축丑 방위에 샘을 파면 부처夫妻가 헤어지고, 자子 방위에 샘을 파면 자손을 잃거나 팔다리가 꺾인다. ─『양택길흉론』

당堂 앞에는 우물을 파서는 안 된다. ─『양택길흉론』

부엌 가에 우물이 있으면 해마다 심신이 허약해진다. ─『양택길흉론』

우물과 부엌이 마주 보고 있으면 주인집의 남녀가 상피相避 붙게 된다. ─『양택길흉론』

우물을 팔 때 본산本山(산의 원 줄기)의 생왕방生旺方을 취하면 길하다.
—『증보산림경제』

우물은 짝을 이루어 파는 것이 적합한데 그렇게 하면 눈의 정기가 빛
난다. —『증보산림경제』

우물은 깊이가 두 자 일곱 치가 되어야 농사가 왕성하다. 벽돌을 쌓
아서 완전하게 우물을 만들자면 15층은 되어야 한다. 우물이 얕으면 흉하다.
우물이 기울어 쓰러진 것, 우물 통이 아주 비좁은 것, 등지고 있는 것(反背), 우
물이 막힌 것, 깨끗하지 못한 것, 부서진 것, 우물 통이 함몰된 것, 통이 뾰족하
게 튀어나온 것을 꺼린다. 우물이 곧고 긴 것을 가장 꺼린다. 물이 떨어질 때
그 소리가 똑 똑 들리면 길하지 않다. 물이 흘러내려갈 곳이 없거나, 다리(橋)
에 붙어서 물이 흘러가는 것과 혹은 흘러가는 모양이 소 코뚜레 같거나 솟아
오르는 달과 같은 것은 불길하다. —『증보산림경제』

연못의 금기 조항

연못이 집의 왼편이나 오른편, 또는 뒤편에 위치하는 것을 모두 꺼린
다. 문 앞에 세 개의 연못을 파는 것을 절대 꺼린다. 집의 앞뒤에 2개의 연못
이 있는 것을 꺼린다. 또 연못의 형상이 돼지 배나 돼지 허리와 같은 것을 꺼
린다. 문 앞에 한 쌍의 연못이 있는 것을 꺼리는데 곡哭 자의 머리 모양이기
때문이다. 집의 서편에 연못이 있는 것을 일컬어 백호白虎가 입을 열었다고
하는데 모두 꺼린다. 주택 앞에 둥근 형태의 연못을 훤하게 내고 흐르는 물을

끌어들여 통하게 한다. 물이 혼탁하면 좋지 않다. ─『증보산림경제』

연못을 만드는 방법

집의 뒤편에 동산을 만들어 과실나무를 심고, 집의 좌우편에는 남새밭을 만들어 채소를 심는다. 집의 남쪽 한 면을 비워두고 위아래에 연못을 파되 하나는 작고 하나는 크게 만든다. 작은 연못에는 연蓮을 심고, 큰 연못에는 물고기를 기른다. ─『고사십이집』

물이 맑으면 순채蓴菜를 심고 물고기를 기르며, 물이 흐리면 연꽃을 심는다. ─『사의』

형국刑局 내에 물이 모여 있는 곳이 있으면 빙 둘러 둑을 쌓고 떡갈나무 말뚝을 죽 심어서 둑을 보호한다. 흐르는 물을 통하게 할 수 있다면 순채를 심고 물고기를 기르며, 물이 혼탁하다면 연꽃을 심는다. 연못의 얕은 곳에는 왕골, 갈대 등속을 많이 심는다. 연못의 물을 나누어 하류로 이끌어서 논이나 미나리 밭에 관개한다〔나의 의견 : ‘이운지’「형비포치」의 연못 조항을 참고하라〕.
─『증보산림경제』

물도랑을 쳐서 물이 통하게 해야 한다

물도랑은 수채물이 통하도록 준설해야 한다. 그래야 집이 정결하여 더러운 기운이 없고, 전염병이 발생하지 않는다. ─『거가필용』

높은 지대에서는 수고水庫를 만들어야 한다

물이 흔한 지역의 저지대는 물이 모여드는 곳이다. 평탄한 들판의 전답은 중간 정도의 토질인데 강물을 끌어들이고 우물을 파면 물을 충분히 쓸 수 있다. 그런데 산과 고개가 중첩된 곳에서는 가파른 계곡물과 빠른 물결이 물의 급격한 흐름을 타고 저절로 폐인廢人49의 용기用器에까지 올라가는데, 그 이로움이 특히 크다.

따로 천부天府와 금성金城50이라 할 곳이 있는데, 높은 지대에 위치하고 험준한 지형에 둘러싸여 있어 강과 시내가 흘러가는 곳과는 현격히 떨어져 길이 통하지 않는다. 100길 깊이로 우물을 파서 수차水車를 채우고, 두레박 줄을 움직이나 심한 가뭄을 만나면 물이 구슬처럼 방울방울 떨어지는 정도이다. 또 다른 지역과 왕래가 없는 변경이나 외따로 떨어진 지역도 있는데 이런 곳은 항상 멀리에까지 나가서 물을 길어 와야 한다. 오래도록 적에게 포위되어 장기간 곤경에 처하여 사람과 말의 왕래가 끊어진 곳도 있다. 이러한 처지에 처한 곳이 세상에는 많다.

그러나 목이 마른 때 닥쳐서 계획을 세워보았자 당장 어떻게 할 수 있겠는가? 계획을 세우자면, 빗물이나 눈 녹은 물(雪水)을 항상 저장하여 궁한 때를 대비하는 것보다 나은 것이 없다. 하지만 인정人情이란 가까운 일에 얽매여 미리 염려하지 않고 지내다가 일이 닥치고 난 다음에는 두 손을 놓은 채 그저 말라가기를 기다릴 뿐이다.

또 산에 기대어 땅을 파고 연못을 만들어서 가뭄에 대비하는 방법도 있다. 하지만 열흘 이상 비가 내리지 않으면 벌써 연못 바닥이 갈라진다. 하릴없이 연못에 물을 대는 물줄기가 쉽게 끊어지는 것만 한탄하고 있을 뿐, 사실은 연못에서 새어나가는 물이 많은 사실은 깨닫지 못한다.

서방西方 여러 나라에서는 산을 의지하여 성城을 만드는데 그 나라 사람들은 물 저장하는 것을 곡식 저장하는 방법대로 한다. 곡식이 붉게 썩는 것을 방지하는 것처럼 물이 새어나가는 것을 방지하는데, 그 계획과 고려가 대략 같다. 그리하여 수고水庫를 만들어서 가정마다 3년 동안 쓸 물을 비축해놓고 있으므로 비록 큰 가뭄이나 강한 적을 만난다 하더라도 주민이 곤경에 빠지지 않는다.

　　또 높은 곳에 있는 물은 지하에서 오래도록 묵은 물에 비교하면 새로 떠온 물과도 같아서 번민을 제거하고 질병을 없애주며, 사람에게 유익하고 사물에 편리함을 준다. 이 점에서는 지하수보다 나은 점이 있다. 산지의 성城에 사는 사람들은 강물과 우물물을 대하면 하찮은 물로 여겨서 맛도 보려 하지 않는다. ―『태서수법』

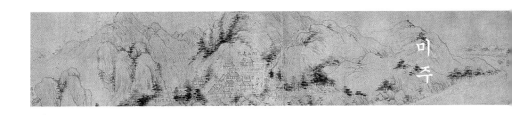

1　**뇌포의**　곽경순, 양구빈, 뇌포의 세 사람은 모두 풍수에 뛰어난 인물로서 후대의 풍수학에 끼친 영향이 크다. 곽경순은 진晉나라의 학자 곽박郭璞으로 장서葬書에 관한한 그보다 뛰어난 사람이 없다고 할 만큼 명성이 높았다. 양구빈은 당唐나라의 양균송楊筠松으로 『감룡경』撼龍經 등의 저술이 있고, 뇌포의는 송宋나라의 뇌문준賴文俊으로 『최관편』催官篇의 저술이 있다.

2　**면배**　면面은 앞으로 마주보고 있음을 말하고, 배背는 뒤에 등지고 있음을 말한다. 일반적으로 앞은 탁 트이고 뒤는 막힌 배산임수背山臨水를 이상적인 터잡기라고 여겨왔다.

3　**주택(陽居)**　양거陽居는 양택陽宅으로 사람이 사는 주택을 말한다. 죽은 사람을 묻은 묘지를 음택陰宅이라 부르는 것과 상대적으로 쓰는 말이다.

4　**명당**　여기서의 명당은 풍수가들이 사용하는 용어이다. 즉, 청룡靑龍과 백호白虎 등의 사砂(혈을 중심으로 사방에서 혈을 에워싸고 있는 크고 작은 산봉우리)에 둘러싸인 혈穴(풍수지리에서 산수음양山水陰陽의 정기가 모인, 가장 중심적인 부분. 이러한 곳에 묘지나 주택이 들어선다)의 바로 앞에 있는 땅을 명당이라 한다. 그러므로 양택에서는 중심 건물의 앞에 있는 마당, 뜰을 가리킨다.

5　**경經**　여기서의 경은 풍수가들이 경전으로 여기는 책을 말한다. 보통 고대의 황제黃帝가 만들었다고 하나 그에게 가탁한 것일 뿐이다. 대표적인 책이 『상택경』相宅經이다.

6　**유정**　풍수법에서 산수의 향배向背를 인간적 감정으로 표현한 말이다. 즉, 혈을 향하여 모여드는 형세는 유정하다 하고, 그 반대의 것은 무정無情하다 한다.

7　**용**　용이란 풍수의 용어로 산山을 말한다. 풍수학에서 조산祖山에서부터 기맥氣脈이 형성되어 혈장穴場에 이르기까지 개장開場, 천심穿心, 과협過峽, 박환剝換, 요도橈掉, 지각枝脚, 결인結因, 속기束氣 등의 여러 형태를 이루며 용이 기운을 발산한다고 본다. 용의 다리(龍脚)란 용의 기맥이 혈장 부근에 왔을 때 그 주변에 기복을 이루는 구릉지를 말한다.

8　**용이 머리 부분에 이르렀을 때**　용이 혈장에 가까이 접근했을 때 입수入首와 혈穴의 접합 지점을 용의 두뇌라 한다.

9　**양기陽基**　묘지 터인 음기陰基에 대하여 주택을 세우는 대지를 양기라 한다.

10 **영을 세우고 부절을 주둔시키는 곳** 풍수에서는 내룡內龍의 기맥이 생기生氣를 품어내는 곳에 이르렀음을 행군하는 군대가 주둔함에 비유한다.

11 **삼양** 주역의 괘卦에서 세번째 양효陽爻이다. 목木의 수數로 생성과 봄을 관장한다.

12 **산의 형세** 이 조항은 『택리지』의 「복거총론」卜居總論 중 '지리' 地理 항목을 발췌하였다. 이중환은 복거卜居의 네 요소로 지리, 생리, 인심, 산수를 들고 그중 지리를 결정짓는 요소로 수구水口, 야세野勢, 산형山形, 토색土色, 수리水理, 조산朝山, 조수朝水를 중요성의 차례에 따라 순서대로 논하였다.

13 **수구** 혈穴, 사신四神 또는 내명당內明堂의 양측으로부터 흘러내리는 물 흐름의 발원지를 득得이라 한다. 득得이 청룡과 백호가 감싸 안아 흐르는, 즉 명당의 바깥쪽으로 빠져나가는 곳을 파破, 또는 수구라 한다.

14 **한유** 768~824. 당나라를 대표하는 문장가, 시인이다. 자字는 퇴지退之, 호는 창려昌黎이다. 저서에 『한창려집』韓昌黎集이 있다.

15 **두목** 803~852. 당나라 때의 시인이며 정치가로 자는 목지牧之이다. 834년 두목이 회남절도사 우승유의 서기書記로 근무할 때 국가의 실책을 따진 「죄언」을 지었다. 국가의 중대사를 직책도 맡지 않은 하급 관료가 말하는 것 자체가 죄가 된다 하여 글의 이름을 「죄언」이라 하였다. 두목의 대표적인 경세문자經世文字이다.

16 **육처사** 육우陸羽를 말한다. 당나라 경릉竟陵 사람으로 자字는 홍점鴻漸이다. 『다경』茶經 세 권을 지었다. 차를 좋아한 대표적 인물로서 다신茶神으로 추앙받는다.

17 **표돌천** 중국 산서성山西省 안문산雁門山 관서關西에 있는 샘의 이름.

18 **우물이 차니 찬 샘물을 마신다** 『역경』 정괘井卦 구오九五의 구절이다.

19 **우통수** 강원도 강릉부江陵府의 서쪽 150리쯤에 있는 오대산 서대西臺 아래에 있다. 여기에서 샘물이 솟아나는데 이 물이 한강의 원류이다. 권근權近이 지은 기記에 본문에 실린 내용이 그대로 실려 있다.

20 **원행(元行)** 오행五行인 금金·목木·수水·화火·토土를 가리킨다. 동양에서 물질을 이루는 가장 기본적인 요소로 보아서 원행이라고 하였다.

21 여기서 논하는 내용은 전국의 유명한 샘물에 관한 것으로 성해응成海應의 『동국천품』東國泉品(『연경재전집』研經齋全集)에도 서유구의 생각과 비슷한 내용이 기술되어 있어 참고가 된다.

22 **사선** 신라시대의 네 명의 화랑을 가리킨다. 술랑述郎, 남랑南郎, 영랑永郎, 안상安詳. 이들은 신라시대에 양양·강릉·통천 등 강원도 일대를 노닐어 그들에 관한 일화가 널리 퍼져 있다.

23 **본전** 함흥은 이성계李成桂의 고향이다. 예전에 살던 집 자리에 경흥전慶興殿을 세웠는데 본전은 이 경흥전을 말한다.

24 **김정** 1486~1521. 조선 중종 때의 문신이다. 형조판서와 예문관 제학提學을 역임하였다. 조광조

趙光祖와 함께 도덕 정치를 주장하다 기묘사화 때 사사賜死되었다.

25 **훈련원** 조선왕조 때 군사의 시재試才, 무예의 연습, 병서의 강습을 관장하던 관청이다. 한양 남부 명철방明哲坊, 지금의 서울운동장 제2운동장 부근에 있었다.

26 **통정** 유본예柳本藝의 『한경지략』漢京識略 「샘물과 약수」(諸井藥水) 조항에 복정福井을 들고 있는 데 통정이 바로 복정이다. '桶井'이라고 표기하기도 한다. 서울에서 가장 맛이 좋은 샘물로 정평이 났다.

27 **초료정** 『한경지략』에서는 미정尾井 또는 초리정楚里井이라고 하였다. 초리나 초료는 꼬리라는 뜻의 우리말이므로 미정은 한자식으로 표현한 것이다. 달고 차가워서 염색에 적합하여 염색을 하는 사람들이 그 곁에 많이 살았다고 한다.

28 **두모포** 우리말로 한양 도성 동남쪽으로 10리 쯤 되던 곳에 있는 한강의 상류이다. 현재의 성동구 옥수동玉水洞이다.

29 **장기** 축축하고 더운 땅에서 일어나는 독기를 가리키지만 여기서는 일반적으로 풍토병을 일으키는 독기를 가리킨다.

30 **짐새의 독** 짐새의 깃털에는 매우 강한 독이 있어 짐새의 둥우리 근처에는 풀이 자라지 못하고, 새 똥과 깃이 담긴 음식물을 먹으면 즉사한다고 한다.

31 **육가** 한漢나라 초엽의 정치가이다. 한나라 고조高祖의 식객으로 주로 외교를 담당하는 변사辯士였다. 그는 일찍이 남월南越에 사신으로 가서 남월왕인 조타趙陀를 설득해 한나라에 복속시켰으므로 태중대부太中大夫에 임명되었다. 그가 남월에 갔을 때 조타는 그를 매우 환대하여 그가 남월을 떠날 때 전대에 황금 1천금千金을 채워 전송하였다. 『사기』史記 「육가열전」陸賈列傳에 사적이 실려 있다.

32 **촉 지방의 탁씨가 다른 지방으로 강제 이주당할 때** 이하의 내용은 『사기』 「화식열전」貨殖列傳에 수록되었다. "촉 지방에 사는 탁씨의 선조는 조趙나라 사람인데 제철업으로 부자가 되었다. 진秦나라가 조나라를 격파하고 난 다음 탁씨를 강제 이주시키려 하였다. 재물을 진나라에 약탈당한 탁씨는 부부가 수레를 밀고 이주해야 할 곳으로 갔다. 그때 다른 이주자들은 남아 있는 재물을 앞다투어 관리에게 뇌물로 바치고 가까운 곳에 이주하기를 구하여 가맹葭萌 땅에 머물렀다. 그런데 탁씨만은 '이곳은 땅이 협소하고 척박하다. 내가 듣건대, 문산汶山(현재 사천성 북부 지역) 아래 지역의 들판이 비옥하고 큰 토란이 산출되니 늙어 죽더라도 굶지는 아니할 것이다. 그리고 백성들이 시장 일에 능숙하니 장사를 하기가 쉽다'라고 하며 먼 곳으로 이주할 것을 청하였다. 탁씨는 마침내 임공臨邛에 이르러서 크게 기뻐하고 광산을 개설하여 제철과 철기鐵器를 제조하였다. 그들은 경영을 잘 하여 전滇·촉蜀 두 개 군의 사람들을 압도하였고, 1천 명의 하인을 거느리는 부자가 되었다."

33 **공세진** 아산현 서쪽 10리 영인산 아래에 위치하는데, 어염이 풍성하고 조창漕倉이 있었다.

34 **유관포** 『대동지지』덕산현 조에 나오는 돈천포頓串浦를 가리킨다. "혼탁한 조수가 매우 짜고, 물의 흐름이 사납게 용솟음친다. 만조를 기다려야 겨우 배를 이용할 수 있다. 포구의 좌우에 큰 들이 상하 100여 리나 펼쳐져 있으며, 진흙 벌을 따라 제방을 쌓았는데 경외京外의 장삿배가 모여든다."

35 **후서강** 고려시대에는 서강西江이라 불렸는데, 상류에 벽란도碧瀾度가 있다.

36 **흥원창** 원주목原州牧 서남쪽 70리 섬강蟾江의 북안北岸에 있던 창고이다. 원주·영월·평창·정선·횡성의 전세田稅를 거두어 한양으로 조운漕運하던 곳이다. 고려 때에 설치한 12개 조창의 하나이다.

37 **금천** 충주의 한 방면으로 충주부 서쪽 10리에 있었다. 이곳에서 한강과 달천達川이 만나는데 서창西倉·북창北倉의 창고가 있었다.

38 **맹자의 어머니도~교육하였다** 한나라 유향劉向이 지은 『열녀전』列女傳 1권「모의」母義 '추맹가모전' 鄒孟軻母傳에 나오는 내용이다. 맹자가 처음 묘지 근처에서 살 때 맹자는 매장하는 일을 흉내 냈다. 그러자 그의 어머니는 "이곳은 아들을 살게 할 곳이 못 된다"고 하고 시장으로 이사하였다. 그러자 맹자는 장사하는 것을 흉내냈다. 이에 그의 어머니는 "이곳도 아들을 살게 할 곳이 못 된다"고 하고 학교 근처로 이사하였다. 그러자 맹자는 제기祭器를 만지며 읍양진퇴揖讓進退의 예절을 배웠다. 그제야 맹자의 어머니는 "이곳이야말로 내 아들을 살게 할 곳이로구나!" 라고 했다.

39 **순박하고~이웃이라 불리고** 『논어』「이인」의 "덕이 있는 사람은 외롭지 않다. 반드시 그의 이웃이 있다"(德不孤, 必有隣)라고 한 데서 취한 말이다.

40 **무이산** 중국 복건성福建省에 위치한 이름난 산이다. 이곳은 구곡九曲이 유명한데 일찍이 주희朱熹가 그 경치에 매료되어「무이구곡가」武夷九曲歌를 지었다.

41 **조삼옹** 송나라 때 사람으로 이름은 진進, 자는 종선從先이다. 온갖 기술에 능통하였고, 귀신을 부리고 미래의 일을 잘 안 기인으로 알려져 있다.

42 **사상** 주택의 왼편에는 물이 흐르고, 오른편에는 큰 길이 있으며, 앞편에는 연못이 있고, 뒤편에는 구릉이 있는 것을 말한다.

43 **서현호** 1562~1633. 서광계徐光啓이다. 현호는 그의 호이다. 명나라 말엽의 중국의 걸출한 과학자로 상해上海 출신이며 예부상서와 재상을 역임하였다. 그는 이탈리아 사람인 마테오 리치로부터 서양의 학문을 배워『기하원본』등을 번역하고, 또 역법曆法에 정통하였다. 특히, 『농정전서』農政全書를 편찬하여 중국 재래의 농학을 체계화하였다.

44 서유구는 만년에「나무심기 노래」(種樹歌)라는 장시長詩를 통해 이 조항에서 주장한 나무심기를 실행에 옮긴 일을 노래했다. "나는 이렇게 들었다. 산촌에 사는 길은 / 나무 심고 꽃 가꾸기가 제일이라고. / 그러나 나무 심는 것은 10년의 계획이라 / 아! 내 늙어 벌써 산 넘어가는 노을 신세. / 옛날에 서현호는 좋은 계획을 세워 / 나이 들수록 서둘러 나무를 심으라 했네. / 근래 들어 번계樊溪 가

에 집을 마련하니 / 뒤에는 짧은 산록 앞에는 비탈이 가로 있네. / 숲과 동산은 날로 걸어 길이 만들어지고 / 두셋의 아이 불러 삽을 들고 따르게 하여 / 해마다 3천 그루의 나무를 심었으나 / 열에 하나만 살고 아홉은 말라죽었네. / 앞마을 노인이 지나다 보고 / 어리석은 나를 가엽게 여겨 탄식하고 / '가지치고 손질하는 것도 요령이 있고요 / 하물며 나무 심는 것은 조화의 힘이 있지요' 하며 / 비전秘傳하는 방법을 펼쳐놓고 / 일일이 풀어서 가르쳐주네."

45 **오통**　　사악한 귀신의 이름으로 명나라 때 오吳 지방 사람들이 많이 신봉하였다 오성五聖, 오현령공五顯靈公, 또는 오랑신五郞神이라고도 부른다. 이 귀신은 부녀에게 귀신을 씌워서 갖가지 괴이한 일을 하게 한다.

46 **형극**　　성명가星命家들이 꺼리는 것으로, 형刑은 삼형三刑이고 극剋은 오행상극五行相剋을 가리킨다.

47 **문짝이 벽보다~많아진다**　　원문은 '門高於壁, 法多哭泣'이다.『고사촬요』,『산림경제』(미키 사카에三木榮 본)에는 '門扇高於壁, 主多哭泣'으로 되어 있는데 이것이 옳다.

48 **우씨의『만류계변구화』**　　우씨는 곧 우기尤玘를 가리킨다. 우기는 원元나라 때 사람으로 상주常州 사람이며 자字는 수원守元이다. 장신에 수염이 아름다웠으며, 재략才略이 남달랐다고 한다. 벼슬은 대사도大司徒까지 이르렀다. 저서에『귀한당고』歸閑堂稿와『만류계변구화』가 있다.

49 **폐인**　　산속에 사는 사람을 가리키는 듯하다.

50 **천부와 금성**　　땅이 기름지고 천연자원이 풍부한 지역을 천부라 하고 천연적으로 험준하고 견고한 성곽을 금성이라 한다.

3

집짓는 법과 재료
'섬용지' 贍用志

　　3부에서 다루는 『임원경제지』 '섬용지'는 일상생활에 긴요하게 쓰이는 각종 도구를 소개한다. 주거 생활과 의생활, 난방 도구와 소방 도구, 교통 수단을 비롯한 13가지 분야에서 필수품을 설명하였고, 조선에서 사용되지는 않지만 사용하기를 기대하는 외국산까지 소개하였다. 의식주 생활의 전분야를 골고루 다루고 있어 조선후기의 구체적 생활상을 파악하는 데 중요한 기록물이다. 그 가운데 주거 생활 분야가 가장 상세하게 다루어졌다. 「영조지제」營造之制(집짓는 법)는 건축 제도 일반에 대해 설명했는데 조선후기 서민과 양반 가옥 구조를 조목조목 다루었다. 주건물과 부속 건물의 배치, 기초, 척도, 지붕 잇기, 온돌방, 도배, 창호, 난간과 다락, 부엌, 뜰, 창고, 마굿간, 화장실, 물도랑, 담, 우물 등 전통 건축의 중요한 구성물이 거의 포괄되어 있다. 「영조지구」營造之具(집짓기의 재료)는 건축에 쓰이는 재료를 목재木材, 석재石材, 도료塗料로 나누어 논하였다. 이외에 인테리어에 해당하는 각종 도구를 설명했는데, 대체로 건축물의 내부를 장식하는 침대, 보료, 담요, 자리, 의자, 방석, 병풍, 발 등의 기거起居에 필요한 도구가 중심이다. 이외에 도량형과 집을 짓는 데 필요한 공구 및 기술 교육의 중요성을 다룬 내용도 포함시켰다. 이 기록을 통해서 우리 전통 건축의 구조와 도구, 소재와 미학을 개관할 수 있다.

섬용지에 대하여 贍用志引

나는 일찍이 씨를 갈고 곡식을 수확하는 도구와 방직에 필요한 필수품의 영역에서 거칠고 열악한 우리의 제도를 갖가지로 논하면서, 후생厚生의 근본이 되는 각종 물건을 법도를 제대로 발휘하여 만들지 못하는 점을 찾아냈다. 그 가운데서도 특히 일상생활을 풍성하게 할 물건에 이르러서는 개탄스러운 것이 과반수를 넘었다.

이제 이 '섬용지' 贍用志는 세목細目이 열셋인데 어느 하나 개탄을 자아내지 않는 것이 없다. 첫머리에 논한 것이 집짓기 곧 영조營造로서 건축의 제도와 도구를 자세하게 서술하였다. 가옥은 사람들이 터를 잡아 사는 집으로서 그 제도는 당연히 이미 완성된 법이 있다. 예를 들어, 기둥의 둘레 길이를 다섯으로 나눌 때, 그 둘을 뺀 셋이 서까래의 길이이고, 서까래의 길이를 셋으로 할 때 그 하나를 뺀 둘이 방의 크기이며, 그 방의 크기를 기준으로 삼아 당堂을 만든다는 법이 있다. 그리하여 문지도리·말뚝·빗장·문설주를 비롯하여 부엌·고방·다락·곁방을 하나같이 이 치수를 기준으로 삼으면 된다. 그런데 우리나라 사람들은 그렇게 하지 않는다. 사람마다 제 스스로 수량과 공법을 계량하여 제멋대로 각자의 방법을 사용한다. 그 결과 즐비한 집마다 하나도 법에 맞는 것이 없다. 도대체 이 나라에 사람이 있다고 할 수 있겠는가?

벽돌을 굽는 제도에 대해 말하자면 까마득하여 아는 것이 없다. 따라서 건물을 세우면 기와조각과 자갈을 섞어서 허공을 받치게 하므로 짝이 맞지 않고, 엉성하게 빈틈이 많아서 조금도 똑바른 것이 없다. 그릇을 굽고 찰흙을 바르고 깎고 가는 공정은 비록 도구를 갖추었다고는 하지만 그릇 굽는 가마의 제도가 거칠어서 심오한 수준에 도달한 물건이 있다는 소문을 듣지 못했다.

솜씨가 거칠고 둔해서 제도에 맞지 않는 것이 많기 때문에 나무하고 물 긷고 불 때고 밥하며 세수하고 머리 빗는 도구조차도 잘 만드는 것이 아직 없다.

방직하는 방법에 어둡고 목수의 기술을 터득치 못하였으니 옷을 해 입고 집에 기거하는 생활이 어떻게 편리할 수 있겠으며, 광산에서 채굴하는 기술이 없고 기름 짜는 방법이 결여되어 있으니 채색을 칠하고 불을 피우는 일이 어떻게 제대로 되겠는가? 더구나 마소를 타고 물건을 운반하는 것은 몹시 엉성하다. 목축에 관한 정책을 강구하지 않기에 말과 노새가 값이 폭등하여 나그네들 가운데 타고 다니는 자가 열에 하나에 불과하다. 배는 겨우 통행한다는 명목을 유지하지만 수레에 대해서는 깜깜하게 모르기 때문에 온 나라 사람들이 고생고생 등짐을 지고 다닌다. 사정이 이러하니 척도와 도량형을 통일하는 일이야 말할 나위 있겠는가? 이야말로 왕정王政 가운데 큰일이건만 현재 시행되지 않는다. 서울에는 서울에서 쓰는 것이 있고, 시골에는 시골에서 쓰는 것이 있다. 서울과 시골의 차이만이 있으랴? 이쪽 동네에서 쓰는 말과 휘(斛: 열 말들이 그릇)가 저쪽 동네에서 쓰는 것과 같지 않고, 동쪽 집에서 쓰는 저울과 자가 서쪽 집에서 쓰는 것과 각기 다르다. 무슨 방법으로 물건을 계량할 수 있을까? 일상생활을 풍성하게 할 물건으로 본토本土에서 만드는 것은 이처럼 조악하고 열악하다. 따라서 할 수 없이 이웃나라의 물건을 받아다 도움을 받을 수밖에 없다. 북경에서 파는 물건을 사오고, 대마도에서 무역을 해오는 일이 이리하여 성행하는 것이다.

아! 우리나라는 예로부터 중국에 의지해 왔으므로 기예가 그들에게 미치지 못하는 것은 그렇다고 치자. 당당하게 서로 경쟁하는 나라로서 바다 속에 있는 일개 섬나라 일본에서 수입하는 것을 달게 여기려는가? 안타깝구나! 이 '섬용지'를 읽는 자는 개탄하는 마음을 일으킬 것이다.

집짓는 법

1. 가옥의 배치

중국의 제도

중국의 가옥 제도는 모두 일자형—字形으로 결코 구부리고 꺾어서 짓거나 잇달아 붙여 짓는 일이 없다. 첫번째 집채는 내실內室이고, 두번째 집채는 중당中堂, 세번째 집채는 전당前堂, 네번째 집채는 외실外室이다. 각각의 집채마다 전면 좌우에 곁채(翼室: 정실正室 좌우에 있는 날개집)가 있는데, 이것이 바로 낭무廊廡(정전正殿 아래에 부설한 바깥채)와 요상寮廂(광과 행랑채)이다. 각 집채의 정중간正中間 한 칸으로 출입하는 문을 만들고 반드시 앞문과 뒷문이 똑바로 마주보도록 하여 만일 집채가 세 겹 네 겹이면 문은 여섯 겹 여덟 겹이 된다. 그래서 문을 활짝 열어젖히면 내실 문으로부터 외실 문에 이르기까지 일직선으로 관통하여 화살이 나는 것처럼 곧게 뻗어 있다. 이른바 "저 중문重門

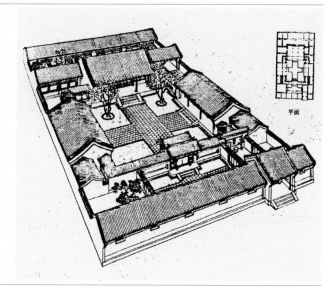

平面

중국의 가옥 구조
전형적인 중국 북경
의 사합원四合院 가
옥 구조. 일직선상에
건물이 가지런하게
세워져 질서정연한
느낌을 준다. 18·9세
기 중국을 여행한 조
선인들은 이러한 중
국의 가옥 구조에 깊
은 관심을 표명했다.

을 활짝 열어라. 내 마음이 그와 같아라!"라는 말은 바로 사람의 곧바름을 집
의 제도로 비유한 것이다. ―『열하일기』熱河日記

우리나라의 제도

중국의 가옥 제도는 모두 각각 일자형을 이루어 서로 이어 짓지 않는
다. 반면에 조선은 그렇지 않아 방房·마루·상廂(행랑채)·무廡(거느림채)를 서로
빙 두르고 이어 짓고, 용마루·처마·보·서까래는 구부리고 꺾거나 잇달아 붙
여 짓는다. 그러므로 그 형태가 어떤 집은 입 구(口)자와 같고, 어떤 집은 가로
왈(曰)자와 같으며, 어떤 집은 二와 ㄱ이 서로 마주보고 있는 형태다.

나는 이러한 가옥 제도에 여섯 가지 결점이 있다고 본다. 지붕마루의

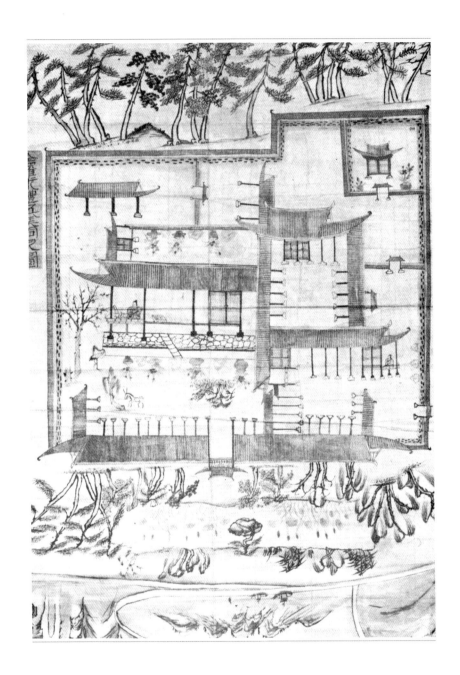

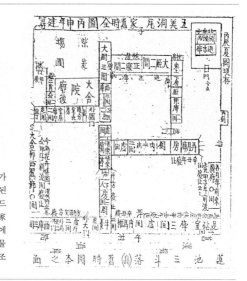

〈전라구례오미동가도〉全羅求禮五美洞家圖
왼쪽의 그림은 1776년에 세워진 구례의 전통 가
옥 운조루雲鳥樓의 설계도이다. 목판에 인쇄된
것으로서 조선시대 민간 건축의 도면으로는 드
물게 남아 있다. 오른쪽의 도표는 운조루 가도家
圖의 건축 도면이다. 전체 건물의 구도를 한눈에
볼 수 있도록 그리고, 가옥의 평면과 규모, 건물
의 존폐存廢 현황을 수치로 표시했다. 구례 운조
루 소장.

꺾인 부분은 기왓골의 물길이 서로 모이는 곳인데 그곳에 깐 암기와(鴛瓦)가
얕고 좁아서 빗물이 넘쳐흐르기 쉽다. 따라서 지붕이 새고 기둥이 썩는 현상
은 여기에서 많이 발생한다. 이것이 첫번째 결점이다.

　　입 구(口)자형 집의 안은 안마당인데 마당이 비좁은 데다 지붕의 그늘
이 서로 드리워진 까닭에 곡식이나 과실을 말리기에 불편하다. 이것이 두번
째 결점이다.

　　사면의 처마에서 떨어지는 낙숫물이 안마당으로 모여드는데 낙숫물
을 빼는 방법이란, 문이나 광, 섬돌의 바닥에다 보이지 않는 구멍이나 작은 도
랑을 만드는 것밖에 다른 도리가 없다. 그런데 구덩이가 패이고 협착한 물길
이 모래와 진흙으로 막혀 있어 폭우라도 만나면 마당에 물이 가득 넘친다. 이
것이 세번째 결점이다.

집이 사면을 에워싸고 있으므로 통풍할 데가 없어서 아침저녁으로 밥 짓는 연기가 처마·서까래·창·벽 사이에 끼어 그을음이 쌓이고 연기가 덮여 온 집안이 옻칠한 집처럼 된다. 이것이 네번째 결점이다.

불을 끄는 법은 물을 길어다 끄는 것에만 기대선 안 되고 반드시 갈퀴 등속의 여러 도구를 이용하여 기둥과 들보를 무너뜨려서 불이 번져 나가지 못하도록 해야 한다. 중국의 가옥이 집을 붙여 짓기를 절대로 피하는 까닭은 화재를 염려해서다. 반면 우리나라에서는 당실堂室과 낭무廊廡를 모두 합하여 한 집으로 만들기 때문에 아무리 천백 가지 갈퀴가 있다 해도 끌어당겨 무너뜨리는 기술을 써보지도 못하고 한 귀퉁이에서 불이 나면 집 전체가 잿더미가 된다. 이것이 다섯번째 결점이다.

집을 지을 때는 무엇보다 먼저 안과 밖을 구별해야 한다. 요사이 서울 안의 세력이 있고 부유한 집을 보면, 가옥은 웅장하지만 왕왕 바깥채와 내실을 연결시켜서 비가 내릴 때 맨발로 출입하기에 편리하도록 만들었다. 심지어는 창호牕戶를 마주보게 설치하여 내실에서 나는 소리가 바깥까지 새어 나온다. 이것이 여섯번째 결점이다. —『금화경독기』

중국 북쪽 지방은 들판이 평탄하고 넓어서 시골의 민가民家라 하더라도 모두 광활한 땅을 차지하기 때문에 일자형의 집을 삼중 사중으로 지을 수 있다. 반면 남쪽 지방의 산모퉁이나 물굽이의 빈터를 찾아서 집을 짓는 경우에는 가옥 제도가 어쩔 수 없이 꺾어서 짓거나 붙여 지을 수밖에 없다. 그런 까닭에 『천공개물』天工開物과 『고금비원』古今秘苑에서는 모두 물받이 기와를 논하고 있다. 물받이 기와란 지붕과 지붕 사이의 물도랑이 합해진 곳에서 낙숫물을 받는 기와를 가리킨다. 이를 통해서 중국 남쪽 지방의 가옥 제도에도 구부리고 꺾어 짓는 사례가 있음을 알 수 있다. 그렇지만 네 모퉁이를 모두 꺾어 입 구(口)자형의 집을 만드는 우리나라의 제도와는 다르다.

무릇 집을 지을 때는 지세地勢를 따라 짓는 것이 옳다. 평탄하고 넓은 땅을 얻었다면 가옥과 부속 건물을 서로 잇달아 붙여 짓지 않는 것이 좋기는 좋다. 하지만 그렇게 할 수 없어 어쩔 수 없이 구부리고 꺾어 지어야 한다면 물받이 기와에 특별히 유의하여 많은 빗물을 받아도 물이 넘치거나 새지 않도록 해야 옳다. —『금화경독기』

2. 가옥의 기초

중국의 제도

중국의 집을 짓는 방법을 보면, 반드시 대지를 청소하고서 달구로 다진다. 그런 다음에 다시 평탄하고 바르게 땅을 깎아서, 토규土圭(중국 고대부터 사용된, 토지를 측량하는 기구)로 측량하고 나침반을 놓을 수 있도록 한다. 그런 뒤에 대臺를 쌓는다. 대는 모두 돌 기초인데 일층 또는 이층 삼층으로 쌓는다. 어느 것이나 벽돌을 쌓고서 바윗돌을 다듬어 가장자리를 두른다. 그 기초 위에 집을 짓는다. —『열하일기』

우리나라의 제도

옥사屋舍를 영조營造할 때는 먼저 집을 세울 땅을 살펴 정한다. 큰 나무 달구(大木杵)〔원주: 속명은 원달고元達古(돌 또는 쇠뭉치에 여러 개의 줄을 맨 달구)이다〕를 가지고 사방을 빙 돌아가며 두루 다진다. 땅이 단단하게 굳은 뒤에는 다시 주춧돌 놓을 곳을 살펴 정한다. 말구유 모양과 같이 곧게 땅을 파는데, 깊이는 반 길(丈) 정도가 좋다〔원주: 본래의 땅이 낮고 습기가 차서 단단하지 않거든 한 길 깊이까지 파는 것이 더욱 좋다〕. 먼저 굵은 모래를 일곱 치 내지 여덟 치를 채우고 물을 많이 뿌린 다음 나무 달구(木杵)를 가지고 여기저기 세게 다진다. 달구머리에서 땅땅 소리가 난 뒤에야 비로소 손을 멈춘다. 그런 뒤 다시 모래를 붓고 물을 뿌린 다음 앞서 한 것처럼 다져 나간다. 대략 반 길 깊이라면 반드시 예닐곱 차례로 나누어 다져야만 비로소 돌처럼 견고해진다. 모래를 구하기가 불편한 곳에서는 노랗고 굵은 모래〔원주: 색깔이 누렇고 희며 모래와 흙이 섞여 있는 것을 말하는데, 속명은 석비레(石飛輿)이다]라도 가져다가 물을 뿌려 적시면서 앞서 한 방법에 따라 층층이 아래로부터 다져간다. 다만 들이는 힘은 배로 늘리는 것이 좋다. 만일 노란 모래마저 없으면 황토黃土라도 구해다가 물을 적시면서 다지는데 역시 앞서 한 방법을 따른다. —『증보산림경제』

집을 지을 때 기초에 유의하는 것이 가장 중요하다는 사실은 사람들이 다 알고 있다. 그래서 부유한 집에서는 번다한 비용을 아끼지 않고, 혹은 숯을 사용하여 다지고, 혹은 소금을 사용하여 다지면서 남산南山보다 더 견고하다고 자부한다. 그러나 얼마 지나지 않아서 동쪽이 무너지고 서쪽이 내려앉는다. 그 까닭은 다른 데 있지 않다. 대臺를 쌓지 않았기 때문이고 주춧돌을 놓는 법이 제대로 갖추어지지 않았기 때문이다.

우리나라 사람은 집을 지을 때 대지臺址의 계단석을 높이 쌓는 일을 결코 하지 않는다. 모래를 다져 쌓는 일이 끝나기만 하면 바로 땅이 평평한 곳을 찾아서 주춧돌을 놓는다. 집의 상부를 올리는 공사가 끝나기를 기다렸다가 비로소 왜소한 계단석을 쌓는다. 지면 가까이 낮게 자리를 잡기 때문에 습기를 쉽게 빨아들인다. 게다가 특히 주춧돌을 놓는 방법이 제대로 갖추어지지 않아 길고 짧기가 일정치 않다. 본래 주춧돌의 밑면을 쪼아 다듬지 않기에 울퉁불퉁 평탄치 못하고, 그 때문에 언제나 자갈을 가져다가 주춧돌의 네 귀퉁이를 받쳐서 윗면을 평탄하게 유지하고, 바깥쪽은 진흙을 바른다. 그러나 실상 주춧돌 밑은 텅 비어 있기 때문에 빗물이 스며들게 된다. 그래서 흙이 얼어붙으면 주춧돌이 솟아오르고, 흙이 녹으면 주춧돌이 내려앉는다. 주춧돌을 받치던 돌조각이 하나라도 가라앉으면 주춧돌이 기울고 기둥이 기울어 집 전체가 모두 못 쓰게 된다.

기초 공사

조선 말엽의 기초 공사 현장. 청국인 기술자와 함께 나무 달구를 이용하여 기초를 다지는 작업을 하고 있다. 서유구가 "담의 기초를 세 자 이상 파내려가 굵은 모래를 부어넣은 다음 물을 뿌리면서 달구로 다져 지면에서 한 자쯤 떨어진 곳에서 쌓기를 그만둔다"라고 설명한 공사 장면이다. 1900년경 사진. ⓒ 가톨릭출판사

　　따라서 중국 제도를 채택하여 모래를 다지는 일이 끝나자마자 평탄한 땅에 석대石臺를 이층 삼층 쌓고 그 위에 벽돌을 깔고 그 벽돌 위에 주춧돌을 세운다. 그렇게 하면, 주춧돌 밑면을 어쩔 수 없이 평평하게 쪼아 다듬지 않을 수 없고, 여러 개의 주춧돌이 나란하게 놓여서 자로 잰 듯 고르고 평평할 것이다. 그러면 지대 전체가 기울거나 내려앉는 경우를 제외하고는 가옥이 변형되거나 무너질 우려가 영구히 없을 것이다. ─『금화경독기』

3. 척도

가옥의 삼분三分

심괄沈括의 『몽계필담』夢溪筆談에서 유호喩皓의 『목경』木經을 인용하여 다음과 같이 말했다.

"가옥에는 삼분三分이 있다. 들보 이상은 상분上分이요, 집 바닥 이상은 중분中分이요, 기단(階)은 하분下分이다. 들보, 서까래, 기둥, 네모서까래, 계단은 모두 척도가 서로 대응을 이룬다."

옛사람이 집을 지을 때 척도에 대하여 전전긍긍한 것이 이와 같다. 대체로 하분이 지면으로부터 멀리 떨어지면 담벼락이 습기를 빨아들이지 않고, 상분이 높이 솟아 있으면 기왓골이 물을 내려 보내기가 쉽다. 재주가 뛰어난 공인은 특별히 유의해야 할 사실이다. ─『금화경독기』

중국의 가옥 제도는 지면으로부터 지붕마루까지 높낮이를 측량하여 처마가 그 중간에 위치하도록 한다고 한다. 상분과 중분의 척수尺數를 똑같이 하기 위해서이다. 이렇게 한 뒤에라야 기왓골이 물동이를 거꾸로 뒤집은 것과 같아서 빗물이 흘러내리기가 쉬우므로 물이 새어들 걱정이 없다.

우리나라의 오래된 집 가운데 간혹 들보의 처마 물매(경사)가 높고 가파르기 때문에 마치 수직으로 꽂아놓은 듯 기와를 얹은 집이 있는데, 물길이 순조롭게 물을 흘려보내도록 하기 위한 배려다. 근세에 도료장都料匠(공장工匠을 총괄하는 사람, 가옥 건축의 설계와 감독을 책임지는 사람)이 집의 미관만을 취하여 척도는 따지지도 않고 사방의 처마를 높이 들어올려 짓기 일쑤다. 이 때문에 상분의 척도가 중분의 3분의 2에도 못 미쳐 지붕의 중간은 완만하고 끝은 들

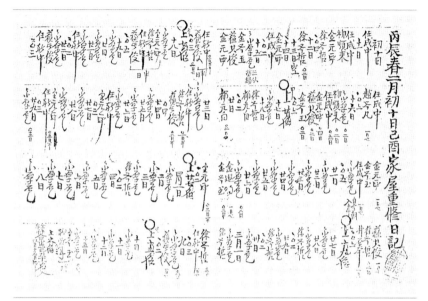

구례 운조루의 건축 일기

구례의 전통 가옥 운조루의 가옥중수일기家屋重修日記. 건물을 보수할 때 날짜별로 동원한 인부의 이름과 임금, 작업 내용 등을 세밀하게 기록하여 보관했다. 조선시대 건축 공사의 현황을 알 수 있는 좋은 사례의 하나이다. 구례 운조루 소장.

어울려 짓는다. 물길이 순조롭지 못하기에 폭우가 한번 지나가면 지붕에서 빗물이 뚝뚝 떨어지고 기둥이 썩고 대들보가 꺾여 집 전체가 못 쓰게 된다. 서둘러 옛날의 제도로 되돌리는 것이 옳다. ―『금화경독기』

칸살(間架)[3]

중국의 가옥 제도에서는 두 기둥의 사이가 대단히 넓어서 우리나라 일반 가옥의 거의 두 칸에 해당된다. 결코 재목에 따라 줄이거나 늘리지 않고 또 마음대로 넓히거나 좁히지 않으며 반드시 척도에 맞추어 칸살을 정한다.
─『열하일기』

중국에서 집을 짓는 데 칸살의 척도가 일정하기 때문에 대들보, 문지방, 창호를 모두 시장에서 사들일 수 있다. 장식과 설치에 조금의 어긋남도 없기 때문에 일이 쉽고 빠르게 이루어지니 척도가 일정한 효과이다. ─『금화경독기』

4. 지붕 잇기

중국의 제도

중국의 기와 잇는 법을 살펴본다. 기와의 몸체는 동그란 대나무를 네 갈래로 쪼갠 듯하다. 기와 하나의 크기는 양 손바닥을 붙인 크기와 똑같다. 민가에서는 암수기와(鴛鴦瓦: 암기와와 수키와를 교대로 겹쳐 까는 기와)를 사용하지도 않고 서까래 위에 산자橵子(서까래 위에 기와를 잇기 위하여 싸리나무, 또는 가는 나뭇가지 따위를 새끼로 엮어 댄 것)를 얽어놓지도 않은 채, 그대로 여러 겹의 갈대자리(蘆簟)⁴만을 깐다〔나의 의견: 부잣집에서는 나무판자를 서까래 위에 깔고 그 나무판자 위에 기와를 깔기도 한다. 갈대자리에 비하여 더욱 견고하고 내구성이 뛰어날 것으로 본다〕. 그런 뒤에 자리 위에 기와를 덮는다. 단, 진흙을 깔지 않고 한 번은 젖혀 깔고 한 번은 엎어 깔아 서로 암수가 되게 한다. 회灰를 이용하여 기와 틈을 메운다. 한 켜 한 켜 사이를 단단하게 붙이기 때문에 참새나 뱀이 지붕을 뚫는 일이 저절로 사라진다. ─『열하일기』

우리나라의 제도

우리나라 기와는 크기가 지나치게 크다. 따라서 심하게 구부러질 수밖에 없는데, 심하게 구부러지므로 자연히 빈틈이 많이 생긴다. 그 빈틈은 진흙으로 메울 수밖에 없다. 그런데 진흙은 하중이 무겁기 때문에 자연히 기둥이 휠 우려가 있다. 진흙이 일단 마르고 난 다음에는 기와 바닥이 저절로 뜨게 되고, 기와 한 켜 한 켜가 흘러내려서 나중에는 틈이 벌어진다. 그로 인해 바람이 스며들고 비가 새는 걱정과 참새가 구멍을 뚫고 쥐가 파고드는 우려며,

김홍도, 〈기와 이기〉
기와지붕을 잇는 공사 장면을 그린 김홍도
의 풍속도. 알매흙을 뭉쳐 새끼줄로 지붕에
올리는 모습, 기와를 던지고 받는 모습, 대
패질하는 모습 등이 생생하게 묘사되어 지
붕을 잇는 역동적인 공사 현장을 잘 포착하
고 있다. 국립중앙박물관 소장.

뱀이 서리고 고양이가 뒤척이는 걱정을 피할 길이 없다. ―『열하일기』

　　　기와집에 참새가 구멍을 뚫고 뱀이 서리는 까닭은 오로지 상분上分의
척도가 법에 맞지 않는 데 있다. 서까래를 까는 방법을 보자. 오량집(五架)[5]의
경우, 종도리(脊梁)에서 중도리(中梁)까지 서까래를 일렬로 얹고, 또 중도리에
서부터 처마도리(外梁)까지 서까래를 일렬로 얹는다. 만일 종도리에서 처마도
리에 이르기까지 법에 맞게 높낮이가 되었다면 서까래를 깔았을 때 위로는
치솟고 아래로는 내리 닫아 기왓골이 물동이를 거꾸로 세워놓은 듯하게 된
다. 그런데 요사이에는 미관을 위하여 반드시 사면의 처마를 높이 들어올린
다. 그로 인해 자연히 처마도리의 높이가 중도리의 높이와 근소한 차이밖에

나지 않는다. 따라서 처마를 에워싼 서까래가 세로로 서 있지 않고 가로로 누워 있다.

위아래 서까래가 서로 만나는 중도리 언저리는 자연히 굽이지기 때문에 반드시 진흙을 두껍게 깔아야 한다. 이로 인해 위로는 지붕마루에서부터 아래로는 처마 끝까지 완전히 한 채의 흙집을 만들고 나서야 비로소 기와를 덮을 수 있다. 겨울에 진흙이 얼어붙으면 흙이 솟아오르고, 얼음이 녹으면 흙이 가라앉는다. 그래서 기와와 진흙이 서로 엉겨붙고 습기를 빨아들이므로 쉽게 손상된다. 뿐만 아니라, 번갈아 솟았다 가라앉았다 하기 때문에 기와 켜가 어긋나고 참새가 구멍을 뚫고 빗물이 샐 우려가 자꾸 생기게 마련이다.

이에 따라 근래 한 가지 방법이 사용되고 있다. 서까래 위에다 산자를 깔되 산자 위에 흙을 조금도 쓰지 않고 대팻밥만으로 틈새를 채우고 그 위에 기와를 덮는다. 그리고 건기와(乾瓦: 지붕널, 또는 산자 위에 알매흙을 쓰지 않고 그대로 잇는 기와)만을 사용하여 한 켜 한 켜 서로 맞물리도록 한다. 그런 다음 사방 처마 끝의 수키와 마구리[6]를 회백토(灰泥)[7]로 바른다. 이것을 건기와(乾蓋瓦)법이라 한다.

이 방법은 진흙을 사용하는 것에 비하면 내구성이 상당히 뛰어나지만 여전히 기와 밑면에 빈틈이 많아서 결국 참새와 쥐가 입히는 해를 막지는 못한다[나의 의견: 석성금石成金[8]의 『인사통』人事通에서는 이렇게 말하였다. "지붕 위에 기와를 얹을 때 요새 사람은 갈대와 잡목을 아홉 가지씩 묶어 진흙과 기와 사이에 놓는다. 그런데 어떤 것도 작고 질긴 대나무 서너 뿌리를 꼭꼭 묶어서 왕전旺磚(벽돌의 일종) 위에 놓고 기와를 잇는 것보다는 못하다. 대나무 뿌리를 쓰면 기와가 꼭 이어 붙어서 견고할 뿐만 아니라 도적이 지붕을 뚫고 들어올 염려도 사라진다. 기와를 이어갈 때는 언제나 단단하게 붙어 있도록 해야 하며 느슨하게 해서는 안 된다." 석성금이 제시한 방법을 자세히 살펴보면, 우리나라의 건기와법과 비슷하다. 둘 다 진흙을 쓰지 않는다는 점에서는 같지만 대팻밥을 사용하는 우리의 방법에 비해 내구성이 뛰어나며, 참새나 쥐의 해독이 없는 방법이라고 생각한다. 따라서 수키와 마구리의 속이 빈 곳에는 대나무 다발로 채우는 것이 마땅하다).
—『금화경독기』

초가지붕

향촌에서 지붕을 덮는 데는 볏짚을 많이 사용한다. 볏짚을 서너 다발로 묶어서 차례차례 지붕을 덮는다. 다시 볏짚으로 새끼를 꼬아서 가로 세로로 지붕을 둘러매고 새끼줄 끝을 서까래 끝머리에 맨다. 바람에 뒤집어지기도 하고 비에 썩기도 하여 초가집은 해마다 한 번씩 갈아주어야 하므로 10년간 드는 비용을 차곡차곡 모으면 기와를 굽는 비용과 맞먹는다. 그런데도 그냥저냥 지내면서 한 번 목돈을 들여 영구히 이익을 보는 길을 생각지 않는다. 이것은 대단히 그릇된 계산이다.[9]

중국의 지붕 덮는 법을 살펴보도록 한다. 조나 기장의 짚을 각각 열댓 줄기를 합하여 양끝을 가지런하게 한다. 잎이 달린 가는 줄기를 꼭꼭 묶어서 작은 다발을 만든다. 다시 날카로운 칼로 7~8치 정도의 거리가 있게 비스듬히 베어서 말발굽 형상으로 만든다. 들보 위에다 서까래를 가설하고 그 위에다 갈대자리를 깐다. 갈대자리 위에다 회백토를 바르고, 진흙이 마르기 전에 짚다발을 하나는 덮고 하나는 엎어 한 줄로 나란히 붙인다. 그러면 밑동이 회백토에 엉겨붙어 폭풍을 만난다 해도 뒤집어지지 않는다.

이 방법은 우리나라의 지붕 덮는 방법에 비해 5~6년 정도 더 견딜

작자 미상, 〈경직도〉耕織圖 부분
농가에서 1년 동안 해야 할 일을 그림으로 그린 〈경직도〉의 일부분으로 가을철 풍경을 담고 있다. 한쪽 마당에서
는 타작을 하거나 새끼줄을 꼬고 있고, 뒤편에서는 초가를 새로 잇고 있는 장면이다. 볏짚을 묶은 이엉을 지붕 위
로 던지는 동작이 잘 묘사되었다. 국립중앙박물관 소장.

만하다. 그러나 공사비가 제법 많이 들고, 지붕을 바꿔 덮을 때 진흙에 달라붙
은 오래된 짚을 깨끗하게 깎아내기가 쉽지 않은 단점이 있다. ─『금화경독기』

근해의 물가나 포구에서는 갈대로 집을 덮고, 내륙의 북쪽에서는 자작나무 껍질로 집을 덮는다. 그것이 볏짚에 비해서 상당히 오래가지만 토산품이 아니면 장만할 수 없다. ─『금화경독기』

석판지붕

산간 지방의 민가에서는 석판石板을 가지고 지붕을 덮기도 한다. 그 돌은 빛깔이 푸르고 얇기가 나무판자와 같아서 큰 것은 4~5자이고 작은 것은 1~2자이다. 한 켜 한 켜 서로 쌓으면 비바람을 피할 수 있다. 기와지붕에 비하면 내구성이 대단히 뛰어나기는 하나 추위가 너무 심한 것이 흠이다. 창고나 광, 뒷간에는 이 제도를 채택할 만하다. 특히 담장을 덮는 데 유용하다. ─『금화경독기』

회개灰蓋

요동遼東과 심양瀋陽 사이의 민가에서는 회백토로 지붕을 덮기도 한다. 그 법을 살펴본다. 지붕에 종도리를 가설하지 않고 서까래를 평탄하게 가설한 뒤 그 위에 갈대자리를 깐다. 석회, 황토, 가는 모래를 균등하게 섞어 느릅나무 즙을 뿌리면서 진흙과 함께 개어 갈대자리 위를 두껍게 바른다. 그것이 다 마르면 돌과 같이 굳고 숫돌같이 평평하므로 그 위에 곡식, 과일을 널어 말릴 수 있다. 다만 요령 없이 진흙과 섞으면 바로 균열이 생길 염려가 있으므로 어저귀(삼의 일종으로 경마사檾麻絲인데 줄기 껍질이 섬유로 쓰임)를 잘게 썰어 진흙과 섞으면 균열이 생기지 않는다.

또 진흙을 바를 때 진흙이 마르기 전에 거적으로 덮어서 햇빛을 쏘이지 않고, 다 마른 뒤에 거적을 걷어 낸다〔나의 의견: 왕정王楨의 『농서』農書에 장생옥론長生屋論이 있는데 법제회니를 사용하여 지붕을 덮는다고 하였다. 뒤에서 거론되는 '미장일'에 자세한 내용이 수록되어 있으니 참고하여 보는 것이 마땅하다〕. —『금화경독기』

5. 온돌(房炕)[10]

서로 다른 온돌 제도

우리나라 방실房室의 제도를 살펴본다. 동쪽이 높은 남향집이라면 동쪽의 한 칸[11]에는 위에는 다락, 아래에는 부엌을 만든다. 가운데 한 칸이나 두 칸에는 방을 만들고, 서쪽 한 칸이나 두 칸에는 마루를 만든다. 방의 남쪽과 북쪽에 창을 내서 볕과 바람을 통하게 한다. 마루의 사면에는 분합分閤(마루 앞에 드리는 네 쪽으로 된 긴 창살문)을 만들고, 마루와 방의 경계에는 장지(粧子: 방에 칸을 막아 세우는 기구로, 미닫이와 비슷하나 문두가 높고 문지방이 낮다)로 가로막아서 겨울을 날 때는 닫고 여름이면 열어놓는다. 겨울에는 따스하고 여름에는 서늘하여 기거하기에 편하다.

중국 온돌(炕)의 제도를 살펴본다. 남쪽 한 곳을 완전히 창으로 설치하고 한가운데 한 칸은 출입문을 만든다. 동쪽 서쪽 북쪽의 삼면은 처마를 길게 내놓지 않은 채 벽돌로 담을 쌓되 서까래 끄트머리가 파묻힐 정도로 올려 쌓아 지붕과 높이가 같게 한다. 동쪽과 서쪽 담에는 각각 둥근 창을 뚫고 남쪽 창과 북쪽 벽의 아래에는 서로 마주보도록 벽돌을 쌓아서 와항臥炕을 만든다. 그 넓이는 한 길 남짓 되고 바닥에는 모두 벽돌을 깐다. 중국은 대체로 벽돌을 많이 쓰는 반면 흙이나 나무는 적게 쓴다. 삼면의 기둥이나 들보는 담 내부에 파묻혀 있기 때문에 비바람에 쏘이지 않고 불에 탈 걱정도 없다.

또 한가운데 문을 닫기만 하면 저절로 벽루壁壘 성보城堡가 되어 도적이 침입할 염려를 놓을 수 있으므로 좋은 제도라 하겠다. 중국 양자강 이남의 거실 제도가 우리나라 제도와 비교하여 어떠한지 알 수 없지만 대체로 남방 사람들은 온돌방에서 살고 북방 사람들은 항炕에서 사는 듯하다. 각각 제 풍속을 따른 것이다. —『금화경독기』

중국 온돌 제도(炕制)

먼저 한 자 남짓 높이로 항의 기초를 쌓고 바닥을 평평하게 고른다. 그런 다음 벽돌을 잘라 바둑돌을 놓듯이 굄돌을 놓고서 그 위에 벽돌을 깐다. 벽돌의 두께가 본래 일정하므로 잘라서 굄돌을 만들면 절름발이가 되거나 기우뚱하지 않고, 벽돌의 크기가 본래 균일하므로 나란히 깔아놓으면 자연히 틈이 생기지 않는다.

방고래(烟溝)[12]는 높이가 겨우 손을 뻗쳐 드나들 정도이므로 굄돌이 번갈아가면서 불목구멍(火喉: 연도烟道에 놓인 굄돌 하나하나로, 마치 사람의 목구멍에 음식물이 넘어가듯 불이 굴뚝 쪽으로 빨려 들어감)이 된다. 불이 불목구멍을 만나면 반드시 안에서 잡아당기기라도 하는 듯이 넘어 들어간다. 불꽃이 재를 휘몰아서 세차게 들어가면 많은 불목구멍이 번갈아 삼켜 연달아서 전해주므로 거꾸로 나올 겨를이 없이 굴뚝(烟門)에 이르게 된다. 굴뚝에는 깊이가 한 길이 넘는 고랑이 하나 파져 있는데 우리나라 방언으로 개자리(犬座: 굴뚝에 면하는 벽 안쪽에 재를 모으거나 연기 정류를 위하여 온돌 고래의 윗목 자리에 깊이 판 고랑)가 바로 그것이다. 재는 언제나 불길에 휩쓸려 방고래 속에 가득 떨어진다. 3년에 한 번씩 온돌을 열어 그 일대의 재를 쳐낸다.

부뚜막은 한 길 정도 땅을 파서 아궁이를 위로 향하도록 만들어 땔나무를 거꾸로 집어넣는다. 부뚜막 옆에는 큰 항아리만큼 땅을 파고 그 위에 돌덮개를 덮어서 부엌 바닥과 나란하도록 한다. 그러면 빈 속에서 바람이 생겨서 불길을 불목구멍에 몰아넣기 때문에 연기가 조금도 부엌으로 새어나오지 않는다.

또 굴뚝은 큰 항아리만큼 땅을 파고 탑 모양으로 벽돌을 쌓아 올린다. 그 높이가 지붕과 나란하다.[13] 연기가 숨을 들이쉬고 혀로 빨듯이 항아리 속으로 빨려 들어간다. 그러므로 연기가 밖으로 새거나 바람이 스며들 걱정이 없다. ─『열하일기』

우리나라 온돌 제도(埃制)

우리나라 온돌 제도에는 여섯 가지 결점이 있다.

진흙을 이겨서 고랫등(구들장을 올려놓는 방고래와 방고래 사이의 두덩)을 쌓고 그 위에 돌을 얹어서 구들(埃)을 만든다. 그런데 구들장 돌의 크기와 두께가 본래 고르지 않다. 반드시 작은 조약돌을 쌓아 네 모퉁이를 괴어서 구들이 기우는 것을 막는다. 그러나 돌이 타고 진흙이 마르면 돌이 무너지고 빠질 염려가 늘 발생한다. 이것이 첫번째 결점이다.

구들장 돌의 움푹 들어간 곳을 흙으로 두텁게 메워서 평평하게 만든다. 이로 인해 불을 때도 고루 따뜻하지 않다. 이것이 두번째 결점이다.

불고래가 높고 넓어서 불꽃이 서로 연결되지 못한다. 이것이 세번째 결점이다.

담과 벽이 성기고 얇아서 틈이 생기는 것을 늘 고민한다. 바람이 뚫고 들어와 불길이 아궁이로 거꾸로 나오고, 새어나온 연기가 공중에 가득하다. 이것이 네번째 결점이다.

불목(火項)[14] 아래에 불목구멍이 연달아 있지 않기 때문에 불이 멀리까지 넘어가지 못하고 땔나무 끄트머리에서 맴돈다. 이것이 다섯번째 결점이다.

방을 말리는 데 땔나무 100단을 쓰고서도 열흘 안으로 방에 들어가 거처할 수 없다. 이것이 여섯번째 결점이다.

게다가 굴뚝 만드는 법은 더욱 허술하다. 대개 굴뚝에 틈이 생기면 한 오라기의 바람도 온 아궁이의 불을 꺼버릴 수 있다. 그런 까닭에 우리나라 온돌에서는 항상 불이 부엌으로 되나오고 골고루 따뜻하지 못한 것을 염려하는데 그 잘못은 굴뚝에 있다. 혹은 싸리 바구니에 종이를 발라서 굴뚝을 만들기도 하고, 혹은 나무판으로 통을 만들어 사용하기도 한다. 그런데 처음 굴뚝 세운 곳에 틈이 생기거나, 혹은 바른 종이가 해지거나 떨어지며, 혹은 나무통이 벌어지기도 한다. 그럴 때는 연기가 새는 것을 막을 수 없다. 더욱이 큰 바람이 한번 지나가면 연통烟筒은 헛것이 되게 마련이다. —『열하일기』

우리나라 온돌 제도에 여섯 가지 결점이 있다는 연암燕巖 박지원朴趾源의 지적은 옳다고 할 수 있다. 그 지적에 덧붙여 여섯 가지 해독이 있다고 나는 생각한다.

온돌 제도가 잘못된 까닭에 부득불 땔감을 낭비하지 않을 수 없다. 큰 도읍에서는 땔감이 계수나무처럼 귀하여[15] 열 식구가 사는 집에서는 1년에 100금金을 들이더라도 부족할 지경이다. 소상인들이 져 나르는 땔감과 장토庄土에서 거둬들인 재물의 태반이 부엌 아궁이 안에서 사라져버린다. 이것이 첫번째 해독이다.

땔감이 귀한 까닭에 큰 도회지의 교외에 있는 산은 도끼 행렬이 날로 침범하여 나무 그루터기조차도 남아 있지 않고, 한 아름이 되는 나무는 100리를 가도 한 그루 찾아볼 수 없다. 따라서 평시에 쓸 재목이나 장례에 쓸 관재棺材[16]가 마음에 드는 것이 없다. 이것이 두번째 해독이다.

땔감이 귀한 까닭에 사방의 산이 씻은 듯이 벌거벗은 채 마른 나무 등걸이나 죽은 뿌리조차도 뽑혀 나가지 않은 것이 없다. 그래서 한번 큰물이 지나가면 모래와 진흙이 씻겨 내려가 도랑과 시내에 가라앉아 쌓이고, 논밭을 덮어버린다. 이것이 세번째 해독이다.

땔감이 귀한 까닭에 가난한 집안에서는 며느리와 시어머니가 한 방에 거처하므로 "방안에 빈 공간이 없으면 며느리 시어머니가 싸우게 된다"는 장자莊子의 비아냥거림을 초래한다.[17] 또한 남자가 내실에 머물게 되어 "내실에 거하면 조문弔問을 해도 좋다"는 『예기』禮記의 경계를 어기게 된다.[18] 이것이 네번째 해독이다.

여러 날 불을 때지 않으면 온갖 벌레와 쥐가 벽에 구멍을 뚫고, 어느 날 갑자기 불을 때면 연기가 불길을 끌어들여 벽대壁帶(인방引枋)〔나의 의견: 벽대는 벽을 띠처럼 가로지르는 나무로 『한서』漢書의 주註[19]에 보인다〕까지 불이 달라붙어 집 전체를 잿더미로 만든다. 이것이 다섯번째 해독이다.

구들을 깔고 흙을 바르고 난 다음 종이를 서너 겹 바른다. 종이를 바른 뒤 기름을 먹인 전후지錢厚紙(천장이나 구들장에 바르는 동전 두께의 두꺼운 종이)를 풀로 붙이는데 세상에서 말하는 유둔油芚(천막, 장판지로 쓰이는 두꺼운 유지)이 바로 이것이다. 유둔은 돈이 너무 많이 들기 때문에 부유한 집이 아니면 사용할 수 없다. 그리고 굴뚝에 가까운 부분은 불꽃이 미치지 못하여 항상 습기를 지니고 있어 깔아놓은 유둔이 얼룩덜룩 썩은 채로 있다. 사방 한 길 정도를 바꾸고자 하여 유둔 한 장을 걷어 올리면 구들장 위의 흙손질한 것이 걷어 올리는 대로 일어나 구들장 전체를 다시 깔지 않고는 배길 수가 없다. 그렇다고 3년 동안 바꾸지 않으면 재가 불고래에 가득하여 구들장이 쇠붙이처럼 차갑다. 여러 해 만에 한 번씩 바꾸면 옛 유둔을 내버리고 새 것을 깔아야 하므로 귀한 물건을 마구 버리게 된다. 이것이 여섯번째 결점이다.

　온돌 제도가 한 번 잘못됨으로 해서 이용후생利用厚生에 필요한 일체의 기구가 피해를 입지 않음이 없다. 서둘러 항의 제도에 의거하여 바꾸는 것이 옳다. ─『금화경독기』

　어떤 사람은 이렇게 말한다.

　"우리나라 사람들이 온돌방에 기거하는 데 익숙해 있기 때문에 지금 하루아침에 제도를 바꿀 수는 없다. 우리나라 온돌방 제도를 그대로 사용하되 구들장 까는 것을 항炕의 제도를 채택한다면 기거起居하기에 편리할 뿐만 아니라 땔감도 절약할 수 있다."

　이 말은 참으로 옳다. 그러나 항이 땔감을 절약하는 까닭은 불목구멍의 연결이 법도에 잘 맞아서 그렇기도 하지만 그 넓이가 한 길을 넘지 않아 굴뚝과 부엌이 가깝기 때문에 불꽃이 쉽게 미칠 수 있어서 그렇기도 하다. 우리나라는 중고中古 시대 이전에는, 청장년층 사람들은 모두 대청과 분합에 거처하고 늙고 병든 사람들만이 방에 거처했다. 그러므로 수백 년 전에 지어진 구옥舊屋은 비록 대여섯 개의 도리를 가진 큰 집이라 해도 치장을 한 방이 한 칸에 지나지 않는다. 근세에 와선 노소와 귀천을 가릴 것 없이 모두 방에 거처하고 가구와 세간을 모두 방안에 진열하므로 실내가 서너 칸이 아니면 무릎을 굽힐 수 없을 지경이다. 이 때문에 아궁이를 많이 설치하여 아침저녁으로 불을 때지만 그래도 방고래가 깊고 먼 곳에는 불기운이 미치지 못해 걱정이다. 겨울에는 내내 얼어 있고, 여름 장마철에는 습기를 끌어들여 그 위에서 기거하는 아이들과 종들 가운데 산중疝症과 요통腰痛, 반신불수의 증세를 보이지 않는 사람이 없다.

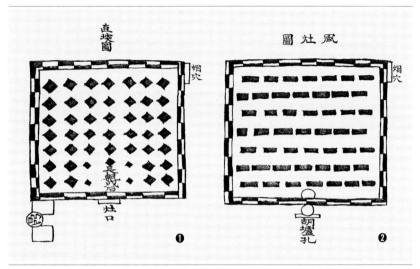

온돌의 제도

『소문사설』護聞事說에 실린 구들을 개량하기 위한 구조도. 조선 후기에는 온돌의 개량에 대한 시도가 적지 않게
추진되었는데 그중의 한 사례이다. ❶은 직돌식直堗式 온돌 구조도이고, ❷는 풍조식風炷式 온돌 구조도이다. 땔
감을 적게 들이고도 골고루 따뜻하게 하기 위한 방법으로 제시되었다. 『소문사설』에는 구들의 시공법이 상세하게
설명되어 있다. 이 개량법은 이이명李頤命(1658~1722)이 제안하여 궁궐에 시공해서 효과를 본 것으로, 한글로도
풀이되어 전파되었다.(『운소집』雲巢集, 「전항식발」甎炕式跋)

　　사정이 이러하므로 비록 아궁이와 굴뚝 사이에 불목구멍을 번갈아
놓고 벽돌을 쌓아서 항 제도와 똑같이 한다 하더라도 보탬이 되지 않는다. 만
일 항 제도를 모방하려고 한다면, 먼저 방에 놓는 구들장의 길이와 넓이를 조
금 줄여서 방구석에서 방문턱까지의 척도를 영조척營造尺(목수들이 집을 지을 때
사용하는 자)으로 열 자에서 한두 자를 더 넘기지 않도록 해야 겨우 가능하
다.[20]―『금화경독기』

　　벽돌을 다 깔고 난 다음에는 흙도 바르지 않고 종이도 바르지 않은

채 단지 벽돌 위에 유둔만을 깐다. 유둔도 전체를 풀을 발라 붙이지 않고, 각 장張의 유둔이 연결되는 부분과 사면 끝의 접히는 부분만을 된 풀에 누런 콩가루와 섞어서 붙인다. 3년에 한 번씩 재를 퍼낼 적마다 유둔 한쪽을 걷어내고 방고래를 열어 재를 쳐낸 다음 다시 벽돌을 덮고 앞의 방법대로 유둔을 바른다. —『금화경독기』

복요법複窯法

근세에 경성의 부유한 집에서는 이중 온돌(複窯)을 만들기도 한다. 그 법을 살펴본다. 먼저 바닥을 고르게 다진다. 그 다음 앞은 높고 뒤는 낮게 하고서〔원주: 굴뚝에 가까운 부분이 앞이고, 부뚜막에 가까운 부분이 뒤이다〕 일반적인 방법에 따라 고랫등을 쌓고 돌을 깐다. 단, 불목은 일반적인 온돌보다 두 배를 깊게 하고, 부뚜막으로부터 서너 자 정도 떨어뜨린다. 구들장 위는 비스듬하게 기울어 앞은 높고 뒤는 낮아서 일반적인 온돌과는 같지 않다〔원주: 고랫등과 고래의 깊이는 앞과 뒤가 한결같은데, 다만 기초가 앞이 높고 뒤가 낮기 때문에 고랫등과 구들장의 형상이 그와 같다〕. 구들장 윗면에는 흙손질을 하지 않은 채 다시 그 윗면에다 결이 고르고 네모반듯하며, 네 개를 합치면 한 칸 넓이를 깔 수 있는 큰 석판石板을 가져다 다시 한 켜를 더 덮는다. 그리하여 앞의 구들장, 또 밑의 구들장과 서로 붙도록 깔면 점차로 밑면과 사이가 벌어져 아궁이에 이르면 밑면과 몇 치 정도 떨어진다. 그러면 구들장 윗면이 평평하여 기울지 않는다. 이때 돌을 다듬어 작고 왜소한 주춧돌을 만들어서 석판이 접합되는 부분을 받친다〔원주: 앞은 그냥 아래 구들장에 붙이고, 받치는 주춧돌을 사용하지 않는다. 나머지 주춧돌의 길고 짧음은 위 구들장과 아래 구들장 사이의 떨어진 길이에 따라서 조절한다〕. 흙을 바르고 장판을 바르는 것은 일반적인 방법대로 한다.

불을 땔 때의 방법은 횃불을 태우는 것과 같이 하여 땔감을 엮어서 끄트머리를 불목 아래에 넣고 태운다. 그러면 아래 구들장이 뜨겁게 달구어져 훈기가 후끈후끈 위로 오른다. 훈기가 위 구들장에 두루 퍼지므로 한 곳만 뜨겁고 다른 곳은 차가운 일이 없다. 따라서 열기가 피부를 뜨겁게 하지도 않고 냉기가 피부 속에 스미지도 않아 마치 온돌 위에 평상을 깔아놓은 듯하다. 땔감의 소비는 적으면서도 그 효과는 두 배이다. ─『금화경독기』

6. 미장일

앙벽仰壁[21]

집 상부의 서까래 사이를 치올려다 보면 산자가 그대로 노출된 곳이 있는데 그곳을 진흙으로 바른다. 흙이 마르기를 기다렸다가 다시 노란 빛깔의 곱고 차진 모래〔원주: 속명은 사벽토沙壁土〕를 말린 말똥[22]과 섞어서 진흙으로 반죽하여 벽을 바른다. 그것을 세상에서는 앙벽이라 부른다.

그런데 빗물이 한번 스며들어 이끼와 곰팡이가 알록달록 끼고 다시 한번 비가 새면 이곳저곳이 벗겨지고 뜯어진다. 만일 고치지 않고 그대로 놓아두면 서까래가 썩고 기와가 벗겨져서 올려다보면 하늘과 해가 드러난다. 재력이 있는 집에서는 목판으로 서까래를 덮어서 이러한 근심을 면할 수 있지만, 그렇지 못한 집에서는 삿자리라도 서까래 위에 덮고 그 위에 기와를 잇는다. 이때도 한결같이 중국의 법도를 채택하여 시공하는 것이 좋다. ─『금화경독기』

담벼락(牆壁)

방옥房屋 사면의 벽을 가리켜 담벼락이라 부른다. 우리나라의 담벼락은 성글고 두껍지 않은 것이 특히 걱정거리이다. 그 제도를 살펴본다. 먼저 인박引槫 중박中槫을 설치한다〔원주: 주춧돌 위에 놓인 두 기둥 사이에 가로로 설치한 가로부재(槫)를 인박이라 한다. 기둥의 중간 부위에 가로로 설치한 가로부재를 중박이라 한다〕.〔원주: 박槫은 벽대壁帶이고 음음은 박이다. 지금 사람들은 중방中枋 인방引枋이라 부르는데, 음이 변하여 그렇게 되었다.〕 다음으로 가시새(棘塞)[23]를 박는데〔원주: 동량棟

梁에서 중박에 이르기까지, 중박에서 인박에 이르기까지 모두 가는 나뭇가지를 일곱 내지 여덟 치의 사이를 두고 꽂은 것을 세상에서는 가시새라고 한다〕손가락 굵기의 물푸레 나무 가지를 사용하여〔원주: 싸리나무나 다른 잡목도 모두 괜찮다〕가시새에 의지하여 가로 세로로 엮어서 삽자리(甉眼)[24]를 만들고, 다시 볏짚으로 꼰 새끼로 튼튼하게 묶는다. 그런 뒤에 노랗고 차진 진흙으로 안쪽부터 바른다. 안쪽이 다 마른 다음에는 바깥쪽을 마저 바른다. 안팎이 완전히 마르기를 기다렸다가 사벽토沙壁土를 사용하여 말린 말똥(썩힌 짚)과 반죽하여 그 위에 엷게 바른다. 이것이 우리나라 담벼락의 제도이다.

삽자리의 눈금 크기가 일정치 않으면 발라놓은 흙이 울퉁불퉁하여 평평하지 않고, 새끼줄이 썩어서 물푸레나무 가지가 일어나면 온 벽이 모조리 빈 공간만 지키는 꼴이 된다. 흙이 마르고 나무가 응축되어 담벼락과 기둥 사이에 틈이 벌어지면 사방에 실낱같은 틈이 생겨 바람이 새어 들어오는 것을 막을 수 없다.

또 담벼락을 말리는 데 오랜 시일이 걸리는 점이 가장 큰 문제이다. 수십 일 동안의 뙤약볕과 건조한 바람이 없으면 쉽게 마르지 않는다. 간혹 시간에 쫓겨 성급하고 거칠게 일을 해서 안팎의 벽이 완전히 마르기도 전에 갑자기 사벽토를 바르면 배접裲接한 종이에 이끼가 끼고 곰팡이가 슬며 뒤를 이어 벽도 떨어져 나간다.

벽의 두께가 몇 치에 불과하기 때문에 바람과 한기가 쉽게 스며들어 몹시 추운 날씨에는 방안의 따뜻한 공기와 바깥의 찬 공기가 서로 맞부딪쳐 창과 벽에 서리와 얼음이 맺힌다. 그러다가 추위가 풀리면 바른 종이가 물에 젖어 벗겨지고 그 뒤를 이어 벽도 떨어져 내린다.

어떤 사람은 부순 기와조각이나 자잘한 돌조각을 진흙 사이에 섞어

작자 미상, 〈태평성시도〉太平城市圖 부분
중국풍으로 도성의 번화한 모습을 그린 그림의 일부로 조선의 도회지 시민의 생활 양식과 풍속이 드러나 있다. 이 그림은 집을 짓는 장면이 묘사되어 있다. 앞부분에는 목재를 쌓아놓고 켜고 대장장이가 쇠를 불리는 모습이 보이고 그 뒤에는 미장이들이 흙손으로 벽을 바르는 모습, 그 뒤로는 지붕에 기와를 올리고, 서까래와 산자를 깔고 도리를 올리는 여러 공사 장면이 묘사되어 있다. 국립중앙박물관 소장.

서 담벼락을 쌓고는 큰 방비를 했다고 생각한다. 흙벽에 비하면 제법 바람을 막을 수 있다. 그러나 진흙 두께가 겨우 손가락 두께에 불과하므로 벌레가 집을 짓고 쥐가 구멍을 뚫는 염려를 막지는 못한다. 만일에 구들장 가까운 곳에 구멍이 생기기라도 하면 인화되기가 쉽다. 인가의 화재는 여기서 발생하는 경우가 많으므로 좋은 제도가 아니라 하겠다.

내 판단으로는, 방실房室의 제도를 갑자기 바꾸기가 쉬운 일은 아니지만, 동쪽 서쪽 북쪽의 삼면은 대략 항의 제도를 본받아 벽돌을 쌓아 벽을 만들고 둥근 창을 설치하는 것이 좋다. 창을 많이 달아야 하는 남쪽 벽면은 벽돌 쌓기가 어려우므로 창 지방 아래에는 현재의 습속에 따라 나무난간(木欄)[원주: 속명은 머름(末蔭: 모양을 내느라 미닫이 문지방 아래나 벽 아래의 중방에 대는 널조각)이다]을 설치하고, 창의 좌우와 윗벽에는 나무 널을 빽빽하게 배열하여 벽을 만든다. 그 내부에는 가는 나뭇가지를 이용하여 가로 세로로 격자살(欞)을 만들고, 그 위를 요즘의 장지(粧子) 만드는 법처럼 두꺼운 종이로 바르면 바람을 피하고 습기를 없애는 데 흙벽보다 훨씬 낫다. ㅡ『금화경독기』

벽돌 쌓는 법

중국에서는 벽돌에만 의지하여 집을 짓는다. 벽돌의 길이는 한 자이고, 넓이는 다섯 치이며, 두께는 두 치이므로 벽돌 두 개를 나란히 놓으면 정방형正方形이 된다. 벽돌은 모두 하나의 틀에서 모형대로 만들어진다. 벽돌은 귀가 떨어진 것을 꺼리고, 모가 이지러진 것을 꺼리며, 몸체가 뒤틀린 것을 꺼린다. 이렇게 꺼리는 벽돌이 한 개라도 있으면 집 전체의 일이 그릇된다.

그러므로 하나의 틀에서 똑같이 찍어낸 벽돌이라도 크기가 들쑥날쑥할까봐 염려하여 반드시 곡척曲尺(ㄱ자 모양으로 90도 각도로 만든 곱자)을 가지고 재어본 다음 자귀로 깎고 숫돌로 갈아서 모든 벽돌이 판판하고 가지런하여 한결같도록 만들기에 힘쓴다.

벽돌 쌓는 법을 살펴보았다. 한 번은 세로로 쌓고 한 번은 가로로 쌓으므로 저절로 감리坎离의 괘卦 모양[25]을 이룬다. 벽돌 사이의 틈에는 종잇장처럼 겨우 달라붙을 정도로만 석회를 바르기 때문에 벽돌 틈서리의 흔적이 실낱같이 보인다.

회를 섞는 법은 굵은 모래를 섞지 않고, 찰흙 역시 피한다. 모래가 지나치게 굵으면 달라붙지 않고, 흙이 너무 차지면 갈라 터지기 쉽기 때문이다. 따라서 반드시 가늘고 부드러운 검은 흙을 취하여 회와 섞어 이긴다. 그러면 색깔이 검어서 마치 갓 구워낸 기와와 같다. 그리하면 그 성질이 차지지도 않고 모래처럼 부스러지지도 않게 되며, 또 색깔과 바탕이 순수하다.

또 어저귀를 터럭같이 가늘게 썰어서 섞는데 우리나라에서 흙을 바를 적에 말똥(썩은 짚)을 진흙과 함께 섞는 것과 같다. 질겨서 균열이 생기지 않도록 하기 위해서다. 또 오동나무 기름(유동油桐. 오동나무의 씨에서 짜낸 건성乾性 기름으로 니스, 페인트, 에나멜 등의 도료에 쓰임)을 타서 젖처럼 번들번들하고 매끈하게 만드는데, 착 달라붙어 틈이 생기지 않도록 하기 위해서다. 벽돌은 회를 가지고 벽돌 사이를 붙이는데 마치 부레풀로 나무를 붙이는 것과 같고 붕사鵬砂(야금冶金에 쓰이는 광물 이름)로 쇠를 잇는 것과 같아서 1천 개의 벽돌이 엉겨 붙어 하나의 벽으로 이루어진다. ─『열하일기』

벽돌을 쌓는 시기

담장 쌓는 일은 춥고 얼음이 어는 달에 해서는 안 된다. 물과 흙이 얼어붙어서 벽돌과 진흙이 합해지는 것을 막기 때문에 견고한 내구성을 갖기가 분명 힘들 것이다. 또 혹심하게 더운 여름에 공사해서는 안 된다. 쌓은 벽돌이 진흙과 융합되기도 전에 곧 말라서 떨어지기 때문이다. 요새 사람들이 겨울에 공사를 하지 않는다는 것은 알지마는 6월의 혹심한 더위에 공사를 하는 사람은 많다. 그 까닭은 해가 길어 많은 일을 할 수 있는 것을 편리하게 여기는

동시에 위와 같은 사실을 모르기 때문이다. ―『다능집』多能集

벽돌쌓기에는 움푹 파인 곳을 메워야 한다

담장의 벽돌 쌓는 법에서는 벽돌을 반드시 교대로 차곡차곡 쌓아 올려야 한다. 이때 중간의 움푹 파인 데는 빈틈이 없도록 완전히 메워야 한다. 그러므로 세상에는 "작은 담장을 쌓듯 움푹 파인 곳을 메워라"라는 말이 있다. 완전하게 메우기만 하면 마치 사람이 배가 든든하면 오래 견딜 수 있는 것과 같다. 만약 비어 있는 곳에다 위만 가지런하도록 진흙을 채우고 만다면 기울고 무너지기가 쉬워 마치 사람이 배가 고플 때 오래도록 일을 할 수 없는 것과 같다. 장인匠人들은 힘을 안 들이고 일을 빨리 하려고만 하니 주인은 주의 깊게 살펴보는 일을 게을리해서는 안 된다. ―『다능집』

장생옥법長生屋法

『서방요기』西方要紀에서 "서양에서 방(室)을 만드는 법은 중국과 비교하여 조금 다르다. 큰 도시에서는 벽돌을 이용하여 담장을 쌓고, 담장의 기초는 담장의 높이를 계산하여 그 깊이를 맞춘다. 오로지 벽돌, 모래, 회만을 사용하고 나무 기둥이나 나무판자, 벽을 쓰는 일은 적다. 편안하고 내구성이 뛰어난 주거를 도모하고 화재를 예방하기 위해서다"라고 하였다.

내 생각으로는, 책을 보관하는 서재와 곡식을 저장하는 광에는 참으로 이 제도를 모방하여 쓸 만하다. 하지만 사람이 거처하는 방실은 창과 들창을 많이 설치하므로 목재를 사용하지 않을 수 없다. 그렇다면 왕정王楨의 『농서』農書에 나오는 장생옥법을 따라서 법제회니法製灰泥[26]를 사용하여 재목이 노출된 곳을 전부 두껍게 바른다. 그렇게 하면 화재를 방지할 수 있을 뿐만 아니라 건조한 바람이나 스며드는 빗물도 막을 수 있다. 그 견고함과 내구성이 서양의 벽돌집과 비교하여 다를 것이 없다. ─『금화경독기』

하늘은 다섯 가지 물건(금金·목木·수水·화火·토土)을 내고, 사람들은 그것들을 섞어서 쓴다. 물과 불은 모두 재앙이 될 수 있거니와 그 가운데 불의 재앙이 특히 매섭다. 사람의 음식은 불이 아니면 익힐 수 없고, 사람의 잠자리는 불이 아니면 따뜻해지지 않는다. 무릇 불의 재앙은 조심하지 않는 데서 저질러지는데, 시초야 터럭 하나이지만 끝내는 집 전체를 모조리 태우는 데까지 이른다.

게다가 불은 나무를 얻어서 발생하고, 물을 만나서 꺼지며, 흙에 이르러서 완전히 없어진다. 그러므로 나무는 불의 어머니라 할 수 있는데, 사람이 머무는 집은 모두 나무에서 재료를 얻으므로 재난을 일으키기가 쉽다. 물이 불의 짝(牡)[27]으로서 불을 이길 수 있다는 사실은 모든 사람이 알고 있다. 반면 흙이 불의 아들[28]로서 불을 막을 수 있다는 사실은 사람들이 모른다. 물은 화재가 이미 발생한 뒤에 구하는 반면, 흙은 화재가 발생하기 전에 미리 막는다. 이미 발생한 화재를 뒤에 끄는 것은 공功이라고 하기 어렵고, 발생하기 전에 미리 막는 것이 힘이 적게 든다. 아궁이를 굽은 것으로 바꾸고 땔나무를 옮겨 화재를 미리 방지하는 곡돌사신曲突徙薪의 계책이, 머리를 태우고 이마를 데면서 불을 끈 공적보다 나은 까닭이 바로 여기에 있다.[29]

내가 일찍이 불을 끄는 옛사람의 기술을 『춘추좌전』春秋左傳 양공襄公 9년의 기사에서 본 적이 있었다.

"송宋나라에 큰 화재가 발생했을 때 악희樂喜가 그 대책을 맡았다. 그가 백씨伯氏로 하여금 성안 거리를 담당케 하였다. 불이 아직 미치지 않은 곳에서 작은 집은 철거하고 큰 집은 진흙을 바르며, 삼태기와 들 것을 진설陳設하고 동아줄과 두레박을 갖추어놓고, 물통을 준비하여 물을 비축해놓고, 흙과 진흙을 쌓아놓고, 불길이 가는 길을 표시해놓았다."

하지만 이 대책은 모두 불이 난 뒤에 불을 끄는 방법이다.

일찍이 지난해에 복리腹裏[30]의 여러 군을 살펴보았다. 사람들이 거처하는 기와집은 벽돌로 처마를 감싸고, 초가집은 진흙으로 위아래를 발라놓았다. 불이 번져 나가는 것을 예방할 수 있을 뿐만 아니라 불을 끄기도 쉬웠다. 또 따로 창고를 설치하여 그 외부를 벽돌과 진흙으로 둘렀다. 그것을 토고土庫라고 부르는데 불이 그 안까지 침범하지 못했다.

이러한 일을 통해 미루어 보건대, 농가의 거실, 부엌, 누에방, 창고, 외양간에는 모두 법제니토法製泥土를 사용하는 것이 마땅하다. 먼저 장대한 목재를 골라 골격을 다 짜고 난 뒤 서까래 위에다 판자를 깔고 판자 위에다 진흙을 바른다. 진흙 위에는 법제유회니法製油灰泥를 바르고 햇볕에 쪼여 말리면 자기나 돌같이 견고하여 기와를 대신할 수 있다. 집의 안팎에서 목재가 노출된 곳과 문·창·벽·담장에는 모두 법제회니法製灰泥로 바른다. 바를 때는 두께가 일정하고 견고하고 차지게 하여 빈틈이 없도록 힘써야 한다. 그래야만 불에 타버리는 걱정을 면할 수 있다. 이것을 이름하여 법제장생옥法製長生屋이라 한다. 이 방법은 화재가 발생하기 전에 막는 것이므로 참으로 좋은 계책이다. 이 방법이 어찌 농가에만 적합하겠는가?

요새 드높게 솟은 집과 큰 건물, 높고 훌륭한 누각에 진귀한 보물을 간직하고 머물러 사는 일이 참으로 많다. 그러나 하루아침에 생각지도 못한

장생옥도

왕정王禎의 『농서』農書에 부록격으로 실린
법제장생옥法製長生屋 삽도. 큰 목재를 이용
하여 집의 뼈대를 얽은 다음 회칠하여 불이
붙지 않도록 하고 외부에 노출된 목재도 모
두 회칠을 하여 화재에 강하도록 만든 농가
가옥이다. 가옥을 오래도록 간수하고 화재를
예방하는 방법을 제시했다. 왕정이 제시한
이후 『농정전서』에도 실렸다. 서유구는 이
제도의 채택을 적극 권장했다.

곳에서 불이 일어나고, 미미한 곳에서 과실이 발생하여 눈 깜짝할 사이에 잿
더미와 기와 부스러기의 장소로 변하며, 천금千金의 몸도 보전하지 못하는 일
이 벌어지니 참으로 애달픈 일이다. 평상시 여가를 얻어 위의 방법에 따라 장
생옥長生屋을 만든다면, 겁화劫火를 겪어도 무너지지 않을 뿐만 아니라 비바람
을 막아서 집이 썩지 않게도 할 수 있다. 큰집이 즐비한 시장이나 주민이 몰려
사는 곳은 비록 모든 집이 이 법을 따를 수는 없다 하더라도 그 중 이 법을 따
른 집이 하나라도 있다면 불길을 중간에서 막아 불이 번지는 것을 막을 수 있
다. 한때의 비용이 드는 것을 아껴서 어찌 영구히 안전한 계책을 도모하지 않

을 수 있겠는가? —『왕씨농서』王氏農書

법제회니법法製灰泥法

벽돌 가루로 분말을 만들고, 백선니白善泥[31]·오동나무 기름 말린 것 (桐油枯)〔원주: 만일 오동나무 기름 말린 것이 없으면 기름으로 대신한다〕·부탄莩炭·석회石灰·찹쌀풀을 장만한다. 앞의 다섯 가지 물건을 같은 분량으로 하여 분말을 만들고, 찹쌀풀로 알맞게 섞는다. 지면에서 벽돌을 만들 경우, 벽돌 틀에서 벽돌을 뽑아내 평탄한 지면 위에서 습기가 빠져나가게 하고 진흙을 발라서 한 개씩 만들어낸다. 반년 동안 말린 뒤에는 돌 벽돌처럼 굳어질 것이다. 가옥에 흙을 바를 경우에는 지근紙筋(종이를 잘게 썬 것)을 포함시켜 골고루 섞어서 쓰면 터지는 일이 없다. 목재 위에 바를 경우에는 그 위에 지근을 섞은 석회를 쓰고, 목재가 노출된 곳에는 작은 대나무 못을 사용하여 잠마수簪麻鬚로 진흙과 섞으면 진흙이 떨어져 나가지 않는다. —『왕씨농서』

영벽影壁[32]

양혜지楊惠之[33]는 오도자吳道子[34]와 함께 같은 스승을 모셨다. 오도자가 공부를 다 마치자 양혜지는 그와 이름이 함께 불리는 것을 부끄럽게 여겼다. 전공을 바꿔 소상塑像을 만들었는데 모두 천하 제일의 물건이었다. 이로 인하여 중원中原에는 산수山水를 조소雕塑한 양혜지의 벽화가 많이 있게 되었다. 곽희郭熙[35]가 그 벽화를 보고서 또 새로운 의장意匠을 창출하여 드디어 솜씨 있는 장인을 시켜 손바닥에 진흙을 바르지 않고 단지 손으로 벽면의 진흙

을 긁어내어 파이게도 하고 튀어나오게도 하였는데 어떻게 되든 상관하지 않
았다. 그것이 마르면 그 자국을 따라 먹으로 산봉우리와 숲, 골짜기와 같은 형
상을 채워 넣었고, 다시 누각·인물 등속도 칠하였는데 완연하게 자연 그대로
의 모습이었다. 이를 일러 영벽이라 하였다. ─『왕씨화원』王氏畵苑

기와 틈서리에 풀이 나지 않게 하는 법

매년 관계官桂[36]의 분말을 봄철에 기와 틈서리에 채워 넣으면 저절로
풀이 나지 않는다〔나의 의견: 어떤 지방에서는 계수나무 가루를 사용한다〕. ─『천기잡록』
天基雜錄

7. 창호

창호의 제도

중국의 창호는 모두 남쪽 벽면에 가설하며 길이와 넓이가 벽면의 크기와 같다. 창살은 성글게 짜고, 창호지를 바깥쪽에 바르는데, 햇빛을 많이 받아들이고 바람을 막기 위해서다. 각 벽면에는 모두 겹창을 가설하여 방안을 밝게 하려면 바깥 창을 들어올리고, 바람을 들어오게 하려면 안팎의 창을 함께 들어올린다. 좋은 제도라고 하겠다.

우리나라의 창호는 모두 크기가 작고 창살을 빽빽하게 짜며 살의 깊이가 깊다. 또한 창호의 안쪽에 창호지를 바른다. 따라서 햇빛을 받아들이는 데 상당한 방해가 된다. 이 때문에 근래 가옥에서는 꼭 영창映窓[37]을 설치하는 데, 바람을 막고 햇빛을 잘 받아들이는 점에서 중국의 겹창과 아무 차이가 없다. —『금화경독기』

영창映窓

영창의 제도는 겉창의 크기에 맞추어 위아래에 창틀을 단다. 창틀의 크기는 기둥의 길이보다 높이와 넓이가 한 치 정도 차이가 나게 한다. 위아래 창틀에다 각각 두 줄의 홈을 파고 나서 널문(板門)의 문짝 두 개, 완자창卍字窓(완자卍字 모양으로 창살을 꾸민 창)의 문짝 두 개를 만든다. 아울러 위아래에다 혀(舌: 홈에 끼워 맞추는 널조각. 건축에서는 널의 한 옆을 깎아 다른 널의 홈에 끼우는 돌기를 혀라고 한다)를 만들어 창틀의 홈에 끼워 넣어 밀어 열거나 밀어 닫을 수 있게 한다. 이때 널문은 외부에, 완자창은 내부에 설치한다. 어둡게 할 때는 널창

(板窓)을 밀어 닫고, 밝게 할 때는 널문을 밀어 연다. 어둡기와 밝기를 적당하게 하고 싶을 때는 겉창을 닫고 널문을 열며, 바람을 통하게 하여 시원하게 하고 싶으면 세 개의 창을 모두 연다.

창문의 좌우로 벽면에 노출된 부분은 위아래의 창틀에 의지하여 가는 나뭇가지로 가로 세로 격자 살을 만들고 요사이의 장지문 만드는 법과 마찬가지로 전후지錢厚紙를 바른다. 널문과 완자창을 밀어넣을 때에는 장지(粧子) 안으로 숨어서 보이지 않는다. 세상에서는 그것을 두꺼비집(蟾家: 미닫이 창문을 옆벽에 밀어 넣고 그 앞을 가리어 막은 것으로 널 또는 살을 짜 대고 종이로 바름)이라 부르니 그 안에 숨을 수 있음을 뜻한다.

완자창의 구석에 처한 격자에 손바닥 크기의 유리를 박는다. 주인이 구석에 앉아 있다가 창을 열지 않고 그 유리를 통해 창밖의 일을 살펴볼 수 있다. 북경北京에서 무역해온 인물人物과 화초 그림을 넣은 유리가 품질이 좋다. 실내에서 바깥을 볼 때는 아무리 미세한 것이라도 다 보이는 반면, 바깥에서 실내를 들여다보면 아무 것도 보이지 않는다. —『금화경독기』

원창圓窓[38]

원창의 제도를 살펴본다. 창의 지름을 계산하여 위아래의 창틀을 가설한다. 두 창틀이 마주 보고 있는 대면對面에다 두 줄 홈을 뚫는다. 바깥에는 널문을 설치하고 안에는 완자영창卍字映窓을 설치한다. 위아래에 혀를 만들어 위아래 창틀과 홈에 끼워 맞춰서 편리하게 밀어 열고 밀어 닫을 수 있도록 한다. 창밖에는 벽돌담을 쌓고 창을 마주보고 있는 부분에는 따로 도전刀甎을 구워서〔나의 의견: 둥글게 안으로 굽은 작은 교량이나 규문圭門(규자형圭字形 즉, 위는 뾰

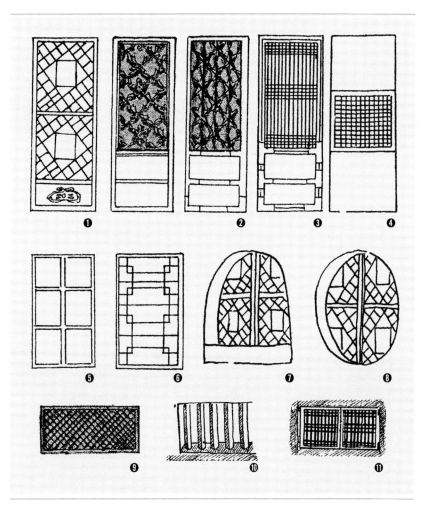

여러 가지 창살 모양

창의 형태와 창살의 모양은 매우 다양하다. 계성의 『원야』에는 문과 창의 다양한 형태를 도식으로 제시한 '문창도식' 門窗圖式이 있다. 이 그림은 『물명집』物名集에 수록되어 있다.

❶ 완자창卍字窓, ❷ 사긴창(花窓), ❸ 격자창格字窓, ❹ 만살창(滿箭窓), ❺ 용자창用字窓, ❻ 아자창亞字窓, ❼ 월창月窓, ❽ 원창圓窓, ❾ 교창交窓, ❿ 살창(箭窓), ⓫ 바라지.

족하고 아래는 넓은 형태의 아치형 문)에는 따로 한쪽이 협소한 벽돌을 구워 서로 맞붙여 쌓아 원형을 만든다. 이 벽돌을 '도전'이라 하는데 국전鞠甎이라 부르기도 한다) 회백토로 붙여 쌓아서 둥근 원을 하나 만든다. 그 안쪽에도 마찬가지로 나무를 다듬어 구부러지게 만들고, 여러 개의 굽은 나무들을 합하여 원 하나를 만든다. 다시 가는 나뭇가지를 가지고 가로 세로로 원의 사방에 창살을 만들어 기둥 몸체와 가지런하도록 한다. 그런 다음 장지를 바르는 방법에 따라 전후지를 바르면, 창문은 비록 네모난 모양이지만 안에서 보거나 밖에서 보거나 모두 완벽한 원창을 이룬다. ─『금화경독기』

장지(粧子)

동방의 제도에 방과 대청의 경계에 격자 살을 성글게 짠 문합門閣을 설치한다. 문짝이 네 개인 것도 있고 문짝이 여섯 개인 것도 있다. 방의 넓이에 따라 문짝 수를 결정하며, 안팎 모두 전후지를 바르는데, 세상에서 이것을 장지라 부른다. 그런데 장지는 격자 살을 성글게 짜고 종이로 발라놓았기 때문에 도둑이 구멍을 뚫고 들어오는 곳은 언제나 여기이다. 그러므로 장지의 두께를 반으로 나누어 반쪽 면에는 나무판자를 빈틈없이 배열하고 다른 편 반쪽 면에는 얇은 격자 살을 만들어 나무판자에 못으로 박아 서로 합해져 문짝을 만든다. 그런 다음에 안팎에 종이를 바른다면 도둑이 뚫고 들어올 염려를 끊을 수 있다. 특히 기물器物을 수장하고 있는 누각樓閣의 문은 이 제도를 쓰는 것이 옳다. ─『금화경독기』

소쇄원 광풍루의 분합문
대청마루 한편에는 분합문 네 짝을 다는데 중간에 있는 두 짝은 위아래에다 쇠지도리(鐵樞)를 만들어 여닫는다.
여름철에는 분합문을 서까래 밑의 보꾹에 내려진 들쇠에 걸어 올려놓아 대청을 생활의 중심이 되는 열린 공간으
로 이용하였고, 겨울철에는 분합문을 닫아 한기를 막았다. ⓒ 김성철

분합分閤

동방의 제도에 대청마루 사면에 큰 문짝의 합자閤子(대문 이외의 작은
문)를 설치하는데 윗부분은 격자 살을 쓰고 아랫부분은 널판을 쓰며, 길이는
방실房室 창문의 두 배로 한다. 이것을 세상에서 분합이라 부른다. 대청마루
한 편의 문 네 짝 가운데 중간의 두 짝은 위아래에다 쇠지도리(鐵樞)를 만들어
여닫는다. 그 양편에 있는 문 두 짝에는 위의 머리 부분에다 배목排目(문고리를
걸거나 자물쇠를 채우는, 구멍을 내어 만든 못)이 세 개인 누은쇠지도리(臥鐵樞: 쇠로

만든 지도리의 일종)를 설치하고 쇠비녀(鐵簪)로 빗장을 걸어서〔원주: 세상에서는 이
것을 삼배목三排目(비녀장에 배목 셋을 꿴 장식으로 분합의 기둥에 닿은 첫째와 넷째 창짝
의 머리와 문골에 갈라서 박음)이라 부른다〕 편리하게 들어올린다. 그러나 지도리
(樞)와 비녀(簪)는 외부에 노출되어 있어 쇠비녀만 뽑아버리면 지도리 혼자서
는 회전할 수 없으므로 분합은 빈자리만 지키고 있다. 네 개의 문짝에다 모두
암수 돌쩌귀(竪樞: 돌쩌귀는 지도리 철물의 하나로 철판을 둥글게 감아 구멍을 내고, 다른
하나는 장부를 감아 넣어 구멍에 꽂아 창문을 돌려 여는 철물이다. 수톨쩌귀와 암톨쩌귀가
한 벌로 쓰인다)를 쓰면 뽑아갈 걱정을 면하게 될 것이다. ─『금화경독기』

가장지(假粧子)

방실의 창문 바깥에 만일 반가半架(일가一架의 반으로 좁은 툇마루의 반 칸
되는 폭을 가리킴)의 툇마루 돌퇴(循軒: 건물의 갓 둘레에 붙인 툇간退間)의 툇마루간
이 있거든 격자 살을 성글게 짠 합자閤子를 설치하고 종이를 한 겹 바른다. 낮
에는 열고 밤에는 닫아 바람과 추위를 막는다〔원주: 이것을 세상에선 가장지라 부
르는데 성글게 짜인 격자 살이 요새의 장지와 같기 때문이다〕. 가래나무로 창살을 짜서
완자형卍字形으로 만든 것이 아름답다. ─『금화경독기』

8. 마루

마루널(廳板)

중국의 대청마루에는 모두 벽돌을 깔기 때문에 내구성이 상당히 뛰어나다. 그렇지만 습기를 끌어들이는 폐단이 있으므로 앉거나 누울 때 반드시 의자나 평상(榻)을 사용한다. 이에 반하여 우리나라 사람은 의자나 평상을 사용하지 않고 바닥에 자리를 깔고 앉거나 눕는다. 따라서 대청마루에는 모두 나무판자를 깔고 지면으로부터 한두 자 정도 떨어뜨려 지면의 습기를 멀리한다.

마루널의 제도를 살펴보면, 원목을 세로로 켜서 가로 마루틀(마루널을 깔 때 대는 뼈대 또는 짜서 만든 틀을 가리키나 여기서는 좁은 의미로 마루 귀틀을 가리킴)을 만들되 너비가 한 자 정도 되도록 하며 마루틀의 양 가에는 모두 홈을 판다. 이것을 세상에서는 귀틀(耳機: 마루를 놓기 전에 먼저 가로 세로 짜놓는 굵은 나무로, 가로로 들이는 것을 동귀틀, 세로로 들이는 것을 장귀틀이라 함)이라 부른다. 다시 나무널을 켜서 크기가 한 자 남짓 되도록 만들고, 위아래에 혀(舌)를 만든다. 혀의 치수는 홈의 치수에 맞추어 만들되 꼭 박혀서 느슨하지도 너무 꼭 끼이지도 않도록 한다. 나무널을 차례대로 마루틀의 홈에 박아 끼운다. 이것을 세상에서는 우물마루(井板: 짧은 널을 세로로 놓고 긴 널을 가로로 놓아 정井자 모양으로 짠 마루)라고 부른다. 우물마루는 협소하더라도 괜찮으나 다만 빈틈없이 깔아서 실낱같은 틈도 생기지 않아 물을 부어도 새어나가지 않아야 한다. 대패로 손질하여 바닥을 미끈하게 하고〔원주: 대패는 나무를 평평하게 만드는 기물이다. 『정자통』正字通에서 "나무로 만든 틀이 쇠로 만든 날(刃)을 품고 있으며, 양 옆에 두 개의 작은 손잡이가 있어서 손으로 그것을 잡고 민다"라고 하였다〕 관솔 기름을 진하게 끓여 베

강희언, 〈사인삼경도〉士人三景
圖 부분
여름날 시원한 누정의 마루에서
선비들이 시를 쓰는 데 열중하
는 그림. 가지런하게 짜인 마루
형태가 매우 선명하게 드러나
있다. 서울 개인 소장.

수건에 적셔서 바닥을 문질러 빛을 내면 광이 번들번들 나서 얼굴을 비추어
볼 수도 있다.

　　마루널에 쓰이는 목재는 반드시 베어낸 햇수가 오래되어 안팎이 완
전히 마른 것을 써야 한다〔원주: 오래된 집에서 물리어 나온 고재古材가 더욱 좋다〕.
또한 홈을 만들고 혀를 만들 때 특별히 치수에 유념하여 조금의 차이도 없게
해야 한다. 그렇게 한 뒤에야 틈이 생기지 않는다. 만약 이와 같이 하지 않고
아직 완전히 마르지 않은 목재를 잘못 사용할 경우에는 마르고 난 뒤 수축되
어 여기저기에 틈이 마구 생긴다. 간혹 홈이 크고 혀가 얇은 데도 그대로 귀틀

(杙)을 끼우면 귀틀이 빠져나가고 혀가 놀며, 마루널이 뒤집어지고 우물(井)이 가라앉는다. 솜씨 좋은 공인은 이 점을 특히 유의해야 한다. ─『금화경독기』

마루 밑에 담을 쌓는 것을 금한다

마루널의 하부 공간은 높고 널찍하며 시원하게 뚫린 것이 가장 좋다. 낮고 어둡고 음침하여 벌레, 쥐, 뱀, 독사가 구멍을 뚫고 사는 것이 가장 나쁘다. 요새 사람들은 미관을 위하여 마루의 사방을 빙 둘러서 기와와 자갈을 사용하여 섬돌 위에서부터 담을 쌓고 회를 섞은 진흙을 발라 모양을 내기도 한다. 이는 대단히 잘못된 일이다. ─『금화경독기』

누마루 제도

누마루(樓)를 세울 때 기단을 따로 설치하여 대청마루와 연접連接시키지 않을 경우에는 나무 사다리를 가설하여 누마루 아래에 비스듬히 기대어 놓아야 좋다. 사다리 좌우에 하엽난간荷葉欄干[39]을 만들어 누마루의 마루 널판을 치켜 뚫고 올려 세운다. 만약 누마루가 대청마루와 연접되어 있을 경우에는 연접된 곳에 나무 계단을 만들어서 오르내리기에 편리하도록 한다.

대체로 누마루는 높이 솟은 것을 귀하게 여긴다. 따라서 주춧돌의 길이는 한 길 남짓 되고 기둥도 같은 치수로 만든다. 누마루가 대청마루와 연접된 경우에는 누마루의 용마루가 반드시 방 위로 높이 솟아서 누마루의 처마가 대청마루의 처마 위를 뒤덮게 해야 좋다.

누마루 상부의 사방을 에두른 기둥에는 나무 난간을 만들고, 난간 위에는 창살이 성글게 박힌 분합을 가설하고, 창살 바깥 면에 종이를 발라서 햇빛을 받아들인다. 혹은 방실의 제도와 같이 겹창을 설치하기도 한다.

누마루 하부의 사방을 에두른 주춧돌에는 벽돌을 쌓아서 담장을 만든다. 이때 북쪽 담장을 뚫어서 널문을 설치하면 곳간(庫廩)을 하나 만들 수 있는데, 그곳에 도끼·낫·작두·호미·삽 등의 기구와 숯 등속을 간수할 수 있다. ─『금화경독기』

9. 부엌

부엌

부엌은 특히 불을 조심해야 하므로 사방에 벽돌을 쌓아 벽을 만든다. 기둥과 인방 등 일체의 목재는 모두 벽돌 내부에 파묻는다. 바람을 통하게 하고 햇빛을 받아들이려면 벽의 상반부에 모두 영롱장玲瓏牆을 만든다〔나의 의견: 영롱장법玲瓏牆法은 아래에 보인다〕.

부뚜막에서 한두 길 떨어진 곳에 남북으로 문을 뚫고 왕정王楨의 장생옥법長生屋法에 따라서 법제회니를 사용하여 문짝 안팎을 바른다. 만약 부엌이 누마루 아래에 있어서 마루널이 쳐다보이면 여기에도 법제회니로 두텁게 바른다. 부뚜막으로부터 한두 길 떨어진 북쪽 벽을 따라서 두세 개의 장나무(格: 물건을 버티는 데 쓰는 굵고 긴 나무로, 두세 개를 가로질러 '살강'을 만듦)를 써서 부엌 살강(廚棧: 식기 또는 기구를 얹어놓기 위하여 시골집 부엌의 벽 중턱에 들인 선반)을 가설한다. 목재가 노출된 부분은 법제회니를 사용하여 바른다. 부엌 살강 아래에는 땅에 구덩이를 파고 와두瓦竇[40]를 설치하는데, 기와를 차례차례 끼워 이어서 뜰과 담장 밖으로 직통시킨다. 담장 밖의 와두가 끝난 끄트머리 부분에는 깊고 넓게 둥근 물구덩이를 파고 두세 겹으로 벽돌을 쌓아 물이 새어 나가지 못하도록 한다. 그 위에는 추녀가 짧은 초가지붕이나 회칠한 덮개(灰蓋)로 덮는다. 쌀뜨물, 그릇 씻은 물, 생선 냄새 비릿한 물, 닭이나 돼지를 삶은 물 등이 하나도 빠짐없이 와두로 흘러 들어와서 물구덩이에 모인다. 그 개숫물을 밭도랑에 길어 내거나 뽕밭, 모시밭에 물을 주기 위해서다. -『금화경독기』

와두

부엌의 개숫물을 집밖의 도랑으로 배출시키는
장치이다. 왕정의 『농서』에서는 와두에 대해
다음과 같이 설명한다.

"와두는 물을 배설시키는 기구이다. 함관函管
이라 부르기도 한다. 와통瓦筒의 양 끄트머리
의 이를 맞물리게 하여 보洑의 제방 속에 설치
한다. 논에 물을 대기 전에 미리 보의 앞, 제방
의 안쪽에 돌기둥을 첩첩히 쌓아서 와통의 입
구를 보호하여 여닫을 수 있게 한다. 이렇게 하
지 않으면, 물이 쏟아질 때 막기가 곤란할 뿐만
아니라 물살을 못 이겨 새어 나가므로 오래 지
탱하지 못한다. 반드시 이 둑을 세워야만 물 통
로가 이루어진다. 당나라 사람 위단韋丹이 강
남서도관찰사江南西道觀察使가 되었을 때 제
방을 나란히 세워 강을 막고 물 통로를 내어 물
이 흘러가게 하였다. 이 물 통로는 규모가 크기
는 하지만 종류는 같다."

부뚜막 제도

부뚜막 만드는 법은 이렇다. 길이는 일곱 자 아홉 치로 하여 위로는
북두칠성을 본뜨고 아래로는 구주九州에 대응한다.[41] 넓이는 네 자로 하여 사
시四時를 본뜨고, 높이는 세 자로 하여 삼재三才를 본뜬다. 아궁이의 폭은 한
자 두 치로 12시時를 본뜨고, 부엌 고래의 크기는 여덟 치로 하여 팔풍八風[42]을
본뜬다.

반드시 갓 구운 벽돌을 준비하여 깨끗이 닦아 깨끗한 흙과 혼합하고,
향수와 섞는다. 벽에 바르는 진흙을 써서는 안 되는데 잡스러운 것을 매우 꺼

리기 때문이다. 돼지 간을 진흙과 섞으면 부인을 효성스럽고 순종하게 만든다. ─『거가필용』

부뚜막을 만들 때 먼저 지면 위의 흙을 다섯 치쯤 걷어내고 그 아래 나타나는 깨끗한 흙을 가져다 쓴다. 정화수井華水(이른 새벽에 가장 먼저 길은 우물물)를 떠서 향과 함께 진흙을 반죽하면 크게 길吉하다. ─『거가필용』

옛 사람이 부뚜막에 제사를 지낸 의미[43]를 살펴보면, 부뚜막을 만드는 데 특별히 주의를 기울이지 않을 수 없다. 그러나 우리나라 사람은 일정한 법 없이 부뚜막을 만들어서 너무도 걱정이다. 기와조각과 자갈, 진흙을 섞어서 쌓아 올리고 그 위에 황토 진흙을 사용하여 바른다. 그 결과 진흙이 말라 균열이 생기면 바람이 새어 들어와서 불꽃이 거꾸로 향하고, 흙이 타고 기와조각과 자갈이 빠지면 솥이 기울고 부뚜막이 가라앉는다. 또한 아궁이 앞부분은 벽돌을 깔지 않고 진흙을 지저분하고 잡스럽게 발랐기 때문에 벌레가 살고, 쥐가 구멍을 뚫는다. 그래서 날마다 사용하는 음식이 벌레와 쥐의 찌꺼기가 아닌 것이 없다. 이는 대단히 잘못된 일이다. 마땅히 벽돌을 쌓아서 부뚜막을 만들고 그 위에 솥 거는 구멍을 내어 솥을 걸어야 한다. 법제회니로 두텁게 바르고 기름을 발라 광택이 나고 정결하게 하여 틈이 생기지 않도록 한다. 부엌 바닥은 평탄하게 만들어 사방 벽까지 벽돌을 깔고 정결하게 가다듬어 벌레가 집 짓고 쥐가 구멍을 뚫지 못하도록 한다. ─『금화경독기』

재래식 부엌의 부뚜막
한국의 전형적인 부엌에서 댕기머리를 땋은 소녀가 아궁이에 불을 지피고 있다. 부뚜막이 균열이 가고 흙이 떨어져 이지러진 모습이다. 1910년경의 사진.

연주와법連珠鍋法[44]

중국의 솥 거는 법을 살펴보면, 벽돌을 쌓아서 와조臥竈(가로 누운 부뚜막 몸체)를 만들고, 부뚜막 위에 세 개 내지 다섯 개의 솥을 연달아 건다. 익히고, 삶고, 달이고, 끓이는 일체의 음식물을 각각 솥 하나마다 넣고 첫머리에 있는 솥부터 불을 지펴가면 여러 솥이 일제히 끓어오르므로 땔나무를 최대한 절약할 수 있다. 내 생각으로는, 부뚜막 안에 가로로 연이어진 불목 구멍을 만들면 화염을 빨아들여서 끝에 놓인 솥의 밑까지 불꽃이 이를 것이다. ─『금화경독기』

개미를 쫓는 법

부뚜막을 만들 때 부뚜막 밑에 반드시 광회曠灰(석회의 다른 이름) 7분分, 노란 진흙 3분을 찧어서 섞은 다음 지면에 평탄하게 깔면 부뚜막 위에 영원히 벌레나 개미가 없을 것이다. ─『증보산림경제』

10. 뜰

세 가지 좋은 점

뜰을 만들 때, 세 가지 좋은 점과 세 가지 피해야 할 점이 있다. 높낮이가 평탄하여 울퉁불퉁함이 없고 비스듬해서 물이 빠지기가 쉬운 것이 첫번째 좋은 점이요, 담장과 마당의 공간이 비좁지 않아서 햇빛을 받고, 화분을 늘어놓을 수 있는 것이 두번째 좋은 점이요, 네 모퉁이가 평탄하고 반듯하여 비틀어짐이나 구부러짐이 없는 것이 세번째 좋은 점이다. 이와 반대되는 것이 세 가지 피해야 할 점이다.

흙을 바꾸는 법

마당에 본래 있던 검은 흙덩이가 거칠고 부석거리며 잡초가 지저분하고 잡스럽게 나거나, 혹은 붉은 점토가 딱딱하게 굳어 비가 오면 끈적대고 미끄럽거나, 혹은 저습하여 물이 솟아나고 도랑을 이루기도 한다. 그러면 뜰 전체를 한 길 반쯤 파내 본래 있던 흙을 먼 곳에 버리고 기와조각과 자갈을 한 겹 까는 것이 옳다. 그 다음에 다시 굵은 모래와 백토白土를 가져다가 본래의 상태가 되도록 달구로 다진 뒤에 그만둔다. ―『금화경독기』

땅이 질퍽함을 막는 법

중국의 정원은 모두 벽돌을 깔기 때문에 비가 내려도 질퍽거리지 않는다. 반면 우리나라는 벽돌이 귀하여 뜰에까지 두루 벽돌을 깔지 못한다. 그

정원에 깔아놓은 예술적인 조약돌 모자이크
북경 자금성 어화원御花園 안의 화가花街에 깔아놓은 예술적인 조약돌 모자이크로 청나라 때 제작되었다. 중국
정원에서는 일정한 형상과 기하무늬를 가진 바닥 깔기를 예술적 차원으로 승화시켰다. 박제가도 중국에서 이러한
바닥 깔기의 편리함과 아름다움을 보고서 조선에서도 채택할 것을 제안하였다. 계성은 『원야』에서 정원을 꾸미기
위한 다양한 바닥 깔기의 사례를 들어놓았다.

러므로 문으로 난 길이나 섬돌 아래와 같이 사람이 왕래하는 곳에는 조약돌
을 차곡차곡 빽빽하게 빈틈이 없도록 깔아서 진흙이 질퍽거림을 막는 것이
마땅하다. 들리는 말에 의하면, 가난하여 벽돌을 깔 수 없는 중국 민가의 오래
뜰(門庭: 대문 앞의 뜰)에는 유리와琉璃瓦[45] 부스러기나 물가에 있는 동글동글하
게 갈아진 자그마한 조약돌을 가져다 모양과 색깔이 비슷한 것을 가려 뽑아
꽃, 나무, 새, 짐승의 형상을 만들어 깔아 진흙이 질퍽거림을 막는다고 한다.
버리는 물건이 없이 이용하는 것은 정말 본받을 만하다. ―『금화경독기』

습기를 몰아내는 법

저습한 땅에는 굴 껍질을 많이 묻어두면 물이 잘 빠져 습기를 제거할
수 있다. ─『화한삼재도회』和漢三才圖會

붕가棚架

거실이 지면으로부터 가까운 곳은 폭염이 내리쬐는 때가 되면 지면
에서 흙 기운이 데워져 증기가 위로 치솟아 곧잘 숨이 막히게 한다. 중국의
정원은 모두 차양을 높이 가설하고 그 위에 삿자리를 덮어서 폭염을 피한다.
달빛이 들어오게 하고 싶으면 삿자리에 줄을 매어놓고 아래에서 줄을 잡아당
겨 삿자리를 걷어낸다.

우리나라 사람들은 재력이 없으므로 그렇게 하기가 쉽지 않다. 따라
서 나무로 장방형의 틀을 만들고 가로세로로 살을 짜서 공자형卄字形(좁은 쪽은
하나의 살, 넓은 쪽은 두 개의 살을 보내 엮어 만들어진 공卄자 모양)으로 만든다. 그 위
에 얇은 나무널판을 덮는다. 혹은 유둔을 쓰거나 버드나무 껍질을 쓰기도 한
다. 또는 삿자리를 덮고 난 뒤에 초가지붕을 잇기도 한다. 그것을 쇠고리와 쇠
못을 이용하여 추녀와 서까래 사이에 매단다. 다시 팔뚝 굵기의 작대기로 받
쳐놓는데 이것을 세상에서는 차양遮陽이라고 부른다. 그런데 차양이 너무 넓
으면 서까래가 그 무게를 감당하지 못하고, 너무 좁으면 그늘이 드리워진 곳
이 거의 없으므로 좋은 제도가 아니다. 그러므로 아침 볕과 저녁 햇살을 집중
적으로 받는 곳에 포도나 초송艸松46을 심고 시렁을 만들어 그 위에 줄기를 뻗
어가게 하여 햇볕을 막는 것이 옳다. 시렁을 받치는 기둥은 네모난 모양, 둥근
모양, 여덟 모가 난 모양, 여섯 모가 난 모양을 마음에 드는 대로 골라서 대패

로 다듬어 깨끗하고 반들반들하게 한다. 잘 다듬은 돌로 작은 주춧돌을 만들어 다리를 받친다. 처마 위로 높게 솟은 기둥 윗부분은 신회蜃灰[47]를 발라두면 비바람에 잘 견딘다. ─『금화경독기』

화계花階

서재 남쪽과 북쪽 뜰의 담장 아래에는 돌을 쌓아서 계단을 만든다. 여기에 화훼花卉를 심고 분경盆景(하나의 화분 안에 소형의 화초를 재배하고 적당한 샘, 돌을 배열하여 자연 경물의 축소판을 만든 것)을 진열하는 것이 옳다. 계단을 하나 만들기도 하고 혹은 두세 계단으로 만드는데, 땅의 높낮이에 따라 정한다. 일찍이 경성의 의정부議政府[48]를 본 적이 있다. 뜰에 돌계단이 있는데 담황색의 돌과 연한 자주색의 돌을 사용하여 계단 전면에는 돌을 고르게 갈고 다듬고, 나머지 면은 뾰족하고 비스듬하고 모가 나고 각이 진 형태 그대로 놓아두었다. 노랑과 붉은 색깔이 서로 섞이고, 비스듬하고 모가 난 형태를 따라서 빈틈없이 쌓고 꼭 끼워서 가요哥窯의 무늬[49]를 만들었다. 고아한 경관을 흠뻑 뽐내고 있어 모방할 만하였다.

계단 위에는 대나무 난간으로 두르는데 반죽斑竹을 쓰는 것이 아름답다. 혹은 나무로 만들기도 하는데 신회를 발라두면 비바람에 잘 견딘다. 만일 색깔이 있게 하려면 석간주石間朱(붉은 산화철을 많이 포함한, 빛이 붉은 흙)나 석록石綠(그림 그릴 때 쓰는 녹색)을 사용하여 법제유法製油〔원주: 속명은 오동나무 기름(桐油)이다〕를 회와 섞어서 바르면 나무 사이에서 빛이 휘황할 것이다. ─『금화경독기』

11. 곳간

곳간 제도

해마다 전조田租로 거둬들이는 벼, 조, 콩 등의 곡물이 각각 수백 섬을 상회할 때는 마땅히 높고 건조하며 화재의 위험으로부터 멀리 떨어진 담장 안의 한 장소에 둥근 곳집(圓囷)[50] 네댓 개를 벽돌을 이용하여 쌓아서 곡식을 저장한다. 그 가운데 찰기장, 차조, 팥, 들깨와 같이 1년 동안 거둬들이는 곡물의 양이 100섬을 넘지 않아서 따로따로 둥근 곳집에 저장할 수 없는 곡식은 마땅히 대둥구미나 장군(물·술·간장을 담는 데 쓰는, 나무나 오지로 만든 그릇)에 담아서 곳간에 보관한다. 곳간은 안채의 남쪽 뜰에 두기도 하고, 혹은 동쪽과 서쪽의 뜰에 만들어서 내외를 구분한다. 미곡, 식초, 소금, 포를 비롯한 일체의 기용·집물器用什物을 나누어 보관한다.

그 제도를 살펴보면, 벽돌을 깔아서 대臺를 만들고, 대 위에 벽돌을 쌓아서 담장을 만든다. 담장 위에 들보를 얹고 들보 위에 서까래를 간다. 서까래의 길이는 담장에 닿지 않도록 하여 담장이 서까래 끄트머리를 파묻도록 한다. 서까래 위에는 널판을 깔고, 널판 위에는 기와를 덮는다. 좌우의 담장은 벽에 구멍을 뚫어 조창照窓을 만들어 햇빛이 들어오게 한다. 앞쪽의 담장에는 작은 문을 뚫어서 두 짝의 널문을 설치하여 여닫거나 자물쇠를 채우기에 편리하도록 한다. —『금화경독기』

지하 곳간(蔭庫)

지하 곳간은 곳간 밑에 만든 곳간으로 복고複庫라고 부르기도 한다.

쌀 창고

700~800석의 쌀을 보관할
수 있는 쌀 창고. 정면 다섯
칸, 측면 두 칸으로 만석군 경
주 최부잣집에 있는 창고 사
진이다. 부잣집에서는 쌀을
갈무리할 수 있는 큰 규모의
창고를 마당 한켠에 세웠다.
ⓒ 푸른역사

복고를 만들고자 하면, 지상에 있는 곳간의 바닥을 평탄하게 만들되 벽돌을
깔지 않는다. 담장의 경계선을 따라서 한 길 한 자, 또는 한 길 두 자 정도로
땅을 파고, 판 땅의 사방 벽면을 평평하고 곧게 깎아낸다. 그 다음 깎아낸 벽
면에 바짝 붙여서 벽돌을 쌓는다. 지하 곳간의 상부에 두꺼운 널판을 빈틈없
이 배열하여 깔고 틈을 막는다. 이 널판은 지상의 곳간에는 마루 널판이 되고,
지하 곳간에는 천정 판이 된다. 지상 곳간의 문지방 가까운 곳에 마루 널판을
뚫고 사방이 네댓 자 되는 구멍을 뚫어서 독과 항아리가 드나들 수 있도록 만
든다. 나무로 긴 사다리를 만들어 구멍 입구에 비스듬히 기대어놓아 오르내
리기에 편리하도록 한다. 대체로 지하 곳간은 땅속에 있기 때문에 지하에 한
번 저장하면 겨울에는 따뜻하고 여름에는 시원하다. 따라서 술과 장, 채소와
과일 등 얼어서도 안 되고 부패해서도 안 되는 일체의 물건을 저장할 만하다.

─『금화경독기』

지하 곳간
지하에 구덩이를 파서 만든 곳간(窖)으로 그 크기는 수용할 곡물의 양에 따라 결정한다. 위 그림은 왕정의 『농서』
「농기도보」農器圖譜에 실린 삽도다. 지하에 곳간을 만들고 지상에는 나무를 심는데, 지하 곳간의 곡물이 변질되
면 지상의 나뭇잎이 노랗게 변한다고 하였다. 서유구가 제시한 지하 곳간(蔭庫)은 지상의 곳간 아래에 만든 이중
곳간으로 더 효율적으로 보인다. 땅속이라서 술과 장, 채소와 과일 등을 서늘하게 보관하기에 알맞았다.

토고土庫

창고는 사람이 거처하는 거실에서 지게문을 열고 앉아서 바라보이
는, 거리가 5~6길쯤 떨어진 곳에 설치하는 것이 좋다. 먼저 기둥을 세우고,
들보를 올리며, 서까래를 얹는다. 서까래 끄트머리가 앞뒤 들보에서 많아야
몇 치 정도 튀어나오게 한다. 그 다음에 문설주와 문지방을 설치하며, 기와조
각과 자갈을 진흙과 섞어서 그 주위에 벽을 쌓아 올린다. 이때 서까래 끄트머
리까지 벽을 쌓아서 나무가 하나도 드러나지 않게 한다. 서까래 위에는 산자
를 깔고, 다섯 치쯤의 두께로 진흙을 바른다. 그렇게 하고서 바라보면 하나의

흙 언덕처럼 보인다. 그 다음에는 석회, 황토, 가는 모래를 느릅나무 껍질 즙과 섞어서 진흙을 만들어 사면의 벽과 지붕 위에 두껍게 바른다. 햇빛과 빗물에 노출된 채 완전히 말라 굳어지기를 기다렸다가 다시 서까래 나무를 지붕 위에 첩첩이 얹고 그 위에 삿자리를 깐 다음 지붕을 잇는다. 토고 내부의 지면에는 엷은 석판을 빈틈없이 깔되 석회와 진흙을 바르며 쌓으면 쥐가 구멍을 뚫을 수 없다. 문에는 두꺼운 널판 두 짝을 가설하고, 문밖에는 문고리 두 개에 못을 박아 봉쇄한다. —『증보산림경제』

또 한 가지 방법을 살펴보면, 노랗고 흰 모래흙을 사용하여 판축板築(판자와 판자 사이에 흙을 넣고, 공이로 다져 벽을 쌓는 방법)의 방법으로 네 면의 벽을 만들되 문을 설치할 곳만은 빈 공간으로 남겨둔다. 다만 보를 얹은 벽 위와 서까래를 얹은 보 위는 판축의 방법으로 쌓지 않는다. 문을 설치하고 지붕을 잇는 법은 앞에서 쓰던 방법과 같이 하는데, 기둥을 하나도 쓰지 않고 저절로 집 전체가 이루어진다. —『금화경독기』

이동 곳간(搬庫)

이동 곳간의 제도를 살펴본다. 기둥은 네 개이고 인방은 여덟 개인데 기둥의 길이는 일곱 자이고 인방의 길이는 여섯 자이다. 인방 네 개는 위쪽에 설치하는데 기둥머리에 가로로 박아 넣어 보의 구실을 대신하고, 아래쪽에 설치하는 네 개의 인방은 기둥 밑뿌리로부터 두세 치 정도 띄워서 가로로 박아 넣어 마루 널판을 지탱하게 한다. 앞면의 한가운데 문을 만드는데, 문설주 사이를 두 자 다섯 치 띄운다. 좌우와 뒤쪽의 삼면, 그리고 문설주의 좌우에는 나무 널판을 빈틈없이 짜서 벽을 만든다. 그 나무 널판의 길이는 여섯 자 다섯 치 내지 여섯 자 여섯 치로 하여 위로는 상인방을 지탱하게 하고, 아래로는 하인방에 꽂아 넣는다. 모두 홈과 혀를 단단하게 박아 넣는다. 벽의 길이를 반으로 갈라서 가는 나뭇가지를 사용하여 가로로 띠(帶: 판벽에서 널을 박아대는 가로대와 널이란 넓은 판을 대기 위하여 기둥 사이에 가로지르는 나무오리)를 만들고 쇠못을 못질하여 박는다. 상인방 상부에 가로로 나무 널판을 깔아 양 끄트머리가 인방을 베고 눕도록 한 다음 쇠못을 못질하여 박는다. 이것이 바로 천정 판이 된다. 하인방의 상부에도 가로로 나무 널판을 깔아 양 끄트머리가 인방을 베고 눕도록 한 다음 쇠못을 못질하여 박는다. 이것이 마루 널판이 된다. 마루 널판의 아랫부분은 쇠못을 못질하여 박아서 널이 비틀어지는 것을 막는다. 가는 나뭇가지를 사용하여 두 곳에 가로로 설치하여 띠를 만든다. 기둥은 가늘어도 괜찮으므로 인방을 박아 넣을 수만 있으면 된다. 그중에 하인방의 마루 널판을 지탱하는 것만은 조금 두꺼워서 위의 무게를 견디도록 한다.

　　문을 설치하는 법을 살펴본다. 문을 굳이 두 짝 만들 필요는 없다. 다만 두 문설주의 마주보는 면에 긴 홈을 파서 만든 다음 다시 나무 널판을 여덟 개 내지 아홉 개 정도 켜서 길이를 모두 두 자 여섯 치로 만들고, 두 끄트머리에 혀를 만들어 하나씩 문설주 홈에 끼워 넣는다. 그런 다음 가장 위에 놓인 나무 널판 하나와 상인방이 교차한 곳에 쇠지도리와 쇠고리를 박아서 여닫거나 자물쇠로 잠글 수 있도록 한다. 해마다 섣달이 되어 1년 동안 수확한 곡식을 방아를 찧으면, 굳이 대둥구미에 담을 것 없이 섬으로 헤아려 곳간 안으로 부어 채운다. 곳간 하나에는 곱게 대낀 곡식 1천 500말 정도를 저장할 수 있다.

　　사면의 벽과 천정 판 위에는 모두 법제회니로 발라서 화재에 방비한다. 한편, 팔뚝 크기의 나무 네 개로 네 귀퉁이를 꼭 조여서 네 개의 보에 대신

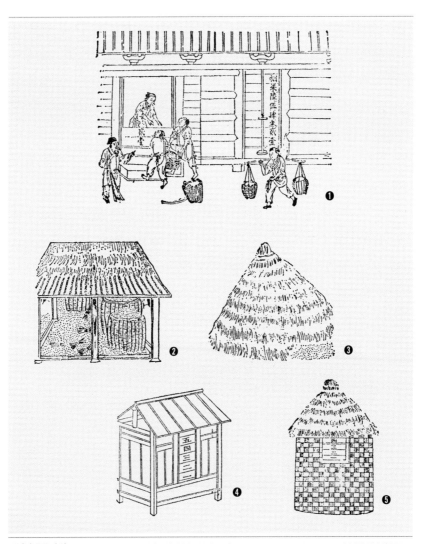

여러 종류의 창고
다양한 형태의 창고로 왕정의 『농서』「농기도보」에 실린 삽도. ❶ 창庫은 곡식을 저장하는 창고의 일반 명칭, ❷ 늠廩은 지붕이 있고 벽은 없는 창고, ❸ 유庾는 지붕이 없는 창고로 보통 노적가리로 쌓아놓은 것과 같은 것, ❹ 경京은 규모가 크고 형태가 네모난 창고, ❺ 균囷은 둥근 형태의 창고이다.

한다. 나무의 크기는 곳간의 크기에 맞춘다. 다만 앞뒤 두 개의 보는 조금 길게 하여 인방 밖으로 튀어나오게 한다. 앞으로 튀어나온 길이는 각각 한 자로 한다. 좌우 보의 한가운데에는 주유주侏儒柱(대공. 들보 위에 얹어 마룻대를 받는, 짧은 기둥)를 가설하고, 그 기둥 위에 마룻대 하나를 얹는다. 마룻대의 길이는 앞뒤 보의 길이와 동일하게 한다. 마룻대 위에 가는 서까래를 깔고, 서까래 위에는 삿자리를 깔며, 삿자리 위는 볏짚으로 잇는다. 이것으로 지붕 위를 덮어 비바람을 막는다.

이 제작법은 가볍고 작아서 궤櫃에 저장하는 것과 다를 바 없는데 장소에 따라서 옮길 수 있다. 그러므로 이동 곳간이라 부른다. 간혹 이 곳간을 다른 장소로 옮기려면 먼저 곳간의 윗부분을 들어올리고, 다음에 여러 사람의 힘을 모아 곳간 전체를 들어올리면 수십 보 내지 100보 떨어진 곳까지 옮길 수 있다. 또 화재를 만날 경우에도 곳간 윗부분을 들어올리면 불이 옮겨 붙을 수 없다. —『금화경독기』

12. 마구간

마구간 제도

　　말과 소의 마구간은 규모를 크게 만들어야 옳고, 작게 하는 것은 옳지 않다. 기둥과 기둥 사이의 길이가 영조척營造尺으로 열 자는 되어야 하며, 깊이도 그와 맞춘다. 장대한 재목을 써서 일반적인 방법에 따라 골격을 만든다. 왼쪽과 오른쪽, 뒤쪽의 삼면에는 처마를 밖으로 내밀지 않고, 부순 기와 조각과 작은 자갈을 회백토와 섞어서 지면으로부터 쌓아올리는데, 서까래 끄트머리를 파묻을 정도가 되면 그만 쌓는다〔원주: 재력이 있는 사람은 벽돌로 쌓으면 더욱 좋다〕. 서까래 위에는 삿자리를 여러 겹으로 깔고, 그 자리 위에는 기와를 덮는다〔원주: 혹은 얇은 석판을 가지고 지붕을 덮기도 하는데 마룻대의 석판이 서로 교차하는 곳에는 지붕을 잇는 법과 같이 암수기와를 써서 덮는다〕. 예를 들어, 네 칸 크기의 건물이라면 맨 앞부분 한 칸은 마소를 매어두는 곳으로 만든다. 그곳 전면의 두 기둥 사이에는 주춧돌부터 들보까지 전체 길이를 5등분하여 한 곳마다 한 개의 인방을 가로로 설치한다. 인방의 양 끝은 기둥에 박아서 고정시킨다. 다시 팔뚝 크기의 큰 나무를 네 모서리를 깎아서 다듬어 세로로 설치하여 목책木冊을 만든다. 이 목책에는 모두 네 개의 인방을 꿰뚫고〔원주: 인방에는 미리 목책을 꿸 곳을 마련하여 짝 구멍(友孔)을 뚫되, 그 크기는 목책의 크기에 따른다. 모가 난 곳은 밖으로 향하도록 한다〕, 위로는 보에 박고, 아래로는 지면에 박는다. 인방은 견고하게 설치하고, 목책은 듬성듬성 설치한다. 견고하게 세운 인방은 도둑을 방지하기 위한 것이고, 듬성듬성 세운 목책은 통풍을 위한 것이며, 동시에 바깥에서 마구간 안의 사료가 절도 있게 주어졌는지를 살펴보기 위한 것이다.

　　뒷면 벽 아래에는 지면 아래로 구멍을 하나 내리 뚫어서 똥을 쳐내고

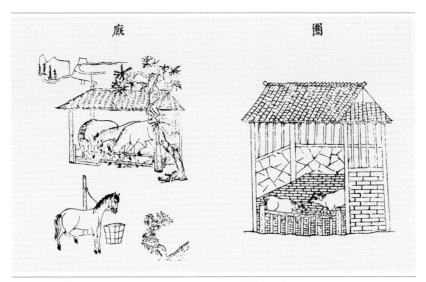

마구간과 외양간
말과 소를 키우는 집에서는 마구간과 외양간을 꼭 설치해야 했다. 마구간과 외양간은 그 제도가 차이가 있었다.
이 그림은 『삼재도회』三才圖會 「궁실」宮室 조에 수록된 삽도이다.

오줌을 **빼낸다**〔원주: 말을 매어놓는 마구간이라면 뒷벽 허리 부분 아래에 미리 널판 벽을
만들고, 널판 벽 바깥에 벽에 붙여서 흙과 돌로 담을 쌓는다. 세상에서는 이것을 판장板障이
라 부른다. 말이 뒷발길질을 하면 흙이 부서지고 돌이 빠져 나가는 동시에 말발굽이 상하는
것을 염려해서 만든 것이다〕.

구멍 아래에 구덩이를 깊고 넓게 파고 기와조각과 자갈을 회백토로
반죽하여 사방을 에워서 쌓는다. 위는 넓고 아래는 좁게 만들어 분뇨를 받아
저장한다. 구덩이 밑바닥의 중앙에는 다시 자그마한 구덩이를 하나 더 파서
겹 구덩이를 만든다. 겹 구덩이의 둘레는 위에 있는 구덩이 둘레의 반 크기로
하되 깊이는 배로 만든다. 위는 좁고 아래는 넓게 만들며, 밑바닥에는 사각 벽
돌을 세 겹으로 깔고, 벽 둘레에는 도전刀甎을 세 겹으로 쌓는다. 모두 회백토

를 사용하여 떨어지지 않게 붙인다. 벽돌이 맞닿은 선이 안팎으로 어슷비슷
교차하도록 놓고서 다시 법제회니를 사용하여 두껍게 바른다. 그런 다음 그
위에 나무를 얹고 발을 덮어서 분뇨를 받는다〔원주: 벽돌이 없는 경우에는 큰 구덩
이의 밑바닥에 큰 항아리를 세 개 내지 다섯 개 묻어서 분뇨 찌꺼기를 받아도 좋다〕.

　　마구간의 가운데 한 칸에는 출입하는 문을 만든다. 전면에 문짝이 커
다란 두 개의 널판 문을 만들고, 문 바깥에는 자물통을 달아서 밤에 마소를 가
두어놓을 수 있게 한다. 뒷벽 하단을 따라서 가로로 좁고 긴 구덩이를 파고,
바닥 사면의 둘레와 밑바닥에는 모두 벽돌을 쌓아서 깨끗하게 만든 다음 나
무 널판으로 그 위를 덮는다. 마구간의 한 변에 작고 네모난 구멍을 뚫어서 볏
짚을 써는 작두(鍘)〔원주: 음音은 찰牫로서 풀을 써는 기구이다〕를 둔다. 그 곁의 두
칸에는 여물광(廥)을 만든다. 여물광이란 꼴과 볏짚을 저장하는 곳이다〔원주:
『급취편』急就篇에서 "참루塹壘·괴회廥·구庾·고庫·동상東廂의 주注에 괴회廥란 꼴과 볏짚이
있는 곳이다"라고 했다. 여기에서도 옛사람들이 마구간을 지으면서 반드시 여물광을 만들
었음을 알 수 있다〕. 전면에는 벽을 어깨 높이까지 쌓고 그 위에는 세로 창살을
박은 조창照窓(안이나 밖을 내다볼 수 있도록 창살을 성글게 박은 창호)을 단다. 오른
쪽 면의 마구간과 통하는 곳에는 길이를 반으로 나누어 반 칸에는 널판 벽을
설치하고, 반 칸에는 문짝이 두 개인 널판 문을 만들어 그 안에 꼴·볏짚·콩·
보리 등속을 저장한다. 콩·보리·겨·싸라기는 모두 항아리에 담아서 저장한
다. 그리고 목재가 노출된 곳은 모두 법제회니로 바른다.

　　마소를 가릴 것 없이 마구간 한 칸에는 두 필을 매어놓을 수 있다. 그
런데 광농廣農(많은 농토를 경작하는 농업의 형태나 농가)의 집같이 소를 네 마리 이
상 둘 수 있는 집이나 나귀를 네 필 이상 매어놓을 수 있는 재력이 있는 집에
서는 마구간과 여물광의 칸수도 그와 비례해서 늘린다. 만일 말을 매어놓는

마구간이라면 큰 나무 널판에 원숭이를 새겨 그리고, 색을 칠해 오른쪽 벽 위에 걸어놓는다. 원숭이는 말이 놀라게 하지 않으면서 악을 물리치고 병을 없애준다고 한다. ─『금화경독기』

구유 제도

목책 안에 가로로 구유를 설치한다. 구유의 길이는 마구간의 폭과 똑같다. 혹은 나무를 깎아 구유를 만들고 나무를 엇비슷하게 걸쳐 구유를 지탱하게도 한다. 혹은 돌을 깎아 구유를 만들고 돌을 쌓아올려 지탱하게도 한다. 혹은 벽돌을 쌓아 구유를 만들 경우도 있는데 이때에는 사각 벽돌을 사용하여 지면으로부터 폭은 좁고 길이는 긴 대疊를 나란히 쌓아 올린다. 대 위에 반쪽 벽돌을 사용하여 회백토로 발라 붙이면서 사면에 벽을 쌓아 올린다. 벽의 깊이가 한 자가 되면 폭은 좁고 길이는 긴 뒤주 모양이 하나 만들어진다. 만약 한 칸에 두 필을 매어놓으려 한다면 구유의 허리께에 사각 벽돌을 쌓아서 구획을 지어놓는 것이 옳다〔원주: 나무로 만든 구유는 나무 하나로 두 개의 구유를 깎아 만들고, 돌로 만든 구유는 두 개의 구유를 이어서 놓는다〕. ─『금화경독기』

소와 말은 곳간을 달리한다

소와 말은 구유를 같이 쓸 수 없다. 먹이를 주는 법이 다르기 때문이다. 말구유는 말의 턱 아래에 가지런하게 안배해야 하고, 소구유는 그보다 조금 낮추어야 한다. 말의 마구간에는 바닥에 두꺼운 나무널판을 깔아야 하는 반면〔원주: 널판을 깔 때 앞면은 조금 높고 뒷면은 조금 낮추어 오줌이 잘 빠지게 해야 한

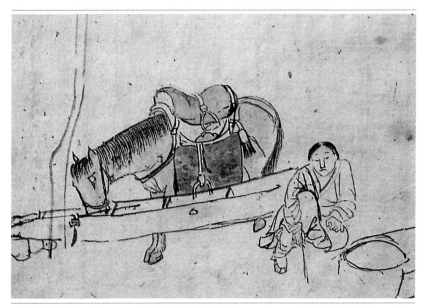

조영석, 〈말과 마동〉
조영석이 그린 풍속도. 나무를 깎아 만든 구유에서 말이 먹이를 먹는데, 그 앞에서 마동이 휴식을 취하는 장면이다. 가벼운 선묘로 담백하게 소묘하여 진솔한 생활 감정이 잘 드러난다. 개인 소장.

다〗 소의 외양간은 널판을 깔아서는 안 되고, 단지 잡풀과 썩은 볏짚을 깔아서 똥오줌을 거두어들인다. 말을 오래도록 소 외양간에 매어두면 말발굽이 불어서 쇠를 견딜 수 없고, 소가 오래도록 말 마구간에 매여 있으면 발바닥이 부르트고 통증을 느낀다. ―『증보산림경제』

종류가 같다 하더라도 암수를 함께 매어놓아서는 안 되며, 두 마리가 모두 암놈이라 하더라도 그중 한 마리가 새끼를 낳으면 구유를 같이 쓰게 하지 않는다. 그러므로 인가에서는 마구간을 두 채 만들어놓아야 한다. ―『금화경독기』

13. 측간과 물도랑

욕실

욕실은 방과 가까이 붙어 있어야 하고, 창을 겹으로 만들고 벽을 두껍게 하여 틈새로 바람이 새어들지 않도록 해야 한다. 물을 끓이는 가마는 중국 온돌을 채택하는 것이 좋은데, 목욕에 임박해서 불을 때더라도 뜨거운 물을 용이하게 얻을 수 있기 때문이다. 들창은 반드시 부엌과 가까이 내야 하는데, 목욕물을 운반하기 간편하기 때문이다. 욕실은 규모가 작아도 좋지만 옷걸이, 목간통, 놋대야 등의 용기를 충분히 벌여놓을 정도는 되어야 한다. ―『금화경독기』

측간

측간은 높고 트여 있으며, 밝고 시원해야 한다. 낮고 어둡거나 음침해서는 안 된다. ―『증보산림경제』

인가에는 측간을 세 곳에 설치해야 한다. 하나는 안채에 두고, 하나는 바깥채에 두며, 하나는 담장 밖의 밭두둑 옆에 둔다. 안채와 바깥채에 있는 측간은 나무로 기둥을 세우고 나무널판으로 벽을 만들며〔원주: 널판 벽의 허리께 상부에 세로 창살을 박은 조창을 설치한다〕, 회灰로 지붕을 덮는다〔원주: 법제회니를 이용한다〕. 기둥의 발치에서 세 자 이상 떨어진 곳에 마루 널판을 설치하고, 그 앞에 나무 사다리를 가설하여 오르내린다. 마루 널판의 한가운데에 타원형의 구멍을 뚫는다. 구멍 아래에는 자루가 긴 나무 가래를 놓아두는데 가래짝을 네 변에서 현弦처럼 일으켜서 그 안에 모래와 흙을 담아 변을 받게 한다. 매일 흙덩이처럼 뭉쳐진 변(踏墼)[51]을 들어내어 담장 밖에 있는 측간으로 옮겨간다. 예찬倪瓚[52]은 높다란 다락에 측간을 만들고 그 아래에 나무통을 설치하여 그 속에 거위 털을 채워넣었다. 대변이 아래로 떨어지면 거위털이 일어나 감싸고, 동자 하나가 곁에서 기다리고 있다가 곧 치워갔다. 이 일은 비록 예찬의 결벽증에서 나온 일이지만 인가의 측간은 마땅히 정결하게 소제해서 더러운 기가 없도록 해야 한다. 유희劉熙[53]의 『석명』釋名에 "측간(圊)[54]은 지극히 더러운 곳이니 항상 잘 간수하여 청결하게 해야 한다"라고 했는데, 측간(廁)을 청圊이라 쓰는 이유가 여기에 있다. ─『금화경독기』

담장 밖에 있는 측간은 세 칸으로 하며, 지붕에는 석판을 덮는다. 그 중 한 칸은 주위에 벽을 쌓아 서까래 끄트머리까지 파묻게 올려 노비들과 일꾼들이 사용하는 측간으로 사용한다. 이 측간의 앞 벽에 작은 문 하나를 뚫고 널판 문짝을 달아서 닭과 개가 드나들며 뒤적이거나 핥아먹지 못하도록 한다. 나머지 두 칸에도 주위에 벽을 어깨높이까지 쌓은 다음 그 앞에 널판 문을 단다. 사람과 가축의 변을 거두어서 흙덩이처럼 잘 말린 다음에는 여기에 저장하여 해와 별, 비와 이슬을 피한다〔원주: 변이 해와 별을 오래도록 보면 비료가 되지 않는다〕. 봄이 되면 그것을 옮겨 밭에 거름으로 준다. ─『금화경독기』

요고溺庫

사람이 거처하는 방에서 가까운 곳에 둥근 구덩이 하나를 넓게 판다. 깊이는 한 길 반이면 되고, 밑바닥에는 사각 벽돌을 세 겹으로 쌓고, 구덩이

벽 둘레는 도전刀甎을 세 겹으로 쌓는다. 벽돌은 모두 잘 다듬어서 깨끗하게 해야 한다. 다시 회백토로 단단하게 붙인다. 벽돌이 서로 만나는 교차점마다 반드시 안과 밖이 어슷비슷 교차하여 물을 담아도 새어 나가지 않도록 만든다. 그 다음에 다시 법제회니로 그 위를 바른다. 균열이 생긴 곳이 있으면 다시 석회와 역청瀝靑(아스팔트)을 들깨기름과 섞어서 균열이 생긴 자국을 편편하게 메운다.

구덩이의 형상은 아랫부분은 넓고 윗부분은 좁다. 예컨대, 아랫부분의 지름이 열 자라면 윗부분의 지름은 여덟 자로 한다. 덮개는 구덩이의 좁은 아가리 둘레 길이에 맞추어 빈틈없이 나무널판을 배열한 다음 위아래에 나뭇가지를 대고 쇠못으로 단단하게 박는다. 그리고 덮개를 들어다 좁은 아가리를 덮는다. 덮개 위에 작은 구멍을 하나 뚫어서 매일 오줌통과 요강에서 거두어들인 오줌·침·가래 및 조석으로 나오는 세숫물과 목욕물을 모두 그 구멍을 통해서 구덩이 안으로 부어넣는다. 그 물을 떠서 쓸 일이 있으면 덮개로 쓰는 나무널판을 들어 옮기고 자루가 긴 표주박으로 길어다 쓴다.

이 기구에는 세 가지 이익이 있다. 오줌은 날 것 그대로 써서는 안 된다. 날 것을 그대로 쓰면 왕왕 곡식의 싹을 죽이는데 오래도록 놔두어 푹 썩히면 논밭을 기름지게 할 수 있다. 이것이 첫번째 이익이다. 화재는 방과 부엌 사이에서 일어나는 경우가 많은데 근처에 구덩이가 있으면 화급할 때 불을 끌 수 있다. 이것이 두번째 이익이다. 오줌이나 세숫물, 또는 목욕물을 가릴 것 없이 조금씩 버리는 물을 받아둘 곳이 있어서 여기저기에 마구 어지럽게 버리지 않으므로 뜰이 질퍽거림을 면할 수 있다. 이것이 세번째 이익이다.

―『금화경독기』

잿간(灰屋)

잿간은 밭 가장자리에 놓여 측간과 인접해야 옳다. 잿간은 사면에 벽을 쌓은 뒤 앞면에 작은 문을 하나 뚫고 널판 문을 달아둔다. 윗부분은 보를 얹고 서까래를 깐 뒤 삿자리를 덮고 이엉으로 지붕을 잇는다〔나의 의견: 혹은 석판으로 덮기도 하고, 혹은 회백토로 덮기도 하는데 석판으로 덮을 때는 삿자리를 깔 필요가 없다〕.

매일 사람의 오줌을 가져다 재에 뿌린다. 그러면 분뇨를 비료로 만들 뿐 아니라 뜨거운 재에서 불이 일어나는 것을 방지할 수 있다. 이런 이유로 문을 낼 때는 바람을 맞는 곳은 반드시 피한다. ─『증보산림경제』

도랑 제도

겉으로 드러난 도랑을 거渠라 하고, 땅속에 숨은 도랑을 음�이라 한다〔원주: 양신楊愼[55]의 『단연총록』丹鉛總錄에서는 다음과 같이 말하였다. "절강浙江의 인가에서는 물도랑을 도와陶瓦로 만드는 경우가 많다. 그 모양은 방고래(竈突)와 같고, 이름을 음�이라 한다. 물이 잘 통하여 막히지 않는다는 뜻을 취한 것이다〕. 담장 밖에는 겉으로 드러난 거를 만드는 것이 좋고, 담장 안에는 땅속으로 숨은 음의 제도를 쓰는 것이 좋다.

낭무廊廡와 고상庫廂의 물길이 지나는 곳에는 모두 구덩이를 파서 와두瓦竇를 뉘어 묻고 끝 부분을 서로 연결시켜 곧장 담장 밖의 물도랑에 연결시킨다. 담장 밖의 겉으로 드러난 도랑은 종횡으로 담장의 둘레를 돌아 흐르다가 앞마당 아랫부분에서 모여서 곧장 밭도랑으로 흘러간다. 도랑의 깊이는 지세의 높낮이에 따라서 조절하는데, 물이 잘 빠지게 하는 데 중점을 둔다. 담

은구도

팔달산에서 흘러내리는 물을 성 남쪽 연못에 모았다가 성 밖으로 흘려보냈다. 연못을 두 개로 만들고 다
채로운 조경을 했는데 서유구의 서술과 부합한다. 이 물이 성 밖으로 나갈 때 벽 안에 물길을 숨겼기 때
문에 은구隱溝라 하였다. 『화성성역의궤』華城城役儀軌에 실린 삽도이다.

장 밑을 흐르는 도랑은 폭을 한 길 이상으로 잡는다. 그러면 물이 잘 빠질 뿐 아니라 도둑을 막을 수도 있다. 옛날 진기陳紀[56]의 집은 물이 잘 빠지지 않아서 종신토록 벼슬자리에 나아가지 못했다. 대개 사람이 거처하는 주택은 물을 빼는 법이 잘 마련되지 않으면 비가 내린 후 빗물이 그대로 고인다. 담장과 벽이 습기에 젖으면 무너지고 집이 내려앉는다. 방의 구들장이 습기에 젖으면 사람이 반신불수의 병에 걸린다. 부엌과 부뚜막에 물이 흐르면 제때 불을 때어 밥을 하지 못한다. 오물이 우물에 들어가면 음식이 불결하다. 뜰에 물이 가득 고이면 누에치기를 제대로 할 수 없다. 온갖 걱정거리와 해독을 이루 다 들수 없다. 가옥을 영조營造할 때에는 마땅히 물도랑에 유의해야 한다. —『금화경독기』

14. 담장

담장의 기초

담을 쌓으려면 무엇보다 먼저 기초에 유의해야 한다. 기초를 세 자 이상 파내려가 굵은 모래를 부어넣고 물을 뿌리면서 달구로 다져 지면에서 아래로 한 자쯤 떨어진 곳에서 쌓기를 그만둔다. 그리고 그 위에 돌을 쌓아 기초를 만든다. 여기에 쓰이는 돌은 크기, 두께와 관계없이 위아래 면이 평평하고 반듯하여 겹쳐 쌓아도 무너지지 않으면 된다. 이렇게 돌을 겹겹으로 쌓아 올려서 땅 아래로 들어간 깊이가 한 자, 땅 밖으로 나온 높이가 두 자가 되면 그 위에 담을 쌓는다. 벽돌담이거나 돌담이거나 토담이거나를 막론하고 기초는 모두 이 방법을 사용한다. 만약 기초를 깊이 쌓지 않고, 지면 위에 조약돌을 받쳐서 기초를 만들고 만다면 흙이 얼면 솟아 일어나고, 언 것이 풀리면 가라앉고 내려앉는다. 언젠가는 담 전체가 기울고 무너지는 사태가 갑자기 발생할 것이다. ―『금화경독기』

토담 쌓기

우선 자갈을 이용하여 지대地臺를 만든다. 지대 위에 흙을 쌓아올려 달구로 단단하게 다져 그 형상을 지붕 마룻대처럼 만든다. 다시 진흙을 사용하여 굵게 썬 볏짚과 섞어 그 위에 다져 쌓는다. 높이가 서너 치가 되면 바로 중단하여 쉽게 마르도록 한다. 반쯤 마른 뒤에는 날카롭게 날이 선 삽으로 안팎의 면을 편편하게 깎는다. 완전히 말라서 굳은 다음에는 또 앞의 방법으로 다져 쌓는다. 이때 진흙의 차진 정도를 적절하고 일정하게 유지한다. 그런 뒤

토담 쌓기
여섯 명의 인부가 나무틀에 돌과 진흙을 반죽하여 토담을 쌓는 장면을 찍은 것이다. 이렇게 토담을 쌓는 방법을
판축板築이라 하는데 서유구 당시부터 널리 통행하였다. 1905년경의 사진. ⓒ 가톨릭출판사

에라야 앞뒤에 쌓은 것이 한결같아서 차이가 없을 것이다.

담장 높이를 한 길 반으로 쌓은 뒤 잡목으로 서까래를 만들고 기와를
덮는다. 담장의 기초 안팎에는 향부자(사초과의 여러해살이풀로 덩이줄기는 한약재
로 쓰임)로 덮고 담장 밖 한 길 남짓한 거리에는 탱자나무나 가시나무 등 가시
가 있는 나무를 심는다. 단 나무를 무성하고 빽빽하게 심는 것은 좋으나 높고
크게 자라도록 해서는 안 된다. 수채 구멍 가운데는 목책木栅을 설치하여 고
양이나 개가 드나들지 못하게 한다.

담장을 쌓는 데 쓰는 흙은 누런 모래〔원주: 속명은 석비례(石飛乃)이다〕가

돌담 쌓기
초가집에 기둥을 세우고 진흙을 이용하여 어깨 높이까지 돌담을 쌓는 현장. 가시새를 의지하여 가로 세로 엮어서 삿자리를 만들고, 새끼줄로 튼튼하게 묶은 뒤에 진흙을 바르고 돌을 쌓는 모습이 확인된다. 1903년경의 사진. ⓒ 가톨릭출판사

가장 좋고, 황토가 그 다음이요, 흑토黑土가 가장 나쁘다. 반죽할 때 지나치게 습기가 많으면 자꾸 무너져서 쌓기가 힘들기 때문에 습기가 약간만 있도록 하는 것이 좋다. 앞서 쌓은 흙이 너무 말랐을 때는 그 위에 덧바르기에 앞서 쌓은 진흙 윗면에 물을 뿜어서 이미 쌓은 진흙과 새로 쌓는 진흙의 맞닿은 곳에 틈이 생기지 않도록 한다.

달구는 쇠달구를 사용하는 것이 가장 좋고, 떡갈나무 달구가 그 다음이다. 달구는 세게 다지고 오래 찧는 것이 좋다. —『증보산림경제』

토담은 판축板築의 방법을 사용하는 것이 옳은데, 오늘날 세상에서 통행되고 있다. 누르고 흰 사토沙土가 내구성이 가장 뛰어나고, 검고 부드러운 더러운 흙과 붉고 가는 점토는 모두 쓸 수 없는 재질이다. 붉은 점토가 특히 나빠서 비가 많이 내리면 융해되고, 햇볕이 내리쬐면 균열이 생기므로 내구성이 떨어진다. 혹은 판축을 완전히 마치고 흙이 미처 다 마르지 않았을 때, 석회와 누렇고 가는 사토(黃細沙土)〔원주: 속명은 사벽沙壁이다〕를 말린 말똥(썩은 짚)과 섞어서 반죽하여 안팎의 면에 얇게 바른다. 그러나 반죽을 법대로 하지 않으면 이 역시 균열이 생기고 떨어져 나가는 걱정거리가 생긴다. —『금화경독기』

돌담 쌓기

중국의 담장은 대체로 벽돌을 이용하여 쌓는다. 그러나 우리나라는 벽돌이 귀하기 때문에 장만하기가 쉽지 않다. 그럴 경우 자갈을 취하여 반듯하게 다듬어서 진흙과 서로 번갈아가며 쌓아올린다. 어깨 높이 이상 쌓고서는 깨진 기와를 이용하여 쌓아올린다. 자갈과 번갈아 쌓은 진흙은 자갈을 쌓은 켜와 면面을 나란하게 하지 않고 조금 움푹 들어가게 한다. 다시 석회와 백토를 섞어 반죽하여 움푹 들어간 곳을 바르면 흰 무늬가 종횡으로 나서 볼 만하다. 세상에서 이것을 분장粉牆이라 부르는데, 상당히 내구성이 좋다. —『금화경독기』

가요장哥窯牆

『열하일기』에 다음 내용이 있다.

"열하熱河(중국 북방의 지명으로 현재의 승덕부承德府이다. 청나라 때 황제의 피서지였다)의 성곽은 잡석雜石을 사용한다. 얼음이 갈라진 무늬처럼 균열 무늬로 쌓는데, 이것이 이른바 가요문哥窯紋이다. 민가의 담장에도 모두 이 방법을 사용한다."

돌이 풍부한 곳에 사는 사람은 이 법을 채택할 만하다. —『금화경독기』

영롱장玲瓏牆

중국 민가의 담장은 그 높이가 어깨 높이 이상이 되면 기와를 잘라 두 개씩 포개어 물결무늬를 만들기도 하고, 또는 네 개를 합해서 고리 모양을 만들기도 하며, 네 개를 뒤집어 붙여서 고로전古魯錢 모양을 만들기도 한다. 구멍이 뚫린 곳은 영롱하여 안팎이 서로 비친다. —『열하일기』

담장지붕 쌓기

담장의 지붕은 석판을 쓰는 것이 알맞다. 석판의 길이는 담장 두께와 비교하여 한두 자 정도 길게 한다. 석판의 양 끝을 나란하게 하여 담장 위에 가로로 설치한다. 먼저 한 겹을 깔고 다시 한 겹을 까는데, 석판이 맞닿은 부분이 서로 어슷비슷 교차되고 어긋나도록 하여 빗물이 새어드는 것을 막는다. 다시 석회, 가는 모래, 황토를 짓이겨 반죽한다. 두 손으로 진흙을 쳐서 진흙 덩어리를 만들어 석판 지붕 위에 계속 눌러 덮는다. 다시 손으로 비벼서 가지런하고 둥글게 만들어서 마치 요즘의 성가퀴 여장女牆(성 위에 쌓은 낮은 담으로, 적과 싸울 때 몸을 숨기는 곳) 위에 석회를 바르는 법과 같이 한다. 이것이 내구성이 가장 뛰어나다. 또 햇빛이 돌을 달굴 때는 뱀이 담 위를 기어 넘거나 서리지 못한다. —『금화경독기』

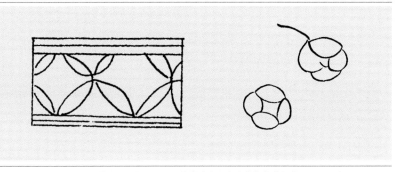

영롱장과 고로전
박지원이 말한 영롱장은 실제로 화성을 쌓을 때 적용되었다. 왼편은 『화성성역의궤』에 나오는 영롱장의 삽도로서
동장대 북쪽 담장에 시공되어 지금도 남아 있다. 또 박지원은 안의현감으로 재직할 때 아들에게 편지를 보내 담장
을 영롱장으로 쌓으라고 말하기도 했다. 오른편의 고로전은 매화꽃 모양을 지칭하는 것으로 『삼재도회』를 비롯하
여 이덕무李德懋의 『윤회매십전』輪回梅十箋 등에 그림이 등장한다.

판장板障

만일 문으로 통한 길을 막으려 하거나 내외를 구별시키려고 한다면,
판벽板壁을 만들어서 담장에 대신한다. 그 제도를 살펴보면, 두 기둥을 세우
고 인방 하나를 기둥 중간에 설치하고, 보 하나를 기둥 위에 설치한다. 보 위
에는 거리가 한 자 정도 떨어지게 가로로 가는 홈을 판다. 홈의 깊이와 넓이는
한 치 삼 푼으로 한다.

홈 하나마다 서까래 하나씩 박아 넣는다. 서까래는 모두 대패로 다듬
어서 네 개의 모가 나도록 만든다. 길이는 두 자로 하고, 넓이와 두께는 홈에
따라 맞춘다. 그리하여 그것을 홈에 박고 나면 위로 보와 평행을 이룬다. 서까
래 위에는 널판을 깔고, 널판 위에는 기와를 덮는다〔원주: 기와는 따로 구워 만들
되 지붕을 덮는 기와보다 조금 작은 것이 옳다〕. 지면에서 인방에 이르기까지는 자갈
과 부서진 기와로 담을 쌓고, 인방에서부터 보에 이르기까지는 널판을 배열하

여 벽을 만든다. 혹은 한 칸에 그치기도 하고, 혹은 네댓 칸, 여덟아홉 칸에 이르기까지 하며, 혹은 일렬로 쌓기도 하고, 혹은 구부러지게 쌓기도 한다. 그 선택은 지세地勢에 따라서 하므로 정해진 제도가 있는 것은 아니다. 이 벽은 서까래가 짧고 작기 때문에 비바람을 거의 막지 못하여 왕왕 벽의 널판이 벗겨지고 부서지며, 기둥 밑뿌리가 썩는다. 따라서 완전히 벽돌로 쌓은 내구성이 좋은 담장만은 못하다. —『금화경독기』

15. 우물

깊은 우물을 쌓는 법

책문(중국 만주의 구련성九連城과 봉황성鳳凰城 사이에 있는 변방의 문으로 이곳을 통하여 사신이 왕래하였음)에 들어온 이후로 본 우물은 모두 벽돌로 만들었다. 또 석판을 다듬어서 우물 뚜껑을 덮었고, 양쪽 가장자리에 구멍을 뚫어 겨우 물을 뜨는 두레박이 드나들도록 하였다. 사람이 빠지는 것을 막기 위해서고, 먼지가 들어가는 것을 막기 위해서다. 또 물의 성질은 본래 음陰하기 때문에 햇볕을 가림으로써 활수活水(아직 끓이지 않은 물을 가리킨다. 우리말로는 냉수)를 양성하기 위해서다. 우물 뚜껑 위에는 녹로轆轤(일명 활차滑車로, 두레박줄을 드리우고 도르래를 이용하여 위아래로 오르내리면서 물을 긷게 하는 기구)를 설치하고 그 아래에는 두레박줄을 드리웠다. 버드나무를 엮어서 둥근 그릇을 만들었는데, 형태가 마치 표주박과 같으나 속은 깊었다. 하나가 올라가면 하나가 내려가서 종일토록 물을 길어도 사람의 힘을 많이 들게 하지 않는다〔나의 의견: 석판 뚜껑은 먼지를 막는 데는 정말 좋으나 우물 안에 벌레와 뱀이 서리고 더러운 오물이 투입되어도 전혀 살펴볼 수 없는 점이 걱정되므로 좋은 제도라 할 수 없다. 만일 먼지를 막으려 한다면 우물 위의 삼변三邊에 반 길 높이로 담장을 둥그렇게 쌓고 그 위에 얇은 석판을 올려놓는다. 앞면만을 터놓아서 물을 길어 올리기에 편리하도록 하는 것이 좋다. 앞면에는 나무 난간을 설치하여 사람과 가축이 빠지는 것을 방지하는 것이 마땅하다〕. ―『열하일기』

얕은 우물을 쌓는 법

산 밑의 땅속에 숨은 샘(蒙泉)이 바위틈에서 나올 경우 벽돌을 쌓을 필요가 없이 지면의 삼면에 벽돌을 몇 자 높이로 쌓는다. 그 위에 석판을 덮어서 먼지를 막는다. 만일 샘이 평지의 모래흙 가운데서 솟아나올 경우 그 근원까지 벽돌을 쌓는 것이 마땅하다.

우물의 깊고 얕음을 따질 것 없이 벽돌로 우물을 쌓는 것이 돌로 쌓는 것보다 낫다. 회백토로 떨어지지 않게 붙이면 벽돌 전체를 구워서 만든 꼴이기에 틈서리가 낭자하게 생겨 다른 물이 스며드는 돌로 쌓은 우물과는 다르기 때문이다. ―『금화경독기』

평지의 우물을 쌓는 법

평지에 있는 우물은 반드시 벽돌이 지면으로부터 한두 자 높도록 쌓아야 한다. 그 모양이 땅 속에 묻혀 있는 통이 윗머리를 땅 위에 노출시킨 것과 같아서 길거리의 물이 흘러들어오는 것을 막는다. 만약 위로 솟아나는 샘이 흘러 넘쳐서 웅덩이를 채우고 아래로 흘러갈 경우 우물 앞으로부터 물도랑을 깊게 파되 땅의 높낮이에 따라 깊이를 조절한다. 이때 반드시 물동이를 거꾸로 세운 것과 같이 물매를 가파르게 하여 물이 쉽게 빠져 나가도록 한다. 그리고 1년에 한 번씩 도랑을 파낸다. 모래와 진흙이 엉겨 막히면 도랑의 물이 거꾸로 넘쳐 혼탁한 물이 우물 속에 들어가 먹을 수 없게 된다. ―『금화경독기』

우물 파는 법

우물을 파는 법은 다섯 가지가 있다.

땅의 선택 우물을 팔 장소로는 산 중턱이 가장 좋다. 그곳은 땅속에

김홍도, 〈우물가〉
우물가에서 물을 긷는 아낙네에게 남정네가 물을 청하여 마시고 있는 장면. 우물 모양은 돌을 다듬어 쌓았거나 벽돌로 쌓은 것처럼 보인다. 둥그렇게 테두리를 한 우물로서 줄을 매단 두레박과 표주박으로 물을 뜨는 것을 알 수 있다. 우물의 테두리가 지면으로부터 한 자 이상 되어 보이지 않는다. 국립중앙박물관 소장.

숨은 샘이 솟아나고, 햇볕과 그늘이 적절하며, 원림園林과 가옥이 자리 잡은 곳이기 때문이다. 양지 바른 곳이 그 다음으로 좋고, 광야가 또 그 다음이다. 산허리가 양지 바른 곳에 있으면 너무 뜨겁고, 음지에 있으면 너무 춥다. 우물을 파려는 사람은 샘물이 있는지 없는지를 살펴서 곤란한 장소는 피하도록 한다.

　　　　깊고 얕음의 측량　　우물은 강과 지맥이 관통하기 때문에 물의 깊고 얕은 척도가 반드시 같다. 지금 우물을 어느 깊이까지 팔 것인가가 문제가 된다면, 자연적으로 발생하는 가뭄과 홍수 때 강물이 어디까지 이르는가를 살펴서 깊이를 얼마로 해야 하는지 헤아려 한도를 정한다. 강으로부터 멀리 떨어진 우물은 굳이 따질 필요가 없다.

　　　　진기震氣를 피함　　땅속의 수맥은 조리條理가 통하고 수기水氣가 잠복하

돌우물
경주시 탑동 김헌용 가옥(중요민속자료 제34호)의 집 안마당에 있는 오래된 돌우물. 민가에서는 보기 어려운 오래된 석정石井으로 집주인은 지금도 이 우물물을 길어 식수로 쓴다고 한다. ⓒ 심병우

여 흐른다. 힘이 세고 조밀한 조리에 들어간 사람은 몸에 난 아홉 개의 구멍이 모두 막혀서 어지럽고 답답하여 죽는다. 산마을의 높은 지역에 대체로 그러한 곳이 많고, 저습한 택지에는 그러한 곳이 드물다. 이런 데는 지진이 발생하는 곳이라서 그 기운을 진기震氣라고 부른다. 우물을 파다가 이러한 곳을 만나면 어떤 기운이 스산하게 사람에게 침범하는 것을 느끼게 되는데 그러면 급히 일어나 피해야 한다. 기가 다 빠져 나간 뒤 다시 아래로 파 내려간다. 기가 다 없어졌는지 알아보려면 줄에다 등불을 매달아 아래로 내려보내서 불이 꺼지지 않으면 기가 다 없어진 것이다.

　　　　샘의 수맥을 살핌　우물을 파다가 수원水源에 이르렀을 때 물이 솟아나는 곳의 흙 빛깔을 살펴본다. 붉은 질흙이라면 물맛이 나쁘다. 붉은 질흙은 점토이므로 벽돌을 만들고 기와를 만드는 데 적합한 흙이다. 부슬부슬한 모래흙이라면 물맛이 약간 담백하고, 검은 덩어리 흙이라면 물맛이 좋다. 덩어리진 검은 흙은 색깔이 검고 조금 차지다. 모래 가운데 작은 돌맹이가 섞여 있으면 물맛이 가장 좋다.

물을 맑게 함 우물의 밑바닥을 만들 때 나무를 쓰는 것이 가장 나쁘고, 벽돌을 쓰는 것이 그보다 낫고, 돌이 그 다음 나으며, 납(鉛)이 가장 좋다〔나의 의견:『거가필용』에서 납 10여 근을 우물 속에 넣어두면 물이 맑고 달다고 하였다〕. 밑바닥을 만들고 난 다음에 다시 작은 돌맹이를 두께가 한두 자 정도 되도록 깔아두면, 물을 맑게 하고 물맛을 좋게 할 수 있다. 만약에 우물이 큰 경우에는 우물 안에 금붕어나 붕어 몇 마리를 넣어두면 물맛을 좋게 만들 수 있다. 물고기가 물벌레와 흙의 때를 먹어치우기 때문이다. —『태서수법』

강에서도 가깝고 바다에서도 가까운 지역은, 강바람이 부드럽게 부는 날을 택해서 우물을 파면, 강바람이 강물을 샘물의 수맥에 불어넣기 때문에 반드시 물맛이 달다. 반면에 바닷바람이 부드럽게 부는 날이면, 바닷물을 샘물의 수맥에 불어넣기 때문에 반드시 물맛이 짜다. 강이 우물의 서남방에 있다면 서남풍이 부는 날 우물을 판다고 한다. —『거가필용』

우물가에 나무를 심어 우물을 덮도록 해서는 안 된다. 나무에 사는 참새가 샘물을 더럽히기 때문이다. 우물 입구에는 돌로 만든 칸막이와 난간을 설치하여 아이들이 우물에 빠지는 위험을 막아야 한다. —『증보산림경제』

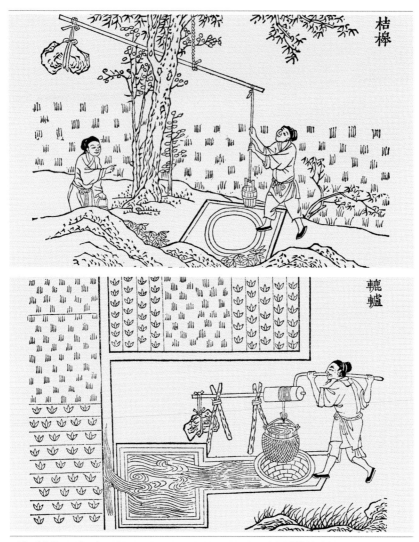

길고와 녹로
우물물을 힘들이지 않고 긷기 위한 장치. 길고(위)는 두레박이라고도 하고 녹로(아래)는 고패(깃대 따위의 높은 곳에 기나 물건을 달아 올리고 내리기 위한 줄을 걸치는 작은 바퀴나 고리)라고 불렀다. 『농정전서』에 수록된 삽도.

시렁을 만들어 샘물을 끌어들이는 법

나무에 홈을 파서 공중에 다리처럼 물길을 만들어 먼 산의 샘물을 끌어들여 부엌에 물을 댄다. 이것은 힘을 절약하는 방법이다〔나의 의견: 임홍林洪의 『산가청사』山家淸事에는 대나무를 쪼개어 샘물을 끌어들이는 법이 있는데 1부 '이운지'에 자세히 소개되어 있다. 함께 참고하여 보는 것이 좋다〕. ―『증보산림경제』

단정丹井을 파는 법

단정(주사朱砂가 나오는 우물)을 파기 위해서는 웅덩이를 하나 깊고 협소하게 판다. 그 다음 백자白紫, 석영石英, 종유鍾乳, 옥설玉屑, 주사, 자석磁石[57] 같은 물질을 우물 속에 넣으면 보양補養과 장생長生의 효과가 있다. ―『산림경제보』

우물이 끓어오르는 것을 막는 법

우물에서 동쪽으로 360보 이내 되는 지역에서 청석靑石 하나를 찾아내어 술에 넣어 삶은 다음 우물 속에 넣으면 끓어오르는 현상이 바로 그친다. ―『거가필용』

수고水庫

바닷가 지역은 우물과 샘이 수량이 많고 물이 짠 반면에 높은 산과 넓은 들이 있는 지역은 샘 줄기가 아주 먼 곳에서 끊어지는 경우가 많다. 그러므로 비와 눈에서 발생하는 물을 저장함으로써 멀리서 물을 길어와야 하는

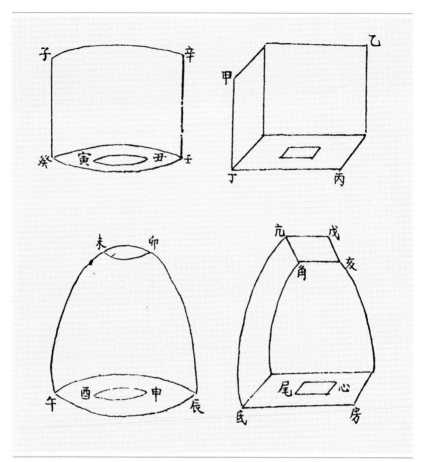

수고의 모양

빗물이나 눈이 녹은 물을 저장하여 가뭄에 대비하는 장치로, 현재의 물탱크와 같은 종류의 기계다. 이 수고에 대해 중국과 조선의 학자들은 비상한 관심을 기울였다. 명나라의 학자 서광계는 『농정전서』에서 수고의 필요성을 역설했으며, 특히 웅삼발의 『태서수법』은 수고의 제작법을 매우 구체적으로 소개했다. 조선 후기의 학자들은 수고에 관심이 깊어서 박제가가 『북학의』 「내편」 '벽돌' 조항에 부록으로 소개한 이래, 박지원의 『과농소초』課農少抄 「수리」水利, 이규경李圭景의 『오주연문장전산고』 권32 「용화수고변증설」龍華水庫辨證說 조에서도 소개하였다. 특히 서유구가 거의 전체를 부록에 소개하였다.

수고를 더는 것이 좋다. 웅삼발熊三拔[58]의 『태서수법』泰西水法에는 수고법水庫法 항목이 있는데, 전부 본받을 만하다. 다만 공사비가 너무 많이 드는 흠이 있다. 우리나라 사람은 재력이 작기 때문에 작은 규모로 만드는 것이 적절하고 큰 규모로 만드는 것은 적절하지 않다. —『금화경독기』

집짓기의 재료

1. 목재

목재의 품질과 등급

가옥의 재료는 소나무가 최상이다. 소나무를 제외하고는 비록 재질이 좋은 목재가 있다 해도 볏짚으로 엮은 창고나 마구간, 광 등의 잡용雜用에 쓰일 뿐이다. —『증보산림경제』

잡목雜木 가운데 밤나무만이 초가집의 기둥을 만들면 땅속에 파묻힌 지 햇수가 오래되어도 썩지 않고, 문의 빗장을 만들면 도둑이 감히 들어올 수 없다. 백양목은 성질이 단단하여 부러지기는 해도 구부러지지는 않으므로 사용하기에 가장 알맞다. 오동나무는 나무 널판을 만들어서 차양을 만들면 비와 이슬에 잘 견딘다. 그 나머지 상수리나무, 떡갈나무, 가죽나무, 옻나무 등

곧게 자라는 성질을 가진 나무는 볏짚으로 엮은 창고, 광, 측간, 방앗간을 만들 수 있을 뿐이다. —『증보산림경제』

『시경』 노송魯頌[59]에서 이렇게 노래하였다.

조래산祖徠山 소나무와
신보산新甫山 측백나무를
자르고 베어내어
여덟 자 한 자로 만들었네.
소나무로 만든 네모 서까래, 크기도 하고
정침正寢은 높이도 지어졌네!

이 시를 보면 소나무와 측백나무가 가옥의 재료로 적절하게 쓰인 것은 먼 옛날부터였다. 그런데 똑같은 소나무와 측백나무라 해도 산지에 따라서 차등이 있는 까닭에 소나무는 반드시 조래산을 말하고, 측백나무는 반드시 신보산을 말하였다. 조래산·신보산 두 산에서 나온 목재는 다른 산에서 나온 목재와는 다르다.

우리나라에서는 관동의 북쪽 깊은 골짜기에서 생산된 목재를 최상으로 친다. 나무의 결이 세밀하고 옹이가 없으며, 겉은 희고 속은 노랗다. 흰 것을 제거하고 노란 것을 취하면 빛깔이 윤기가 나고 비바람에 잘 견딘다. 이것을 세상에선 황장목黃腸木이라 부른다. 현재 경성 안의 거창한 규모의 대저택은 대체로 관동에서 소나무를 베어서 강물에 띄워 내려보낸다. 관북의 경우는 거리가 멀어서 가져오지 못한다. 남방의 바닷가 고을에서 산출되는 소나무를 해송海松이라 하는데 이 또한 쓰기에 알맞다. 단, 개미가 많이 끼기 때문에 동북 지방에서 산출되는 것보다는 좋지 못하다.

측백나무는 여러 가지 종류가 있다. 잎이 곁으로 나는 것을 측백側柏이라 하고, 측백나무 잎에 소나무의 등걸을 하고 잎이 뾰족하고 단단한 나무를 원백圓柏이라 한다〔원주: 일명 회檜라 하고, 괄栝이라 하기도 하는데 곧 노송나무이다〕. 소나무 잎에 측백나무 등걸을 한 것은 전나무이고, 소나무와 노송나무(檜)가 반반씩 섞인 것은 회백檜柏[60]이다. 측백은 곧게 뻗고 단단하며, 원백은 울퉁불퉁 뒤틀리는 성질이기 때문에 모두 집을 짓는 목재로는 알맞지 않다. 그러므로 『시경』에서 말한 측백나무는 아무래도 노송나무나 회백 둘 중의 하나일 것이다.

우리나라에서 말하는 측백나무는 곧 오엽송이다. 중국 사람은 이 나무가 요해遼海(중국 요동遼東의 연안 지방) 지방에서 난다고 하여 해송자海松子라 부르는데, 그 나무도 집 짓는 재목으로 알맞다. 단, 재질이 진액이 많고 부드럽기 때문에 그것으로 창틀을 만들면 대패를 잘 받아들이므로 빛이 나고 깨끗하여 보기에 좋다. 그렇지만 아무리 보아도 내구적인 소나무보다는 못하다. ─『금화경독기』

진저陳翥는 『동보』桐譜에서 오동나무 목재의 좋음에 대하여 극구 자랑하였다. 오동나무는 채벌하는 시기가 일정하지 않더라도 벌레가 끼이지 않고, 물에 젖거나 습기가 차더라도 부패하지 않으며, 바람이 불어닥치고 햇볕에 쏘이더라도 균열이 생기지 않고, 비에 젖거나 진흙이 묻더라도 말라붙거나 이끼가 끼지 않는다는 것이다. 그러므로 규모가 큰 집에 사용이 가능하여 마룻대, 들보, 도리, 기둥으로 쓸 수 있다. 그 견고함이 비할 것이 없다. 요사이

제재소
원목을 많이 세워놓은 제재소에서 목공들이 긴 톱을 이용하여 목재를 자르는 모습. 옛 건축에서 가장 중요한 건축 자재가 목재였기 때문에 좋은 목재의 선별과 가공은 매우 중시되었다. 1903년경의 사진. ⓒ 가톨릭출판사

산가山家에서는 도리 기둥을 땅 아래에 묻기도 하는데 다른 종류의 나무는 곧잘 썩어서 집이 쉽게 무너지는데 오동나무만은 홀로 굳건히 변동이 없다. 여기에서 오동나무의 견고함과 효험을 볼 수 있다.

『묵자』墨子는 "오동나무 관의 두께를 세 치로 한다"[61]고 하였다. 그 내용으로 보건대, 이는 검소함을 숭상한 요인 외에 오동나무가 지하에서도 썩지 않는 성질을 취한 것이기도 하다. 그렇다고 할 때, 진저의 견해는 사실이다.

우리나라에서는 오로지 남쪽 지방에서만 오동나무가 산출되고 북쪽 지방에서는 오동나무를 드물게 심는다. 따라서 가격이 폭등하여 오동나무로는 기용집물器用什物만을 만들 뿐이요, 기둥과 들보의 재목으로는 많은 양을 구입하기가 쉽지 않다. 큰 오동나무로는 엷은 널판을 만들어 분합分閤의 하단 격자나 난간의 나무격자〔원주: 세상에서는 머름(末蔭: 창 밑의 하인방과 창틀 사이에

중국 명나라 시대의 건축 현장
명대의 판화 가운데 나오는 〈대흥토목도〉大興土木圖. 큰 규모의 기와집을 건축하는 현장의 활력이 넘치는 모습
을 잘 묘사하고 있다.

머름동자를 세우고 널로 막아 댄 부분)이라고 부른다)를 만든다. 인두로 끄슬려 침향
색沈香色(황갈색으로 검은 빛을 띤 누른 빛깔)을 내게 하면 대단히 아름답다. ―『금화
경독기』

영창映窓과 툇마루의 가장지(假粧子)는 가래나무로 만드는데 기름칠
을 하여 빛깔을 내면 노란 윤기가 나서 아름답게 보인다. ―『금화경독기』

황유목黃楡木도 분합의 하단 격자와 난간의 격자를 만들 수 있는데 기름칠을 하여 색깔을 내면 무늬와 나뭇결이 사랑스럽다. —『금화경독기』

상수리나무, 떡갈나무를 저습한 땅에 깊이 묻어두고 오랜 시간이 경과한 뒤에 꺼내어 자르고 다듬어 대청마루의 귀틀을 만들면 빛깔이 침향색이 되며 내구성이 뛰어나다. —『금화경독기』

목재를 채벌하는 법

4월과 8월에 벌목하면 벌레가 먹지 않고 단단하고 질기다. 느릅나무 씨 꼬투리가 떨어지고 뽕나무 오디가 떨어질 때가 바로 적기이다. 씨와 열매가 열리는 나무는 씨와 열매가 막 익어갈 때가 바로 적기이다〔원주: 제때가 아닌 때 벌목한 목재는 벌레가 생기고, 재목이 약하다〕. 제때가 아닌 때 벌목한 나무는 한 달간 물속에 담가두거나 불에 말려서 건조한다. 그러면 벌레가 생기지 않는다〔원주: 물에 젖은 나무는 부드러우며 질기다〕. —『제민요술』齊民要術

소나무를 베는 데는 날씨가 맑은 날이 적합하다. 소나무 껍질을 벗기고 물에 넣어서 오래도록 담가두면 흰개미가 생기지 않는다. 또한 오경五更(오전 3시에서 5시 사이) 초에 소나무 껍질을 벗겨내면 흰개미가 없다고 한다. —『금화경독기』

방을 만들 때는 목재를 미리 쌓아둔다. 바람이 불고 햇볕이 드는 빈 방에 놔두어 한두 달 기다려서 완전히 말려 습기를 없앤 다음 톱으로 켜서 방을 만든다. 그렇게 하면 수안髓眼이 긴밀하여 움직이지 않는다〔나의 의견: 새로

베어낸 나무는 한두 해 동안 햇볕에 쪼이고 바람에 말리지 않으면 습기를 제거하기가 쉽지
않다). –『다능집』

목재를 모으는 법

집을 짓기 전에 먼저 매 칸의 넓이와 높낮이를 산정한다. 때맞춰 구
옥舊屋에서 나온 재목을 얻을 수 있거든 낱개로 사들인다. 이때 장혀(桁條: 도리
바로 밑에 평행으로 받쳐 거는 인방과 같은 목재)는 길이만을 따지면 되고, 다섯 개의
기둥(五柱)은 반드시 순안筍眼(장부 구멍으로 순두筍頭라 하기도 한다. 장부는 순자筍
子라고 함)을 살펴보아야 한다. 서까래의 경우에는 크기와 길이를 가릴 것 없이
많으면 많을수록 좋다. –『고금비원』古今秘苑

집을 지으려 할 때는 먼저 계획을 세워야 한다. 만일 목재를 100량兩
(목재의 치수를 계량하는 단위) 정도 써야 할 것으로 추정되면 반드시 130 내지
150량을 산다. 왜냐하면, 나무의 크고 작기가 일정하지 않고, 내가 써야 할 용
도가 일정하지 않기 때문이다. 어떤 때는 형제목兄弟木을 쓰는 것이 알맞고,
어떤 때는 공손목公孫木을 쓰는 것이 알맞다. 그 나머지는 내가 신축적으로 사
용하는 데 달려 있거니와, 큰 목재를 작은 용도에 쓰지 않도록 해야 할 것이다.
쓰다 남은 목재는 치장하고 쐐기를 박는 용도로 이용이 가능하다. –『고금비원』

금기

집을 지을 때 주인이 장인匠人을 보살피지 않으면 장인은 교묘한 방

법을 이용하여 주인을 불행하게 만든다. 나무는 위쪽이 뾰족하고 아래쪽이 장대한 법인데 큰 부분을 깎아서 작게 만들어 거꾸로 박아놓는다. 이러한 집에 사는 사람은 흉하다. 쥐엄나무로 문과 빗장을 만들기도 하는데, 이렇게 된 집에 사는 사람은 흉하다〔나의 의견: 『증보산림경제』에서 "집을 지을 때 잘못하여 거꾸로 선 나무를 사용하면 사람을 미치게 만든다. 그것을 푸는 방법은 도끼머리로 나무를 치면서 '거꾸로 서도 좋다네, 거꾸로 서도 좋다네. 이 집에 사는 사람은 영원토록 따뜻하고 배부르리' 라고 축원하면 길吉하다" 라고 했다. 이 이야기는 어느 책에서 나온 것인지 알 수 없다〕. —『공씨담원』孔氏談苑

뽕나무는 집을 만드는 데 적당하지 않다. 저절로 죽은 나무는 기둥과 들보의 재료로 적당하지 않다. —『거가필용』

집을 만드는 목재로 구부러진 것과 벌레 먹은 것을 꺼린다. 또 저절로 죽은 나무와 말라버린 뽕나무를 꺼린다. 또 벼락을 맞은 나무와 단풍나무, 대추나무를 꺼린다. 또 사우祠宇, 사찰, 관공서에서 물려나온 재목, 그리고 배와 노에서 물려나온 목재를 꺼린다. 또 신을 모시는 집의 나무와 서낭당의 나무, 그리고 금수가 서식하던 나무를 몹시 꺼린다. —『증보산림경제』

접을 붙인 나무를 마룻대와 기둥으로 사용하는 것을 꺼린다. —『증보산림경제』

집을 지을 때 오리梧里나무의 사용을 꺼린다. —『금화경독기』

2. 석재

석재의 품질과 등급

보령의 남포藍浦에서 산출되는 석재가 가장 아름답다. 오옥烏玉(검은 빛의 옥)과 같은 빛깔이 나는 것을 오석烏石이라 하고, 쑥잎과 같은 빛깔이 나는 것을 애석艾石이라 하며, 흰 빛깔에 가는 무늬가 있는 것을 세석細石이라 한다.

강화도에서도 애석이 산출되기는 하지만 남포에서 나는 것의 아름다움에는 미치지 못한다. 그 중에 결이 성글고 약한 것을 세상에서는 숙석熟石이라고 부르는데, 세석과 숙석이 나는 곳에 오석이 난다. 애석은 가격이 비싸서 서울의 귀한 집 묘지의 상설석象設石(묘 앞에 놓인 상석象石)이나 비갈碑碣(비각碑刻의 총칭이다. 네모난 것을 비碑라 하고, 둥근 것을 갈碣이라 함)의 석재로나 이용될 뿐이다. 그러므로 공사公私의 가옥에 쓰이는 일체의 석재는 모두 세석과 숙석이다.

장단長湍의 천애동天涯洞, 양주楊州의 천애동穿崖洞, 화성華城의 화산花山에서 세석이 산출되는데 석질이 지극히 아름답다. 이 밖에도 석재를 산출하는 지역이 여기저기에 산재해 있다. 그러므로 집을 짓고자 하는 사람은 근처의 석재를 산출하는 장소에서 석재를 구별하여 가져와야 한다. —『금화경독기』

구들에 까는 돌(鋪埃石)로는 양주 수락산水落山에서 산출되는 돌이 가장 좋다. 천연적으로 층급層級을 이루어 마치 목판을 쌓아놓은 모양과 같으므로 한 곳에서 못을 박아 일으키면 한 장 전체가 일어난다. 두께가 균등하고 크기를 마음대로 할 수 있으므로 다른 데서 산출되는 돌이 따라갈 수 없다. 경성 안의 구들에 까는 돌은 모두 이 돌이다. 그중 큰 돌은 한 칸을 넉 장으로 모두 깔 수 있다. —『금화경독기』

강희언, 〈석공공석도〉石工攻石圖 부분
석공 두 사람이 건축에 필요한 석재를 채취하는 장면. 바위에 정을 대고 망치를 내리쳐 돌을 깨는 순간을 포착하였다. 석재는 중요한 건축 자재일 뿐만 아니라 비석으로도 널리 쓰이기 때문에 채취가 활발했다. 국립중앙박물관 소장.

석재 가공

주춧돌은 반드시 두꺼워야 한다. 네 기둥을 받치는 주춧돌은 특히 두껍고도 커야 한다. ─『고금비원』

기둥을 받치는 주춧돌은 반드시 북 모양(鼓式: 주춧돌의 모양을 북의 형태와 같이 만든 방식)을 사용함이 마땅하다〔나의 의견: 둥근 기둥은 북 모양을 사용하고, 네모난 기둥은 네모난 주춧돌을 사용하는 것이 마땅하다〕. 담장 안에 숨은 주춧돌은 감자단식甘蔗段式을 사용하는 것이 마땅하다. 면석面石, 당석塘石을 논할 것 없이 네 모서리가 모가 난 것이 값이 비싸고 양끝이 엷은 것은 값이 싸다. —『고금비원』

계단석階段石은 넓은 것이 마땅하다. 섬돌을 넓게 하면 섬돌을 오르는 사람이 발을 옮길 때 여유를 가질 수 있지만 좁으면 반걸음밖에 용납되지 못하기에 오르내리기에 힘이 든다. —『고금비원』

주춧돌을 가공할 때는 주춧돌 하단을 평평하고 바르게 만들어서 기울어짐이 없도록 하는 것이 가장 중요하다. 또 주춧돌 여러 개의 높낮이를 똑같이 만들어 털끝만큼의 차이도 나지 않도록 해야 한다. 계단석을 가공할 때는 크기와 두께를 따질 것이 없다. 오로지 위아래의 표면이 평정하여 여러 겹으로 겹쳐 쌓아도 기울어짐이 없도록 하는 것이 중요하다. 그렇게 하지 않아서 하나라도 기울고 무너지거나 움푹 파이고 불쑥 솟아서 돌조각으로 지탱하여 단지 외면만을 반듯하게 해놓으면 오랜 시일이 지난 뒤에는 돌조각이 빠져 나가고 주춧돌이 기우는 것을 막지 못한다. 그때는 전체 공사를 완전히 망친다. —『금화경독기』

섬돌의 높이가 두세 자 이상 되는 경우에는 돌도 두세 겹 이상으로 쌓는 것이 당연하다. 돌을 쌓을 때 위아래의 돌이 서로 교차하여 만나는 곳은 감리坎離의 무늬를 이루도록 해서 서로 만나 교차한 선이 일직선이 되지 않도록 한다. —『금화경독기』

섬돌에 쓰이는 돌은 길이가 길어야 좋다. 길이가 12~13자인 것이 최상이요, 7~8자인 것이 중간이며, 4~5자인 것이 최하이다. —『금화경독기』

혹은 벽돌을 쌓아서 섬돌을 만들고 위아래의 네 모서리에 돌을 깔아서 가장자리를 대기도 한다. 이때 사용되는 돌은 길이가 길면 되고 넓이가 넓을 필요는 없다. 돌을 잘 다듬어 맷돌과 같이 정결하게 만들면 더욱 좋다. —『금화경독기』

섬돌 위에 벽돌을 까는 경우 돌 윗면의 네 가장자리를 따라서 하나로 연결된 움푹 파인 길을 만들어 벽돌을 박아넣으면 좋다. 파인 길의 깊이는 벽돌의 두께에 맞춘다. 요새 사람들은 벽돌을 깔지도 않고 움푹 파인 길을 만드는 경우가 있는데 아무런 의의가 없다. —『금화경독기』

3. 도료

■ 석회石灰[62]

석회는 청색이 가장 좋고, 황백색이 다음으로 좋다. 석회석은 반드시 지하 두세 자 밑에 매장되어 있는데 이를 파내어 구워낸다. 표면이 이미 풍화 작용을 거친 석회석은 사용하지 못한다. 석회를 굽는 연료로는 매탄[63]이 10분의 9를 차지하고, 땔나무가 10분의 1을 차지한다. 먼저 매탄을 진흙과 섞어서 덩어리를 만든다. 그런 다음 한 층에는 매탄 덩어리를 쌓고 다음 층에는 석회석을 교대로 쌓아올린다. 밑바닥에 땔나무를 깔고 불을 질러 석회석을 굽는다.

질이 가장 좋은 것을 광회礦灰라 하고, 가장 나쁜 것을 요재회窯滓灰라 한다. 화력이 세게 가해진 뒤에야 돌의 성질이 유연해진다. 이것을 공기 중에 놓아두면 시간이 흐른 뒤에 저절로 풍화 작용을 일으켜 가루가 된다. 이것을 급히 쓰려고 할 때는 물을 뿌려주면 자연히 풀어진다.

석회를 사용하여 돌담을 쌓으려고 하면 우선 돌조각을 골라내어 버린 다음 물과 섞어 접합시킨다. 석회로 벽돌을 바르려고 하면 유회油灰(중국 복건, 광동 등지에서 만든 석회의 일종으로 퍼티putty)를 사용한다. 석회로 담장과 벽을 바르려고 하면 석회수石灰水를 맑게 하여 지근紙筋(잘게 썬 종이)과 섞는다. 석회로 저수지를 바르려고 하면 회灰 한 푼에 강모래와 황토를 두 푼[64]으로 섞고 나서 나미교糯米膠, 양도등羊桃膝[65]의 즙과 고루 섞는다. 그러면 힘들이지 않고 쌓을 수 있으며 견고하게 만들어져 영구히 무너지지 않는다. —『천공개물』天工開物

석회에 물을 삼투시키는 법(泡石灰法) 덩어리를 이루는 석회석에 물을 부어 속으로 물이 스며들도록 한다. 이어서 방망이나 갈고리 같은 물건으

석회 만드는 법
석회석을 구워서 석회를 만드는 법을 묘사한
그림. 매탄을 진흙과 섞은 덩어리를 연료로 사
용하였다. 『천공개물』天工開物은 중요한 공법
을 설명하는 대목에서는 삽도를 첨부하여 이해
를 도왔다. 『천공개물』 초간본 삽도.

로 손을 멈추지 말고 수천 번 뒤섞어 반죽한다. 그러면 자연히 점착력粘着力을
갖게 된다. 그런 다음에 물을 부어버리고, 밑바닥에 가라앉은 굵은 덩어리를
제거한다. 이것을 물에 담가둔 채 열흘 내지 보름 동안 기다렸다가 가져다 사
용한다. 오래 담가둘수록 좋은데, 다만 물기가 마르게 해서는 안 된다. 만일 뒤
섞어 반죽하지 않으면 모래처럼 흩어져서 사용하기가 어렵다. 또 오랫동안 물
에 담가두지 않으면 작은 덩어리가 생겨 물이 일시에 스며들지 않는다. 그 상태
로 담장을 바르게 되면〔나의 의견: 중국 사람은 담장을 바르는 것을 분장粉牆이라 부른
다〕 거품과 덩이(泡釘)[66]가 생기고, 또 단단하지도 오래가지도 않는다. ―『다능집』

분장법粉牆法　　물에 담가놓은 석회에서 밑바닥에 남은 굵은 덩어리를 제거한다. 따로 서점書店(옛날의 서점은 책의 출판, 인쇄, 판매를 겸하였다)에서 자르고 남은 면지綿紙나 오지傲紙[67]의 조각을 약간 가져와 물에 불려서 완전히 녹인 다음 석회 안에 섞는다. 담장을 바를 때 찹쌀로 된죽을 끓여 석회 안에 찧어넣는다. 이것으로 담장 바깥 면을 바를 때 빗자루로 한번 쓸어버리면 담장에서 떨어지는 일이 없다. 이 잘게 썬 종이를 지근紙筋이라 부른다. 이때 색깔이 있는 종이를 사용해서는 안 된다. —『다능집』

여회蠣灰[68]

바닷가 돌산에서 바닷물에 노출된 부분은 소금기 있는 파도에 오랫동안 짓눌리면서 굴 껍질을 만들어내는데 복건성 지방에서는 이를 호방蠔房이라 부른다. 이 굴 껍질 무더기 가운데 시간이 오래 지난 것은 길이가 여러 길이 되고, 넓이가 여러 무畝가 된다. 그 들쭉날쭉한 형상이 석가산石假山(줄여서 가산假山이라고 한다. 돌덩이를 쌓아 만든 작은 산)과 같다. 여회를 굽는 사람은 송곳과 끌을 잡고서 물에 들어가 파내온다〔원주: 약방에서 팔고 있는 모려牡蠣(굴)가 바로 이것이 부서진 조각이다〕. 이 굴 껍질과 매탄을 한층 쌓은 뒤 불을 질러 회를 구워내는데, 석회를 굽는 방법과 동일하게 한다. 어떤 사람은 현회蜆灰(가막조개의 껍질로 만든 회)를 여회로 알고 있는데 잘못이다. —『천공개물』

백토白土

백토는 곳곳마다 있지만 가루가 희고 점착력이 있는 것이 좋다. 요새

굴 껍질을 채취하는 법
바닷가에서 송곳과 끌을 도구로 써서 굴 껍질
을 채취하는 장면. 이렇게 채취한 굴 껍질과 매
탄을 겹처 쌓아서 불을 질러 회를 만든다. 회를
만드는 것은 석회를 만드는 법과 같다. 301쪽
의 삽도 하단에 '굴 껍질을 굽는 법'(燒蠣房法)
이라고 쓴 것은 이 때문이다. 『천공개물』초간
본 삽도.

사람들은 백토를 석회와 섞어 반죽하여 담장에 바르는데 기와조각 사이에 흰
무늬가 아름답게 생긴다. 그중 호서湖西의 보령保寧에서 산출되는 것이 특이
하다. 그 지방 사람은 이 백토로 방실房室의 내벽을 바른다. 곱기가 옥과 같고,
밝기가 거울과 같으므로 종이로 도배를 하지 않더라도 사방의 벽이 환하게
밝다. —『금화경독기』

사벽토沙壁土

우리나라 건축 제도에서 온돌을 깔고 벽을 치장하는 데는 모두 붉은 찰흙을 사용한다. 그런데 이 흙의 성질은 거칠어서 마르기만 하면 곧 균열이 생긴다. 이때 노랗고 가는 모래흙 중 점착력이 있는 것을 취해서 말똥(썩은 짚)과 섞어 반죽한다. 그 다음 이것을 붉은 찰흙 위에 엷게 발라서 갈라진 틈을 덮어 메우고, 평탄하지 못한 부분을 평탄하게 만드는데 이를 세상에서는 사벽沙壁이라 일컫는다.

미장이가 언제나 주의를 기울이는 곳이 바로 이 부분이다. 그런데 반죽이 너무 성글면 벽이 흘러내려 무너지고, 너무 차지면 벽에 달라붙지 않는다. 또 굵은 모래가 섞여 있으면 자국이 생겨난다. 따라서 말구유에 진흙을 채운 다음 여럿이서 번갈아가며 충분히 밟아 된죽과 같이 반죽하고, 굵은 모래를 골라내서 버린다. 그런 다음 벽 위에 흙을 붙여 바르고 양손으로 흙손(鈙)〔원주: 鈙의 음은 호鎬이고, 진흙을 바르는 것이며, 도공塗工의 도구이다. 요사이 세상에서는 이를 흙손(土手)이라 부른다. 이것은 쇠로 만들고 자루는 나무로 만든다. 진흙을 바르는 부분은 폭이 좁고 길이가 길며, 그 면이 숫돌처럼 평평하고, 그 목 부분은 을자형乙字形을 이루고 있다〕을 잡고서 힘을 주어 문질러대는데, 오래 문지를수록 좋다. 이때 벽면을 대패로 나무를 다듬듯이 평평하게 다듬고, 풀로 종이를 바르듯이 흙과 나무가 만나는 부분을 봉합해야만 비로소 잘됐다고 할 수 있다.

사벽에 쓰이는 흙은 어디에나 있으나 한양에서 산출되는 것이 가장 좋다. 그러나 중국 제도를 모방하여 구들장은 반드시 벽돌로 깔고, 담장은 반드시 벽돌로 쌓고, 서까래는 반드시 삿자리로 간다면 굳이 사벽토를 사용할 필요가 없을 것이다. ─『금화경독기』

4. 기와와 벽돌

기와 굽는 법

진흙을 이겨 기와를 만들고자 할 때 두 자 남짓한 깊이의 땅을 파고, 모래가 섞이지 않은 점토를 채취하여 그것을 재료로 기와를 만든다.[69] 사방 100리 이내에는 사용하기에 알맞은 점토가 반드시 산출되는 법이므로 이 점토를 거실의 건축 재료로 사용할 수 있을 것이다.

민가에서 사용하는 기와는 모두가 원통이 네 쪽으로 나뉜 형태이다. 우선 원통을 가지고 모형을 만들고, 모형의 외부에 네 개의 분계선을 긋는다. 다음에 점토를 잘 밟아 이겨서 반죽이 잘된 진흙을 만들고, 두꺼운 장방형長方形의 진흙 판을 만들어 쌓아놓는다.

그렇게 한 다음 쇠줄 현弦을 단 활을 사용하여—이때 철선의 현 위로 삼분三分(분은 척도의 단위로 1척尺의 100분의 1이고, 1촌寸의 10분의 1) 두께의 공간을 띄우는데 그것은 자(尺)로서 한계를 정한다—장방형의 진흙 판에 대고 크기가 일정하도록 흔들며 지나가면 하나의 판이 떼어진다. 그러면 종잇장을 들어올리듯이 진흙 판을 들어올릴 수 있다. 떼어낸 진흙 판을 원통의 외벽外壁에 빙 둘러 붙인다. 진흙이 어느 정도 마른 다음 모형을 벗겨내면 자연히 네 부분으로 갈라진 기와가 만들어진다.

기와의 크기는 일정한 규격이 없다. 그 중 큰 것은 가로 세로가 8, 9촌이요, 작은 것은 그 10분의 3이 축소된다. 지붕과 지붕의 물고랑이 합해지는 곳에는 반드시 기와 가운데 가장 큰 것을 사용하는데 이 기와를 물받이기와(溝瓦)라 부른다. 이 물받이기와는 장맛비가 내려도 넘쳐흐르거나 새지 않는다.

날기와(坯)가 만들어지고 다 마른 다음에는 가마 안에 쌓아놓고 땔나

기와 만드는 법
두 개의 삽도는 기와를 만드는 법을 묘사한 것이다. 왼쪽의 삽도는 원통 모형에 분계선을 긋는 과정과 반죽된 진흙을 활로 선을 그어 떼는 과정을, 오른쪽 삽도는 원통 외벽에서 마른 기와를 떼어내어 정리해두는 과정을 묘사하였다. 『천공개물』 초간본 삽도.

무를 태워 불을 지핀다. 어떤 것은 하룻밤 내내 불을 지피기도 하고, 어떤 것은 이틀 밤 내내 불을 지피기도 한다. 이때 가마 안에 넣은 기와의 수가 많고 적음에 따라서 불 때기를 중단하는 시간을 결정한다. 불을 끈 다음 곧 가마 위에 물을 부어 기와가 남흑색藍黑色을 띄도록 하는 방법은 벽돌 만드는 법과 동일하다. 처마 끝에 드리운 기와는 적수滴水라 부르고, 용마루 양변에 까는 기와는 운와雲瓦라 부르며, 용마루를 덮는 기와는 포동抱同이라 부른다. 용마루 양끝을 장식하는 기와에는 각종 조수鳥獸의 형상을 새긴다. —『천공개물』

　　　중국 기와의 형태는 동그란 대나무를 네 조각으로 쪼개놓은 것과 같다. 기와 하나의 크기는 거의 손바닥 두 개의 크기만 하다. 민가에서는 통기와(筒瓦)[70]를 사용하지 않고 단지 암기와만을 사용한다. 앞뒤로 번갈아가며 깔면 서로 암수가 되는 것이다. 다시 회백토로 서로 맞물리는 곳을 견고하게 붙인다. 그러면 자연히 참새나 쥐가 구멍을 뚫는 일이 없다. 반면에 우리나라 기와의 형태는 지나치게 크기 때문에 너무 구부러지게 마련이요, 지나치게 구부러지는 까닭에 저절로 빈틈이 생기게 마련이다. 이로 인하여 뱀이나 참새가 기와 틈에 집을 짓는다. —『열하일기』

벽돌 굽는 법

　　　진흙을 이겨 벽돌을 만들고자 하면 먼저 땅을 파서 흙의 색깔을 살핀다. 흙의 색깔에는 남색이 있고, 백색이 있으며, 홍색과 황색이 있다〔원주: 복건성, 광동성 지역에는 홍색 진흙(紅泥)이 많다. 남색의 진흙을 좋은 진흙(善泥)이라고 부르는데 강소성과 절강성 지역에 많다〕.〔나의 의견: 우리나라에서 기와를 구울 때 사용하는 붉은 찰흙(赤粘土)은 바로 홍색 진흙의 일종으로 어디든지 있다. 남색의 차진 진흙은 물가나 기름진 벼논에 많이 분포되어 있다.〕 어떤 진흙이든 차지면서 부스러지지 않고, 미세한 가루이면서 모래를 포함하지 않은 것이 가장 좋은 품질이다. 물을 퍼서 진흙에 뿌려 습윤하게 한 뒤 소를 여러 마리 몰아서 발굽으로 밟게 하여 된진흙(稠泥)을 만든다. 그 다음 진흙을 벽돌 모양의 틀 가운데 채워넣고 쇠줄 현弦을 단

활을 사용하여 표면을 평평하게 베어내어 날벽돌의 형태를 만들어낸다.

군읍郡邑의 성과 성가퀴, 민가의 담장에 사용하는 벽돌에는 면전眠磚과 측전側磚 두 종류가 있다. 면전은 장방형으로 성곽을 쌓거나 부유한 사람들의 집 공사에 공사비를 아끼지 않고 차곡차곡 위로 쌓아올린다. 공사비를 아끼는 일반 사람의 주택에는 면전 한 개의 양 가장자리에 각각 측전을 일렬로 깔고, 그 가운데 흙과 자갈을 채운다. 이 방법은 절약하기 위한 것이다. 담장을 쌓는 벽돌 이외에 지면에 까는 벽돌이 있는데 그것을 방만전方墁磚이라 부른다. 서까래 위에 사용하여 기와의 하중을 받는 벽돌을 황판전惶板磚이라 부른다. 둥그렇게 안으로 굽은 작은 교량(홍예문紅霓門 또는 공문拱門)과 규문圭門, 그리고 묘혈墓穴에 쓰이는 벽돌을 도전刀磚, 또는 국전鞠磚이라 부른다. 도전의 폭이 좁은 한 면을 좁게 깎아서 서로 긴밀하게 쌓아올리면 둥근 모습을 이룬다. 수레와 말이 밟고 누른다 해도 무너뜨리지 못한다.

방만전을 만들고자 하면, 진흙을 방형方形의 벽돌 틀 가운데 넣고 평판平板으로 그 윗면을 덮은 다음 두 사람이 그 위를 밟고 서서 이리 저리 견고하게 다지면 쓰기에 알맞게 된다. 그 다음 석공石工이 사변을 다듬어서 지면에 깐다.

도전의 가격은 담장 쌓기에 쓰는 벽돌보다 10분의 1 정도 비싸고, 황판전은 10개를 합쳐야 담장 쌓기에 쓰는 벽돌 하나 값과 같다. 방만전 한 개는 담장 쌓기에 쓰는 벽돌 10개 값을 합한 것과 같다.

날벽돌의 형체가 만들어지면 그 다음에는 가마 안에 채워넣는다. 가마 안에 채워넣은 벽돌의 무게가 100균鈞(중량 단위로 30근이 1균임)이면 하루 밤낮 동안 불을 때고, 200균이면 이틀 밤낮동안 불을 때어야만 화력이 충분하다. 벽돌을 굽는 가마에는 땔나무를 사용하는 가마와 매탄을 사용하는 가마

날벽돌 만드는 법
진흙을 벽돌 틀에 채워 넣고 쇠줄 현을 단 활을
이용하여 평평하게 베어내는 과정을 묘사하고
있다. 그 옆에는 이렇게 만들어진 날벽돌을 가
지런히 쌓아두었다. 『천공개물』 초간본 삽도.

가 있다.

땔나무를 사용하면 불꽃이 청흑색이 되고, 매탄을 사용하면 불꽃이
백색이 된다. 땔나무를 사용하는 가마는 가마 꼭대기의 옆구리 부분에 구멍
을 세 개 뚫어 연기를 내보낸다. 불을 알맞게 때어서 땔나무를 그만 집어넣을
때가 되면 진흙으로 구멍을 꽉 막고 그 다음 물을 부어 '전수'轉銹[71]를 시킨다.
화력이 정량에서 10분의 1이 부족하면 완성품이 광택이 나지 않고, 10분의 3
이 부족하면 눈화전嫩火磚(정해진 화력보다 덜 구운 벽돌)이라는 벽돌이 만들어진
다. 이 벽돌은 본래 날벽돌의 빛깔이 잡다하게 나타나는데 뒷날 서리나 눈을

벽돌을 굽는 방법
왼쪽 그림은 매탄을 동글동글 뭉쳐 날벽돌과 교차하여 쌓아서 벽돌을 굽는 모습을 묘사하였다. 가마에 벽돌을 쌓는 방법은 빗겨쌓기(斜積) 방법을 취하였다. 오른쪽 그림은 가마에 물을 부어 '전수'하는 방법을 묘사하였다. 이 때 물은 불과의 배합을 적절하게 해야 한다. 『천공개물』 초간본 삽도.

맞으면 곧바로 부스러져서 원래의 진흙으로 돌아간다. 화력이 정량에서 10분의 1 정도 더 가해지면 벽돌의 표면에 갈라진 무늬가 생긴다. 화력이 10분의 3 정도 더 가해지면 벽돌의 형체가 축소되어 깨지고 갈라지며, 굽어서 똑바르지 못하고, 치면 쇠를 부수는 것과 같은데 사용하기에 적합하지 않다. 그러나 재료를 잘 사용할 줄 아는 사람은 이 벽돌을 지면 밑에 매장하여 담장의 기초를 만든다. 그렇게 할 경우 벽돌로서의 효용이 있다.[72] 화력을 살펴보려 할 때는 가마 문을 통해 내벽內壁을 들여다보는데, 점토가 고온의 열을 받아 정신과 몸이 요동을 친다. 마치 금과 은이 용해되어 극에 다다를 때와 같다. 도장陶匠이 이를 분별한다.

'전수'의 방법은 이렇다. 가마 꼭대기에 평평한 밭 모양의 대臺를 하나 만들고 사면의 가장자리는 조금 올려 세운다. 그리고 그 위에 물을 붓는다. 기와를 100균 구울 경우에는 물 40섬이 소요된다. 물 기운이 가마 벽의 아랫부분까지 삼투되어야만 가마 안의 불기운과 서로 작용하여 벽돌이 만들어진다. 이때 물과 불이 적절히 배합되어야 천년 동안 견딜 수 있는 재질이 만들어진다. 매탄을 사용하는 가마는 땔나무를 사용하는 가마에 비하여 가마의 깊이를 두 배로 한다. 가마의 꼭대기 부분은 아치형으로 점점 축소되게 만들고 꼭대기를 완전히 막지 않는다. 가마의 내부는 매탄으로 직경 한 자 다섯 치의 덩어리를 만들어서 매탄 덩어리를 한 켜 쌓으면 그 위에 벽돌을 한 켜 쌓는 방식으로 쌓아 나간다. 갈대와 땔나무를 지면에 깔아서 불을 붙인다. ―『천공개물』

가마 제도

중국 가마 제도는 우리나라 가마 제도와는 판이하게 다르다. 그러므로 먼저 우리나라 가마의 잘못된 점을 논하고 나서야 가마 제도를 터득할 수 있다. 우리나라의 기와 가마는 뉘어놓은 아궁이라고 할지언정 가마라고 할 수 없다. 가마를 만들 수 있는 벽돌이 아예 없기 때문에 나무로 뼈대를 세우고 진흙으로 쳐 바른다. 큰 소나무 땔감으로 가마를 불에 달궈 견고하게 만든다. 따라서 가마를 불에 달궈 견고하게 만드는 비용이 우선 많이 든다. 가마가 가로로 길고 위가 높지 않아서 화염이 위로 오르지 못한다. 화염이 위로 오르지 않아서 화력이 세지 않으며, 화력이 세지 않아서 필연적으로 소나무 땔감을 맹렬하게 땔 수밖에 없다. 소나무를 맹렬하게 때기 때문에 화력이 일정하지 않다. 화력이 일정하지 않아서 불에 가까이 있는 기와는 너무 이지러질까봐 언제나 걱정이고, 불로부터 멀리 떨어진 기와는 제대로 구워지지 않을까봐 염려된다. 자기를 굽거나 옹기를 굽거나를 막론하고, 무릇 도기를 업으로 하는 집의 가마가 사정이 모두 이렇다.

소나무를 때는 법에 따르면, 보통 소나무 옹이를 사용하는데 다른 땔감보다 화력이 훨씬 강하다. 그러나 소나무는 한번 베어 넘기면 다시 움이 트는 나무가 아니다. 그리하여 도기장陶器匠을 한번 만나면 사방에 있는 산은 모두 벌거숭이가 된다. 백 년 동안 기른 나무를 하루아침에 다 써버린 도기장은 다시 새처럼 흩어져 소나무를 찾아 떠나버린다. 가마를 만드는 법 한 가지가 잘못되어서 온 나라의 좋은 재목이 날로 고갈되고, 도기장도 날로 궁핍해진다.

중국의 가마는 벽돌로 쌓고 벽돌 사이에 생긴 틈을 회로 봉하기 때문에 가마를 달궈 견고하게 만드는 비용이 처음부터 들지 않는다. 또 마음대로 가마를 높고 크게 만들 수 있다. 쇠북을 뒤집어놓은 형태로서 꼭대기에 움푹 들어간 구덩이를 파서 물을 몇 섬이나 담을 수 있도록 만들었고 구덩이 곁에 굴뚝 네댓 개를 뚫어놓았다. 따라서 화염이 위로 잘 타오른다.

벽돌을 가마 가운데 집어넣는데 벽돌이 서로를 지탱하여 불길이 이동하는 길을 만든다. 이 가마의 오묘한 점을 크게 요약하면, 바로 벽돌쌓기에 있다. 즉, 벽돌을 평탄하게 놓지 않고 모두 방구들 고랫등처럼 모퉁이에 세워서 10여 줄이 되도록 한다. 그런 다음 다시 그 위에 비스듬히 엎어 가로 방향으로 세우고 차곡차곡 세로로 가마 꼭대기의 구멍까지 쌓는다. 이렇게 하면 자연히 삽자리(霎眼)에 구멍이 숭숭 뚫린 것처럼 불길이 뚫려 불기운이 위로 도달한다. 불길은 서로 불목구멍이 되어 마치 빨아들이기라도 하듯이 화염을 끌어당긴다. 만 개의 불목구멍이 연달아 서로의 불꽃을 삼켜버리므로 화력이 항상 맹렬하다. 따라서 수수깡이나 기장 줄기를 땔감으로 사용하더라도 벽돌을 고르게 구워 익힐 수 있어 뒤틀리거나 갈라지는 벽돌이 나올 걱정이 전혀 없다.

현재 우리나라의 도기장들은 가마 제도를 먼저 연구하지 않고 큰 소나무 숲이 없으면 가마를 설치할 수 없다고 한다. 요업은 금할 수 있는 일이 아니요, 소나무는 한정이 있는 물건이니 가마 제도의 개선부터 서둘러서 양쪽이 다 이익을 얻도록 해야 할 것이다. —『열하일기』

수수깡 300줌을 가마 하나의 땔감으로 충당하여 벽돌 8천 장을 얻을 수 있다고 어떤 사람이 말했다. 수수깡 하나의 크기가 엄지손가락만 하므로 한 줌이면 겨우 수수깡 네댓 자루에 지나지 않는다. 그렇다면 수수깡을 땔감으로 충당할 경우 불과 1천여 자루로서 거의 1만 장의 벽돌을 얻을 수 있는 셈이다〔나의 의견: 과거에 화성華城의 옹성甕城을 쌓을 적에 『천공개물』에 나오는 벽돌 굽는 법을 채택하여 크고 작은 가마 두 개를 만들었다. 큰 가마에서는 큰 벽돌 3천 장을 굽고, 작은 가마에서는 작은 벽돌 1천 600장을 구웠는데, 이때 작은 가마에 200바리의 땔나무를 때고서야 비로소 화력이 충족되었다. 그러니 여기에서 수수깡 300줌을 가마 하나의 땔감으로 충당하여 벽돌 8천 장을 얻는다고 한 것은 망령된 말이다〕. —『열하일기』

수원 화성의 옹성

화성은 현재의 수원이고, 옹성은 적의 공격에 대비하기 위하여 설치한 수비형의 성제城制이다. 즉, 성문城門의 외부에 원형이나 방형方形의 작은 성을 이중二重으로 쌓은 성이다. 반원형의 둥근 벽체는 『천공개물』의 벽돌 제작 기법을 채택하여 만든 벽돌로 축조되었다. 화성의 옹성은 1794~1795년에 지어졌다. ⓒ 김성철

기와와 벽돌을 고르는 법

벽돌의 빛깔은 청색이어야 하고, 기와의 빛깔은 백색이어야 한다. 황색은 쓰기에 알맞지 않다〔나의 의견: 현재 법에 따라 구운 기와를 고를 때도 청색을 골라야 한다. 적색 기와와 백색 기와는 모두 쓰기에 알맞지 않다〕.

물받이기와(溝瓦: 지붕 모서리의 빗물이 흘러내려가는 곳에 설치하는 기와)는 반드시 몸체 전체가 둥글고 똑바르며 엉뚱한 소리가 나지 않는 것을 선택해야 한다. 적수滴水(빗물이 떨어지는 지붕 끝의 기와)도 엉뚱한 소리가 나지 않는 것

을 선택해야 한다. ―『고금비원』

세상에서 "벽돌은 새 것, 기와는 옛 것"이라고 말한다. 벽돌은 반드시 완전한 청색을 골라야 하며, 두드리면 "땅땅!" 소리가 크게 나는 것이 가장 좋다. 기와는 오래된 기와를 사는 것이 더욱 좋다. 왜냐하면 오랫동안 비바람과 서리와 햇볕을 겪은 까닭에 파손되는 것이 분명히 적기 때문이다. ―『다능집』

새 벽돌의 건조한 성질을 제거하는 법

새로 구운 벽돌은 지하 창고 안에 매장하여 열흘에서 보름 이상을 보내야 건조한 성질이 제거된다. 그런 뒤에라야 비로소 담장을 쌓기에 적당하다. 그렇게 하지 않고 담장을 쌓아올리면 회니灰泥가 말라서 견고하게 달라붙지 않는다. ―『다능집』

계를 조직하여 기와를 굽는 법

어떤 일을 하든지 먼 앞날을 생각하는 것이 중요하다. 성인께서 은殷나라의 수레를 타겠노라 하신 말씀[73]은 수레의 견고함을 취한 것이다. 생민生民이 다급하게 여기는 물건으로는 옷가지와 먹을 것이 가장 앞서고, 가옥이 그 다음이다. 가옥은 짓고 난 다음 비만 새지 않으면 몇 백 년을 지탱할 수 있는데 현재 그렇게 되지 않는다. 우리나라 풍습이 기와를 구울 힘이 없어서 볏짚으로 지붕을 덮고 말기 때문이다.

반계磻溪 유형원柳馨遠[74] 선생은 외읍外邑으로 하여금 각각 흙과 나무를 쉽게 구할 수 있는 곳에 가마를 설치하여 기와를 굽게 하고, 사람들이 사고 팔 수 있도록 허가하려는 생각을 가졌다. 반계 선생은 또 "거민居民들이 계를 조직하여 재물을 모아 기와를 만들어내면, 10년을 넘지 않아서 한 마을이 모두 기와집으로 변할 것이다"라고 말씀하셨다. 선생의 생각은 원대하니 서둘러 시행하는 것이 마땅하다.

또한 땅 위에서 소용되는 것으로 말보다 나은 것이 없고, 농사와 양잠에는 소가 없으면 아무 일도 이루어지지 않는다. 이러한 말과 소를 기르는 데는 풀과 볏짚이 긴요하게 사용되는데 가난한 집에서는 풀과 볏짚이 없어서 마소를 기르지 못하기도 한다. 촌가村家로 하여금 기와로 지붕을 덮게 하여 볏짚을 지붕 잇기에 소비하지 않는다면 그 이익이 클 것이다. ─『성호사설』星湖僿說

벽돌의 이익[75]

현재 천하에서 지면 밖으로 5~6길과 지면 아래로 5~6길은 모두 벽돌이다. 벽돌을 위로 높게 쌓아 만든 건축물로는 누대樓臺 성곽 담이 있고, 깊이 파서 만든 건축물로는 교량과 분묘, 운하와 제방 등이 있다. 벽돌이 천하만국天下萬國을 옷처럼 두르고 있어서 백성들이 수재나 가뭄의 피해, 도적의 침입, 썩거나 물에 젖는 것, 건물이 기울고 무너지는 것을 염려하지 않는다. 이 모든 것이 벽돌의 힘이다. 벽돌의 효과가 이 정도인데도 불구하고 우리나라 수천리 강토 안에서만은 벽돌에 대해 강구하지 않고 팽개쳐두고 있다. 실책이 너무 크다고 할 수 있겠다.

어떤 사람은 벽돌이 흙으로부터 만들어진 것이기 때문에 우리나라에

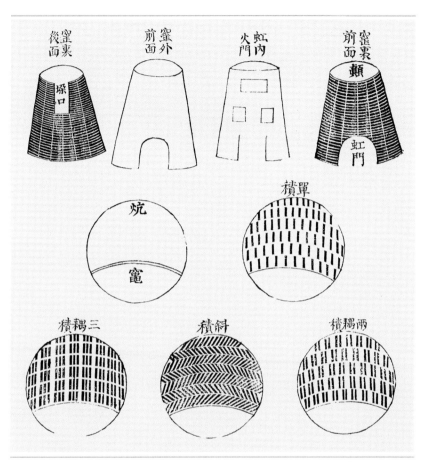

가마 그림(甓窯圖)

이 가마 그림은 버클리 대학 소장 자연경실장본 '섬용지'에 실린 원본 그림이다. 벽돌을 굽는 가마의 형태와 구조를 묘사하였고, 가마 안에 벽돌을 쌓는 방법을 그림으로 제시하였다.

이규경은 『오주연문장전산고』 19권 「번벽변증설」甎甓辨證說에서 서유구가 제시한 이 그림을 평가하여 이렇게 말했다. "전甎이란 곧 벽甓이다. 궁실과 성첩城堞, 대지臺址를 건설할 때 중국에서는 전적으로 벽돌에 의지한다. 우리나라에서도 벽돌을 굽고는 있으나 중국에는 크게 못 미치고 있다. 그 전에 연암 박지원과 정유 박제가 두 분이 벽돌 굽기에 대해 역설했는데, 『열하일기』와 『북학의』에 그들의 주장이 잘 나타나 있다. 그 설은 채택하여 쓸 만하나 그에 마음을 두는 사람이 없다. 나 또한 여기에 뜻을 두어 공사公私의 일에 크게 쓰이도록 하려고 했다. 『천공개물』은 가마를 만들고 벽돌을 굽는 법을 깊이 있게 설명하고 있는데 두 분이 기록한 내용과 대략 같다. 오비학사五費學士 서유구 공도 그것을 한번 시험해보지 못한 것을 유감으로 여겨 벽돌 굽는 가마에 대한 그림과 설명을 그분이 저술한 『임원십육지』林園十六志 가운데 실어놓았다." 이러한 언급에서 박지원, 박제가, 서유구, 이규경으로 연결되는 이용후생학의 면면한 계승을 확인할 수 있다.

는 기와는 있지만 벽돌은 없다고 말하기도 한다. 그러나 결코 그렇지 않다. 둥글게 만들면 기와가 되고, 네모나게 만들면 벽돌이 되므로 차이가 없다. —『북학의』北學議

5. 도료

도배

벽을 바른 흙이 다 마른 다음에는 곧 휴지休紙〔원주: 세상에서 글씨를 쓰고 남은 묵은 종이를 휴지라고 부른다. 휴休란 버린다는 뜻이다〕를 사용하여 풀로 바르는데, 이를 초배艸褙라 부른다. 그 위에 다시 흰 종이를 발라서 먹물 자국을 가리는 것을 중배中褙라 부르며, 중배를 한 위에 다시 두꺼운 종이를 바르는 것을 정배正褙라 한다. 대체로 정배에 쓰이는 종이는 호남湖南 전주산全州産 간장지簡壯紙〔원주: 두터우며, 두드려서 빛이 난다. 종이를 잘라 편지지로 사용하기에 세상에서는 간장지라 부른다〕, 남평南平·남원南原 등의 고을에서 생산되는 선지扇紙〔원주: 깨끗하고 희며, 두드려서 빛이 난다. 종이를 풀로 붙여 접부채를 만들기 때문에 세상에서는 선자지扇子紙라 부른다. 중국 사람이 말하는 조선의 백추지白硾紙는 대개 간지簡紙, 선지扇紙 등을 가리킨다〕를 상품上品으로 친다. 관서關西 영변寧邊에서 생산되는 백로지白露紙와 관동關東의 평강平康에서 생산되는 설화지雪花紙는 모두 좋은 제품이다. 그러나 우리나라 종이는 아무래도 보풀이 일어나는 점이 병폐이다. 반면 중국에서 무역해오는 모토지毛土紙(중국에서 생산되는 값싸고 거친 종이)는 값이 싸고 보풀이 일어나지 않으므로 벽을 바르는 데 가장 알맞다. 사치하는 사람은 분지粉紙(두껍고 흰 종이의 일종)를 사용하는데 더욱 아름답다. ─『금화경독기』

새로 방옥房屋을 세우고 초배를 한 다음에는 반년이고 1년이고 그대로 내버려둔 채 정배를 서두르지 않도록 한다. 대개 새로 벽을 바르고 났을 때는 기둥과 벽이 교차하는 부분이 꼭 밀착되어서 틈이 없지만, 시간이 지나면서 흙과 나무가 말라 수축되어 교차하는 부분에 틈과 균열이 생겨 거기에 바른 종이가 주름이 잡혀 일어난다. 주름 잡힌 부분을 칼로 도려내고, 다시 종이를 돌돌 말아서 그 갈라지고 터진 틈을 메운다. 그런 다음 비로소 중배와 정배를 하는 것이 좋다. 이처럼 하지 않고 집을 세우자마자 곧 정배를 하면 결국에는 기둥과 벽이 교차하는 부분이 뒤틀려 일어나는 것을 막을 수 없다. ─『금화경독기』

혹은 벽을 바르고 나서 다 마르면 휴지를 바르지 않고 곧장 석회를 가져다가 보름에서 한 달간 물에 담가두었다가 밑바닥에 가라앉은 거친 덩어리는 버리고 물 위에 뜬 차지고 가는 것만을 취한다. 물을 기울여 빼버리고 느릅나무 즙과 지근紙筋을 함께 배합하여 벽에 바른다. 바른 석회가 다 마르기를 기다렸다가 흙손으로 거품과 덩이(泡釘)을 갈아서 고르게 만든다. 그 뒤 7, 8개월이 지난 뒤 기둥과 벽 사이에 틈이 생기면 앞에서 한 방법에 따라 다시 석회를 바른다. 이것이 마르기를 기다렸다가 종이를 두세 겹 바르면 휴지를 소비하지도 않을 뿐만 아니라 희고 깨끗하여 아름답다. ─『금화경독기』

창 도배

중국 연경燕京과 열하熱河의 궁전 창은 모두 우리나라에서 공물로 보낸 종이로 도배하였는데 종이가 질기고 내구성이 뛰어나기 때문이다. 그러나 중국에 공납한 백면지白綿紙는 우리나라 종이 가운데 좋은 품질은 아니다. 전주全州의 간장지로 창을 도배하는 것이 마땅하다. ─『금화경독기』

서재의 창에 기름 먹이는 법

피지皮紙(질기고 얇은 일본산 미농지)로 창을 바른다. 그 다음 오동나무 기름과 맑은 물을 똑같은 분량으로 섞어서 솔질하여 바른다. 그러면 빗물이 새어들지 않고 햇빛이 밝게 스며든다. 솔은 닭털을 사용한다. — 『속사방』俗事方

독서에는 모름지기 밝은 창과 정결한 책상이 필요하다. 유지油紙로 창을 바르면 방안이 밝다. 유지를 만드는 비결에서 "오동나무 기름 다섯에 삼씨기름 여섯을 끓이지 않고, 피마자 20개를 껍질을 까서 갈아놓으며, 광분光粉[76]과 황단黃丹(황색의 단약丹藥으로 납, 유황, 소석消石 등의 재료를 용해시켜 가루로 만듦)을 반 수저씩 넣어서 복숭아 나뭇가지로 신선인양 저어 쓴다"〔나의 의견: 오동나무 기름이 없으면 황랍黃蠟(누른 밀로 밀랍을 끓여서 응고시킨 것)을 대신 사용한다〕라고 하였다. 또 "오동나무 기름 셋에 삼씨기름 넷은 끓일 필요 없고, 피마자 15개는 껍질을 까서 갈고, 정분定粉 1푼을 넣어 반죽하면 햇볕을 쐬기만 해도 곧 광이 나고 고우리라"라고 하였다. — 『거가필용』

우리나라에는 오동나무 기름이 없으므로 삼씨기름만을 사용하여 끓인다. 여기에 황랍과 백반白礬을 첨가하여 찌꺼기를 용해시킨다. 솜방망이로 기름을 묻혀서 창 종이에 문지르면 저절로 밝게 광이 나고 곱다. — 『금화경독기』

혹은 석화채石花菜(우뭇가사리로 아교의 재료)를 끓여서 아교를 만들기도 한다. 아교가 응고되기 전에 풀 바르는 붓으로 아교를 묻혀 창 종이에 바르면 햇빛을 밝게 받아들이므로 기름으로 문지른 것과 차이가 없다. — 『금화경독기』

천정판 도배

천정판은 한 칸에 네 개의 우물(井: 우물 정자井字의 형태로 짠 천정의 반자틀)이나 다섯 개의 우물을 만든다. 이때 우물 반자는 모두 가는 나뭇가지로 가로 세로 격자살을 만든다. 그런 다음 먼저 전후지錢厚紙를 바르고, 그 다음에 색지色紙를 바른다. 청색이나 녹색, 또는 아청색鴉靑色(검은 빛을 띠는 푸른색)을 마음에 드는 대로 사용한다. 일본에서 무역해온 각색의 능화전菱花箋(마름꽃 무늬를 새긴 색종이)도 아름답다. 혹은 정분丁粉을 동청銅靑(구리에 생기는 푸른 빛깔의 녹), 전화靛花(반물, 청흑색) 등과 반죽하여 색깔을 내기도 하는데 이 경우에도 법에 의거하여 만든 들깨기름으로 문질러 광을 낸다.

혹은 감나무로 칠(柿漆)하기도 하고[77] 소나무 그을음으로 칠하기도 하며, 만자卍字 무늬 대자리로 싸고 누른 칠을 칠하기도 한다. 또 호분胡粉, 자황雌黃, 소나무 그을음, 먹 등으로 삼전三錢 표범가죽 무늬를 그리기도 한다. 갖가지 종류의 기묘함을 다투는 솜씨는 이루 다 헤아릴 수 없다. 우물 반자를 끼우는 귀틀은 청지靑紙나 유지油紙를 사용하여 바른다. ―『금화경독기』

구들장 도배

구들장을 깔고 흙을 발라서 다 마르면 우선 휴지를 네댓 겹으로 바르고 다음에는 백지白紙를 두세 겹으로 바른다. 그 다음에 비로소 기름장판을 풀칠하여 바른다. 영호남의 닥나무가 생산되는 지방에서는 모두 기름장판을 잘 만든다. 방 한 칸에 넉 장을 깔 수 있는 장판이 최상품이고, 여섯 장을 깔 수 있는 것이 최하품이다. 대단히 큰 발에 떠서 만든 종이는 한 장으로 거의 방 한 칸을 깔기도 하는데 그 값이 보통 종이의 열 배라서 큰 부자나 권세가가

작자 미상, 〈경직도〉 부분
농가에서 1년 동안 해야 할 일을 그림으로 그린 〈경직도〉의 일부분으로 벽에 흙을 바르거나 도배하는 장면. 지붕을 깨끗하게 이은 초가집 두 채에서 한 사람은 천정을 바르고, 한 사람은 벽을 바르고 있다. 국립중앙박물관 소장.

아니면 가질 수 없다. 기름장판을 깔 때는 밀가루를 가지고 풀을 쑤는데 풀을 매우 되게 쑨다. 다시 메주콩을 빻아 가루로 만들어서 풀과 섞으면 비로소 접착력이 강해진다. 이렇게 하지 않아서 풀이 차지지 않고 접착력이 없으면 바른 종이가 즉시 떨어져 나가 바닥에 붙지 않는다. 장판을 풀로 붙이는 일을 마치면 곧장 들어가 거처하지 말고, 다시 들깨기름을 끓여서 베수건에 기름을 묻혀 기름장판 위를 문질러 결인다. 불을 때어 구들장을 달궈 완전하게 말린 다음에 들어가 거처한다. ─『금화경독기』

환혼지還魂紙 **기름장판 만드는 법**   잘라 쓰고 남은, 질기고 두꺼우며 다듬이질하여 광택이 나는 종이를 장만한다〔원주: 유삼油衫 및 담뱃갑을 잘라 만들고서 남은 종이 조각이 가장 좋다〕. 이것을 깨끗한 옹기 안에 집어넣고 여러 날 동안 물에 담가두었다가 손으로 부벼 찢어서 엉긴 것을 푼다. 물기를 제거하고서 느릅나무 즙과 저호초楮糊艸〔원주: 속명은 닥풀이다〕를 고루 섞어서 반죽한다. 구들장을 깔고 바른 흙이 말랐으면 먼저 휴지를 한두 겹 풀로 바른다. 휴지를 바르고서 바로 환혼지 반죽을 흙손을 사용하여 구들장 위에 아주 얇게 사벽토를 바르는 방법대로 바른다. 이때 고른 두께로 바르는 일이 매우 중요하다. 요철이 생겨 울퉁불퉁하거나 실낱같은 틈이 생기는 것을 몹시 꺼린다. 환혼지 바르는 일이 끝나면 불을 때어 구들장을 달군다. 구들장이 마르기를 기다렸다가 책을 자르는 날이 넓은 칼을 뉘어 옹이가 생겼거나 평탄하지 않은 부분을 갈거나 깎아낸다. 풀칠하는 붓에 들깨기름을 적셔서 결이되 빠진 곳이 없도록 쉬지 않고 두루 결인다. 다시 구들장을 달구어 대엿새 지나고 나면 최상의 전장全張 기름장판이 만들어진다. 사방을 두른 벽 아래 벽과 구들장이 만나는 곳은 따로 질기고 두꺼운 유지를 사용하여 긴 종이 조각〔원주: 조각의 길이는 한 치 남짓이다〕을 만들어 틈서리를 풀로 붙여 가린다. ─『금화경독기』

소나무 껍질(松皮) **기름장판 만드는 법**   소나무 껍질을 빻아 체로 걸러서 가루를 만든다. 이 가루를 느릅나무 즙을 사용하여 뒤섞고 찧어 반죽한다. 다음에는 위에서와 같은 방법으로 구들장 위를 바른다. 불을 때어 구들장을 매우 뜨겁게 달군다. 구들이 마르기를 기다렸다가 대패로 고르게 깎아서 광택이 나고 매끄럽도록 만든다. 포대에 두부를 담고 들깨기름을 부어 넣은 뒤에 이것으로 곳곳을 두루 결인다. 수십 일이 지나면 전장全張 기름장판이 만들어

진다. 소나무 껍질을 10분의 7, 석회를 10분의 3의 비율로 섞으면 단단하고 질
기다고 말하는 사람도 있다. ─『금화경독기』

솜 기름장판 만드는 법　구들을 깔아 말리고 난 다음 씨아를 이용하여
탄 솜을 사용하여 된풀과 고르게 섞어서 구들장 위를 빽빽하게 이겨 바른다.
다음에는 구들에 불을 때서 말린다. 구들이 완전하게 말랐으면 대패를 가지
고 고르게 깎아내고, 위와 같은 방법으로 기름을 칠하고 불을 때서 말린다.
─『금화경독기』

황벽피黃蘗皮 **기름장판 만드는 법**　황벽나무 껍질을 빻아 체로 걸러서 가
루를 만든다. 이때 석회나 종이 조각, 또는 어저귀〔원주: 소나무 껍질 기름장판에도
종이 조각을 첨가하는 것이 좋다〕를 첨가하여 느릅나무 즙과 고르게 섞어서 반죽한
다. 이것을 구들장에 까는데, 바르고 기름을 칠하는 것은 위의 방법과 같다.
　　은행잎은 가을이 깊어지면 잎이 누렇게 변하여 떨어지는데 이것을
말려서 가루를 만들고 위와 같은 방법에 따라 사용할 수 있다. 황벽나무 껍질
과 은행잎은 모두 벼룩과 빈대를 막을 수 있다고 한다. ─『금화경독기』

아교 기름장판 만드는 법　구들장을 깔고 모두 말린 뒤에는 한 겹 또는
두 겹으로 종이를 바른다〔원주: 종이는 흰 종이를 사용하고, 붓글씨 자국이 남아 있는
것은 사용하지 않는다〕. 다음에는 소가죽을 삶아 아교를 만들어서 종이 위에 바
른다. 구들장에 불을 때서 말리고, 다 마르면 다시 아교를 바른다. 이러한 방
식으로 예닐곱 차례 반복하여 아교 두께가 여러 푼이 되면 그친다. 대패로 다
듬고 기름칠을 하는 것은 위의 방법과 같다. ─『금화경독기』

풀

우리나라 사람들은 벽면을 바를 때 대체로 밀가루를 사용하여 풀을 쑨다. 『본초강목』本草綱目을 보면, "접시꽃(黃蜀葵) 줄기 즙이나 구목즙構木汁[78]은 모두 종이에 단단하게 달라붙는다"고 하였다. 또 『화한삼재도회』和漢三才圖會에서는 "고사리 줄기의 중심에 있는 흰 가루는 종이에 가장 잘 달라붙는다. 따라서 지공가紙工家(종이 만드는 장인)가 그 가루를 취하여 풀을 쑤어 상자나 바구니 같은 기물을 접착시킨다"라고 하였다. 또 말(海蘿)이라는 물건 말린 것을 끓여서 풀을 쑤어 종이를 바른다고 하였다. 혹은 석회와 반죽하여 바른다고도 하였다. 이러한 것들은 모두 밀가루와 반죽하여 풀을 쑬 수 있다. ―『금화경독기』

율무는 장기瘴氣를 이기고 습기를 없애주기 때문에 중국 해양선海洋船에서는 반드시 율무로 쑨 풀을 사용하여 창문을 바른다. 그러면 오래 견디고 파손되지 않는다. 해변의 덥고 습한 지역에 거주하는 사람들은 율무로 쑨 풀을 사용하여 벽을 바르고 창문을 바르는 것이 좋다. ―『금화경독기』

집의 목재에 기름칠하는 법[79]

집을 지어 완성한 다음에는 문, 문짝, 기둥, 들보의 모든 목재에 송유松油를 사용하여 바르고 문지른다. 그러면 광택이 나고 비바람을 잘 견딘다. ―『금화경독기』

집을 지어 완성한 다음에 반달이나 한 달 정도 기다렸다가 기름칠을 하는 것이 좋다. 그렇게 하지 않으면 습기가 목재 안에 가두어져 밖으로 빠져 나갈 수가 없어서 반드시 손상을 쉽게 당할 우려가 있다. —『다능집』

실내 도구 및 기타

1. 실내 도구[80]

와상臥床[81]

우리나라 사람은 자리를 깔고 앉거나 눕기를 좋아한다. 옛날 대청마루에서 누워 자던 때에는 그다지 심하게 습기를 끌어들이지는 않았다. 근세에는 온돌방 구들 위에 거처하는 데 익숙해졌으나, 구들장 만드는 법을 몰라서 순전히 흙과 돌만을 사용하여 구들을 만들기 때문에 아궁이 재의 열기가 식으면 곧 흙이나 돌 위에서 자는 것과 아무런 차이가 없다. 그리하여 산추疝墜(음낭이나 아랫배가 갑자기 아프거나 음낭의 한쪽이 부어 처지는 증세)와 반신불수 같은 질병이 모두 이로 말미암아 발생한다. 중국 제도를 채택하여 앉는 데는 의자를 사용하고, 눕는 데는 침상을 사용하는 것이 옳다.

침상은 일본에서 만든, 옻을 칠하고 금빛을 박은 것이 아름답다. 다

이재관, 〈고사한일도〉高士閑日圖
괴석과 파초 앞에 놓인 평상에 선비가 비스듬히 앉아 있다. 평상에는 서책들이 쌓여 있고, 앞에서는 동자가 차를
끓이고 있다. 여름날의 한가로운 정경이다. 평상을 비롯한 각종 침상, 담요와 자리 및 의자들이 조선 후기에 실내
와 실외에서 사용되었다. 서유구가 온돌의 단점을 지적하며 앉는 데는 의자를, 눕는 데는 침상을 사용하자고 주장
한 것이 이채롭다. 개인 소장.

만 네 다리가 너무 길어서 여름에 벼룩과 빈대를 피하기에는 이로우나 겨울
에 온기를 취하기 어렵다. 나는 요사이 세상에서 말하는 평상平牀 제도를 이용
하되 이를 조금 변화시켜 사용하고자 한다〔원주: 오늘날 풍속에는 간혹 나무로 만든
침상을 사용하는 사람들이 있다. 그 제도는 이와 같다. 네 짝의 침대틀(四框) 안에 가로로 엷
고 작은 나무판자를 마치 창살 모양처럼 설치한다. 이것을 평상살(牀矢)이라 부른다. 두 개

의 방형 침상판을 잇대어 깔아 침상 하나를 만든다. 여름철에 사용하면 벼룩과 빈대를 피할 수 있다고 하지만 벼룩과 빈대가 위로 기어오르지 않는 때가 없다. 겨울철에 사용하면 온기를 단절시킨다고 하여 몹시 꺼리는데, 불을 활활 땔 때면 온기와 뜨거운 훈기가 나무를 뚫고 위로 올라오므로 침상에 의하여 단절되지 않는다는 사실을 전히 모르고 하는 말이다〕. 네 짝의 침대틀 재료로는 가래나무를 사용하거나 혹은 느티나무를 사용한다. 그 나무를 화류나무(花梨: 꽃무늬가 있는 나무로 기물을 만드는 데 사용하는데 남방 지역에서 산출됨) 색깔로 염색한다. 침상의 바깥으로 노출된 면에는 우레 무늬를 새겨 넣는다. 평상살은 반드시 낮게 설치하며, 침대틀 홈(框唇) 안으로 두세 푼 집어 넣는다. 살 위에 기름으로 결어 누런 전후지(錢厚紙)를 한 겹 풀로 붙인다. 종이 위에 두세 겹으로 모포를 깔되 침대틀의 테두리와 나란하게 되면 그친다〔원주: 모포는 정교한 것이든 거친 것이든 가리지 않고, 다만 침대틀 테두리의 길이와 넓이에 맞춰 잘라 다듬어 넣으면 된다. 두세 겹으로 하든, 너댓 겹으로 하든 침대틀 테두리와 평행이 되도록 해야 한다〕. 두 개의 방형 침상판을 잇대어 침상 하나를 만들고, 그 위에 보료와 구유 등을 깔아 연결시킨 흔적을 가린다. 여름에는 등나무 자리를 깐다. —『금화경독기』

보료(氆氇)

면양의 털을 사용하여 보료를 만든다. 근래 중국에서 무역해온 보료는 흰색 바탕에 파란색으로 꽃무늬를 그린 것이 많다. 혹 가장자리에 만자(卍字) 무늬를 새기기도 하였다. 그 크기와 길이가 일정하지 않아 정방형의 좌석으로 만들기에 좋은 물건도 있다. —『금화경독기』

구유氍毹

『설문』說文에 "유毹는 구유氍毹이다" 라고 했고, 『풍속통』風俗通에서는 털을 짜서 만든 담요를 구유라 한다고 하였다. 이런 기록을 통해서 중국에서 구유가 사용된 지가 오래되었음을 알 수 있다. 한유韓愈(당나라의 대표적인 문학가)가 지은 "상廂 두 개에 구유를 깔고, 다섯 다리 달린 솥에서 작약芍藥을 달인다" 라는 시구를 통해서 옛날에는 부유하고 귀한 집에서 구유가 사용되었음을 알 수 있다. 근래 중국 변방의 상점에서는 모두 꽃무늬를 새긴 구유를 깐다고 한다. ─『금화경독기』

말갈기 담요(鬃毡)

말갈기를 염색하여 화훼와 조수의 형상을 담요 위에 새겨 짠다. 보료에 비하여 상당히 내구성이 뛰어나다. ─『금화경독기』

융단(毧氈)

면양에는 두 가지 종류가 있다. 하나는 쇠의양(簑衣羊: 몽고 양)으로 부드러운 털을 깎아 모포와 융단을 만든다. 천하에서 널리 사용되는 모자와 버선은 모두 이 쇠의양의 털에서 나왔다. 이 품종은 강소성江蘇省의 서주徐州와 회수淮水의 이북 지방에서 많이 키우는 반면, 남쪽 지방에서는 호군湖郡(여기에서 생산되는 양을 호양湖羊이라 하는데 좋은 품질의 면양임)에서만 사육하고 있다. 면양은 1년에 세 번 털을 깎아준다〔원주: 여름철에는 털갈이를 하므로 털을 깎지 않는다〕. 양 한 마리당 해마다 털로 만든 버선의 재료를 얻고, 양 세 쌍이 새끼를 낳는데 암수의 수를 합하면 두 마리의 새끼를 얻는 셈이다. 그러므로 북방에서는 가축으로 면양 100마리를 사육하면 해마다 백금의 수입을 번다고 한다.

　　　　다른 품종은 율력양罽芳羊(고력양과 같은 말인데 여진어로 큰 양이란 의미이다. 곧 산양을 말한다)으로 섬서성陝西省 사람들은 산양山羊이라 불러서 면양과 구별한다. 산양은 처음에는 서역에서 임조臨洮(현재 감숙성甘肅省의 민현 일대)로 전래되었는데 지금은 난주蘭州(현재 감숙성의 일부 지역) 지역에서만 많이 기른다. 이 양의 속털은 가늘고 부드러워 그 털로 융갈絨褐을 만든다. 모포 중에서 가는 것은 모두 난주에서 생산되어 난융蘭絨이라고 부른다. 대체로 면양의 거친 털을 깎은 것이 모포가 되고, 가는 털을 깎은 것이 융단이 된다. 이것들은 모두 펄펄 끓는 물에 넣었다가 꺼내어 씻은 다음 털이 엉겨서 접합되면 목판으로 물체의 형상을 짜서 만들고, 그 위에 융단을 깔고 난 다음 축軸을 밀어서 제품을 만들어낸다. 융단은 희거나 검은 색이 본래의 색이고, 그 나머지 색은 모두 염색한 것이다. ─『천공개물』

　　　모포를 만드는 법　봄에 깎은 털과 가을에 깎은 털을 반반씩 섞어서 사용한다. 가을철에 깎은 털은 빳빳하고 질기며, 봄철에 깎은 털은 부드럽고 약하기 때문에 어느 한쪽만을 사용할 경우에는 크게 편중된 성질을 가지게 된다. 이러한 까닭에 2월 19일 복사꽃이 떠내려가는 물을 섞어서 만든 모포가 가장 좋다. 대체로 모포를 만들 때는 두텁고 크게 만들 필요가 없으며 팽팽한 정도와 두께가 균등하면 좋은 제품이다. 이 모포를 2년 정도 깔고 자면 모포에 때가 끼었음을 느끼게 된다. 9, 10월에 이것을 팔아 담요의 재료로 쓰게 한다. 그 다음 4, 5월 모포가 나올 때 새 것을 산다. 이것이 바로 구멍이 뚫어지거나 부패하지 않은 채 오래도록 보존하는 방법이다. 만약 모포를 자주 바꿔

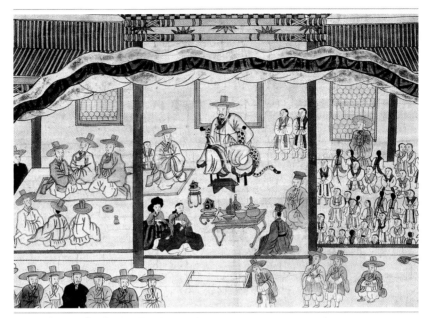

작자 미상, 〈신관도임연회도〉新官到任宴會圖
지방관이 도임하여 축하연을 벌이는 장면의 일부. 대청의 중앙에는 사또가 호랑이 가죽을 깐 의자 위에 앉아 있고, 그 오른쪽으로 신분이 높아 보이는 사람들이 자리를 깔고 앉아 있다. 나머지 사람들은 모두 맨바닥에 앉아 있다. 19세기의 그림으로 신분에 따라 앉는 모습이 다른 풍속을 엿볼 수 있다. 고려대학교 박물관 소장.

주지 않으면 더러운 때가 끼고 구멍이 뚫어질 뿐만 아니라 아무런 값어치도 없이 헛되이 돈만 낭비하게 된다. 그와 같은 것을 위와 같은 썩지 않게 사용하는 방법과 비교할 때 어떻게 같은 수준에서 말할 수 있겠는가? ―『제민요술』

중국에서 수입해온 모포의 품질을 살펴보면, 백융단이 가장 좋고, 홍단(紅毬)이 그 다음이며, 자주색이나 청색 등 잡다한 색깔의 모포가 제일 나쁘다. 흰색 모포가 점점 어두운 색으로 변해가고 털이 거칠고 몸체가 조잡한 것은 물건을 싸는 데만 사용하고 침실 요로는 사용하지 않는다. 가격도 융단의 3, 4분의 1에도 미치지 못한다. ─『금화경독기』

모포에 좀이 생기지 않도록 하는 법

여름철에 자리를 깔고 그 위에 눕지 않으면 벌레가 발생하지 않는다〔나의 의견: '벌레가 발생하지 않는다'는 말은 '벌레가 쉽게 발생한다'로 바꾸어야 할 듯하다〕. 만약 누운 사람이 거의 없는 모포라면 미리 각櫟나무 땔감에서 나온 마른 재를 거두어두었다가 5월 중에 재를 뿌려서 다섯 치 정도의 두께로 모포에 두루 붙이고, 바람이 서늘하게 부는 곳에 모포를 말아서 놓아둔다. 그러면 벌레가 생기지 않는다. 만일 이렇게 하지 않으면 벌레가 생기지 않는 때가 없다〔나의 의견: 임원경제지「복식지구」服飾之具의 '모직물에 벌레가 생기지 않도록 하는 법'을 참고하여 보는 것이 좋다〕. ─『제민요술』

몽고담요(蒙古氈)

두께가 몇 치에 이르며, 윗면에는 휘돌아서 기워댄 무늬가 있는 것으로 보아 여러 장의 모포를 중첩시켜서 만든 것 같다. 추위를 막기에 가장 알맞다. 저들의 둥근 천막집에서 사용되는데 얼음이나 눈에 붙어서 깔아도 그 위에 누워 잘 수 있다고 한다. ─『금화경독기』

등나무 자리(藤簟)

등나무 껍질에 염색하고 우레 무늬로 짜 만든 것이 좋다. 어떤 사람은 등나무 줄기를 가늘게 갈라서 흰 빛깔의 자리를 짜 만들기도 하는데 너무 부드러워서 부서지기 쉽다. —『금화경독기』

왕골자리(龍鬚席)

왕골의 다른 이름은 현완懸莞으로, 곳곳마다 이것이 있다. 영남의 안동安東 예안禮安 사람들은 다섯 가지 채색의 용龍무늬 자리를 잘 만들어 공납물로 충당한다. 경성 귀족의 집에서 재합齋閣에 소용되는 것과 제사와 잔치에 까는 것은 해서海西의 배천(白川) 연안延安 등의 고을에서 생산되는 물건을 가장 좋은 품질로 치며, 경기도 교동喬桐의 물건을 그 다음 품질로 친다. 다섯 가지 채색으로 꽃·새의 무늬를 새긴 것도 있고, 흑색 하나만을 사용하여 수복만자壽福卍字의 무늬를 새긴 것도 있다. 그중에서 향포석香蒲席으로 바닥을 대고 청흑靑黑의 갈포로 테두리를 빙 둘러 장식한 것을 등매석登每席이라고 부른다. 여러 개의 자리를 이어 붙여서 마루나 대청에 넓게 까는 자리를 지의석地衣席이라 부르고, 꽃이나 새의 무늬를 새긴 자리를 만화석滿花席이라 부른다.

도종의陶宗儀[82]의 『원씨액정기』元氏掖庭記에는 다음과 같은 기록이 있다.

"황제가 영영英英을 위하여 경화도瓊華島 내에 채방관采芳館을 세우고 당인唐人의 만화석을 깔았다. 당인은 고려의 섬 이름으로 만화초滿花艸가 산출된다. 이 풀은 성질이 부드러워 꺾거나 구부려도 훼손되지 아니하고 광택이 아름다워서 그 지방 사람들이 이를 엮어서 자리를 만든다."

여기에서 말한 것은 아마도 우리나라의 만화석을 가리키는 것 같으나 당인도는 오늘날 무슨 이름으로 불리는지 알 수 없다. 그러나 위에서 만화를 풀 이름으로 안 것을 보면 잘못 와전되어 그렇게 된 것 같다. —『금화경독기』

향포석香蒲席

향포는 물풀로서 창포菖蒲와 같은 종류이다. 이를 베어다가 햇빛에 말린 다음 꼬아서 자리를 만들 수 있다. 그 방법을 살펴보면, 먼저 칡덩굴을 취하여 껍질을 벗기고 흰 껍질을 가늘게 갈라서 가는 새끼줄을 꼰다. 대여섯 자 길이의 나무막대로 베틀의 도투마리(織機)를 만든다. 양 끄트머리는 왜소한 다리로 지탱하는데 그 모양이 저울 틀과 같고 그 높이가 한 자를 넘지 않는다. 베틀 위에는 가로로 작은 골을 깎아서 항렬대로 배열하고, 그 골 하나마다 칡 가닥을 하나씩 꿴다. 칡 가닥의 끄트머리에는 고드랫돌을 매단다〔원주: 고드랫돌은 곱돌(膏石)을 이용하여 만든다. 그 형태는 허리는 가늘고, 양 끄트머리는 큼직하다. 알맞은 돌이 없을 경우에는 진흙을 이겨 만들고 종이로 바른다〕. 부들을 하나씩 베틀의 좌우에 걸고 추를 던져서 자리를 짠다. 가로세로 한 가닥 한 가닥씩 자리를 짜서 길이가 한 길 남짓 되면 자리 하나가 만들어진다. 자리 한 장에 50~60가닥으로 짠 것이 상품이고, 30~40가닥으로 만든 것은 하품으로 친다.

요사이 농가에서는 집집마다 베틀 하나를 설치하여 늙고 병든 사람이나 문약文弱하여 힘이 드는 일을 하지 못하는 사람들이 이 일로 생업을 하는 경우가 많다. 강화도의 교동喬桐 등지에서 나오는 물건이 품질이 좋다. 근래에는 개성 사람들도 잘 만든다. 연안延安 사람들은 창포를 가져다가 낮에는 햇볕을 쬐게 하고, 밤에는 이슬을 맞춰서 은빛과 같이 희게 만든다. 그런 다음

돗자리 짜는 노인
서유구는 당시에 이용되던 다채로운 자리의 소재, 제작법, 명산지를 소개하고 "요사이 농가에서는 집집마다 베틀 하나를 설치하여 늙고 병든 사람이나 문약文弱하여 힘이 드는 일을 하지 못하는 사람들이 이 일로 생업을 하는 경우가 많다"고 하였다. 위 사진에도 노인이 주렁주렁 매달린 고드랫돌을 잡아 올려 자리를 짜고 어린아이가 흉내를 내고 있다. 1900년경의 사진이다.

이것으로 50~60가닥의 자리를 짜는데, 희고 깨끗하여 사랑스럽다. 북관北關 사람들은 귀리의 짚으로 자리를 짜는데, 색깔이 황금과 같다. 위에서 말한 자리는 모두 좋은 품질이다. 왕듸(풀이름으로 나무껍질과 같이 질김)로 만든 자리는 곳곳마다 있는데 부들로 만든 자리와 비교해보면 상당히 견고하다는 점에서는 낮지만 부드러운 점에서는 손색이 있다. ─『금화경독기』

견사석繭絲席

성천成川 사람들은 누에고치실을 물에 담가 염색하고 색칠을 한다. 자리 짜는 방법은 허리띠를 짜는 방법을 이용한다. 이렇게 한 길 남짓의 자리를 짜는데 넓이는 세 자 남짓이다. 거친 털을 사용하여 밑바닥을 대고, 검은 비단으로 테두리를 꾸민다. 자리가 따스하고 화려하기 때문에 한 장에 5천여 전錢의 값이 나간다. 색깔을 자줏빛으로 하거나 녹색으로 하거나, 또는 짙게 하거나 옅게 하거나 마음대로 할 수 있고, 만자卍字 무늬 및 우레 무늬를 만들 수도 있다. ─『금화경독기』

수수깡 자리(蜀稭簟)

관서 사람들은 수수깡 껍질을 벗겨서 자리를 만든다. 길이와 넓이를 마음대로 만드는데 어떤 것은 자리 한 장으로 방 두세 칸을 깔 수 있는 것도 있다. 누각의 대청마루에는 이것을 까는 것이 좋다. ─『금화경독기』

오소리 가죽자리(土猪皮褥)

북관에서 생산된다. 그 털은 황색과 흑색이 섞여 있다. 양가죽이나 개가죽에 비하여 따뜻함은 떨어지지만 바람과 습기를 막는 데는 뛰어나다. 사면의 테두리는 노란 사슴 가죽으로 두르고, 푸른색 면포綿布로 등을 싸면 아름답다. ─『금화경독기』

산양피요(山羊皮褥)

북관에서 생산된다. 자흑색紫黑色으로 털이 두텁고 따뜻하다. 푸른 면포로 등을 싸면 겨울철에 누울 수 있는 요를 만들 수 있다. 길이와 넓이는 마음대로 할 수 있다. —『금화경독기』

개가죽요(狗皮褥)

개가죽은 가장 따스하고 두텁다. 하지만 털을 부드럽게 하고 요를 만드는 법도를 제멋대로 하면 상당히 거칠다. 또 새것은 기름기가 있어 옷을 더럽히는데 이때에는 쇠골(牛髓)로 등을 바르고 손으로 세게 문질러 부드럽게 한다. 그리고 날마다 땅바닥에 놓고 햇볕을 쬐어 기름이 모두 땅속으로 스며들게 한다. 그런 다음 아홉 장이나 열두 장을 이어 꿰매서 요를 만든다. 푸른 색 면포로 그 등을 싸면 가난한 선비들이 추위를 막는 도구로 사용할 수 있다. —『금화경독기』

등침藤枕

등나무를 짜서 베개를 만드는데 그 형태와 제작법이 한 가지가 아니다. 한 가지 방법은 이렇다. 안에는 나무로 틀을 만들고 외부는 등나무 자리로 감싼다. 양 끄트머리는 나무를 대어 세우고서 옻을 칠한다. 어떤 것은 솜으로 베개 속을 넣고 외부에는 등나무 자리를 붙인 다음 검은 갈포로 가장자리를 덧댄다. 이러한 것들은 모두 중국에서 만든 베개이다. 여름철에는 이런 베개가 없을 수 없다. —『금화경독기』

김홍도, 〈사계풍속도병〉 제3폭 후원유연後園遊宴
후원에서 벌어지는 연회 장면을 묘사한 그림. 후원
의 규모와 꾸밈새 및 소품들로 보아 고관대작의 집,
아니면 고급스런 기생집으로 추정된다. 특히 후원
이 일반 토담이나 돌담이 아니라 크기가 비슷한 나
무를 줄지어 심고 가지런하게 뼈대를 설치한 나무
울타리로 격리되어 자연스러우면서도 정돈되었다.
울타리에 낸 문도 격조가 있고, 그 외 돗자리와 팔
걸이 등이 세련되어 당시 부잣집의 집 꾸미기의 한
면을 보여준다. 프랑스 기메박물관 소장.

접는 베개(摺疊枕)

중국 제품이다. 양이나 말의 털로 베개 속을 채우고, 검은 갈포로 싸
서 가장자리를 따라 꿰맨다. 듬성듬성 실로 누빈 다음 여섯 폭을 이어서 철하
거나, 네 폭으로 철한다. 이것을 접어서 이용하면 베개가 되고, 펴서 깔아놓으
면 자리가 된다. 겨울철에 기거하는 데 가장 편리한 도구이다. ―『금화경독기』

왕골베개(莞枕)

용수석을 말아 베개를 만들고, 썬 볏짚으로 베개 속을 채운다. 양 끄트머리는 둥그렇게 검은 사슴 가죽을 잘라서 꿰매 얹힌다. 양면에는 꽃무늬로 채색하거나, 만자卍字 무늬를 새기기도 하며, 수복壽福 글자를 새기고 마는 것도 있다. 용수龍鬚를 현완懸莞이라 부르기도 하므로 베개 이름을 완침莞枕이라 한다. 『시경』「사간」斯干에서 "아래에는 왕골자리를 깔고, 위에는 삿자리를 깔았네!"라고 하였는데, 이 시구에서 나온 왕골을 정현鄭玄은 작은 부들로 만든 자리라고 주석을 달았다. 한편 『이아』爾雅에서는 "왕골은 부리荕籬다"라고 하였는데, 부리가 현재 어떤 부들을 지칭하는지 알 수 없다. ―『금화경독기』

퇴침退枕

나무로 폭이 협소하고 길이가 긴 궤 하나를 만든다. 여기에 옻칠을 하기도 하고, 황백나무 껍질을 박아넣기도 하며, 오동나무로 궤를 만들고 인두로 태워서 침향 빛깔을 내기도 한다. 이 베개는 모두 황동으로 장식한다. 퇴침을 베개 뒤편에 놓아두면 베개가 뒤로 밀리는 것을 막는다. 퇴침의 내부에는 자질구레한 문방文房 물품을 담아두기도 한다. 중국에서는 황동사투판黃銅絲套板을 만들어서 낙화유수落花流水의 무늬를 넣고, 사방 테두리를 양가죽 띠로 두르고서 옻칠을 한 것이 있는데 좋은 제품이다. ―『금화경독기』

죽점침竹簟枕

채죽점彩竹簟을 이용하여〔원주: 세상에서는 이것을 피죽점皮竹簟이라 부른다. 이것을 이용하여 옷상자를 만든다. 호남의 담양 사람들이 잘 만든다〕돌돌 말아서 폭이 좁고 길이가 긴, 자루 모양의 베개를 만든다. 썬 볏짚으로 베개 속을 채운다. 이것은 여름철에 사용된다. 그러나 이 베개에 목을 가까이 붙여 베어서는 안 된다. 대나무가 살갗을 뚫고 들어올 수도 있기 때문이다. ─『금화경독기』

나전침螺鈿枕

통영 사람들은 나무로 큰 침각枕角〔원주: 베개 양 끄트머리의 가로로 세워진 부분을 침각이라 부른다〕을 만들고, 옻칠을 하며, 전복껍질과 무늬가 있는 조개를 박아서 두 마리의 이무기 형상을 만든다. 큰 것은 둘레가 세 자나 되는데, 자줏빛 사슴 가죽으로 테두리에 띠를 두르고, 흰 면포로 주머니를 만든다. 여기에 썬 볏짚을 가득 채우고 푸른빛이 투명하게 비치는 나전으로 덮어씌우면 상이나 침대 위에서 눕거나 몸을 기댈 때 편리한 도구로 사용할 수 있다. ─『금화경독기』

쇠가죽베개(牛皮枕)

쇠가죽을 말아서 베개를 만든다. 이때 베개의 크기와 길이는 일정하지 않다. 겨울에는 털이 있는 가죽을 사용하고, 여름철에는 털을 제거한 가죽을 사용한다. 털을 제거한 가죽을 사용할 때는 들깨기름으로 결어 사용한다. ─『금화경독기』

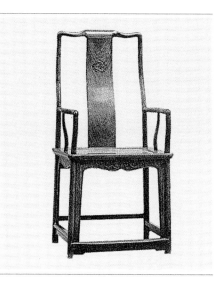

중국 명나라 때의 의자
자단紫檀을 소재로 제작한 남관모의南官帽椅.
등받이가 높다. 둥근 소재를 이용하여 단아하고
격조 높은 의자의 모습을 보여준다. 명나라 때는
중국 목제 가구의 최전성기로, 품격 있는 제품들
을 생산하였다.

죽부인竹夫人[83]

대나무를 이용하여 짜서 만든다. 그 형태는 연통과 같아서 안은 텅
비어 있고, 밖은 동글동글하다. 여름에 이불 안에 놓아두면 팔을 올려놓고 무
릎을 편하게 할 수 있다. 그러한 까닭에 죽부인이라고 이름을 붙였다. 한편 죽
궤竹几라 부르기도 한다. 소동파蘇東坡의 시에 "그대 머리맡에 죽궤가 있다지
만, 부인은 제 낭군도 알아보지 못하겠지"라고 한 것이 바로 이 물건을 말한
다. —『금화경독기』

의자

의자에는 사각 의자, 둥근 의자, 꺾어 접는 의자의 구별이 있다. 중국

에서 만든 화류나무로 만든 둥근 의자로 등나무로 좌판坐板을 짠 것이 좋은 제품에 든다. 또 대나무 의자가 있어 여름철에 사용한다. 아울러 구유, 보료 등 각색 짐승 털로 만든 담요를 간 의자도 사용한다. —『금화경독기』

취옹의醉翁椅[84]   이 의자는 등을 기대면 뒤로 눕는다. 눕거나 쉬는 데 사용한다. 이 의자는 본래 호족胡族 제품에서 나온 것이기 때문에 호상胡床이라고 부르기도 한다.[85] —『금화경독기』

걸상(杌)

대로 만든 걸상(杌子)이 있고, 나무로 만든 걸상이 있다. 이들은 모두 발이 네 개로 사각형이다. 손님들이 모인 자리에서 손님을 앉히는 기구이다. 청흑색 갈포로 장식한 방석을 만들어 깐다. —『금화경독기』

긴 의자(橙)

제도는 걸상과 같으나 길이가 길어서 두세 사람이 옷깃을 붙이고 같이 앉을 수 있다. —『금화경독기』

연궤燕几

폭이 좁고 길이가 길며 다리 네 개가 세 자 이상 높이 세워진 탁자이다. 의자에 앉는 사람은 이 궤를 반드시 그 앞에 놓고, 붓·벼루·서책과 같은

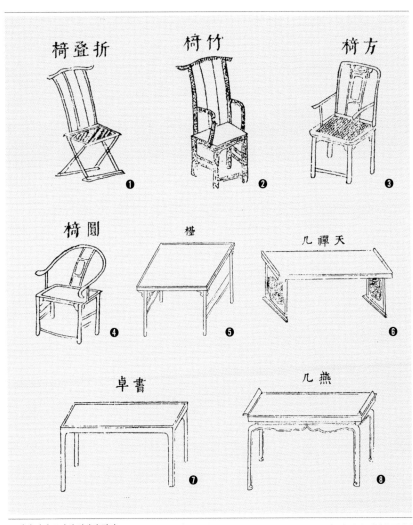

여러 가지 모양의 의자와 탁자

명나라 때의 목제 가구가 최고의 수준을 보여주었는데 그러한 현상을 반영하듯이 『삼재도회』「기용」器用 조에는 다양한 의자와 탁자가 소개되어 있다.

❶ 접의자, ❷ 대나무 의자, ❸ 등받이가 네모난 의자, ❹ 등받이가 둥근 의자, ❺ 탁자, ❻ 천선궤天禪几, ❼ 서탁 書卓, ❽ 연궤燕几.

물건을 늘어놓는다. —『금화경독기』

탁자(榻)

다리는 네 개로 사각을 이루고, 높이가 세 자 이상이다. 연회를 열 때는 반드시 의자나 긴 의자에 둘러앉게 되는데, 이때 중앙에 탁자를 설치하여 술잔이나 그릇을 올려놓는다. 연궤나 탁자는 모두 화류나무로 만든 것이 좋다. 탁자의 중앙에 조각한 대리석을 박은 것이 한결 좋다. —『금화경독기』

탁자를 씻는 법

뜨거운 사기그릇의 바닥은 옻칠한 탁자를 그을려서 자국을 만든다. 이 경우에는 주석 주전자에 끓는 물을 채워서 자국 난 부분을 두드리면 자국이 저절로 없어진다. —『물류상감지』物類相感志

금칠한 탁자 위에 뜨거운 다기나 뜨거운 술병을 놓으면 그 자리가 노랗게 변하는 수가 많다. 이때는 탁자를 들어서 노천에 옮기고 하룻밤 동안 서리를 맞히고 곧 쌓여 있는 눈 속에 두어 눈빛을 쏘이면 한결 묘한 색깔로 변한다. —『고금비원』

방석

중국에서 무역해온 털로 만든 방석이 좋다. 둥근 방석도 있고, 사각 방석도 있다. 혹은 푸른색 바탕에 흰 무늬로 절지화折枝畵(꺾은 나뭇가지나 꽃을 대상으로 그린 그림)를 그린 것도 있다. 조선 사람들은 노끈으로 사방 여러 자의 방석을 만들기도 한다. 이 방석에 푸른 물을 들이고 난 다음 빤다. 빨래한 것이 다 마르면 솥을 닦는 솔로 비벼 문지른다. 수백 번을 문지르면 종이의 보풀이 일어나서 털로 짠 방석과 흡사해진다. 그 다음 향포석을 잘라 방석의 밑바닥에 대고, 검은 갈포로 테두리를 덧댄다면 털로 짠 방석에 버금가는 물건이 된다. 또 겨울철에 꿩이나 닭의 거친 털을 모아서 마구 두드려 솜털같이 만들고, 푸른 갈포로 싸서 사방 세 자의 방석을 만든다. 이 방석도 겨울철에 손님을 접대하는 용도로 사용할 만하다. ─『금화경독기』

여름철에는 흰 창포로 만든 둥근 자리를 사용하거나 혹은 교장茭葦풀로 짠 여섯 모가 난 자리를 사용한다. 그중에서도 푸른색과 분홍색이 어우러진 것이 특히 좋다. ─『금화경독기』

병풍

우리나라 병풍 제도는 본래 일본에서 건너왔는데 현재는 전국 팔도에서 두루 사용되고 있다. 사치하기를 좋아하는 사람은 비단으로 병풍 바탕을 만들고 능단綾緞으로 테두리를 꾸민다. 병풍에는 옛사람의 시와 글을 쓰기도 하고, 산과 물, 새와 짐승, 꽃과 나무, 누정과 다락 같은 종류의 그림을 그려 넣기도 한다. 어버이의 장수를 빌거나 늙은 부모를 모시는 사람들은 서왕모西王母의 반도蟠桃[86]나 십장생十長生을 많이 그리고, 딸을 시집보내거나 며느리를 맞아들일 때는 곽분양郭汾陽의 행락도行樂圖나 백자도百子圖(자손이 많기를 기원하는 뜻을 담은 그림)를 많이 그려서 기원과 축복의 뜻을 표시하기도 한다. 대체로 재실에는 옅은 묵색의 산수화를 그린 병풍이 좋고, 규방에는 채색한 인물화를 그린 병풍이 좋다. 금색으로 그린 일본 병풍도 침실에 펼쳐놓으면 어울리는데 새벽 햇살이 막 오를 때가 되면 사방의 벽을 밝고 화창하게 만든다.

—『금화경독기』

휘장

검고 푸른 갈포褐布(거친 칡으로 짠 베)를 가지고 엷은 솜을 채워 휘장을 만든다〔원주: 어떤 것은 솜을 사용하지 않고 두꺼운 종이를 사용하여 백 번을 문질러 비벼댄 다음 이어서 휘장 속을 채워 만든다〕. 자줏빛 사슴 가죽으로 가장자리의 단을 대고, 푸른 면사실로 단을 꿰어 벽 위에 달린 쇠못에 걸어서 한기를 막는다. 한편 창문이나 분합에 걸어두는 경우 낮에는 걷어올렸다가 밤이면 걸어두고 싶을 때는 휘장의 중간에 양편 천의 가장자리가 겹쳐서 서로 덮도록 하고, 양 가장자리에는 동으로 만든 갈고리에 끈을 연결시켜 휘장을 걷어서 걸도록 만든다. 만일 방의 중앙 벽에 기대지 않고 휘장을 설치하고 싶으면 따로 일곱 내지 여덟 자쯤 되는 나무막대〔원주: 옷을 칠하거나 화류나무나 오목烏木(흑단에 사용되는 목재로 순흑색 또는 엷은 흑색으로 단단함)의 색깔로 물들여 쓰기도 하는데 마음에 드는 대로 할 수 있다〕를 좌우에 있는 들보에 가로로 박아넣고, 나무막대의 전면에는 네댓 개의 못을 박아 고리를 끼운다. 여기에 끈을 매달고 휘장을 거는데 그 방법은 앞에서와 같다. 휘장에는 반드시 테두리에 단을 대어야 하는데 이 단은 다른 색 비단을 사용하며〔원주: 다른 색이란 휘장과 다른 색이란 말이다. 만일 검은 휘장이면 푸른 비단으로 테두리 단을 만들고, 자줏빛 휘장이면 녹색 비단으로 단을 만든다〕

휘장의 위 가장자리에 가로로 매단다〔원주: 테두리 단의 아랫면은 꿰매지 않고 그대로 드리운다〕. 휘장에는 절지화나 꽃과 나비를 그리면 우아한 풍치가 넘쳐흐른다. 갈포가 없을 때는 무명천을 사용하면 되는데, 푸른색이나 침향색, 금향색錦香色, 타색駝色, 장색醬色(짙은 붉은색)을 마음에 드는 대로 물들인다. 이런 휘장 역시 갈포에 버금간다고 할 수 있다. ─『금화경독기』

사치하는 사람들은 여러 빛깔의 구유나 보료 등을 이용하여 휘장을 만든다. 또 모직물을 가지고 휘장을 만드는 사람도 있는데 바람과 한기를 막는 데 가장 좋다. 이것을 검은 갈포로 테두리를 따라 꾸미고, 네 모서리에 만자卍字 등의 무늬를 둘러쳐 꾸미는데 대단히 아름답다. ─『금화경독기』

따뜻한 것을 원하는 사람들은 짐승 가죽을 사용하여 휘장을 만

작자 미상, 〈곽분양행락도〉郭汾陽行樂圖 제1폭
곽분양은 당나라의 명장名將인 곽자의郭子儀(697~781)로 자손이 많아서 일일이 기억할 수 없었다. 그의 다복한 생활을 그린 행락도가 많이 제작되어 궁중의 가례 때나 민간에서 혼례 때 장식화로 이용되었다. 서울역사박물관 소장.

든다. 삼전三錢(표범의 얼룩무늬를 말하는 듯함) 무늬를 가진 표범 가죽이 최상품이고, 황색 바탕에 흰 반점이 난 새끼 사슴 가죽도 좋으며, 토종 돼지털이 그다음이다. 산양의 털은 너무 가늘고 부드러우며 개털은 냄새가 나기 때문에 모두 좋지 않다. ―『금화경독기』

모기장

녹색의 견사繭絲(비단실)로 거친 비단처럼 눈을 작게 짜서 만든, 일본에서 제조한 물건이 좋다. 이것이 없는 사람은 모시에 반물을 들여서 만든다. ―『금화경독기』

휘장 고리

휘장 고리는 반드시 구리로 만들어야 한다. 어떤 사람은 짐승 뼈로 만드는데, 뼈는 물과 불을 만나 구워지고 휘어지며 성질이 취약하고 쉽게 부러진다. ―『지세사』

병풍과 휘장을 간수하는 법

여름철에 병풍과 휘장을 거두어 간수하는 데 신경을 많이 쓰지 않으면 쥐가 갉아먹고, 벌레가 손상을 입히는 일이 많이 일어난다. 병풍은 갈포를 사용하여 그 솔기를 꿰매서 병풍 전체를 감쌀 수 있는 주머니를 만들고, 다시 천 조각으로 폭이 좁고 길이가 긴 띠를 만들어 병풍의 위아래를 꼭 묶는다. 큰 목판〔원주: 목판의 길이와 넓이는 병풍보다 한두 치 더 길게 한다〕 두 개를 겹쳐놓고, 양변과 위아래에 구멍을 뚫고서 가죽 끈을 매달아놓는다. 두 개의 목판 사이에 병풍을 끼워넣고 가죽 끈을 조여 묶는다. 다음에는 바람이 통하는 다락 높은 곳에 시렁을 높이 설치하고 병풍을 그 위에 가로로 놓아둔다.

휘장은 차곡차곡 접어서 보자기에 쌓아 궤에 간수하는 것이 좋다. 매우梅雨(장마)가 시작될 때와 매우가 끝날 때 서화書畵를 햇볕에 내다 말리는 방법과 마찬가지로 내다 말린다〔나의 의견: 모직으로 만든 휘장을 간수하는 법은 왕정의 『농서』에서 설명한 '모포에 좀이 생기지 않도록 간수하는 법'을 이용하는 것이 좋다. 이 방법은 위에 설명되어 있다〕. ―『금화경독기』

발(簾)

대나무를 쪼개 면사綿絲(무명실)로 엮어 만든 것이 좋다. 갈대를 가지고도 발을 만들 수 있다. 발의 갈고리는 구부러진 나무뿌리를 사용하는데 물에 담가 만든다. ―『증보산림경제』

대나무 발 만드는 법　대나무를 베어다가 물에 담가 습기가 모두 빠져 나가기를 기다린다. 땅바닥 위에 놓고 나무망치로 세게 반복하여 내려치면 대나무 몸체가 새끼줄처럼 갈라진다. 이때 칼을 가지고 머리에서부터 차차로 쪼개어낸다. 그런 뒤에는 강철로 엷은 판을 하나 만들어 작은 구멍을 뚫는다〔원주: 구멍 둘레는 잘 갈아서 날카롭게 날을 세운다〕. 대나무 조각을 머리부터 구멍 속에 집어넣고 손으로 잡아 재빨리 잡아 뺀다. 그러면 둥글기가 똑같고 깨끗하며 미끈미끈하여 하나하나가 모두 같은 틀에서 나온 것처럼 된다. 다

작자 미상, 〈평생도〉 '치사' 부분
사랑방에서 두 사람이 바둑을 두고 있다. 삼면의 분합을 모두 떼어내고 한쪽에 드리운 발을 반쯤 걷어서 지쳐두었다. 국립중앙박물관 소장.

음에는 푸른 무명실을 사용하여 틀에 올려놓고 부들자리를 짜는 법에 따라 짜 나간다. 다시 대나무를 쪼개서 네댓 푼 넓이로 만들고, 두 개를 마주 대어 하나의 조각으로 만든다. 발의 위아래 가장자리에 가지런히 합하여 하나의 조각이 되게 엮는다. 작은 도끼를 가지고 좌우 양변에 가지런하지 못한 대나무 조각을 잘라내어 가지런하게 만든다. 다시 검은 갈포를 가지고 사방 테두리에 단을 댄다. 물들이고 싶으면, 대나무 조각을 구멍에서 잡아 빼기 전에 마음에 드는 색으로 물들인다〔원주: 붉은색이나 녹색으로 물들이는데 여타의 색도 마음

대로 할 수 있다). 그 다음 법제유法製油를 써서 광을 낸다. 물들이지 않고 황칠黃
漆로 칠하기도 하는데 이것이 더욱 좋다. —『금화경독기』

복합複閣(이중 분합)

격자를 성글게 짜고 그 위에 종이를 바르는 것은 병풍 제도와 흡사하
다. 그 높이가 들보에까지 닿을 만큼 높고, 그 넓이가 기둥에까지 닿을 만큼
넓다. 창문이나 방문에 닿은 곳에다가는 밀어서 열고 밀어서 닫는 창호를 만
들어 단다. 또 상부의 홈통(仰格)이 있어서 천정판 아래에 단다. 겨울철 침실
에 복합을 설치하여 바람과 한기를 막는다. —『금화경독기』

2. 기중기

거중기擧重器

선왕조先王朝(정조正祖) 갑인년甲寅年(1794) 수주隋州(수원)에 성을 쌓을 때 왕실에서 거중기 한 대를 하사하였다. 그 제도를 살펴보면, 다리 네 개가 횡량橫樑(도르래를 거는 보로 가로로 설치함) 하나를 지탱하고, 보의 하부에 유량流樑(횡량 아래에 있는 것으로 물건을 걸어 위아래로 움직이는 보) 두 개를 걸어놓았다. 그 좌우에 각각 물레가 있는데 큰 삼노끈으로 들어야 할 물건을 매단다. 좌우에 역부役夫를 나누어 세워두고 힘주어 물레를 돌려서 무거운 물건을 들어올린다. 건축하는 사람이라면 이 기계가 없어서는 안 된다. ―『금화경독기』

녹로轆轤

기둥 네 개에 보를 세 개 세우고, 방형方形의 목재 두 개를 얹어 한쪽 끝에는 물레를 설치하고 다른 한쪽 끝에는 긴 장대 두 개를 비스듬히 세워놓는다. 장대의 머리 부분에 짧은 보 두 개를 대고, 두 개의 보 중간에는 짧은 축을 만들어 큰 삼노끈을 걸어놓는다. 삼노끈의 한쪽 끝에는 물건을 매달고 다른 한쪽 끝은 물레의 위에 묶어놓는다. 물레가 돌아가면 물건이 들어 올려진다〔나의 의견: 그 제도는 『임원십육지』 '본리지'의 「농기도보」에 자세하게 설명되어 있다〕. ―『금화경독기』

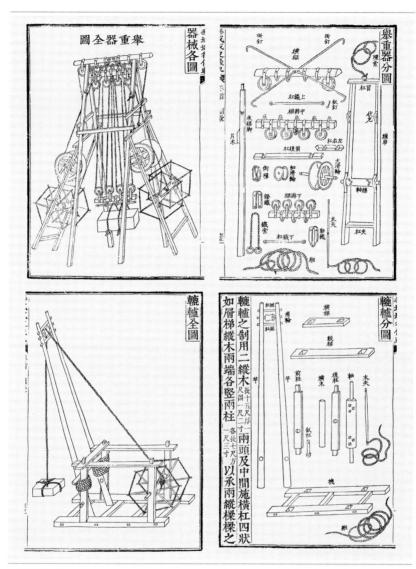

擧重器分圖
圖全器重擧　器械各圖

掛釘　横樑　掛釘
課索
杠冒
承樑胸　杠鐵上
覺
椺群中　敍釘
片木　杠左右
杠復箭　纒串
街椺　如滑輪
大滑輪
軸樑
彎鐵　椺游下
鐵索　杠鐵下　勒纒
木矢
杠夾
栖

轆轤分圖
轆轤全圖
轆轤之制用二縱木各長十五尺
相開一尺二寸兩頭及中間施横杠四
狀如層梯縱木兩端各竪兩柱各長七尺方一尺三寸以承兩縱樑樑之

椺輪　横樑
杠起　滑輪
杠起　長樑
竿　前柱　横木　復柱　軸　木矢
竿　敍杠　橛

거중기와 녹로

위는 『화성성역의궤』에 실린 거중기의 전도와 분해도이다. 왕실에서 제작하여 화성의 공사장에 하사하였다. 제작에는 다산 정약용이 깊이 간여하였다. 거중기의 개발은 기술 분야에 대한 지식인의 관심이 낮았던 조선 후기에 과학 기술의 눈부신 성과로 평가되고 있다. 아래는 녹로이다. 도르래와 물레를 이용한 간단한 기구로, 19세기 건축 공사에 활용되었다.

3. 도량형

영조척營造尺[87]

현재 목수가 사용하는 곡척曲尺은 노반魯般(중국 노나라 애공哀公 때의 유명한 공장工匠으로 후세에 공장의 신으로 추앙됨)으로부터 당唐나라에까지 전해 내려오는 자로 당나라 사람들은 대척大尺이라 불렀다. 당나라로부터 현재에 이르기까지 사용되고 있으므로 금척今尺이라 부르기도 하고, 영조척이라 부르기도 한다. 이것이 옛날에 이른바 차공척車工尺(수레바치들이 사용하는 자)이다. 한방기韓邦奇[88]는 이렇게 말했다.

"오늘날의 자 가운데 수레를 만드는 차공車工이 쓰는 자가 가장 정확하여 1만 사람이 쓰는 자가 털끝만큼의 오차도 없다. 만일 조금이라도 오차가 생긴다면 수레에 이롭지 못하다. 누가 시켜서 그렇게 된 것이겠는가! 옛날의 척도와 현재의 척도가 서로 자연스럽게 전해져 계승된 결과이다."

한방기가 말한 차공은 노새가 끄는 수레를 만드는 장인바치를 말한다. 속언에 "문을 닫고 수레를 만들고 난 뒤 문을 열고 밖을 나서면 바퀴의 치수가 정확하다"는 말이 있는데, 바로 이 자를 두고 한 말이다. 가장 오래된 자이면서도 언제나 사용하기에 적합한 것은 이 자밖에 없다[나의 의견: 우리나라에서는 수레가 사용되지 않기 때문에 현재 목수가 사용하는 영조척은 가옥을 짓는 건축 일에만 쓰인다. 그렇기는 하지만 현재 통용되는 척도 가운데 이 자가 가장 정확하다. 오차가 조금 있다고는 해도 오늘날 포백척布帛尺(바느질에 쓰이는 자)처럼 심한 편차가 나지는 않는다. 중국 영조척의 길이는 명나라의 보초寶鈔(명나라의 지폐로 길이는 한 자이고, 폭은 여섯 치임)의 검은색 변의 길이와 같다. 주재육朱載堉의『율려정의』律呂精義에 보초의 그림이 실려 있으므로 그 그림을 참고하면 중국 영조척에 대해 알 수 있다. 영조척은 구리로 주조하거

나 상아로 만들어야 옳다. 집안에 하나를 간직해두었다가 건축할 일이 있을 적마다 목수의

영조척과 대조해본다). —『율려정의』律呂精義

4. 장인의 교육

사대부는 공업 제도에 유의해야 한다

우리나라는 산에 의지해 있고 바다에 둘러싸인 지형이기에 이용후생 利用厚生[89]에 필요한 일체의 도구가 다른 나라의 도움을 받지 않아도 풍족했다. 그런데 이로 말미암아 갖가지 기예技藝가 황폐해지고, 기용器用이 보잘것없이 변해갔다. 그 결과 북으로 중국의 재화財貨를 수입하지 않거나 남으로 왜국倭國의 물산을 구입하지 않으면, 생전에는 편리하게 살고 죽어서는 장사를 지내는 모든 생활에서 예절을 차릴 방법이 없다. 이런 형편이 된 것은 무슨 이유인가? 한마디로 잘라 말한다면, 사대부의 잘못에 기인한다.

사대부가 평상시에 오만하게 '사람을 다스리는 자 따로 있고, 사람에게 음식을 제공하는 자 따로 있다'는 논리를 내세워 공업 제도에 마음을 두려고 하지 않는다. 다섯 종류의 물건을 가공하고 사람이 쓸 기구를 제작하는 일[90]을 멍청하고 무지한 부류에게 전부 맡겨놓은 채, 보잘것없고 지리멸렬한 결과를 가만히 앉아서 당하기만 한다. 그럼에도 불구하고 개선하려고 노력하지 않는다. 어쩌면 이렇게도 생각이 없는 것인가?

한 나라에는 여섯 가지 직업군이 있는데 공인工人이 그 가운데 하나를 차지한다.[91] 우리나라의 경우에는 공업 제도가 잘못된 결과로 인해 여섯 가지 직업군이 제 기능을 제대로 발휘하지 못한다. 누려樓犁와 둔독砘磟의 제작법을 마련하지 않기 때문에 밭갈이와 파종이 제멋대로이고, 용골차龍骨車와 옥형차玉衡車(물을 길어 올리는 기구)의 제작법을 마련하지 않았기 때문에 가뭄과 홍수에 아무런 대책이 없다. 그 결과 농부가 할 일을 제대로 수행하지 못한다. 누에치기를 하는 사람이 누에 시렁을 사용하지 않기 때문에 견사繭絲에

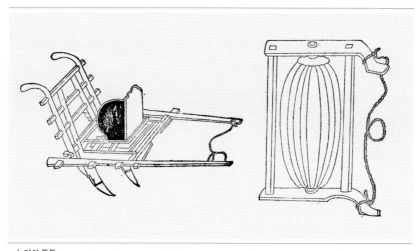

누려와 둔독
누려(왼쪽)는 누차耬車라고도 하는데 곡식을 파종하는 기구이며, 둔독(오른쪽)은 규독礉碡이라고도 하는데 흙을 부수는 농기구이다.

더러운 얼룩무늬가 생기고, 고치 켜는 물레에 방차(軖牀: 손이나 발로 돌려서 베를 짜는 공구)를 갖추어놓지 않기 때문에 베를 짜면 베가 이지러지고 얇게 된다. 그 결과 부녀자가 할 일을 제대로 수행하지 못한다. 나라 안에서 수레가 통행하지 않으므로 노둔한 말들은 모두 병이 들고, 배(舟)에는 기름이나 회를 이용하여 물이 들어오는 틈을 막지 않으므로 곡물이 썩어 냄새가 나는 배가 사방에 널려 있다. 그 결과 상인이 할 일을 제대로 수행하지 못한다.

이와 같이 농사와 양잠, 공업과 상업이 모두 각자의 직분을 제대로 수행하지 못하므로 육부六府와 삼사三事[92]가 그 해독을 입지 않은 것이 없다. 왕공들이 조정에 앉아서 도를 논한다고 하는데 그들이 논하는 도가 도대체 어떠한 것이며, 사대부들이 일어나 일을 한다고 하는데 그들이 한다는 일이 도대체 어떠한 것인지를 나는 알 수가 없다. 어찌 공업이 말단의 기예技藝라고 하여 천하게 여길 수 있는 것이겠는가?

혜강稽康[93]은 세속에 얽매이지 않은 활달한 선비이지만 철鐵의 단련에 능하였고, 유비劉備[94]는 웅대한 지략을 가졌으면서도 모자 짜기를 좋아하였으며, 어릴 적에 비천하였기에 비천한 일을 많이 잘한다는 말씀을 공자孔子께서도 하신 적이 있다.[95] 또 은銀을 가공하는 집안에서 재상이 나온 일이 있는데 본래 쉬쉬하며 숨길 일은 아니다.

그러나 우리 동방의 사대부는 이들과 다르다. 10대조 이상에서 벼슬한 자가 한 사람이라도 있으면 어魚자와 노魯자도 구별하지 못하는 눈을 가진 무식쟁이라도 손에 쟁기와 따비를 잡지 않는다. 한갓 문벌만을 빙자하여 공인과 상업에 대해 말하기를 부끄러워한다. 보고 들은 것이 습속에 고착되고 근골筋骨이 안일함에 젖어서, 손가락 하나 까딱하지 않은 채 메뚜기처럼 곡식을 축내는 생활을 하며 꾀가 잘 맞았다고 여긴다. 100가구가 모여 사는 향촌의 취락에는 이러한 부류가 거의 과반수에 이른다. 곡식을 생산하는 사람은 적은데 먹어치우는 사람은 많고, 물건은 빨리 만들지 않는데 사용하기는 천천히 하지 않는다. 조선이 천하의 가난한 나라가 된 것은 당연한 형세이다.

이러한 풍속을 변화시켜서 공인을 소통시키고 상인에게 혜택을 베푸는 일은 재야에 묻힌 사람이 참여하여 계획할 일은 결코 아니다. 그러나 나는 하는 일 없이 밥 먹는 것을 경계하고 부끄러움을 아는 세상의 군자들이 기계를 만들어 편리하게 사용하는 도리에 조금이라도 마음을 기울여주기를 바란다. 그리하여 『영조법식』營造法式, 『천공개물』天工開物 등의 서책을 가져다 충분히 공부하여 서둘러 시험해보기를 바란다. 들이는 힘은 적은데 거둬들이는 효과는 큰 실리를 바탕으로 사람들을 움직인다. 이익이 있는 곳에는 사람들이 달려가게 마련이다. 굳이 권하지 않더라도 한 사람이 열 사람에게 전하고

김홍도, 〈대장간〉
대장간에서 쇠를 벼리고 낫을 가는 모습. 활력이 넘치는 대장간의 모습을 생생하게 전해준다. 하지만 조선 후기에 공인工人들의 사회적 지위는 턱없이 낮았다. 이용후생을 주장하는 학자들은 조선의 낮은 기술 수준을 공인에 대한 인식의 전환과 처우 개선으로 돌파하고자 노력했다. 서유구 역시 생활에서 필요한 물품을 다룬 '섬용지'의 끝부분에서 공인에 대한 지위를 높이고, 사대부들이 기계를 만들어 사용하는 데 관심을 높여야 한다고 주장했다. 그 같은 주장이 제대로 실현되지는 않았지만 시대적 의의가 크다. 국립중앙박물관 소장.

열 사람이 백 사람에게 전하여 기계가 편리하게 이용되고 백성들의 살림살이가 부유하게 될 것이다. 이런 일이 어찌 한 마을 한 지역이 솔선하고 따르는 데 그치고 말겠는가? 위로는 도를 논하고 나라를 다스리는 일[96]에 만에 하나의 보탬이 될 것이라고 말해도 틀리지 않을 것이다. ─『금화경독기』

향촌에 사는 사람은 공업 교육을 해야 한다

중국은 서울과 그 밖의 지역간에 차별이 없다. 군郡이나 현縣 지역의 먼 시골일지라도 시장에는 백공百工이 살고 있어서 이용후생에 필요한 일체의 도구를 다른 데서 구할 필요가 없이 풍족하다. 북경을 여행한 사람에게 들

작자 미상, 〈태평성시도〉 부분
중국풍으로 도성의 번화한 모습을 그린 그림의 일부로 조선의 도회지 시민의 생활양식과 풍속이 드러나 있다. 이 그림에는 특이한 기계를 다루는 장면이 묘사되어 있다. 도회지에 등장한 이 기계는 목재와 인부를 높은 곳으로 올리는 장치로 보인다. 당시 사람들의 기계와 기술에 대한 관심 정도를 짐작케 한다. 국립중앙박물관 소장.

은 바로는, 그들이 책문柵門에 처음 들어서자마자 문 위에 걸린 어사선정비御史善政碑를 보았는데, 비석에 그려진 패하霸夏[97]와 비碑의 가장자리에 새긴 비희贔屭[98]가 그 털끝을 헤아릴 수 있을 만큼 정교하다고 하였다.[99] 외지고 황량한 변방 지역의 제작이 이와 같이 정교한 것을 보면, 내지의 도회지 사정은 어떠할지를 충분히 알 수 있다.

우리 조선은 이와 다르다. 경성京城 내의 목수와 미장이를 비롯하여 쇠붙이를 다루고 석재를 가공하는 장인은 모두 합하여 수백 명에 지나지 않는다. 게다가 이들은 모두 관아에 소속되어 있어서 유력한 사람이 아니면 그들을 불러 일을 시키지 못한다. 한편 시골 촌야村野에서는 비록 100가구가 모여 사는 곳이라 하더라도 쟁기나 따비를 끌고 다니는 무지몽매한 백성을 제외하면 그 나머지는 대체로 모두가 놀고먹는 자들이다. 그들은 물건의 제작에 필요한 곡직曲直, 방면方面, 형세에 대해서는 아무 것도 알지 못한다. 지붕이 새어 빗물이 뚝뚝 떨어져도 서까래 하나 갈아치우지 못하고, 소반의 다리가 부러진 지 10년이 되어도 바꿔 쓸 줄을 모른다. 우리 조선의 공업 제도가 지리멸렬한 것은 자격을 제대로 갖춘 장인이 없는 데 기인한다 하겠다.

따라서 경성에서 멀리 떨어진 지역에 살 곳을 마련하려는 사람이 만일 휘하에 서른 명에서 수십 명에 이르는 하인이 있거든 그들 가운데 문약文弱하여 논밭 일을 하기 어려운 예닐곱 사람을 골라 각각 목공, 석공, 철공 및 미장일을 배우게 한다. 처음 집을 지으려 할 때는 경성의 뛰어난 공인을 좇아 일을 도와주면서 그 수법을 배우게 한 뒤 쉬지 않고 계속 익히게 한다. 그러면 집의 건물을 수리하고, 기물을 보수하는 일이 생길 때 장인이 없어서 무너지고 못쓰게 된 건물과 기물을 손쓸 도리가 없이 우두커니 보고만 있지는 않을 것이다. ─『금화경독기』

기물에는 꼭 관지款識[100]를 갖춘다

삼대三代 시대에는 쇠북이나 솥, 창과 같은 크고 작은 기물에 모두 관지를 갖추었다. 따라서 『예기』禮記 「월령」月令에서 "물건에는 공인의 이름을 새겨넣는다"고 하였다. 중국의 공장工匠들은 지금까지 이러한 법을 준수한다. 왜인倭人들이 제조한 물건도 그렇게 하지 않은 것이 없다. 반면 우리나라는 전혀 그러한 표지나 기록을 남기지 않기 때문에 좋은 물건과 나쁜 물건을 분간할 수 없다. 따라서 좋은 것은 권장하고 나쁜 것은 징계할 근거가 없다. 그러니 육공六工[101]을 관장하는 사람은 서둘러 이를 바로잡아서 연대와 성명, 치수와 무게를 표시하게 하여 물건을 만드는 과정을 살펴보고 물건의 양식을

구별할 수 있도록 하지 않을 수 없다. —『무예도보통지』武藝圖普通志

기계의 준비

크게 건축할 일이 있는 사람은 고소향등高燒香橙과 긴 사다리를 많이 장만해야 옳다. 아울러 배판排板(비계飛階)을 많이 준비하여 수작水作을 하는 사람이 높은 곳에서 벽돌을 쌓을 때 편리하도록 한다〔나의 의견: 수작이란 흙손일 하는 행위를 가리키는 말이다〕. 그러면 일손을 크게 던다. 크고 작은 삼으로 꼰 새끼줄, 삼끈으로 엮은 큰 대나무 멜대(竹扛), 대바구니(竹扁擔), 큰바구니(大籃), 서두鋤頭(호미의 일종), 삼태기(糞箕), 니낙泥絡(삼태기의 일종) 등의 공구를 많이 준비하는 것이 좋다. —『고금비원』

공인이 일을 잘하려고 하면, 반드시 먼저 그들이 사용하는 기계를 쓸모 있게 제작해야 한다. 건축하는 사람은 우선 기계에 유의해야 하는데, 예컨대 돌 달구(石杵), 나무 달구(木杵), 가래삽, 넉괭이, 첨궐(尖鑛: 곡괭이), 준삽濬鍤(가래의 일종), 쇠가래(鐵刃枚), 천금철千金鐵 같은 종류의 기계를 많이 준비하는 것이 좋다. —『금화경독기』

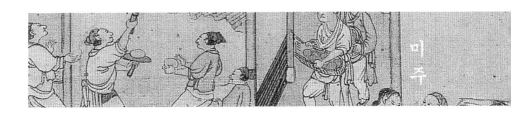

1 **영조지제** 영조營造란 집을 짓는 일을 의미하는 용어로 건축 행위를 가리키는 일반적인 용어이다. 고려시대에는 공관工官을 설치하여 영조에 관한 일을 관장케 했고, 조선시대에는 태조太祖 원년元年에 공조工曹를 설치하고 그 부속 기구로 영조사營造司를 두어 궁실宮室, 성지城池, 공해公廨, 옥우屋宇, 토목土木, 공역工役, 피혁皮革 등의 일을 관장하게 했다(『증보문헌비고』增補文獻備考 권218 「직관고」職官考).

2 **남산보다 더 견고하다** 남산은 물건을 건고하게 감추어둠을 비유한다. 한漢나라 문제文帝가 후장厚葬하려고 하자 장석지張釋之가 "무덤 속에 좋은 물건을 많이 넣으면 아무리 남산 속에 굳게 묻어도 반드시 도굴꾼이 구멍을 뚫습니다"라고 하였다(『한서』漢書 「장석지전」張釋之傳). 여기에서는 가옥의 기초를 굳건하게 세움을 뜻한다.

3 **칸살(間架)** 간가間架는 '칸살', '간사이'로 번역된다. 본래 간間은 들보(梁)와 들보의 사이, 가架는 도리(桁)와 도리 사이의 거리를 뜻하였다. 여기에서는 두 기둥 사이의 거리를 뜻한다.

4 **갈대자리** 갈대 줄기를 엮어 만든 자리로 삿자리라고도 한다. 박제가朴齊家의 『북학의』에 이 갈대자리(簟)에 대해 상세히 설명하고 있어 참고가 된다. "중국의 자리는 모두 구들 넓이를 기본으로 한다. 집을 지을 때 서까래를 나열한 뒤 그 위에 자리를 까는데 빛깔이 정결하고, 결이 촘촘하며, 요철도 없을 뿐만 아니라 나무도 없기에 옥우屋宇가 대단히 가벼워서 기우는 일이 없다." (졸역, 『북학의』, 돌베개, 2002)

5 **오량집(五架)** 원문의 오가五架를 오량집五梁 - 으로 옮겼다. 여기에서 가架는 도리를 가리키므로 오가五架는 다섯 개의 도리를 가진 오량집을 가리킨다. 집의 기본 골격을 도리의 수로 표현하는데 그 하나의 예를 송나라 때 사람 이여규李如圭가 지은 『의례석궁』儀禮釋宮에서 들어본다.
"가옥의 명칭과 제도는 경전에 다 보이지 않는다. 주석에서 연구하여 알 수 있는 것은 이렇다. 집은 반드시 남향이어야 하고, 묘廟는 침실의 동쪽에 있어야 한다. 집에는 모두 당堂과 문이 있고, 바깥에 대문이 있다. 당옥堂屋에는 남북으로 다섯 개의 도리(五架)가 있는데 지붕마루의 도리를 동棟이라 하고 동 다음에 있는 도리를 미楣라 한다."

6 **사방 처마 끝의 수키와 마구리** 통와筒瓦는 반원통형의 기와로 통와지구筒瓦之口는 사방의 처마 끝에 있는 수키와 마구리, 즉 와구瓦口를 말한다. 이 구멍을 막는 회백토를 와구토瓦口土라고 한다.

7 **회백토(灰泥)** 회니灰泥는 석회石灰와 백토白土를 반죽한 건축 재료이다. 석회와 백토를 혼합한 토료土料를 회백토灰白土라 하여 기와 잇는 데 사용하였다.

8 **석성금** 청나라 때 양주楊州 사람으로 자는 천기天基이다. 저술이 100여 종으로 세상에서 널리 읽혔다. 『임원경제지』의 참고 서목에 『지세사』知世事, 『인사통』人事通, 『쾌활방』快活方, 『전가보』傳家寶, 『다능집』多能集, 『천기잡록』天基雜錄 등 여섯 종의 저술이 보인다.

9 이 방법은 성호 이익과 연암 박지원, 초정 박제가에 의하여 천명된 바 있다.

10 **온돌(房炕)** 방房과 항炕은 모두 온돌방을 가리키나 그 제도는 서로 다르다. 이 책에서 방은 우리나라의 온돌방溫突房을 가리키고, 항은 중국 북방, 만주 지방의 온돌방을 가리킨다. 저자는 여기에서 방과 항의 다른 점을 논하고 우리나라 온돌방의 폐해를 항의 제도를 수용함으로써 극복하자고 주장한다. 앞으로 특별한 경우를 제외하곤 방房은 온돌방, 항炕은 '항', 또는 '중국 온돌'로 옮긴다.

11 **한 칸** 원문은 일영一楹으로 방 한 칸(一間)을 가리킨다. 여기서 영楹은 방옥房屋을 계산하는 단위로서 칸(間)의 개념에 해당한다. 일렬一列을 일영一楹이라고 하기도 한다.

12 **방고래(烟薰)** 원문은 '연문' 烟門 즉, 굴뚝으로 되어 있는데 이는 방고래(火溝)가 잘못 필사된 것이 분명하다. 전후 문맥상 그러하고, 현존『열하일기』에도 방고래(火溝)로 되어 있다.

13 『북학의』의 「궁실」宮室 조에 "굴뚝에는 반드시 힘을 기울여서 그 높이가 작은 탑과 같도록 한다. 어떤 것은 벽 사이에 끼워진 지붕 위에 솟아 있고, 어떤 것은 땅을 파고 뜰에 세워 짓기도 하였다" 라고 한 기사와 같은 내용이다.

14 **불목(火項)** 부넘기(솥을 건 아궁이의 뒷벽. 구들 고래 어귀에 조금 높게 쌓아서 불길이 방고래로 넘어가게 한 부분)를 가리킨다.

15 **땔감이 계수나무처럼 귀하여** 땔감이 몹시 비싼 것을 비유하는 말이다. 춘추전국시대에 소진蘇秦이라는 유세객游說客이 초楚나라에 가서 왕을 보고 난 뒤 곧장 떠나려 하였다. 왕이 그 이유를 묻자 소진이 이렇게 대답하였다. "초나라의 음식은 구슬보다도 귀하고, 땔감은 계수나무보다도 귀하며, 알자謁者 보기는 귀신 보기보다 힘들고, 왕을 뵙기가 하느님 뵙기보다도 힘들기 때문입니다."(『전국책』戰國策「초책」楚策)

16 **평시에~관재** 원문은 '양생송사' 養生送死로, 본래 살아 계신 부모님은 잘 봉양하고 돌아가신 부모님은 장례를 잘 지낸다는 뜻이다. 맹자는 '양생송사'에 부족함이 없게 하는 것이 왕도王道의 첫걸음이라고 하였다.

17 **방안에~초래한다** 『장자』「외물」外物에 "방안에 빈 공간이 없으면 시어머니와 며느리가 그 공간을 다툰다"고 했다. 집안이 가난하여 불을 많이 때지 못하므로 고부간에도 아랫목 다툼을 한다는

뜻이다.

18 **내실에~어기게 된다** 『예기』「단궁 상」檀弓上에 "대체로 낮에 내실에 거居하면 병이 생겼는가 묻는 것이 옳고, 밤에 침실 밖에 거하면 상喪이 있는지를 조문하는 것이 옳다. 그러므로 군자는 큰 변고가 아닌 다음에는 밖에서 자지 않고, 재를 드리지 않거나 병에 걸리지 않은 이상 내실에 밤낮으로 거하지 않는다"라는 예법을 기록하였다.

19 **『한서』의 주** 『한서』는 중국의 고대 국가인 한漢나라의 역사서로, 반고班固가 지었다. 『한서』의 주는 당나라 때 사람 안사고顔師古가 달았으며, 본문에서 말하는 한서의 주는 권97 「외척전」外戚傳에 달렸다.

20 온돌방에 사는 옛 한국의 생활에 대해 성호星湖 이익李瀷 역시 『성호사설』星湖僿說 「인사문」人事門 '널마루에서 자다'(寢於板廳)라는 조항에서 비판적으로 말하였다.
"청淸나라 풍속에 가옥은 모두 들보가 다섯이요, 판자를 걸쳐 마루방을 만들고 온돌이 없으며, 다만 풀자리를 깔아 몸을 따뜻하게 하였다. 그러나 사람들이 질병이 없고 나이 100여 세 되는 자가 매우 많다. 여기서 사람의 병들고 단명한 것이 제 몸을 너무 편안하게 하는 데 말미암은 것임을 비로소 알았다. 일찍이 노인들이 하는 이런 말을 들었다. '100년 전에 있던 공경대부의 큰 주택에는 온돌이 한두 칸에 지나지 않았다. 이곳은 노인과 병든 자가 거처하기 위한 곳이요, 나머지 사람들은 모두 판자를 얽어놓은 곳 위에 거처했다. 마루방 가운데 병풍을 두르고 두터운 요를 깔아 자녀가 거처하는 방으로 사용했다. 온돌에도 말똥을 땔감으로 때어 연기만 나게 할 뿐이었다. 『소학』에 이른바 '청당廳堂 사이에 휘장이라'는 것이 이것이다.' 지금은 백성의 생활 형편이 옛날보다 곱절이나 가난하지만 사치는 열 배로 늘었다. 끝내는 어떻게 될 것인지 모르겠다."

21 **앙벽** 치받이흙으로 바른 천장을 앙벽 또는 앙장仰障이라 한다. 치받이(흙)는 서까래 위에 산자를 얽고 지붕을 이은 다음 밑에서 바른 흙이다.

22 **말똥** 여기서 말똥(馬矢)은 짚을 썩힌 것을 가리킨다. 유득공柳得恭의 『고운당필기』古芸堂筆記 권3에 "사람이 짚을 떠날 수 없는 것은 물고기가 물을 떠날 수 없는 것과 같다. 높다랗고 으리으리한 고대광실의 밝은 창문과 편안한 안석에는 짚 따위가 없어 보이지만 기와 밑의 산목散木(곧 산자)과 사방 벽 속의 벽골壁骨은 모두 짚으로 꼰 새끼로 묶여 있다. 모든 방에 바른 진흙은 마시馬矢를 섞었으니, '마시'란 곧 짚을 썩힌 것이다. 화문석 바닥에는 틀림없이 짠 짚이 놓여 있고, 수놓은 베개 속에도 썬 짚이 들어 있다. 상하 사방의 사람이 기거하고 생활하는 곳에는 모두 짚이 있다. 우리나라 사람들은 어저귀를 거의 심지 않고, 종려나무 껍질도 없기 때문에 짚은 한결 요긴하게 쓰인다"라고 하였다. 이 책에서 말똥이라고 한 것은 대부분 짚을 썩힌 것을 가리킨다.

23 **가시새(棘塞)** '극새' 棘塞는 우리말 '가시새'의 차자借字 표기이다. 가시새는 흙벽의 중깃에 꿰뚫어 끼워서 가로외(또는 눌외)를 보강하며, 세로외[또는 설외]를 얽어매는 가로대를 가리킨다. 굵은

윗가지, 대나무 가지나 가는 나무 등을 쓴다.

24 **삽자리(鹿眼)**　울타리. 사슴의 눈이 사방형斜方形으로 울타리의 네모진 살과 같아서 붙인 이름이다.

25 **감리의 괘 모양**　감坎, 리离는 괘의 명칭. 감은 ☵ 모양이고, 리는 ☲ 모양이므로 벽돌을 가로 세로로 어긋나게 차곡차곡 쌓은 모습이다.

26 **법제회니**　회니灰泥를 만드는 일종의 특수한 방법을 가리킨다. 여기에서 '법제'法製라는 접두어는 특수한 방법을 지칭하는 말로 보인다. 이 장에서 쓰이는 법제장생옥法製長生屋, 법제니토法製泥土, 법제유회니法製油灰泥 등의 용어도 마찬가지이다.

27 **물이 불의 짝(牝)**　물과 불은 서로 상극으로 상생상극 관계로 볼 때 물이 불을 이긴다(水剋火). 모牝는 암수·음양을 가리키는 빈모牝牡의 모로서 불이 음陰으로 빈牝이라면 물은 양陽으로 모牡이다.

28 **흙이 불의 아들**　오행 상생 관계에서 불이 흙을 낳기(火生土) 때문에 흙은 불의 아들이라고 하였다.

29 **아궁이를~여기에 있다**　불을 미연에 방지하는 것이 불이 난 뒤에 잘 끄는 것보다 나음을 비유한 말이다. 『한서』「곽광전」霍光傳에 나온다.

"어떤 사람의 집을 지나가던 나그네가 그 부엌의 아궁이가 곧게 나 있고, 그 옆에 땔나무가 쌓여 있음을 보았다. 나그네가 그 주인에게 '아궁이를 굽은 것으로 바꾸고 땔나무를 먼 데로 옮기시오. 그렇지 않으면 화재가 날 것이오'라고 충고했다. 그러나 주인은 그 말에 대꾸도 하지 않았다. 과연 얼마 안 있어 갑자기 집안에 불이 일어났다. 이웃 사람들이 도와서 다행히 불을 끌 수 있었다. 주인은 소를 잡고 술을 차려서 이웃 사람들에게 사례를 하였다. 불에 덴 사람이 윗자리에 앉고 나머지 사람들도 세운 공에 따라 차례로 앉았는데 아궁이 굽은 것에 대해 말한 사람은 자리에 끼지도 못했다. 그때 어떤 사람이 주인에게 이렇게 말했다. '전에 만일 저 나그네의 말을 들었더라면 소와 술을 낭비하지 않고도 화재가 없었을 것이오. 그런데 지금 공을 논하여 손님을 청함에 아궁이를 굽은 것으로 바꾸고 땔감을 옮기라고 한 사람에게는 은혜를 베풀지 않고 머리를 태우고 이마를 덴 사람을 윗자리에 앉히는가요?' 주인은 그제야 깨닫고 그 나그네를 청하였다."

30 **복리**　원나라 초엽의 제도로서 중서성中書省에서 산동山東 서쪽의 하북河北 지역을 관할하면서 이를 복리라고 하였다. 복리란 내지內地와 같은 의미다.

31 **백선니**　미상. 『재물보』才物譜에 백선토白善土라는 흙이 있는데 같은 것으로 보인다. 이하 알기 어려운 내용이 많다.

32 **영벽**　벽소壁塑의 일종으로 벽화壁畵와 소상塑像을 합성하여 벽면에다 인물·산수 등의 형상을 새겨 넣었다.

33 **양혜지**　당나라 때의 화가이다. 개원開元(713~741) 연간에 오도자와 함께 장승요張僧繇로부터 그림을 배웠다. 그 뒤에 길을 바꾸어 소상塑像을 제작하였다. 곤산崑山 혜취사慧聚寺의 천왕상天王像이 그의 작품이다. 소성塑聖으로 불린다.

34 **오도자** ?~792. 당나라 때의 대표적 화가로 성당시대盛唐時代(713~755)에 크게 활약하였다. 인물화, 특히 불화佛畵에 뛰어났다.

35 **곽희** 1023~1085(?). 북송시대의 유명한 산수화가로 형호荊浩, 정동鄭同, 동원董源, 거연巨然 등과 더불어 오대五代와 송宋의 산수화를 개척하였다.

36 **관계** 유희柳僖의 『물명고』物名考에서 "관계는 모계牡桂(육계肉桂의 일종으로 잎이 비파처럼 크고 굳음)의 껍질을 말한다. 얇고 각지가 있으며 기름과 살이 적은 것은 상등품으로 관청에 공급한다"고 하였다.

37 **영창** 채광창. 방이 밝도록 방과 마루 사이에 낸 두 장 달이 미닫이이다. 조선 영조 때 재상이자 거부인 이은李溵이 처음 만들어 사용했다고 전한다. 그는 당시 서울에서 가장 넓고 비싼 집을 소유하고 있었다.

38 **원창** 틀을 원형으로 짠 창으로, 월창月窓이라고도 한다.

39 **하엽난간** 목조 난간의 계자각鷄子脚 등의 상부에 연잎을 새긴 장식을 붙여서 난간 대를 받치는 장치가 바로 하엽동자荷葉童子인데 이 하엽동자로 이루어진 난간을 하엽난간이라 한다.

40 **와두** 부엌의 개숫물을 집밖의 도랑으로 배출시키는 장치이다. '와두'에 대한 자세한 설명을 서유구는 『임원경제지』「본리지」本利志에 수록된 내용을 참조하라고 하였다. 왕정의 『농서』에서 인용한 대목은 본서 246쪽 도판 설명에 있다. 『해동농서』海東農書의 내용을 인용한 대목은 이렇다.
"우리나라 보의 수문통水門筒은 위에 소개한 내용과 법이 같다. 그러나 기와와 돌을 사용하지 않고 나무를 사용하며, 또 보호하는 둑을 설치하지 않기 때문에 쉽게 썩어버린다. 따라서 개수改修하는 데 드는 비용이 매우 많다. 따라서 서둘러 와두의 제도를 따르는 것이 마땅하다. 와두는 현재의 토관土管과 비슷하다."

41 **길이는~대응한다** 부뚜막 만드는 법에서 치수를 천지자연의 도수度數와 관련시켜 정하고 있다. 그것이 과학적으로 유용한지 아닌지 그 적부適否야 어떻든 당시 사람의 공간 구조에 대한 사고방식의 일면을 엿볼 수 있다. 일곱 자는 북두칠성의 일곱 개 별과 대응되고, 아홉 치는 9주(고대 중국인은 중국 본토를 아홉 개의 땅덩어리로 나누어 이해했다)에 대응시켰다.

42 **팔풍** 팔방八方의 바람. 즉, 동북 염풍炎風, 동방 조풍條風, 동남 경풍景風, 남방 거풍巨風, 서남 양풍涼風, 서방 요풍飂風, 서북 여풍麗風, 북방 한풍寒風이다.

43 **옛 사람이 부뚜막에 제사를 지낸 의미** 부뚜막의 신 즉, 조왕신竈王神에 대한 신앙을 말한다. 일반적인 예법에는 다섯 가지 제사가 있어서 2월에는 창호에 제사하고, 5월에는 부뚜막에 제사하고, 6월에는 토지에 제사하고, 8월에는 문에 제사하고, 10월에는 우물에 제사하는 것이 상례였다(『백호통』白虎通「오사」五祀). 우리나라 민속 신앙에서도 조왕신에 대한 믿음이 강했다. 이능화李能和(1869~1945)의 『조선무속고』朝鮮巫俗考 '조왕신' 조항의 내용을 옮겨 이해를 돕는다.

"『논어』에 '부뚜막에 아첨한다'는 말이 있다. 부뚜막이란 음식을 끓여 만드는 곳으로 생활상 가장 중요한데 신으로 모셔 제사하는 것도 이 때문일 것이다. 이수광李睟光(1563~1628)은 『지봉유설』 芝峯類說에서 이렇게 말했다. '범지능范至能의「제조사」祭竈詞에서 '사내아이가 술잔을 올리면 계집아이는 피한다'고 했고, 『패사』稗史에는 '부뚜막에 제사지낼 때 반드시 부인을 기피한다'고 했으며, 또 '부뚜막 신은 항상 매달 그믐날에 하늘에 올라가 사람의 죄상을 아뢰고, 기축일己丑日 묘시卯時에 하늘에 올라가 일을 본다. 이 날에 제사지내면 복을 받는다'고 하였다. 그러므로 주자朱子도 부뚜막 신을 제사하는 글을 『가례』家禮「의절」儀節에 실었으니 모방해서 행하는 것이 좋을 듯하다.' 이능화는 이렇게 생각한다. 이수광이 여러 신을 제사하는 것은 불경스런 일로 모두 배척하면서 홀로 부뚜막 신에 대해서만은 중국인이 제사하고, 주자가 제사했다는 이유로 모방해서 행해야 한다고 했다. 이는 제 주관이 없이 중국인의 발뒤꿈치에 절하는 격이다. 이러한 폐단은 이수광만 그러한 것이 아니고 조선 유학자 가운데 그렇지 않은 자가 없다. 우리 풍속에 부뚜막에 제사지내는 데 당반鐺飯(원주: 세속에서는 '노구메'라 부른다)만을 사용한다. 또 혹은 장등長燈으로 불을 밝히는데 이름을 인등因燈이라 한다. 인등은 곧 신등神燈이다. 생각건대, 단군檀君의 아버지인 환인천왕桓因天王이 신시神市의 제사를 주관하는 분이었기 때문에 인因을 신神이라 한 것이다. 분명 신시에서 유전해온 것이리라."(『계명』啓明 제19호 57면)

44 **연주와법** 두 개 이상의 솥을 구슬을 연속해서 꿴 것과 비슷하게 부뚜막에 올리는 방법을 말한다.

45 **유리와** 특수한 약료로 구워 만든 기와로 청나라 궁전에서 사용하였다. 『열하일기』에 연경燕京의 유리와에 대한 기사가 나온다. 또 이규경李圭景(1788~1856)은 『오주연문장전산고』五洲衍文長箋散稿 권42「화동와류변증설」華東瓦類辨證說과 『오주서종박물고변』五洲書種博物攷辨「유리류」琉璃類에서 유리와에 대해 상세하게 설명하였다. 그 일부를 간략히 설명하면 다음과 같다. 연경의 유리창琉璃廠(연경의 거리 이름)은 정양문正陽門에서 선무문宣武門까지 길게 뻗어 있는데 여기에서 각색의 유리와를 만들어낸다. 유리창에서는 사람의 출입을 금하고 있는데 기와를 구워 만들 때는 더욱 심하게 사람을 꺼려 비록 장인匠人이라 하더라도 모두 4개월간의 식량을 가지고 들어가고, 한번 들어가면 함부로 나올 수 없다. 지금 사용하는 것은 모두 석즙石汁을 녹이고 거기에 많은 약품을 첨가하여 물을 부어서 만든다.

46 **초송** 『임원경제지』 제3편「예원지」권4 '훼류'卉類의 '초송' 항목을 옮긴다.
명품名品: 몸체는 풀이고 잎은 소나무인 것을 초송草松이라 하는데 덩굴풀이다. 옛날에는 그 종자가 없었는데 근래에 중국 연계燕薊 지방에서 들어왔다.
종예種藝: 2월에 씨를 뿌리고, 4·5월에 덩굴이 뻗어 시렁에 올라간다. ─『금화경독기』
공용功用: 그 잎사귀는 바늘과 갈기 모양으로 퍼져서 소나무 잎과 흡사하다. 처마 곁에 시렁을 만들면 폭염을 막을 수 있다. ─『금화경독기』

47 **신회** 대합조개의 껍질을 태워서 만든 회이다. 합회蛤灰라고도 한다.『물명고』「합리」蛤蜊에 신탄蜃炭은 조개껍질을 가리지 않고 거두어, 불로 태워서 석회 대용으로 쓴다고 하였다. 신탄蜃炭은 곧 신회蜃灰이다.

48 **의정부** 여기서는 의정부 건물을 가리킨다. 의정부는 한양 북부 관광방觀光坊에 위치하였다. 현재의 광화문 앞 정부종합청사의 길 건너편에 있었다.

49 **가요의 무늬** '가요'哥窯라는 자기에 독특하게 난 갈라진 무늬이다. '가요'란 형兄의 도자기란 뜻으로 용천요龍泉窯를 가리킨다. 용천요는 송대宋代의 저명한 도요지로, 장생일章生一·장생이章生二 형제가 자기를 생산했다. 장생일의 도자기를 가요, 장생이의 자기를 제요弟窯라 했다. 가요의 특징은 흑갈색의 자태를 가졌으며 문편紋片을 띠고 있었다. 그리하여 잘게 갈라진 것처럼 보이는 자기의 무늬를 가요문이라고 한다.

50 **둥근 곳집** 이 곳집에 대해「본리지」에 실린 내용은 다음과 같다.

"균囷은 둥근 창고(圓倉)이다.『예기』「월령」月令에는 '둥근 창고를 수리한다'라고 했고,『설문』說文에는 '늠廩 가운데 둥근 형태의 것이니 둥근 것을 균囷이라 하고 네모난 것을 경京이라 한다'라고 하였다.『관자』管子에는 '관중管仲이 시장을 지나갈 때 새로 만든 균과 경이 있었다'라고 했고,『삼국지』三國志「오서」吳書에는 '주유周瑜가 노숙魯肅을 방문하자 노숙이 균을 가리키며 그에게 주었다'라고 했으며,『서경잡기』西京雜記에는 '조원리曹元理는 균에 있는 곡식의 양을 잘 계산하였다'라고 했다. 종합하여 말하면, 균이라는 이름은 오래된 것이다. 현재에는 둥근 창고에 곡식을 저장하고 진흙으로 그 내부를 바르고서 초가지붕을 얹는데 이것을 노둔露笔이라고 부른다. 이것이 바로 균이다." ─『왕씨농서』

51 **흙덩이처럼 뭉쳐진 변(踏塹)** '답격'踏墼이란 대개 쇠똥이나 말똥 등을 흙과 섞어서 만든 동글동글한 모양의 덩어리를 가리킨다.『농상집요』農桑輯要「양잠」養蠶에 "겨울에 쇠똥을 많이 거두어 쌓아두었다가 봄에 따뜻해지면 밟아서 덩어리를 만든다. 햇볕에 쏘여 말리면 거적처럼 일어난다. 그것을 태울 때 나는 향기가 누에에 좋다"라고 하였다.

52 **예찬** 1306~1374 또는 1301~1374. 원나라 때의 화가로 자는 원진元鎭, 호는 운림자雲林子이다. 청장년 때 집안이 부유하여 스스로 원림園林을 만들고 '청비각'淸泌閣을 세워 독서와 그림 그리기의 안일한 생활을 즐겼다. 그는 원나라 때의 대표적 산수화가로서 황공망黃公望, 오진吳鎭, 왕몽王蒙과 더불어 원대의 사대가四大家로 꼽힌다.

53 **유희** 한漢나라 말엽의 훈고학가訓詁學家이다. 자는 성국成國으로 북해北海 사람이다. 어원학語源學의 관점에서 훈고를 연구하여『석명』을 저술하였다.

54 **측간(圊)** '청'圊은 囗와 靑의 합성자로 깨끗하게 해야 할 곳이라는 의미를 가졌다. 즉, 청결한 측간.

55 **양신** 1488~1559. 명나라 때의 학자이다. 자는 용수用修, 호는 승암升庵이다. 명대의 대표적인 박

학다식한 학자로서 고증에 관한 수많은 저작을 남겼다.

56 진기 후한後漢 말의 사람이다. 자는 원방元方으로 진식陳寔의 아들이다. 부친, 아우와 함께 뛰어난 덕망으로 당시에 이름이 드높았다. 『후한서』後漢書 권62와 『세설신어』世說新語에 그들의 행적이 기록되어 있다.

57 여기에 든 물건은 약재로 쓰이는 광물이다. 『동의보감』東醫寶鑑 「탕액편」湯液篇을 참조하라.

58 웅삼발 원명은 Sabbathino de Ursis(1575~1620)이다. 명나라 말엽에 중국에 온 제수이트 파(Jesuit) 선교사로 이탈리아 사람이다. 만력 34년(1606)에 중국에 와서 마테오 리치에게서 중국어를 배우고, 그의 조수가 되었다. 그 뒤 서광계·이지조李之藻에게 협조하여 행성설行星說을 번역하고, 아울러 북경의 경도經度를 측량하였으며, 물을 끌어들여 비축하는 여러 가지 기계를 제조하였다. 만력 44년(1616)에 예부시랑禮部侍郎 심각沈潅이 천주교 포교 금지를 주청할 때 오문澳門으로 쫓겨났다. 저서에 『태서수법』, 『간평의설』簡平儀說, 『표도설』表度說 등이 있다.

59 노송 『시경』의 송頌의 하나이다. 인용된 시는 「비궁」閟宮 편의 제12장이다. 「비궁」은 노魯나라 희공僖公이 오랑캐를 정벌한 일을 칭송한 노래이다. 조래산徂來山은 현재의 산동山東 태안현泰安縣에 있고, 신보산新甫山은 현재의 산동 신태안현新泰安縣에 있다. 해사奚斯는 노나라 대부로 종묘 건설을 주관한 사람이다.

60 회백 『물명고』에서는 향나무로 추정했고, 『재물보』才物譜에서는 이북 지방에서 나는 익가나무로 추정했다.

61 오동나무 관의 두께를 세 치로 한다 『묵자』 「절장 하」節葬下에 이 내용이 보인다. "예로부터 성왕聖王은 매장의 법을 만들었다. 오동나무 관의 두께를 세 치로 하면 그 안에서 시체를 썩힐 만하고, 옷을 세 벌로 하면 시체를 덮을 만하다"라고 하였다. 묵자의 의도는 검약한 장례를 염두에 두고 세 치 두께의 오동나무 관의 사용을 주장한 것이다. 그러나 오동나무를 관재棺材로 사용한 것은 형벌의 하나라고 보는 견해도 있다. 관재는 단단한 것을 사용해야 하는데 오동나무는 썩기가 쉬우므로 오동나무로 관을 만들게 하는 형벌을 주었다 한다(손이양孫詒讓의 『묵자한고』墨子閒詁).

62 석회 석회는 석회석石灰石을 연소시켜 만든 것이다. 먼저 생석회生石灰를 가져다가 물을 첨가하면 소석회消石灰가 만들어진다. 이것은 강한 접착력을 가지므로 중요한 건축 재료가 된다. 소석회는 다시 점차로 공기 중의 이산화탄소를 흡수하여 용해되지 않는 탄산칼슘이 된다.

63 매탄 곧 석탄이다. 중국에서는 일찍부터 석탄을 사용했는데, 춘추전국시대에는 석열石涅 또는 열석涅石이라 불렀고, 위·진·당·송 때는 석탄, 명대明代에는 매탄이라 불렀다.

64 두 푼(二分) 원문에는 '二分'으로 되어 있으나 『천공개물』 초간본에는 '三分'으로 되어 있다.

65 나미교, 양도등 나미교는 찹쌀로 만든 풀을 말하고, 양도등은 낙엽등본식물落葉藤本植物로서 현재 중국에서는 미후도獼猴桃라 한다. 유희의 『물명고』에서는 봄보리수, 가을보리수로 추정하였다.

그 즙은 건축 재료로 쓰인다.

66 **거품과 덩이(泡釘)** 『다능집』원본에는 포정砲釘으로 되어 있다. '포정'의 의미는 분명치 않다.

67 **면지, 오지** 오지傲紙를 원문에는 방지倣紙라 하였으나 『다능집』원본에 따라 오지로 고쳤다. 면지와 오지는 종이의 일종이다.

68 **여회** 굴 껍질을 말한다. 굴은 연체동물로서 성장한 다음에는 얕은 바다의 바위에 붙어 살면서 물에 떠다니는 생물을 먹고 산다. 굴의 껍질은 주요 성분이 탄산칼슘이므로 굽는 방법이나 용도가 석회와 똑같다.

69 원문에는 내용의 일부('掘地二尺餘'와 '黑之內' 사이의 10자)가 공란으로 비워져 있다. 공란에 들어가야 할 내용은 『천공개물』초간본에 따르면 "掘地二尺餘, 擇取無沙粘土而爲之. 百里之內"이다. 『임원경제지』원문의 '黑'은 '百里'의 잘못이다. 오류를 바로잡아 번역한다.

70 **통기와** 『열하일기』에는 '원앙와' 鴛鴦瓦로 되어 있다.

71 **전수** 벽돌에 물을 뿌려 날벽돌의 색깔을 바꾸고 광택이 나게 하는 방법이다. 이 방법을 통해 견고하고 내구적인 청전靑磚과 청기와(靑瓦)가 만들어진다.

72 이러한 벽돌을 과소過小벽돌, 괄벽돌이라고 부른다.

73 **성인께서 은나라의 수레를 타겠노라 하신 말씀** 이 구절은 『논어』「위령공」衛靈公 편에 나온다. "안연顔淵이 나라를 다스리는 문제에 대해 묻자 공자께서 이렇게 답하셨다. '하夏나라의 달력을 시행하고, 은나라의 수레를 타고, 주周나라의 면류관을 쓰며, 음악은 소무韶舞를 사용하고, 정鄭나라의 노래를 물리치고, 아첨하는 사람을 멀리해야 한다. 정나라의 노래는 음탕하고 아첨하는 사람은 위태롭기 때문이다.'"

74 **유형원** 1622～1673. 조선 인조仁祖, 효종孝宗 때의 학자로 반계는 호이다. 반계는 벼슬의 뜻을 버리고 전라도 부안군 우반동에 거주하면서 농민들과 더불어 생활하며 국가와 사회를 진보시킬 실용적 학문의 연구에 몰두하였다. 조선 후기의 대학자 가운데 한 사람으로 그의 학설은 『반계수록』磻溪隨錄에 실려 있다.

75 버클리대 소장 자연경실장본에는 "이항복李恒福의 『백사집』白沙集과 김노가재金老稼齋의 『연행일기』燕行日記에 모두 벽돌의 이익을 논한 글이 있다. 마땅히 살펴보고서 『북학의』위에 실어야 한다"는 주석을 첨부하였다.

76 **광분** 분粉, 백분白粉으로 분석粉錫의 다른 이름이다. 광분이라는 이름 외에 와분瓦粉, 호분胡粉, 정분定粉 등의 이름으로도 불린다.

77 **시칠柹漆** 떫은 감의 열매를 짜서 만든 액. 이 액으로 종이나 실에 발라 부패를 방지한다. 서유구는 안료를 다룬 '섬용지' 유칠油漆 조항에서 "방의 천정판에 종이를 바르고 난 뒤 소나무 그을음으로 바탕칠을 하고, 다시 서너 차례 시칠을 하면 광택이 사람을 비출 정도다"라고 하였다.

78 **구목즙** 구목은 낙엽교목으로 닥나무와 비슷하다. 구목의 나무껍질은 양질의 종이 원료이다. 그 나무껍질에서는 흰색의 즙이 나온다.

79 이 항목은 '섬용지' 유칠油漆 조항에 수록된 것이다.

80 이 장의 초고본에는 "침상, 탑榻, 병풍, 휘장 등의 기물에 대해서 이미 '이운지'에서 설명하였다. 그곳에서는 오로지 고아한 서재에서 심신을 수양할 때 사용하는 도구로서 설명하였다. 이곳에서는 아속雅俗에 통용할 수 있는 기물을 함께 실었으므로 중복되는 점도 없다. 독자가 상호 보완하여 보는 것이 마땅하다"라는 원주가 붙어 있다.

81 **와상** 눕도록 만들어진 평상, 곧 현재의 침대와 같은 기구를 가리킨다.

82 **도종의** 원말 명초의 문학가로 자는 구성九成, 호는 남촌南村이다. 전장 제도의 저술에 힘을 기울여 중요한 저작으로 『철경록』輟耕錄과 『설부』說郛가 있다.

83 **죽부인** 대나무로 짠 물건이다. 속은 비어 있고, 바깥에는 구멍을 뚫어서 침대나 이부자리에 두어 팔다리를 얹어놓으면 시원하다. 죽궤, 청노靑奴라고도 한다.

84 **취옹의** 의자보다 큰 것으로 등을 기댈 수 있도록 만들었다. 사용하지 않을 때는 접어두기도 한다.

85 이 하단에 교의를 엮는 법(穿交椅)을 『거가필용』에서 인용하여 수록하였으나 그 내용이 제대로 파악되지 않는다. 버클리에 소장된 초본 '섬용지' 상단에는 "이 단원에는 탈자와 오자가 많은 듯하다. 그러므로 다른 본을 다시 검토해야 한다"라는 부언이 달려 있는 것으로 보아 서유구 본인도 내용을 잘 파악하지 못한 것으로 보인다. 따라서 번역은 생략한다.

86 **반도** 서왕모는 중국 고대의 전설적인 여신으로 곤륜산의 요지에 산다. 그녀의 동산에는 반도라는 복숭아가 있어서 이것을 먹으면 불로장생한다고 하였다.

87 **영조척** 목수들이 사용하는 자로 곡척曲尺이라 부르기도 한다. 직각을 그리는 데 필수적이다.

88 **한방기** 중국 명나라 때의 인물이다. 성품이 강직하고 절개가 있었다. 천문, 지리, 술수, 병법 등 많은 학문 분야에 정통하였다.

89 **이용후생** 세상 사람들이 편리하게 사용하고 민생民生에 이익이 되는 모든 일을 말한다. 이러한 이용후생이 완비되었을 때 바른 덕(正德)을 성취할 수 있다는 것이 유가의 정치적 이상이다. 여기에서 이용利用이란, 공인은 물건을 만들고 상인은 재화를 유통시키는 것으로, 백성의 편리함을 촉진시키는 일을 의미한다. 후생이란 비단옷을 입고 고기를 먹는 등 굶주리지 않고 얼어 죽지 않는 등의 일을 말한다.

90 **다섯 종류의 물건을 가공하고 사람이 쓸 기구를 제작하는 일** 『주례』周禮 「고공기」考工記에 나오는 구절이다. 다섯 가지 물건은 쇠·나무·가죽·구슬·흙을 가리킨다고 정현鄭玄이 주注에서 밝혔다.

91 **한 나라에는~차지한다.** 「고공기」의 내용이다. 여섯 가지 직업군이란 곧, 왕공王公·사대부士大夫·백공百工·상려商旅·농부農夫·부공婦功을 말한다. 「고공기」에 자세한 역할이 설명되어 있다.

"한 나라에는 여섯 가지 직업군이 있는데, 백공百工도 그 중의 하나를 차지한다. 여섯 가지 직업군은 이렇다. 어떤 사람은 앉아서 도를 논하고, 어떤 사람은 일어나 일을 시행하며, 어떤 사람은 곡직曲直·방면方面·형세形勢를 헤아려서 다섯 가지 재물(五材)을 가공하여 기구를 제작하며, 어떤 사람은 사방의 진기한 물품을 유통시켜 소유하게 만들며, 어떤 사람은 힘을 들여 토지의 재물을 성장시키며, 어떤 사람은 실과 베를 가공하여 옷을 만든다. 앉아서 도를 논하는 사람을 왕공이라 하고, 일어나 일을 시행하는 사람을 사대부라 하며, 곡직·방면·형세를 헤아려 다섯 가지 재물을 가공하여 기구를 제작하는 사람을 백공이라 하며, 힘을 들여 토지의 재물을 성장시키는 사람을 농부라 하며, 실과 베를 가공하여 옷을 만드는 사람을 부공이라 한다."

92 **육부와 삼사**　수水, 화火, 금金, 목木, 토土, 곡穀의 육부六府와 정덕正德, 이용利用, 후생厚生의 삼사三事를 말한다.

93 **혜강**　위魏나라 사람으로 자字는 숙야叔夜이다. 죽림칠현竹林七賢의 한 사람으로 문학에 뛰어났고 성품이 활달하였다. 그는 가난하게 살면서 큰 나무 아래서 쇠 불리는 일을 즐겨 하였다. 귀공자가 만나러 와도 예를 갖추지 않고 쇠를 단련하는 일을 계속하였다.

94 **유비**　삼국시대 촉蜀나라의 건국자인 유비는 어릴 적에 아버지를 여의고 어머니와 함께 신을 팔고 자리를 엮는 일을 하였다.

95 **어릴 적에~적이 있다**　『논어』에 나오는 공자의 말이다.

96 **도를 논하고 나라를 다스리는 일**　정치 행위를 의미하는 말로『상서』尙書「주관」周官에 나온다. "태사太師, 태부太傅, 태보太保의 삼공三公을 설치하여 도를 논하고 나라를 다스리며 음양을 조화시키게 한다."

97 **패하**　짐승의 이름으로, 파하라고도 한다. 용은 아홉 마리의 새끼를 낳는데 각자 서로 좋아하는 것들이 있다고 한다. 그 여섯번째 새끼가 바로 파하로, 물을 좋아하므로 다리의 기둥에 세워둔다고 한다(유희柳僖의『물명고』物名考).

98 **비희**　용의 새끼이다. 그 형상이 거북과 비슷하며 무거운 물체 받들기를 좋아한다. 석비石碑의 밑에 깔린 귀부龜趺가 바로 이것이다(유희의『물명고』).

99 비슷한 내용이 박지원의『열하일기』에 실려 있어 연암으로부터 얻은 지식이라고 할 수 있다.

100 **관지**　금석金石에 새겨넣은 문자로 음각한 것을 관款, 양각한 것을 지識라 한다. 물건을 만든 장인의 이름을 새겨서 밝힌 것을 말한다.

101 **육공**　정약용丁若鏞의『소학주천』小學珠串에서 "육공六工이란 육재六材를 가공하는 사람을 가리킨다. 즉, 흙일을 하는 자를 토공土工이라 하고, 단련·야금을 하는 자를 금공金工이라 하며, 깎고 다듬는 자를 석공石工, 재장梓匠을 목공木工, 가죽 가공하는 자를 수공獸工, 그림 그리는 자를 초공草工이라 한다. 이들을 육공이라 한다"라고 하였다.

서유구의 『임원경제지』를 통해 본 옛사람의 주거미학

1

이 책은 『임원경제지』 전체 12부部 가운데서 집을 다룬 '이운지', '상택지', '섬용지' 3부의 내용을 정리하고 우리말로 옮겨 『산수간에 집을 짓고』란 제목을 붙인 책이다. 이 책은 어떤 지역을 선택하여, 어떻게 집을 짓고, 어떻게 꾸밀 것이며, 미래에는 어떤 집을 설계하여 살 것인가라는 흥미로운 물음에 대해 성의 있는 답을 내놓고 있다.

집이라는 인간의 거주공간이 지닌 중요성에도 불구하고, 옛 선인들은 집 그 자체에 대해 말하기를 즐겨하지 않았다. 예외적으로 거의 유일하게 집 자체를 논의선상에 올려놓고 파고 든 사람이 바로 서유구요, 그가 쓴 책이 바로 『임원경제지』다. 이 책에는 집에 관한 상상과 설계, 당시 주거공간의 실상을 파헤친 보고와 탐구, 주거물의 개량과 선진 공법의 도입, 조형예술로서의 집에 대한 미학의 제시 등 예상을 뛰어넘는 내용이 풍성하게 펼쳐져 있다. 서유구는 한국인이 살아온 집에 대해 가장 폭넓고, 가장 완전한 체계를 갖추어, 가장 깊이 있게 글을 쓴 최초의 사람이라고 나는 자신 있게 말할 수 있다.

그러나 114권에 이르는 이 방대한 『임원경제지』는 단순히 집을 짓는 건축

만을 논한 책이 아니다. 더욱이 국사교과서에서 가르치듯이 농업을 다룬 저술만도 아니다. 28권이라는 가장 많은 분량이 의학을 논한 부분이라는 사실만 봐도 알 수 있다. 그러므로 『임원경제지』는 당시 사람들의, 보통의 일상생활과 밀접한 관련이 있는 일체의 것을 다룬 책이라고 말하는 것이 사실에 가깝다. 그렇다보니 건축조차도 다양한 분야의 일부로서 접근하였다. 넓게는 주거공간의 주변 환경에서부터 좁게는 내부 장식과 소품을 제시하고, 또 현재의 집을 다루는 데서 확장하여 앞으로 살고 싶은 상상 속의 거대한 저택을 설계하였다.

그처럼 『임원경제지』라는 19세기가 낳은 위대한 저술은, 입고 먹고 머물러 사는 의식주 자체와 그것을 마련하기 위한 사회적·경제적·문화적 모든 행위에 대한 종합적 시각에서 쓰였다. 따라서 서유구는 집을 독립된 개체로 다루지 않고, 한평생 인간이 영위하는 복잡다단한 삶을 만족시키기 위해 필요한 중요한 필수품의 하나로 다루었다. 그렇기 때문에 전통시대의 집에 관한 풍부하고도 가치 있는 정보가 녹아 있다.

이 책은 1, 2백 년 전 과거가 되어버린 전통적 주거공간의 미학과 기술을 논하였다. 인구의 다수가 거주하는 현대 한국의 아파트 문화와는 동떨어진 옛 주거문화를 다룬다. 그렇다보니 이 책에 담긴 정보와 기술은 당시로서는 최신의 것이었으나, 현재에는 낡은 것이거나 폐기된 것이 없지 않다. 시대와 미학, 기술문명의 변천과 발달로 인하여 이 책을 관통하는 조형예술과 조경의 미학에 동의하기 어려운 점도 발견된다. 그러나 전반적으로 합리적이고 유용한 지식과 정보, 미학과 기술이 소개되기 때문에 전통 건축을 이해하는 측면에서뿐만 아니라 현대 건축을 이해하는 데도 다시없는 좋은 고전이라고 생각한다.

인문학자로서 이 책의 소개에 깊은 의미를 두는 이유는, 집을 통해 사회 현실과 생활 양상이 드러나고, 문학·철학·예술을 비롯한 다양한 분야와 긴밀하게 연결되어 논의되기 때문이다. 갖가지 분야의 학문에 전문가적 조예를 지닌 통유通儒로서 서유구는 전 사회와 학문을 아우르는 체계 속에서 집을 다룸으로써 집이 지닌 사회적·문화적 전체상을 충실하게 보여주었다. 기술적인 측면에 적지 않은 서술을 하면서도 그 바탕에 인문학적 소양과 전체적 조망이 깊고 넓게 깔려 있다. 집을 다룬 그의 글은 수준 높은 산문작품으로 읽어도 좋은 부분이 많다.

2

조선왕조 5백 년 동안의 학문의 역사에서 마지막 찬란한 빛을 발하는 때가 바로 19세기 전반기다. 이 시기의 학술은 전반적으로 침체의 국면을 맞이하고 있지만 위대한 학자 세 사람이 있어서 쓸쓸하지 않다. 다산茶山 정약용丁若鏞(1762~1836), 풍석楓石 서유구徐有榘(1764~1845), 오주五洲 이규경李圭景(1788~1856) 세 사람이 바로 그들이다.

조선시대에는 전공 중심의 학문적 분화가 대세인 지금과는 달리 보편적이고 전인적인 학문이 대세였다. 세 사람 역시 이러한 학문의 경향에서 벗어나지 않는다. 조선시대의 전반적 경향이 그렇다고 해도 이 세 사람은 조선왕조 5백 년 전체를 놓고서도 가장 박식한 학자다. 특히 세 사람 가운데 정약용과 서유구는 여러 측면에서 대비되면서 쌍벽을 이룬 학자다.

겨우 두 살 차이의 정약용과 서유구는 방대한 저작을 남긴 대표적인 박학자라는 점, 학문을 좋아한 정조正祖의 직접적인 훈도를 받은 학자라는 점, 정

풍석楓石 서유구徐有榘 초상화
1838년 75세 때의 초상화로 오한근 소장이다. 그
는 1823년 18년간의 재야생활을 마치고 다시 조
정에 서서 판서 등의 고위직을 역임하였다. 완전
한 은퇴를 1년 앞둔 시기의 초상화로 사비四費
라고 부른 인생기의 마지막 기간이다. 얼굴이 갸
름하고 수염이 단아한 모습 한편으로 굳은 의지
를 담은 인상이 풍겨온다.

조 사후 20년 가까이 정계에서 축출당하여 귀양지에 억류되었거나 재야에서
고생하였다는 점, 그 사이 시대를 대표하는 방대한 저술을 남겼다는 점, 허황
한 학문을 지양하고 실사구시實事求是의 실학을 추구한 점, 위기의식을 지니
고 민생을 구제할 방도를 찾기에 노력한 점, 외국으로부터 수입되는 최신의
학술 경향을 수용하려 노력한 점 등등, 둘 사이에는 유사한 점이 너무 많다.

　그 가운데 도드라져 보이는 사실은 두 사람이 허황한 학문을 지양하고 도
탄에 빠진 조선의 민중을 구제할 실용적 학문을 철저하게 추진한 점이다. "경
서에 뿌리를 두고 역사에 의거한 문장으로 경제 실용의 학문에 정력을 다 바
쳤다"(서태순徐太淳의 「묘표추기」墓表追記)라는 서유구에 대한 평가는 두 사람에

게 똑같이 적용된다.

그러나 두 사람은 학문의 대상에서는 서로 다른 길을 걸었다. 정약용은 경제와 제도, 국방 등 국가 제도의 개량을 주방향으로 삼은 반면, 서유구는 실생활에 필요한 농업과 의학, 산업의 발진을 주방향으로 선택하였다. 다시 말해 정약용이 경세치용經世致用에 주력하였다면, 서유구는 이용후생利用厚生에 주력하였다. 같은 시대의 두 위대한 학자는 서로 겹치지 않고 보완하는 입장에서 실학을 추구하였다.

서유구가 의도적으로 국가의 정치적·제도적 개선이나 성리학적 이념의 문제를 비켜간 이유는 어디에 있을까? 그 문제에 대해 서유구는 자신의 생각을 명료하게 밝혔다. 만년에 편찬한 저술 『행포지』杏蒲志 서문에 다음과 같은 대목이 있다.

나는 유달리 농업과 관련한 학문에 힘을 써서 다 늙어 기운이 빠질 때까지 그만두지 않는다. 진정 무엇 때문인가? 나는 일찍이 유가儒家 경서經書를 연구하는 학문에 종사한 적이 있었는데, 말할 만한 것은 옛사람이 벌써 다 말해버렸으므로, 내가 또 재차 말하고 또 다시 말한들 무슨 보탬이 되겠는가? 내가 일찍이 세상을 경영하는 학문에 종사한 적이 있었는데 처사處士가 궁리하고 짐작하여 하는 말은 흙으로 끓인 국이요 종이로 만든 떡일 뿐이라, 아무리 잘한들 무슨 보탬이 되겠는가?

조선시대 학문의 근간을 이루는 학문이 바로 경서의 연구, 세상을 경영하는 학문이다. 그런데 서유구는 그런 학문은 이미 충분히 연구되었고 또 연구해본들 흙으로 끓인 국이나 종이로 만든 떡과 같이 전혀 쓸모없는 것이라고

하여, 농업을 중심으로 한 실용적 학문에 종사하겠다고 소신을 밝혔다. 다른 책에서도 그는 세상을 제도하고 백성을 교화하는 분야는 서적이 이미 많기에 쓰지 않는다고 밝히기도 하였다. 그의 고백처럼 서유구는 생활에 밀착하여 건강하고 행복하게 살 수 있는 방안에 학문의 주안점을 두었다.

한편, 서유구가 하지 않겠다고 한 바로 그 분야를 정약용은 학문의 중심에 놓았다. 그럼으로써 조선왕조가 급격한 쇠락의 길을 밟고 있던 19세기 전반기에 두 학자는 서로 다른 영역에서 그 누구도 따라가기 어려운 학문적 업적을 세웠다. 두 사람 이전에도 그와 같은 방대한 작업을 한 학자가 없었고, 두 사람 이후에도 없었다. 전무후무한 일이다.

당시에도 정약용과 서유구는 동시대의 큰 학자로 존경을 받았다. 서유구는 몰년 가까이에 정약용의 고향인 두릉杜陵에 살았다. 한 시인은 그곳을 지나다 이런 시를 지었다.

다산이 꿈꾼 사업은 진귀한 책상자에 남았는데
풍석의 빼어난 문장은 경제 연구로 깊어가네.
오늘날 두릉 강변은 명사들의 세상
문성文星이 모여 있다 다투어 말하네.

—홍석모洪錫謨, 「초상류제」苕上留題

학문의 대상은 달랐지만 그들의 학문 방법이나 지향은 실학實學으로 요약된다. 두 사람은 5백 년 조선의 지적 유산을 체계화하여 스스로를 최고의 학자로 올려놓았다. 그로부터 한 세기를 넘지 않아서 조선의 학문은 서구의 학문에 주도권을 거의 완전하게 내어주고 잘게 나누어짐으로써 그들처럼 세계를 전체적 관점에서 바라볼 능력을 상실하였다. 한국의 문화를 큰 눈으로 바라보고 논하던 그들의 학문이 이제는 남다른 의미를 던진다.

3

『임원경제지』의 저자 서유구는, 위에서 말했듯이 19세기를 대표하는 학자다. 그의 본관은 달성達城, 자字는 준평準平, 호는 풍석楓石이다. 정조·순조·헌종 연간에 고위 관직을 두루 역임한 관료이자 학자다.

그를 이해하자면 그의 집안부터 이해할 필요가 있다. 그의 집안은 소론少論의 당색黨色으로 노론老論이 주도하는 정국에 잘 대처하여 경화거족京華巨族으로 성장한 명문가다. 정치적으로 큰 역할을 했을 뿐만 아니라 대대로 가학家學을 잘 전수하여 뛰어난 학자와 문인을 계속 배출하였다. 그의 할아버지는 대제학大提學을 지낸 서명응徐命膺이고, 아버지는 규장각 직제학直提學을 지낸 서호수徐浩修이며, 명고明皐 서형수徐瀅修는 그의 숙부다. 작은 할아버지 서명선徐命善은 영의정을 지냈다.

가계도를 보면, 서유구가는 대대로 많은 문과 급제자와 고위 관료를 배출한 사환가仕宦家다. 하지만 단순한 사환가에 그치지 않고, 특별한 학문적 성과를 거두고 그것이 대대로 계승된다. 서명응의 『보만재총서』保晩齋叢書와 『고사신서』攷事新書, 서호수의 『해동농서』海東農書, 서형수의 『명고전집』明皐全集, 그리고 서유구의 『임원경제지』와 같은 저술만 가지고도 집안의 성대한 학문적 업적을 짐작할 수 있다. 특히 그의 집안은 독특하게도 천문학과 수학, 농학과 음악 등에 전문가다운 조예를 보여, 일반적인 사대부가와는 달리 의리와 심성을 탐색하는 실용과 과학, 기술을 중시하는 학문 경향을 보였다. 또 이 집

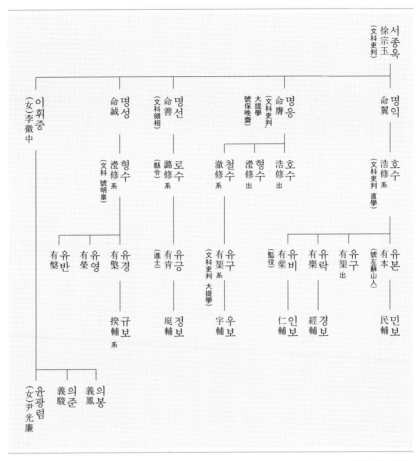

서유구의 가계도

안은 방대한 도서를 보유한 대표적인 장서가 집안이었다. 서유구 자신이 수많은 장서를 소유하였다. 서유구가 『임원경제지』와 같은 방대한 저서를 편찬할 수 있었던 데에는 독특한 가학의 전통이 있었다.

한편, 서유구의 학문적 성과에는 가학 외에도 선배 학자들인 연암燕巖 박지원朴趾源(1737~1805), 아정雅亭 이덕무李德懋(1740~1793), 탄소彈素 유금柳琴 (1741~1788), 초정楚亭 박제가朴齊家(1750~1815) 등의 북학파北學派 학자들로부터 받은 영향도 무시할 수 없다. 발달한 청조淸朝 문물의 수용을 주장한 이들은 당시 학계에 새로운 기풍을 불러일으켰는데 서유구는 그들과의 교유를 통하여 큰 자극을 받았다. 특히, 박지원의 『열하일기』熱河日記와 박제가의 『북학의』北學議가 그에게 큰 영향을 주었다.

서유구는 외면상 학자로 성장하기에 좋은 여건을 구비하였다. 하지만 위대한 학자가 된 것은 본인의 강인한 의지와 부단한 노력에 따른다. 여기에 또 학문을 완성하기에 충분할 만큼 80세를 넘겨 살았다.

그는 관료로서도 화려한 경력을 자랑한다. 하지만 적지 않은 좌절을 맛보았다. 자기 인생이 다섯 개의 고비로 이루어졌다 하여 스스로 '오비거사' 五費居士라 부르고, 79세에 「오비거사생광자표」五費居士生壙自表를 지어 삶을 정리하였다. 스스로 인생을 정리하는 것 역시 그 집안의 전통이었다. 이 글을 바탕으로 그의 인생 과정을 엮어본다.

젊은 시절의 서유구는 산문 창작에 열의를 보인 문학도이면서 관료였다. 박지원, 이덕무, 박제가를 비롯한 북학파 문사들과 교유하면서 수준 높은 산문을 많이 창작하였다. 그는 산문가로서도 일가를 이루었다. 문과文科에 급제한 이후 순탄한 관료 생활을 이어갔는데 주로 학문 활동과 관련한 직책을 맡았다.

정조의 특별한 인정을 받으며 산문가이자 학자로서 성장하던 서유구는 정조 사후 외척에 의한 세도정치가 자행될 때 인생의 큰 고비를 맞이하였다. 그의 집안 전체가 정계에서 완전히 축출되었던 것이다. 서유구 역시 1806년 축출당한 뒤부터 1823년 정계로 복귀하기까지 향리를 전전하며 18년간 향촌생활을 영위하였다. 이 시기는 자살의 욕구를 숱하게 넘겼다고 고백한 좌절과 고통의 기간이었다. 그러나 그는 절망을 딛고 직접 농사를 지으며 학문과 저술에 종사하였다. 이때의 저술이 바로 『금화경독기』金華耕讀記 8권과 『난호어목지』蘭湖漁牧志 등이며, 그 저술을 바탕으로 방대한 『임원경제지』의 편찬에 착수하였다.

1823년 이후 그는 정치적으로 재기하였다. 10여 년간 이조판서·병조판서·전라도관찰사 등을 역임하면서 『행포지』杏蒲志와 『종저보』種藷譜를 지었고, 정계에서 물러난 뒤에는 『임원경제지』를 보완하고 젊은 시인들과 시를 주고받으면서 지내다가 1845년 11월 1일 세상을 떠났다.

서유구의 삶을 개관할 때, 산문가·시인·관료의 모습을 보여주지만 어디까지나 그의 본색은 학자다. 그러나 당시의 보통 학자와는 달리 자의식이 매우 강하고 학문의 목표에 대한 투철한 인식을 지녔던 학자였다. 실용에 도움이 되는 학문을 진정한 학문이라고 판단하고 전통적 학문에 비판의 날을 세웠다.

> 오늘날 헛되이 곡식만 축낼 뿐 세상에 보탬이 되지 않는 자로는 저술하는 선비가 실로 우두머리라고 말하겠다. 그중 용렬한 자는 가짜를 빌리고 품을 팔아 죽은 사람의 울타리 아래에 붙어사는데, 좀 똑똑하다는 자조차도 궤변을 늘어놓으며 이치 속으로 숨어들고 허위를 꾸미며 실용에 절실하지 않고, 쓸모없는 학문에 정신을 소모시킨다. ─「금석사료서」錦石史料序

이 글은 그가 학자로서 자기 반성이 얼마나 투철한가를 직접적으로 드러낸다. 그 자신이 대표적인 저술가인데 심하다 싶을 정도로 저술가의 행태를 비판하였다. 질타의 대상은 과거의 학문을 추수하는 학자, 사변적인 학자, 비실용적 학문에 정력을 낭비하는 학자로서, 비판의 대상은 당시의 주류적인 학자라고 할 수 있다. 비판의 이면에는 그가 추구할 학문이 드러난다.

그가 쓴 다양한 저술을 보면 그가 추구한 학문의 실상이 그대로 드러난다. 우선 문집으로『풍석고협집』楓石鼓篋集,『금화지비집』金華知非集, 시집으로『번계시고』樊溪詩稿가 있고, 전국의 활자 실태를 기록한『누판고』鏤板考, 수원부사와 전라도관찰사로 재직할 때의 일기인『화영일록』華營日錄,『완영일록』完營日錄, 그리고 농사를 다룬『행포지』杏蒲志와 고구마 재배법『종저보』種藷譜, 건축을 비롯한 다양한 분야를 다룬 종합적 저술『금화경독기』金華耕讀記, 어업과 축산업을 다룬『난호어목지』蘭湖漁牧志, 음식과 요리 저술『옹희지』饔饎志, 농사 관련『경솔지』鷓蟀志가 있다.

이러한 저서를 바탕으로 서유구가 평생의 심력을 기울여 편찬한 저술에는 두 가지가 있다. 바로『임원경제지』와『소화총서』小華叢書다. 그중『소화총서』는 124종에 이르는 조선 후기의 실학적 저술을 대거 수집하여 한 질의 총서로 만든 것이다. 조선인의 저서로서 다양한 분야에 걸친 독립된 저작을 이렇게 총서로 기획한 것은 유례가 드물다. 서유구는 만년에 번계樊溪(현재 서울시 강북구 번동)의 집에 광여루曠如樓를 지었는데 누각의 기문記文을 당시 최고의 문장가인 홍길주洪吉周(1786~1841)에게 부탁하였다. 홍길주는 그 글에서 "공은 젊어서부터 수천 수만 권의 책을 읽었고, 찬술한 저서로는『임원지』林園志와『소화총서』 등이 있는데 모두 수백 권이다. 지금 연세가 76세로 벼슬에서 물러나 교외에 거주하면서도 여전히 부지런히 쉬지 않고 수집하고 보완하고 계신다"(「광여루기」曠如樓記)라고 하여, 서유구의 대표적 저술로 이 두 가지를 들었다. 더욱이 인상적인 것은 만년에 이른 노학자의 근면한 학자적 모습이다.

　홍길주도 지적한 바와 같이, 이러한 저술의 바탕에는 박학博學함과 근면함이라는 학문하는 자세가 있다. 그는 젊은 시절부터 다양한 분야의 광범위한 서책을 독파하였다. 여기에만 그치지 않고 한편으로 조선의 현실에 대해 상세하게 조사하였다. 그 결과 『임원경제지』를 편찬하여 당시 산업구조의 중추인 농업 생산을 중심으로 일반 백성의 이용후생利用厚生에 필요한 광범위한 지식을 체계화시키는 데 학문적 역량을 한껏 발휘하였다. 대학자로서의 그의 박학함과 근면함에 머리가 숙여질 뿐이다.

4

　『임원경제지』林園經濟志는 『임원십육지』林園十六志라고도 불린다. 임원林園이란 세상을 다스리는 법을 기술하는 흔한 책과는 달리 향촌에 살면서 뜻을 기르기 위한 책임을 표방한다. 물론 겸양의 뜻이 담겨 있다. 경제지經濟志는 가정을 유지하고 생계를 꾸리는 일을 다룬 책임을, 십육지十六志는 16개의 지志로 구성된 책임을 말해준다. '임원경제지' 든 '임원십육지' 든 제목으로 무방하다.

　『임원경제지』는 전체를 16개 분야로 나누어 농업에서 출발하여 상업에서 끝을 맺는다. 농업의 전 분야를 상세하게 다루어 논농사·밭농사에서부터 차와 담배, 인삼과 같은 특용작물, 화훼와 수목을 포괄하며, 수산업과 축산업에서부터 음식문화와 요리문화에 이른다. 서술은 매우 깊이가 있다. 이러한 주요한 분야 외에 생업과 일상생활에 요구되는 각종 도구의 제작과 이용에 관한 내용을 비롯하여 섭생과 육아법을 다루었다. 또 가장 많은 28권의 분량을

차례	제목	권수	내용
1	본리지本利志	1~13권, 13권	농업 일반에 관한 내용
2	관휴지灌畦志	14~17권, 4권	채소, 박과식물류, 약초류 작물의 재배
3	예원지藝畹志	18~22권, 5권	화훼류의 종류와 재배, 화훼 이름
4	만학지晚學志	23~27권, 5권	과실, 박과식물, 수목을 비롯한 차, 대, 담배 재배
5	전공지展功志	28~32권, 5권	여성 농사로 누에치기와 길쌈, 삼베와 솜
6	위선지魏鮮志	33~36권, 4권	기상 관측
7	전어지佃漁志	37~40권, 4권	목축, 사냥, 고기잡이 및 물고기 이름
8	정조지鼎俎志	41~47권, 7권	각종 음식과 요리법, 술과 시절음식
9	섬용지贍用志	48~51권, 4권	건축, 가재도구, 의복, 재봉, 교통수단, 공제工制
10	보양지葆養志	52~59권, 8권	섭생攝生, 양생養生, 육아법育兒法
11	인제지仁濟志	60~87권, 28권	한방의약韓方醫藥 전 부분에 대한 서술
12	향례지鄕禮志	88~92권, 5권	일반 의례와 관혼상제冠婚喪祭의 풍속과 의례
13	유예지遊藝志	93~98권, 6권	독서법, 수학, 활쏘기, 서화書畵, 음악 등
14	이운지怡雲志	99~106권, 8권	취미, 오락, 여행, 예술품 감상, 서적 등 여가생활
15	상택지相宅志	107~108권, 2권	주거지 선택, 전국의 주거환경과 지리
16	예규지倪圭志	109~113권, 5권	상업과 재산 증식, 팔도의 시장

임원경제지 전체의 구성

차지하는 것이 의학 분야다. 관혼상제를 비롯한 사회의 관습과 풍속, 예술 활동과 문화생활, 여가 활동 전반에 대해서도 심도 있는 소개를 하였다. 후반부 조선 전체의 주거지를 분석한 글과 시장과 상업 활동에 대한 보고서도 주목할 만하다.

16개 분야의 소제목은 당시 조선인의 일상생활 전반을 골고루 포괄하려는 저자의 의도를 잘 보여준다. 서유구는 범례 두번째 조에서 전체 내용을 다음과 같이 정리하였다.

대개 밭 갈고 베 짜고 씨 뿌리고 나무 심는 기술과 음식 만들고 목축하고 사냥하는 법은 모두 향촌 거주자의 필수적인 일이다. 날씨를 점쳐 농사를 권하고, 집터를 보아 집을 짓고, 재화를 불려 생계를 꾸리며, 도구를 갖추어 편리하게 사용하는 법도 마땅히 구비해야 한다. 따라서 모아서 수록하였으니 일을 해서 먹고사는 자가 진정 갖추어야 할 일이다. 향촌에 살며 맑게 수양하는 선비가 어찌 먹고사는 일에만 힘쓰랴? 화초를 재배하고 문방구 사이에서 고아한 일과를 보내며, 심성을 기르는 방법도 그만둘 수 없다. 의약의 경우에는 궁벽한 시골에서 위급할 때 대비해야 하며, 길흉吉凶의 예절도 익혀 행해야 마땅하므로 모아 수록하였다.

결국 향촌에 살기 위해 필요한 모든 것을 거두어 수록하려 하였다. 참으로 대단히 의욕적인 기획이라고 하지 않을 수 없다. 그는 이 책을 현실생활에서 실제로 응용할 수 있도록 기획하였다. 일반 백성의 이용후생利用厚生에 기여할 수 있는 저술이 되기를 꾀하였다. 범례에서 다음과 같이 기획의도를 밝혔다.

우리들 삶은 지역에 따라 각기 다르고 풍속에 따라 서로 같지 않다. 그러므로 한번 일에 적용하여 시행할 때 과거와 현재의 간격이 있고, 안과 밖의 구별이 있게 마련이므로, 중국에서 쓰는 바를 우리나라에 그대로 시행하면 어찌 장애가 없겠는가? 이 책은 오로지 우리나라를 위해서 쓰였다. 그러므로 현재 적용될 방도만을 수록했고, 적절치 않은 것은 취하지 않았다. 그러나 좋은 제도가 있어서 지금 쓸 만하지만 우리나라 사람이 아직 강구講究하지 않는 것도 아울러 자세히 밝혀놓아 뒤에 채택하여 쓸 수 있도록 배려하였다.

일차적으로 조선의 현실에 적합한 제도와 문물의 소개에 역점을 두었다. 그것이 본서의 가장 큰 특징이다. 우리나라 문물제도를 중국의 것과 비교 소개하되 어디까지나 조선의 현실에 입각하여 필요한 것을 취사선택한다는 의지가 돋보인다.

이 책을 통하여 건축과 조경 부문뿐만이 아니라 18~19세기 조선의 사회생활 전반에 대한 생생한 자료를 찾아낼 수 있다. 조선왕조 5백 년 동안 이렇게 방대한 분량으로 일상생활 전 부문을 상세하게 다룬 책은 그 이전에도 없었고 그 이후에도 없다. 따라서 조선시대의 구체적 생활상을 재구성하는 데에는 절대적으로 이 책의 도움이 필요하다.

서유구는 9백 종에 달하는 방대한 서적에서 관련된 자료를 정리하여 편찬하였다. 그 자료는 낡은 것이 아니라 가장 최근의 중국과 조선, 일본의 저작들이며, 채택 범위가 실로 광범위하다. 특히 『산림경제』, 『열하일기』, 『북학의』를 비롯한 조선 후기의 많은 저작이 이용됨으로써 동시대 조선의 현실이 대대적으로 반영되었다. 이때 『금화경독기』를 비롯한 자신의 저술은 전 분야에 걸쳐 서술의 중심이 된다. 『산수간에 집을 짓고』에만 한정하여 볼 때 450번에 걸쳐 참고문헌이 제시되는데 『금화경독기』가 167번에 걸쳐 제시되었다. 무려 3분의 1 이상에 이른다. 『금화경독기』가 오롯한 저자의 견해임을 생각할 때, 집과 관련한 내용은 서유구 자신의 독자적인 생각을 가장 절절하게 담았다고 단언할 수 있다.

그러나 서유구의 필생의 노력이 들어간 수많은 저술은 비운의 운명을 맞이했다. 대저술은 대부분 간행되지 못하고 필사본으로 유전되다 흩어졌다. 저자의 수고본手稿本은 '자연경실장'自然經室藏이란 판심版心을 가진 서유구 개인 원고지에 필사되었는데 대부분이 일본의 오사카 시립大阪市立 도서관으

『임원십육지인』 앞장에 수록된 글

『금화경독기』에 적힌 서유구의 글을 베낀 『임원십육지인』林園十六志引의 한 장. 그는 당나라 때의 웅집역熊執易이란 사람이 5백 권의 저술을 남기자 그 아내가 남편의 저술을 보존하기 위해 틀어쥐고 내놓지 않은 사실을 읽고서 자신의 처지를 되돌아보았다. "나는 수십 년 동안 저술에 공을 들여 『임원십육지』 백여 권을 최근에야 겨우 끝마쳤다. 그러나 책을 맡아 보관할 자식도 아내도 없으니 한스럽다. 우연히 웅집역의 사연을 보고나자 구슬퍼져 한참 동안 눈물이 흘러내린다"라고 하였다. 서유구의 가슴 절절한 비통함이 전해진다.

로 들어갔고, 일부가 국내외 곳곳에 흩어져 있다. 서울대와 고려대에 이 수고본을 바탕으로 정리하여 필사한 사본寫本이 소장되어 있다. 이것을 보경문화사에서 영인한 영인본이 널리 이용된다. 수고본이 비교적 정확하여 이를 기준본으로 이용해야 하지만, 후에 정리된 필사본 역시 수고본에 없는 내용이 첨가된 경우도 있어 상호 보완의 관계에 있다.

　　『임원경제지』는 서유구가 조정으로부터 축출된 이후부터 30여 년 세월에 걸쳐 편찬되었다. 그러나 그는 죽을 때까지 이 저술을 수정하고 보완하는 작업을 했다. 그는 이 책이야말로 후세에 전할 필생의 정력이 담긴 책이라고 생각하였다. 그는 『금화경독기』라는 저술의 한 구석에 낙서 같은 독백을 남겨, 기념비적 저서를 편찬한 기쁨에 앞서 오히려 그 보관과 전승을 걱정해야 하는 비통함을 표현하였다. 서유구의 아내 정씨鄭氏는 일찍이 죽었고, 편찬을 돕던 외아들 서우보徐宇輔가 1827년 33살로 요절하였기 때문이다. 조선시대 최고의 전적 보물을 앞에 두고 눈물을 흘리며 후세에 보존될 것을 염려하던 서유구의 절절한 심정을 느낄 수 있다. 현재 전 저술에는 아들 서우보가 교열校閱하였다고 밝혀져 있다.

5

　　『임원경제지』 12부部 가운데 '이운지', '상택지', '섬용지' 3부에 집을 다룬 내용이 집중적으로 실려 있다. 3부는 서로 겹치는 내용이 거의 없이 상호 보완하여 집과 집을 둘러싼 다양한 정보와 기술을 설명하였다. 3부의 독자적 내용을 정리하면, '이운지'는 여유 있는 사람들의 별장이나 전원주택, '상택지'는 주거지 선택의 다양한 조건과 집터를 조성하는 문제, '섬용지'는 집을 짓는 구체적인 기술과 건축자재를 나누어 설명하였다. 3부에서 두루 읽을 수 있는 서유구의 관점과 미학은 무엇일까?

1) 자연친화적이면서 편리한 삶을 위한 주거공간

서유구가 생각한 주거공간은 자연친화적이면서도 생업을 잘 꾸려갈 수 있는 곳이다. 아름다운 산수는 동아시아 건축과 조경의 기본적인 조건이요 미학이라고 할 수 있는데, 서유구 역시 그 점을 부정하지 않는다. 산수의 기본조건을 전제로 하고 농사를 잘 지을 수 있는 넓은 전답과 물건을 편리하게 사고팔 수 있는 교통의 편리를 갖춘 곳을 좋은 주거지라고 그는 보았다. 집터를 선택하는 '여섯 가지 조건과 여섯 가지 요소'에서도 그는 아름다운 산수를 기본으로 인정하면서 집 주변에 "수십에서 일백 호에 이르는 집이 있어서 도적에 대비하고, 생활필수품을 조달하게 해야 한다"고 말했다.

그의 이상을 담아 설계한 큰 규모의 저택이 1부 '은자의 문화 공간'에 소개되어 있는데, 거기에도 문화적 공간뿐만 아니라 농사짓는 사람을 감독하기 위한 망행정·첨포루를 비롯한 건물이 적지 않다. 자연의 아름다움과 생활의 풍족함과 편리함이란 조건을 채울 수 있는 주거지를 그는 지향했다.

2) 풍수설의 적용과 합리적 태도

집자리를 선택하고 주택이나 우물, 문을 내는 등 주택의 모든 지리적 조건과 위치와 방향을 결정하는 데에는 전통적으로 풍수설와 음양오행설이 적용되었다. 그러나 서유구는 그러한 술수術數에 속하는 것을 전적이지는 않지만 대체로 무시하였다. 그는 미신적인 금기禁忌를 나열하는 태도를 지양하고 과학적이고 합리적이며 경험적인 태도를 지키려 노력하였다. 구체적인 부분에서 전통적인 금기를 설명은 하면서도 상식과 합리를 좇으려 하였다. 금기사항은 대체로 중국의 『거가필용』과 『산림경제』의 인용일 뿐 서유구 자신은 거의 언급하지 않은 데서도 그의 생각을 읽을 수 있다.

물과 토지의 조건을 논할 때 그는 이렇게 말하였다.

아무리 음양陰陽 향배向背가 풍수가의 법에 모두 합치된다 하더라도 까마득히 알 수 없는 장래의 화복禍福을 가지고 눈앞에 닥친 절실한 이해의 문제를 덮어버릴 수 있겠는가? 그러므로 집터를 찾고 전답을 구할 적에 샘물이 달고 토지가 비옥한 땅을 얻었다면 그 나머지 것들은 전혀 물을 필요가 없다.

풍수와 음양의 이론보다도 절실한 이해의 문제가 선택의 일차적 조건이라는 견해를 명확하게 밝혔다. 19세기 이전에 전개된 좋은 주거에 대한 이론을 채택하여 체계적이고 종합적으로 서술하되 그 자신은 매우 합리적이고 과학적인 태도를 취하려 노력하였다.

3) 새로운 기술의 도입과 개발

서유구는 새로운 건축 기술을 도입하거나 개발하는 데 적극적이었다. 『임원경제지』 전체에 걸쳐 이 태도는 적용되지만 특히 건축 제도와 건축 자재 및 실내 도구를 다룬 3부에서 전통을 묵수하기보다는 신기술을 적용하는 데 큰 의의를 두었다. 이용후생에 필요하다면 중국이든 일본이든 수용하기를 마다하지 않았다. 당시 조선이 공법과 도량형이 표준화되지 않은 점, 건축에 필요한 도구가 제대로 마련되지 않은 점, 건축 자재가 통일되지 않은 점을 개탄하고, 선진적인 중국 기술을 수용하려고 노력하였다. 지식인이 『영조법식』·『천공개물』과 같은 건축 실무를 다룬 서책을 공부하여 시험하기를 권유하였다. 그는 "사람들은 들이는 힘은 적지만 거둬들이는 효과는 큰 실리實利를 기준으로 움직인다. 이익이 있는 곳에는 사람들이 달려가게 마련이다"라고 하여 명분이 아니라 효율과 이익을 중시하는 현실적 관점을 표명하였다. 공인을 구하기 어려운 지방이라면 개인적으로 공인을 훈련시켜 건축에 이용하자고 말하

기도 하였다. 그렇다보니 이 책에는 상당히 다양한 주거 형태와 건축 방법이
소개되었다.

4) 실용과 멋의 조화

서유구는 실용을 중시하였다. 편리하고 풍족한 생활을 영위하기 위한 주거공
간을 만드는 것이 그의 일차적 목적이다. 그러나 서유구는 세련된 당시 서울
의 도회지 문화에 젖은 사대부였다. 고급문화를 향유하기 위한 주거공간을
조성하기 위하여 장서藏書·독서讀書·의숙義塾·손님 접대용 건물과 같이 서
민용 주거에서는 실현할 수 없는 문화공간을 확보하려 하였고, 주변의 계산승
지溪山勝地를 조망하기 위한 연못과 누정 같은 풍경 공간의 확보에 대하여 특
별히 깊은 관심을 표명하였다. 여기에 창문을 비롯한 의자, 담요 등 실내와 실
외의 소품의 취향도 매우 고급스럽다. 우아하고 세련된 멋을 향유하고자 하
는 그의 의도가 느껴진다.

이렇게 볼 때 서유구는 18세기 후반에서부터 19세기 전반기에 이르는 시
기에 최고 수준의 지적이고 세련된 사람이 생각한 주거문화를 제시하였다.
일반 서민의 주거도 적지 않게 반영되어 있지만 양반가옥의 실상이 더 크게
반영되어 있다. 당시 서울과 지방의 대도회지 사람들은 세련되고 고급스러운
주택문화와 정원 조성에 열의를 보였고, 끊임없이 새로운 주거 형태를 요구하
였다. 18세기 후반 서울에는 담장이 너무 길게 뻗어서 만리장성가萬里長城家
라고 불린 집도 있었고, 이은李溵처럼 서울에서 집값이 가장 비싼 2백 칸에 육
박하는 대저택을 소유한 자도 있었다. 이은은 본서에 소개된 영창映窓이라는
채광창을 처음으로 개발한 바로 그 사람이다. 현재 미 대사관저 자리에 있었
던 심상규沈象奎의 대저택을 비롯한 명문가들과 경제력이 풍부한 중인 서민들

의 대저택과 별장들이 곳곳에 존재하였다. 서유구는 당시의 주거에 대해 팽배한 욕구를 이 책에 반영하여 썼다. 그러므로 당시 건축의 실상뿐만 아니라, 이상적인 주거를 향한 소망도 담겨 있다. 이 책을 읽는 독자들은 그러한 부분을 염두에 두고 읽어야 할 것이다.

서유구가 묘사하고 설계하였던 주거의 대부분은 이미 지나간 과거의 일이 되었다. 우리가 누리고 있는 주거문화는, 다른 대부분의 것들이 그러하듯 1~2백 년 사이에 완전히 달라졌다. 그렇기 때문에 그가 이 책에서 묘사하고 설명하는 내용들은 사실 너무 낯선 것이 되고 말았다. 그러나 현재의 것에 비교해 낯설다는 희귀함과 흥미성 때문이나 우리 옛것을 설명하였다는 것 때문에 이 책을 읽어야 하는 것은 아니다.

이 책에는 건축과 조경의 보편적 사실에 대한 깊이 있는 성찰과 한국의 산수와 환경에서 집을 짓고 사는 것의 실상과 의미에 대한 오래된 고민이 담겨 있다. 다른 어떠한 서적에서도 제공하지 않는 값진 내용이라고 생각한다. 또 이 책에 실려 있는 지혜와 미학은 결코 완전히 사라졌다고 할 수 없다. 현대에도 여전히 생생한 의미를 지닌 부분들이 많아 건축과 조경에 관심을 가진 많은 교양인이나 전문가들에게 흥미로운 상상거리를 제공할 수 있을 것이다.

이 책의 인용 도서

『거가필용』居家必用　『거가필용사류전집』居家必用事類全集의 줄인 이름이다. 10권이다. 『사고전서총목』四庫全書總目 자부子部 잡가류雜家類에 목록이 올라 있다. 저자가 밝혀져 있지 않다. 원대에 저술되어 명대 이후 동아시아 각국에서 널리 읽혔다. 역대 명현名賢의 격언을 비롯하여 일상적인 갖가지 일을 소상하게 기록하였다.

『계신잡지』癸辛雜識　송宋나라 사람 주밀周密(1232~1298)이 쓴 사료필기史料筆記. 주밀은 송나라 말엽의 저명한 사인詞人이면서 저술가로, 『제동야어』齊東野語가 유명하다. 이 필기는 모두 네 개의 집集, 481조의 기사가 실려 있다. 사대부의 일화와 국가의 제도, 역사적 사건을 비롯하여 수도 변경汴京의 궁전과 풍경 및 당대의 문예와 풍속에 대해 기록하였다. 문학적·사료적 가치가 풍성하여 널리 읽혔다.

『고금비원』古今秘苑　청淸나라 때 사람 묵마주인墨磨主人이 편찬한 책이다. 민간에 유전하고 사료에 기재된 생활백과 지식 수백여 편을 집성하여 『고금비원십육종』古今秘苑十六種을 편찬하였다. 그 안에는 서화書畵, 문방文房, 음식, 의복, 목축, 종식種植, 진보珍寶, 규합閨閤, 기조起造, 수련修煉, 잡용雜用, 유희遊戱 등의 내용을 포괄하고 있다. 서유구는 건축에 관한 내용인 '기조'起造에서 다수의 내용을 채용하였다.

『고사십이집』攷事十二集　서유구의 조부인 서명응徐命膺의 저술이다. 서명응은 어숙권魚叔權의 『고사촬요』攷事撮要와 홍만선洪萬選의 『산림경제』山林經濟를 보완하여 『고사신서』攷事新書를 1771년에 편찬 간행하였다. 그 이후 많은 문헌과 일상생활에 유용한 새로운 내용을 첨가하여 12집集 360항목의 『고사십이집』을 저술하였다. 서명응의 저작을 집성한 『보만재총서』保晩齋叢書에 수록되어 있다.

『고사촬요』攷事撮要　조선 명종 때의 학자 어숙권魚叔權이 지은 책으로 3권이다. 사대교린事大

交隣 및 기타 일용에 필요한 각종 사항을 정리하여 수록한 조선 전기의 대표적 유서類書이다.

『공씨담원』孔氏談苑 　송나라 때 사람 공평중孔平中의 저술로 전 4권의 분량이다.

『구선신은서』臞仙神隱書 　명明나라 태조의 17번째 아들인 주권朱權이 지은 책으로 전체 4권이다. 심권에 건축과 관련된 내용을 다룬 복축지계卜築之計 23조條가 있다.

『규거지』暌車志 　송나라 사람 곽단郭彖이 지은 책으로 6권이다. 기괴하고 신이한 일을 기록하였다. 송나라 현종이 남내南內에 있을 적에 신기하고 괴상하며 황탄한 책을 좋아하였기 때문에 곽단이 이 책을 지어 바쳤다.

『금화경독기』金華耕讀記 　서유구가 저술한 백과전서적인 책이다. 전체 8권이다. 『임원경제지』저술의 근간을 이루는 저작으로 『임원경제지』에 그 내용이 분산 수록되었다. 이 책은 서유구가 정계에서 축출되어 20년간 재야생활을 할 때 경험하고 연구한 내용을 기록한 책이나 현존 여부는 미상이다.

『금화지비집』金華知非集 　서유구의 문집이다. 서유구는 18세부터 25세까지 저술한 글을 모아『풍석고협집』楓石鼓篋集 6권을 엮었고, 그 이후에 쓴 글을 모아『금화지비집』12권을 엮었다. 본서에 인용한 글은「봉래朋來에게 주는 편지」의 일부이다.

『급취편』急就篇 　문자에 관한 저작으로 전한前漢시대 사람 사유史遊가 지었다. 현재 전하는본에는 모두 34장이 있다. 성명, 의복, 음식, 기용器用 등으로 글자를 분류하여 운문韻文으로만들어 아이들에게 글자의 뜻을 가르치게 만들었는데, 대체로 일곱 글자로 이루어졌다.

『농서』農書 → 『왕씨농서』王氏農書

『농전여화』農田餘話 　2권의 필기筆記로 명나라 사람 장곡진일長谷眞逸의 저술이다. 주로 원나라 말엽과 명나라 초엽의 사건과 사대부의 관심사에 대하여 기록한 책이다.

『다능집』多能集 　청나라 때 석성금石成金의 저술로『전가보전집』傳家寶全集의 초집初集 제5·6권에 수록되어 있다. 날씨와 시간을 측정하는 법, 건축에 필요한 지식, 도서 관리, 건강, 부인병, 섭생, 음식과 같은 일상생활에 관한 폭넓은 내용을 간략하게 서술한 책이다.

『단연총록』丹鉛總錄 　명나라의 대표적인 박학자인 양신楊愼의 저작으로 모두 27권이다. 처음에 여록餘錄 27권, 속록續錄 12권, 윤록閏錄 9권을 지었는데 그 뒤에 자신이 그 내용을 수정하여 적록摘錄 13권으로 만들었고 그 뒤에 다시 문인인 양좌梁佐가 종합하여 총록을 만들었다. 모두 26류로 분류하여 정리하였다. 그 내용은 천문·지리·인사·음률·인품·음식·예악·물용·박물·궁실·시화 등 다양하다.

『동보』桐譜　진저陳翥는 송나라 사람으로 이 책은 오동나무에 관한 내용을 서술한 책이다. 『설부』說郛에 수록되어 있다.

『목경』木經　오대五代시대 말엽 송나라 초기의 도료장都料匠 유호喩皓(?~989)가 지은 건축에 관한 책으로 3권이다. 현존하지 않는 책이나 이계李誡의 『영조법식』營造法式은 이 책을 많이 참고했고, 구양수歐陽修의 『귀전록』歸田錄과 심괄의 『몽계필담』에 내용의 일부가 인용되었다.

『몽계필담』夢溪筆談　송나라 때의 학자 심괄沈括(1030~1094)의 저서로 26권이다. 고사故事, 변증辨證, 악률樂律, 기예技藝, 기용器用 등 17개 부류로 나누어 각종 사실에 대해 서술하였다. 과학 기술, 역사, 고고와 문학 예술 방면의 연구 성과가 담겨 있어 매우 중요한 저술로 평가된다.

『무예도보통지』武藝圖譜通志　조선 정조 14년(1790)에 왕명에 의하여 편찬한 무예에 관한 책으로, 백동수白東修 등이 편찬을 담당하였다.

『묵자』墨子　춘추전국시대의 유력한 학술 유파인 묵가墨家의 저작이다. 묵가는 노魯나라 사람인 묵적墨翟을 창시자로 하는데, 이 학파는 검소한 생활과 엄격한 규율을 준수하는 단체를 결성하여 활동하였다. 『묵자』는 현재 53편이 전하는데, 묵자의 제자들이 묵자의 언행을 모아 편찬하였다.

『문기록』聞奇錄　당대唐代의 전기소설집傳奇小說集으로 우적于逖이 엮었다.

『문슬신화』捫蝨新話　송나라 사람 진선陳善이 지은 책으로, 48가지의 사실을 논하였다.

『물류상감지』物類相感志　송나라 때의 저술로 1권이다.

『박물지』博物志　진晉나라 사람 장화張華가 지은 책으로 10권이다. 후인이 많은 항목을 첨가하여 현재와 같은 모습을 갖추었다. 수십 가지 항목의 잡다한 사실을 기록한 백과사전류의 저작이다.

『보생요록』保生要錄 송나라 사람 포처관蒲處貫이 지은 양생술에 관한 책으로, 『설부』說郛에 수록되었다.

『북학의』北學議 박제가朴齊家의 저술이다. 조선 후기 실학, 특히 북학파北學派의 입장을 가장 잘 대변하는 저술로 박지원의 『열하일기』와 쌍벽을 이룬다. 중국을 여행하고 난 뒤 상공업의 장려와 농업 기술의 개발, 제도의 개선 등을 통하여 조선을 부국富國으로 만들자는 주장을 담았다.

『사의』事宜 책 이름이지만, 상세한 내용은 알 수 없다.

『산가청사』山家清事 송나라 임홍林洪의 저술로 3권이다. 임원생활에 아치雅致를 갖게 하는 갖가지 사실을 16개 항목으로 안배하여 서술하였다. 본서에 인용된 부분은 「종매양학도기」種梅養鶴圖記이다.

『산거록』山居錄 당唐나라 때의 학자 왕민王旻이 지은 책으로, 산중에 사는 데 필요한 것을 소개하였다.

『산림경제보』山林經齊補 홍만선이 저술한 『산림경제』가 널리 필사되어 읽히면서 독자가 필요에 따라 내용을 보충한 『산림경제보』가 몇 종 등장하였다. 류중림이 체계를 갖추어 대대적으로 증보한 『증보산림경제』와는 달리 비교적 소량의 부분적 보완에 그쳤다. 『임원경제지』와 박지원의 『과농소초』課農小抄 등에 인용되어 있다.

『상택경』相宅經 집터를 정하는 내용을 다룬 저작. 『송사』宋史 『예문지』藝文志 목록에 올라와 있어 송대에 편찬된 것으로 추정된다. 이와 유사한 저작에 수隋나라 때 소길蕭吉이 지은 『상택도』相宅圖와 『택경』宅經을 비롯하여 『황제택경』黃帝宅經 등 다양한 『택경』류 저작이 있다.

『서방요기』西方要紀 명나라 남회인南懷仁(Ferdinandus Verbiest)의 저술이다. 서양의 문화에 대해 간략하게 소개한 책이다. 이 책에 인용된 내용은 「궁실」宮室 조항이다.

『석명』釋名 유희의 훈고학 저서로 모두 27편이다. 그 체제는 『이아』爾雅를 따랐고, 음훈音訓을 이용하여 음이 같거나 음이 유사한 글자로 글자의 뜻을 해석하였고, 사물이 명명된 유래를 밝히려 하였다.

『설문』說文 『설문해자』說文解字의 줄인 말로 문자학에 관한 가장 오래된 사전의 하나이다.

동한東漢시대의 허신許愼이 지었다.

『성호사설』星湖僿說 이익李瀷(1681~1763)의 위대한 저술이다. 이익은 조선 후기의 학자이다. 이 책은 이익의 실학 사상이 담긴 저술로, 다양한 분야에 대한 그의 해박한 지식과 사상을 담고 있다.

『속사방』俗事方 청나라 석성금石成金의 수많은 저술 가운데 하나로 추정되나 자세한 내용은 미상이다.

『수품』水品 명나라 서헌충徐獻忠이 지은 책으로, 마실 물의 품질에 관한 상권과 중국의 이름난 샘물을 논한 하권으로 구성되어 있다. 총서 『이문광독』夷門廣牘에 실려 전한다.

『암서유사』巖棲幽事 명나라 진계유陳繼儒(1558~1639)의 저술로 1권이다. 진계유의 자는 중순仲醇, 호는 미공眉公이다. 은사라고 자처하여 산림에 머물러 살면서도 명사들과 두루 교유하였다. 시를 잘하고 문장을 잘 지었으며, 특히 풍치가 넘치는 소품문을 잘 썼다. 이 저술도 간결한 필치로 산림에 은거하는 멋과 여유를 잘 묘사한 소품문으로 명청明淸 연간에 널리 읽혔다.

『양택길흉서』陽宅吉凶書 목록에는 『양택길흉론』陽宅吉凶論만이 나와 있어 같은 책으로 보인다. 주택의 길흉을 다룬 책으로 추정되나 자세한 내용은 밝혀져 있지 않다.

『열하일기』熱河日記 연암燕巖 박지원朴趾源(1737~1805)이 지은 중국 기행문이다. 연암이 1780년 청나라를 여행할 때 보고 들은 내용을 기록한 책이다. 청나라의 풍속·문물 등에 대한 작자의 사실적인 관찰과 견해가 풍부하게 담겨 있다. 건축 제도에 관한 내용도 적지 않다.

『율려정의』律呂精義 주재육朱載堉의 저서. 주재육은 중국 명나라 때의 학자이다. 그는 황족으로 율수律數를 연구하여 『악률전서』樂律全書, 『율려정론』律呂精論 등의 저서를 남겼다. 『율려정의』는 전체 20권으로, 음악의 기초에서부터 척도에 이르기까지 연구한 책이다.

『왕씨농서』王氏農書 왕정王禎의 『농서』農書를 가리킨다. 왕정은 원나라의 학자로 1313년에 이 책을 저술하였다. 농가류農家類 저서로서 총 22권이며 300여 종의 삽도를 넣어 농기구 등을 제시하였다. 농사의 제반 사항에 대해 도표를 첨부하여 상세하게 서술하여 이후 중국과 한국의 농서農書에 많은 영향을 끼쳤다.

『왕씨화원』王氏畵苑 명대의 거장巨匠 왕세정王世貞(1526~1590)이 편찬한 회화를 논한 저술.

『음양서』陰陽書　목록에는 『잡음양서』雜陰陽書라는 책명이 나와 있어 이 책과 관련이 된 것으로 보이나 저자가 밝혀져 있지 않다. 『사고전서』四庫全書에는 『광제음양백기력』廣濟陰陽百忌曆이란 두 권의 책이 저록되어 있고, 복택卜宅과 관련한 내용을 담고 있다고 하여 본 책과 관련이 있는 듯하다.

『자천소품』煮泉小品　명나라 전숭형田崇蘅의 저술로 차를 달이기에 적합한 샘물에 대해 논한 책이다.

『작비암일찬』昨非庵日纂　명나라 사람 정선鄭瑄이 편찬한 필기筆記. 저자는 진사進士에 급제하여 응천순무應天巡撫의 벼슬을 역임했다. 작비암은 저자의 서실 이름이다. 공직의 여가에 역대의 저술과 당대 사람의 글을 광범위하게 독파하면서 모범이 될 만한 행위와 음미할 만한 말을 채집하여 20개의 사례로 분류하여 책을 만들었다. 중국의 고대부터 명나라 때까지의 인물의 흥미롭고 귀감이 되는 일화와 언행을 살피는 데 큰 도움이 되는 책이다.

『전가보』傳家寶　청나라 석성금石成金이 편찬한 『전가보전집』傳家寶全集을 말한다. 섭세방략涉世方略, 복수진경福壽眞經, 쾌락천기快樂天機, 호운보전好運寶典으로 구성되어 양생술養生術을 비롯한 다양한 내용을 담고 있다.

『정자통』正字通　중국의 자서字書로 명나라 때 사람 장자열張自烈이 지었다.

『제민요술』齊民要術　중국 최고最古의 농업에 관한 책으로 10권 92편으로 구성되었다. 북위北魏의 가사협賈思勰이 지었다. 6세기 전반의 화북華北 농업을 중심으로 한漢나라 이래의 중요한 곡물·야채·과수 따위의 경종법耕種法, 가축의 사육법, 술·된장의 양조법 따위를 체계적으로 기술하였다.

『주서비오 영조택경』周書秘奧營造宅經　양택陽宅에 관한 중국의 저작으로, 음양오행설에 따라 집을 지을 때의 금기사항과 길흉을 서술한 대표적인 책 가운데 하나이다. 이 책의 내용은 『거가필용』에 그대로 수록되어 전한다.

『준생팔전』遵生八牋　명나라 사람 고렴高濂이 쓴, 양생술과 장수법을 논한 책이다. 고렴의 자는 심보深甫로 절강성 항주杭州 사람이며 만력萬曆 연간에 살았다. 이 책은 19권인데, 8개 분야로 나누어 목숨을 연장하고 병을 물리치는 다양한 방법에 대하여 상세하게 논하였다. 내용이 광범위하고 자료가 풍부하여 이 분야의 책으로는 가장 수준이 높은 저술로 인정을 받는다. 그 가운데 '연한청상전'燕閒淸賞箋은 각종 예술품을 비롯하여 문방기구, 향香과 차, 화훼 등의 문화생활을 다루었고, '기거안락전'起居安樂箋은 화훼와 정원 등 고아하고 여유 있는 주거 생활에 대해 다양하게 서술하였다.

『증보산림경제』增補山林經濟　홍만선洪萬選이 지은 『산림경제』山林經濟를 대폭 증보한 책으로, 1766년 유중림柳重臨이 편찬하였다. 본서에 인용된 부분은 「복거」卜居편에 실려 있다.

『지리신서』地理新書　음택풍수陰宅風水에 관한 저작으로 송나라 때 왕수王洙가 편찬하였다.

『지세사』知世事　청나라 석성금石成金의 수많은 저술 가운데 하나이다.

『천공개물』天工開物　명나라 말엽의 송응성宋應星이 지은 기술 관계 저술로, 3권 18부문으로 나누어 농업에서부터 중국의 여러 산업을 설명하고 그 기구의 제조 과정을 소개하였다. 123폭의 삽도를 넣어 설명하였다. 1637년에 처음 간행되었고, 조선과 일본에도 큰 영향을 끼친, 대표적인 기술서적이다.

『천기잡록』天基雜錄　작자와 내용이 미상이나 석성금(그의 자字가 천기天基이다)의 저술로 추정된다. 이규경李圭景은 『오주연문장전산고』五洲衍文長箋散稿에서 석성금의 저술이라 하였다.

『천은양생서』天隱養生書　본명은 『천은자양생서』天隱子養生書로, 줄여서 『천은자』天隱子라 하기도 한다. 당나라의 사마승정司馬承禎이 지어 『도장』道藏과 『이문광독』夷門廣牘에 실려 전한다. 양생법을 논한 책으로 본서에서는 편안히 거처하는 방법을 다룬 「안처」安處 조항에서 인용하였다.

『청재위치』淸齋位置　명나라 사람 문진형文震亨의 저술로 1권이다. 실내 인테리어와 가구의 배치를 사대부의 아취와 미의식에 따라 서술한 책이다. 같은 내용이 동일인의 저술인 『장물지』長物志에도 수록되어 있고, 『설부속』說郛續에도 수록되어 전한다.

『청한공』淸閑供　명나라 사람 정우문程羽文의 저술로 1권이다. 사대부의 한가롭고 여유로우며 담박하고 고상한 전원생활에 관한 내용이 담겨 있는 청언소품집淸言小品集으로 『설부속』에 수록되어 전한다.

『태서수법』泰西水法　명나라에서 활동한 서양인 웅삼발熊三拔이 지은 책으로 전6권이다. 명나라 만력萬曆 연간에 완성되었다. 물을 취하여 저장하는 법을 논하였다. 제1권은 용미차龍尾

車, 제2권은 옥형차玉衡車, 제3권은 수고기水庫記, 제4권은 수법부여水法附餘, 제5권은 수법혹문水法或問, 제6권은 여러 기구의 그림이 첨부되어 있다. 이 저작은 『사고전서』四庫全書 자부子部의 농가류農家類에 포함되어 있다.

『팔역가거지』八域可居志   조선 영조 때의 학자인 이중환李重煥의 저술로 『택리지』擇里志라는 이름으로 잘 알려져 있다. 이 이름 외에도 『팔역지』八域志·『산수록』山水錄·『복거설』卜居說·『진유승람』震維勝覽·『총화』總貨 등의 이름으로 불린다. 저자인 이중환은 여주驪州 이씨李氏로 자字는 휘조輝祖, 호는 청화산인靑華山人 또는 청담淸潭이다. 이중환은 관직에서 쫓겨나 방랑하면서 '실세失勢한 사대부士大夫가 살 곳은 어디인가?'라는 관점으로 이 책을 지었다. 조선 팔도에서 살기에 알맞은 곳이 어디인지를 지리地理, 생리生理, 인심人心, 산수山水의 기준으로 평가하였다. 국토에 대한 그의 서술에는 인문지리적 사실들이 체계적으로 개진되어 있으며, 국토에 대한 평가에는 실세한 사대부라는 신분적 세계관이 크게 반영되어 있다. 이 책은 저술된 뒤 식자들의 열렬한 애호를 받아 수십 백 종의 필사본筆寫本이 전해온다. 20세기에 들어와 조선광문회朝鮮光文會나 조선고서간행회朝鮮古書刊行會에서 활판活板으로 간행되었다.

『편민도찬』便民圖纂   명나라 때 간행된 유서類書로 농사를 비롯한 일반 백성들의 생업과 관련한 다양한 정보를 그림과 함께 제시하였다. 정진탁鄭振鐸이 편찬한 『중국고대판화총간』中國古代版畵叢刊(上海古籍出版社 간행)에 수록되어 있다.

『풍속통』風俗通   동한東漢 말엽 사람인 응소應劭가 지은 책으로, 당시의 풍속에 대해 설명하였다.

『피서록화』避暑錄話   필기筆記. 남송南宋시대 학자인 섭몽득葉夢得의 저술로 20권이다. 송대의 각종 고사와 작가에 대한 평론 및 명물名物에 대해 해설한 내용이 풍부하게 담겨 있다.

『한정록』閑情錄   조선 중기의 학자, 문인인 교산蛟山 허균許筠(1569~1618)의 저술이다. 사대부의 고아高雅한 삶에 대하여 17가지로 분류하여 서술하였다. 본서에 인용된 부분은 권16의 「치농」治農 중 '택지'擇地 대목이다.

『화한삼재도회』和漢三才圖會   일본인 사도량안寺島良安의 저술로 105권이다. 명나라의 『삼재도회』三才圖會를 모방하여 천지인天地人 삼재의 사물에 대해 그림을 싣고 설명을 붙였다. 조선 후기 실학자들에게 많이 읽혔다.